EXPERIMENTELLE MAGIE

DIE GEHEIMNISSE VON MYRTLEWOOD 2

IRIS BEAGLEHOLE

KLAPPENTEXT

Die Frühlings-Tagundnachtgleiche naht in Myrtlewood, zusammen mit seltsamen Vermisstenfällen, der Entdeckung eines verborgenen Erbes und einer Reise jenseits des Schleiers ...

Rosemary und Athena haben sich gerade in ihr neues Leben in dem unverschämt magischen Dorf Myrtlewood eingelebt.

Nach vielen Jahren finanzieller Turbulenzen geht es endlich aufwärts, und Rosemary ergattert sogar den perfekten Teilzeitjob, während sie darauf wartet, dass ein gewisser gutaussehender Vampiranwalt ihr Erbe abwickelt. Das Leben ist erstaunlich friedlich, bis das Verschwinden eines kleinen Kinds kurz vor der Frühlings-Tagundnachtgleiche alles ins Chaos stürzt.

In der Zwischenzeit hat Athena sich neu an der Myrtlewood Academy eingeschrieben, fühlt sich aber auf die magische Ausbildung unvorbereitet. Schließlich hat sie genug mit dem rätselhaften Finnigan und seinem unnahbaren Verhalten zu tun, ganz zu schweigen von dem Verschwinden ihres Vaters Dain.

Hast du Lust auf mehr Geheimnisse, Hexen, paranormale Frauenromane mit einer Hauptfigur in der Lebensmitte und einer großen Portion Humor hast? Dann wirst du Buch 2 der Geheimnisse von Myrtlewood lieben.

PROLOG

ain fuhr vor dem alten Haus vor. Es war noch genau so, wie er es in Erinnerung hatte, obwohl er schon seit Jahren nicht mehr dort gewesen war. Rosemarys Großmutter hatte ihn gewarnt, und er war nicht so dumm, sich mit jemandem so Mächtigen wie Galderall Thorn anzulegen.

Selbst jetzt hütete er sich, zu klingeln, für den Fall, dass sie aufmachen und ihn in ein anderes Reich befördern würde.

Er parkte den Wagen und begann, die Kisten auszuladen.

Die Sachen seiner Tochter.

Rosemarys Sachen.

Er wusste, dass er sie nicht verdient hatte – diese Frauen, die irgendwie der wichtigste Teil im Wirbelsturm seines Lebens geworden waren.

Er hatte ihnen zu oft Unrecht getan, sie bestohlen, belogen, sie verlassen, nur um wieder zurückzukehren und den ganzen Kreislauf von vorne zu beginnen. Dain hatte sich immer gewünscht, dass alles anders werden würde, und doch gab es nur so viel, was er kontrollieren konnte.

Es war das Mindeste, was er tun konnte, ihre Sachen in Kisten zu packen und sie hierher zu fahren. Rosemary hatte sogar gesagt, er könne das Auto behalten und es verkaufen. Sie kannte ihn zu gut und wusste, dass er das Geld brauchen würde. Dain seufzte.

Die letzte Kiste wurde auf die Veranda geladen, und er konnte sie drinnen reden hören – Rosemary und Athena. Ihre Stimmen wirkten beruhigend auf ihn. Sie verankerten ihn hier in dieser Welt, in der er keinen wirklichen Platz hatte.

Er wollte sie sehen, aber er hatte Angst vor der alten Frau, und etwas schien ihn zurückzuhalten.

Es muss Galderalls Macht sein. Sie versucht, mich von ihrer Familie fernzuhalten ... von meiner Familie.

Es war nicht stark genug, um ihn aufzuhalten, und sein Instinkt befahl ihm, sich durchzusetzen, aber er zögerte wieder, unsicher, ob sie ihn sehen wollten oder nicht.

Zögern war ungewöhnlich für Dain, der noch nie besonders gut darin gewesen war, sich zu beherrschen. *Es muss die Magie sein, die mich zurückhält,* dachte er, und das reichte aus, um ihn dazu zu bringen, sich durchzukämpfen, ganz gleich, wie sehr er sich vor Oma Thorn fürchtete.

Er streckte die Hand nach der Tür aus und klopfte. Dann drehte er sich um. Er konnte es hören. Von weit her kam ein vertrautes Geräusch auf ihn zu, schneller als alles andere auf dieser Welt.

Nein ... sie haben mich gefunden.

Ein wirbelnder Nebel erschien, hüllte Dain in Weiß ein, und er verschwand aus der Menschenwelt.

»Mama!«, rief Athena die Treppe hinunter. »Wo ist mein grüner Pulli?«

»Woher soll ich das wissen?«, rief Rosemary aus der Küche. »Komm und iss deinen Toast, bevor er kalt wird. Uns läuft die Zeit davon!«

Athena stapfte die Treppe hinunter. »Ich habe überhaupt nichts anzuziehen und diese Schule hat keine Uniform wie St. Maria's.«

Das schwarze, flauschige Kätzchen, das vor Rosemarys Füßen herumgewuselt war, lief über den Fußboden, um Athena zu begrüßen, die sofort zum Kühlschrank ging, um es zu füttern.

»Die kleine Wuschelkugel findet Gefallen an dir«, sagte Rosemary.

»Wann gibst du ihr endlich einen richtigen Namen?«, fragte Athena. »Sie soll eigentlich deine Vertraute sein, aber sie mag mich eindeutig mehr. Vielleicht nenne ich sie ... hmm, wie wäre es mit Serpentine?«

»Iss dein Frühstück«, sagte Rosemary und schwenkte ein Stück Toast. »Die Katze kann warten.«

»Ist ja gut«, sagte Athena und schnappte sich ein Stück. »Was nicht warten kann, ist meinen Pulli zu finden. Kannst du nicht einen magischen Beschwörungstrick machen oder so?«

»Du weißt, dass das bisher nur ein paar Mal funktioniert hat«, sagte

Rosemary. »Und auch nur aus Versehen, wenn ich das betreffende Objekt direkt angesehen habe.«

»Bitte? Versuch es einfach. Du solltest mit deiner Magie experimentieren – sie richtig lernen.«

»Na schön.«

Rosemary schloss ihre Augen und stellte sich Athenas waldgrünen Pullover vor. Sie streckte ihre Arme aus und forderte ihn auf, zu ihr zu kommen.

Ein Rascheln ertönte und Rosemary fühlte sich für einen Moment ruhig und optimistisch, bis sie von einer gepolsterten Kraft getroffen wurde, die den Toastteller von der Bank warf und sie auf den Boden schleuderte.

Rosemary riss erschrocken die Augen auf. »Was zum ...?« Sie schaute sich um. »Sag bloß, ich wurde gerade von einer Wand aus Stoff umgeworfen?!«

»Das war irgendwie cool«, sagte Athena und schaute ihre Mutter über einen Haufen Decken, Kissen und Überwürfe hinweg an. »Ich meine, ich weiß, dass das nicht deine Absicht war, aber es hatte ein bisschen was von diesen wirklich zufälligen Superkräften – wo man die Kontrolle über alle Stoffmaterialien hat oder so.«

»Ach, hör doch auf. So etwas ist das nicht«, sagte Rosemary. »Ich weiß einfach nicht, was ich mit diesem Zauberkram anfangen soll. Aber es ist schon in Ordnung, dass ich meine Superkräfte nur bei Gefahr einsetzen kann, sonst hätte ich schon längst alle Teetassen zerbrochen.«

Athena seufzte. »Es ist *so* unfair, dass du all diese Kräfte hast und keine Lust hast zu lernen, sie zu benutzen.«

Rosemary schaute auf den Stoffhaufen und zuckte mit den Schultern. Sie lachten beide.

»Kennst du dieses Gefühl?«, sagte Rosemary, »Wenn du hoch hinaus willst, selbstbewusst und voller Kraft und Zielstrebigkeit bist?«

»Nicht wirklich«, sagte Athena, reichte ihrer Mutter die Hand und zog sie hoch. »Fühlst du dich denn so? Denn wenn ja, will ich den gleichen Tee wie du!«

»Nein«, sagte Rosemary mit einem Stirnrunzeln. »So habe ich mich gefühlt, nachdem ich die Familienmagie entfesselt und die Vampirgöre besiegt habe. Ich will es zurück. Gerade wenn ich denke, dass ich das

Leben endlich gemeistert habe, stehe ich plötzlich wieder am Anfang und es ist Montagmorgen. Warum ist das so?«

»Neuropsychologie?«, schlug Athena vor. »Aber wenigstens musst du nicht zur Arbeit gehen. Du wurdest gefeuert, schon vergessen?«

»Erinnere mich nicht daran! Ich muss anfangen, mich auf Jobs zu bewerben. Wer weiß, wann die Sache mit dem Erbe geklärt ist. *Und* ich muss die Magie wirklich beherrschen, bevor das Ganze auf eine viel schlimmere und weniger stofforientierte Weise nach hinten losgeht.«

»Du wirst den Dreh schon noch rauskriegen«, sagte Athena kichernd. »Außerdem hat es funktioniert.« Sie ergriff ihren Pulli und zog ihn aus dem Stapel. »Er muss in der Stube gelegen haben, mit all den Kissen und Überwürfen.«

»Na, das ist doch wenigstens was. Wenn ich das nächste Mal eine Wand aus Stoff brauche, die mich umhaut, weiß ich, was ich tun muss.« Rosemary warf einen Blick auf die Wanduhr. »Oh nein.«

»Was?«

»Sieh mal, wie spät es ist!«

»Dann lass uns gehen«, sagte Athena und nahm ein weiteres Stück Toast von dem Teller, der mit der richtigen Seite nach unten auf den Boden gefallen war, zweifellos unterstützt von der wunderbaren Magie von Thorn Manor.

Sie rannten zum Auto. Omas alter, eleganter Rolls Royce sprang schnurrend an und Rosemary fuhr sie zügig in Richtung Schule, angewiesen von Athena, die der Wegbeschreibung auf ihrem Handy folgte, um zu verhindern, dass ihre Mutter sich wieder verfuhr.

Rosemary hielt vor den alten schlossähnlichen Steinbauten an.

»Ernsthaft?«, fragte sie.

»Was?«, fragte Athena.

»Als würdest du gleich der Miss Cackle's Academy beitreten oder so.«

»Was hast du denn in Myrtlewood erwartet?«, fragte Athena. »Das ist so ziemlich genau das, was ich erwartet habe.«

»Ich hoffe, du musst keine Zaubertränke mit ekligen Molchaugen brauen«, sagte Rosemary. »Willst du, dass ich mit rein komme?«

»Ich würde lieber meinen eigenen Arm abnagen«, sagte Athena.

»Wie gemein!«

»Mama, du weißt schon, dass das meine Chance ist, einen guten ersten Eindruck an einer neuen Schule zu machen, oder? Eltern sind *nicht* cool.«

»Na schön«, sagte Rosemary. »Aber gib mir nicht die Schuld, wenn du dich verirrst und nichts mehr finden kannst.«

»Ich glaube nicht, dass dein Orientierungssinn eine allzu große Hilfe wäre«, sagte Athena. »Ohne dich bin ich wahrscheinlich besser dran!«

»Da hast du Recht«, sagte Rosemary. Sie beugte sich vor und umarmte ihre Tochter zum Abschied in der sicheren Entfernung des Autos, um Athenas Ruf nicht zu verderben. Sie beobachtete, wie die Sechzehnjährige auf das verschlungene Gebäude mit den vielen Türmen zuging, welches dicht mit Efeu bewachsen war.

Ein Anflug von Stolz durchfuhr sie, als sie sah, wie ihre Tochter selbstbewusst in ihre neue Schule schritt. Doch dann überkam Rosemary die Sehnsucht nach dem Leben, das sie hätte führen können, wenn alles anders gewesen wäre.

Was wäre, wenn ich in Myrtlewood bei Oma aufgewachsen wäre, anstatt bei meinen extrem religiösen Eltern in St. Austell?

Was wäre, wenn ich hier zur Schule gegangen wäre? Wie wäre mein Leben dann verlaufen?

Mit einem seltsamen Gefühl der Leere fuhr Rosemary die paar Straßen zurück ins Dorf Myrtlewood und parkte neben dem Teeladen. Sie war mehr als bereit für einen Muntermacher. Worauf sie nicht vorbereitet war, war ein gewisser Herr, der drinnen saß und sie beobachtete, als ob er auf sie gewartet hätte.

2

»*H*err Burk«, sagte Rosemary, als sie den Teeladen betrat.

Burk legte die Zeitung weg, die er offensichtlich nicht weiterlesen wollte.

»Rosemary«, antwortete er.

Es dauerte einen Moment, bis Rosemary klar wurde, dass Burk als Vampir eigentlich zu Staub zerfallen müsste. Sie starrte ihn entsetzt an. »Aber es ist Tag!«

»Ja, das stimmt.«

»Was ...« Rosemary stotterte in Panik, denn sie erwartete, dass Burk jeden Moment verschwinden würde.

»Marjie hat UV-beständiges Glas«, erklärte Burk. »Und einen unterirdischen Eingang in ihrem Keller.«

»Oh«, sagte Rosemary erleichtert. »Natürlich hat sie das.«

Sie sah sich nach Marjie um, die allerdings nirgends zu sehen war.

»Haben Sie einen Moment Zeit zum Reden?«, fragte Burk.

Rosemary errötete und erinnerte sich an die wenigen Augenblicke der Intimität, die sie mit dem eleganten Vampir geteilt hatte. Es war nichts passiert, und Rosemary ging mit niemandem aus – nicht bei ihrer Erfolgsbilanz. Sie machte sich Sorgen, dass Burk vorschlagen würde, etwas miteinander anzufangen.

Ihr gingen die Ausreden und Möglichkeiten durch den Kopf, als sie sich an das unangenehme Gespräch erinnerte, das sie ein paar Tage zuvor mit Liam, ihrer alten Jugendliebe, geführt hatte: Er hatte sie gefragt, ob sie mit ihm ausgehen wollte, und sie hatte ablehnen müssen. Danach war das Verhältnis zu ihm angespannt gewesen. Liam hatte sich distanziert und unbeholfen gegeben. Das Letzte, was sie wollte, war noch mehr Unbehagen – und das von ihrem Anwalt!

»Äh ... ähm«, sagte Rosemary. »Ich bin ziemlich beschäftigt.«

Das war eine glatte Lüge. Nachdem sie Athena in der Schule abgesetzt hatte, beschäftigten sie nur noch die völlige Leere ihres Tages, ihre schwierige finanzielle Situation und die Frage, wie sie ihre Magie in den Griff bekommen konnte... Alles Dinge, die nicht so dringend waren wie ihr Verlangen nach einer schönen Tasse von Marjies Spezialtee und einem Stück Zitronenkuchen.

»Es wird nicht lange dauern«, versicherte Burk ihr. »Aber Sie können auch einen Termin in meinem Büro vereinbaren, wenn Sie möchten.«

»Ihr *Büro*?!«, fragte Rosemary schockiert über die Andeutung, die er ihr machte.

»Ja«, sagte Burk mit einem Augenzwinkern. »Sie wissen schon, mein Büro auf der anderen Seite des Platzes, wo ich als Anwalt tätig bin und unter anderem den Nachlass Ihrer Großmutter verwalte. Erinnern Sie sich daran?«

»Oh«, sagte Rosemary. »Ja, natürlich. Sie wollen mit mir über *diese* Dinge reden.«

»Diese Dinge«, sagte Burk mit trockener, aber amüsierter Stimme. »Ja. Ich habe ein paar Neuigkeiten für Sie. Es wäre zwar professioneller, wenn wir uns in meinem Büro treffen würden, aber ich dachte mir, wenn Sie schon mal hier sind ...«

»Also, was gibt's Neues?«, fragte Rosemary und errötete noch mehr über ihre Anmaßung, weil sie angenommen hatte, dass Burk sie bestimmt um ein Date bitten würde. Er war ein gutaussehender, gebildeter Mann, der schöne Anzüge trug. Er hatte ein sehr, *sehr* langes Untotendasein vor sich – von dem Altersunterschied ganz zu schweigen!

Burk hält mich wahrscheinlich für ein kleines Kind, dachte Rosemary und errötete noch mehr.

»Ist alles in Ordnung mit Ihnen?«, fragte er. »Sie sehen etwas besorgniserregend aus.«

»Ja, mir ist nur ein bisschen warm.«

»Sie haben doch kein Fieber, oder?«, fragte Burk und hob seine kühle Handfläche in einer nahezu väterlichen Geste an ihren Kopf.

»Nein, wirklich«, sagte Rosemary. »Mir geht es gut.«

»Da bist du ja!«, sagte Marjie und eilte herbei, um Rosemary einen Kuss auf die Wange zu geben. »Ich war hinten beschäftigt. Du weißt ja, jetzt im Frühling und in der Hochzeitssaison werde ich mit Catering-Bestellungen überhäuft!«

Rosemary lächelte die alte Freundin ihrer Oma mit den wilden roten Locken an, die schnell zu ihrer und Athenas engsten Freundin in Myrtlewood geworden war.

Aus der Küche ertönte ein Piepton.

»Nimm dir etwas von hinter der Theke, Liebes«, sagte Marjie. »Ich muss die Marmeladentörtchen aus dem Ofen holen, bevor sie verbrennen! Und dann muss ich noch die Cupcakes dekorieren!«

Rosemary schaute zu Burk zurück, als Marjie in der Küche verschwand.

»Was meinten Sie gerade?«, fragte sie. »Was für anwaltliche Dinge müssen Sie mit mir besprechen? Bitte sagen Sie mir, dass es gute Nachrichten sind.«

Rosemary fürchtete sich davor, was passieren könnte, wenn das Geld von Oma nicht bald ankam. Sie steckte bis zum Hals in Schulden, die sie fast ausschließlich Athenas Vater Dain zu verdanken hatte.

»Das ist es, würde ich sagen«, sagte Burk. »Der Nachlass von Galderall Thorn wird gerade bearbeitet. In Kürze wird eine beträchtliche Geldsumme auf Ihr Konto eingehen.«

»Oh bei den Göttern! Das sind ja fantastische Neuigkeiten!«, sagte Rosemary. »Vorher schien es eine so große Verzögerung zu geben, dass ich mich schon gefragt habe, ob es jemals ankommen würde.«

»Nun, Sie wurden jetzt vom Mordverdacht freigesprochen«, sagte Burk. »Das hat geholfen.«

»Und wie genau spricht man jemanden von Mordverdacht frei, wenn ein uralter Kindervampir, ein Geheimbund übernatürlicher Wesen und eine riesige Drachenerscheinung beteiligt sind?«, fragte Rosemary.

Burk zuckte mit den Schultern. »Die Behörden von Myrtlewood haben ihre eigene Art, Dinge zu erledigen. Sie ... unterscheiden sich ein wenig von der Art und Weise, wie die normale Gesellschaft funktioniert, aber sie funktionieren.«

»Zur Feier des Tages gibt es Kuchen!«, verkündete Rosemary. »Möchten Sie auch etwas?«, fragte sie Burk.

»Ich brauche nichts«, sagte er und deutete mit der Hand auf seinen Kaffee.

»Ach ja, stimmt, das habe ich vergessen. Sie können kein normales Essen zu sich nehmen. Ähm, mit normal meine ich menschlich, ähh ... zählen Sie als ... ach, egal. Wie gut, dass Marjie diese Zaubersprüche beherrscht, um Ihnen alles schmackhaft zu machen. Obwohl ich nicht die leiseste Ahnung hätte, wie ...«

Burk räusperte sich.

»Tut mir leid«, sagte Rosemary und merkte, dass sie immer röter wurde, je mehr sie redete. »In solchen Momenten brauche ich Athena, um mir Einhalt zu gebieten.«

»Schon gut«, sagte Burk und wirkte dabei amüsiert. Er nahm einen Schluck von seinem Getränk und Rosemary fragte sich kurz, ob auch sein Kaffee verzaubert sein musste, beschloss aber, dass es unhöflich wäre, danach zu fragen. Schließlich waren Vampire sehr private Wesen.

»Ich werde einfach ...«, sagte sie und stand auf, um sich hinter dem Tresen ein großes Stück Zitronenquarkbiskuit zu nehmen.

Sie war immer noch hinter dem Tresen und wollte gerade zurück zum Tisch gehen, um sich zu Burk zu setzen und ihn vielleicht davon zu überzeugen, mehr Informationen über den Zeitpunkt des erwähnten großen Geldhaufens zu entlocken, als die Tür aufging. Herr June, der Bürgermeister, kam herein. Sein öliges Haar klebte ihm an der Stirn und sein langer lila Umhang sah etwas zerknitterter aus als sonst.

»Ein großes Stück Karottenkuchen, bitte, meine Liebe«, sagte er und lüftete seinen Hut vor Rosemary. »Ich wusste gar nicht, dass Sie eingestellt worden sind.«

»Wurde ich auch nicht«, sagte Rosemary und hob unschuldig die Hände. »Marjie hat mir nur gesagt, dass ich mich selbst bedienen soll, während sie damit beschäftigt ist, Cupcakes zu dekorieren.«

In diesem Moment steckte Marjie ihren Kopf durch die Küchentür.

»Du kannst auch gerne Herrn June helfen, Liebes, wenn es dir nichts ausmacht.«

»Sicher«, sagte Rosemary und nahm einen weiteren Teller zur Hand, damit sie dem Bürgermeister von Myrtlewood ein Stück Karottenkuchen servieren konnte. Sie brachte es zu seinem Tisch und trug dann ihren eigenen Kuchen zu Burks Tisch.

»Also«, sagte sie, nachdem sie ein paar Bissen von dem köstlichen, säuerlichen und cremigen Biskuit genossen hatte. »Von was für einem Zeitrahmen reden wir hier?«

»Wie bitte?«, fragte Burk.

»Bis der Nachlass vollständig abgewickelt ist.«

»Das kann Wochen dauern«, sagte Burk. »Höchstens zwei Monate. Er muss nur noch von einer Handvoll Anwälten und Bürokraten geprüft werden. Diese Dinge dauern oft unangemessen lange.«

Rosemary nickte und spürte, wie ihr das Herz in die Hose rutschte. Sie war ohnehin schon knapp bei Kasse und Athena brauchte neue Kleidung, zumal es an der Myrtlewood Academy keine Uniform gab und Teenager zumindest ein paar anständige Klamotten zum Wechseln brauchten.

»Sind Sie sicher, dass es Ihnen gut geht?«, fragte Burk.

»Wer sind Sie, meine Mutter?«, erwiderte Rosemary. »Mir geht's gut.«

»Vor zehn Minuten sahen Sie noch errötet aus und jetzt sind Sie ganz blass. Die Menschen sind so wandelbar und so … zerbrechlich.«

»Machen Sie sich nicht lächerlich«, sagte Rosemary. »Ich mag vieles sein. Wandelbar, sicher, aber zerbrechlich? Ganz bestimmt nicht. Ich habe in meinem Leben schon viel durchgemacht und bin knallhart.«

Burk lächelte und vertiefte sich wieder in seine Zeitung.

Rosemary versuchte, sich ein Seufzen zu verkneifen. Sie war vielleicht nicht zerbrechlich, aber sie war pleite. Die Schulden türmten sich immer weiter auf und ihre Kreditwürdigkeit war so schlecht, dass sie nicht darauf hoffen konnte, einen weiteren Kredit zu bekommen, der sie ein paar Monate lang über Wasser hielt.

Rosemary brauchte eine Weile, bis sie sich daran erinnerte, dass sie dem Anwalt noch ein paar Fragen stellen wollte.

»Burk«, sagte sie und versuchte dabei, höflich zu sein und gleichzeitig Distanz zu wahren.

»Ja?«

»Als wir uns das erste Mal trafen ... ähm, wie soll ich das sagen?«

»Sie haben mich verdächtigt, Ihre Großmutter getötet zu haben?«, schlug Burk vor.

Rosemary wurde wieder blass. »Na ja, stimmt schon irgendwie. Die Sache ist die, dass Sie scheinbar wollten, dass ich das Haus verkaufe – bei unserem allerersten Treffen. Später kam mir das verdächtig vor. Ich wollte nur wissen, warum.«

Burk sah leicht verlegen aus. »Ich dachte einfach, Sie wären so jung und weltgewandt im Vergleich zu dem altertümlichen Landleben, das wir hier führen. Ich nahm an, dass Sie lieber in einer Stadt leben würden. Das ist alles.«

Rosemary stotterte, während sie an ihrem Tee nippte. »Es ist komisch«, sagte sie. »Ich fühle mich überhaupt nicht jung, aber ich denke, im Vergleich ...«

Sie war sich nicht sicher, ob es höflich war, einen Vampir als übermäßig alt zu bezeichnen, selbst wenn er es war. »Ist das wirklich der Grund?«, fragte sie und hob fragend eine Augenbraue.

Burk seufzte. »Nicht ganz. Ich hatte auch den Verdacht, dass das Haus in Gefahr und die Blutstein-Gesellschaft darin verwickelt war. Ich würde behaupten, ich wollte Ihre Familie schützen und sichergehen, dass Sie und Ihre Tochter wohlauf sind.«

»Das ist nett von Ihnen«, sagte Rosemary und fragte sich, ob Burk Schwierigkeiten mit Grenzen hatte.

»Ich glaube, ich habe mich auch etwas schuldig gefühlt«, sagte Burk.

»Schuldig?«

»Ja. Dass meiner Klientin, Frau Thorn, etwas zugestoßen ist, von dem ich annahm, dass mein alter Feind dahinter steckte.«

Rosemary lächelte auf eine, wie sie hoffte, beruhigende Art.

Ja, definitiv Schwierigkeiten mit Grenzen.

3

Athena war erleichtert, dass ihre Mutter nicht darauf bestanden hatte mitzukommen. Schule war auch ohne Eltern schon schwer genug. Sie hatten es geschafft, ihre Anmeldung in der Woche zuvor per Telefon zu erledigen, obwohl die Schule wegen des Frühlingsfestes Imbolc geschlossen war. Seltsamerweise hatten sie keine der Unterlagen verlangt, die Rosemary an anderen Schulen hatte vorlegen müssen. Tatsächlich hatte die Myrtlewood Academy alle Unterlagen über die Familie Thorn, die sie brauchten. Alles, was Athena tun musste, war, im Sekretariat vorstellig zu werden, damit man sie zu ihrer Klasse führen konnte.

Es klang vielleicht einfach, aber das war es ganz und gar nicht.

Athena hatte schon zu viele peinliche, isolierende, demütigende und allgemein unangenehme Dinge an den verschiedenen Schulen erlebt, die sie im Laufe der Jahre besucht hatte, da sie so oft umgezogen waren.

Jede einzelne dieser schlechten Schulerinnerungen schien sie zu verfolgen, als sie über den Hof zwischen den großen alten Steingebäuden ging und den Schildern zum Empfang folgte.

Zu allem Übel hatte sie noch nicht herausgefunden, wie sie das Summen in ihrem Kopf abstellen konnte, das gelegentlich von den Gedanken der Menschen um sie herum unterbrochen wurde. Das machte sie paranoid, denn sie befürchtete, dass ihre neuen Klassenkameraden sie für völlig verrückt halten würden. Sie hatte Finnigan gebeten, ihr bei der Beherrschung der Telepathie zu helfen, die er so gut zu verstehen schien, aber nichts von dem, was er gesagt hatte, hatte bisher etwas bewirkt.

Finnigan ...

Das war die andere Sache, die ihr durch den Kopf ging. Sie musste immer wieder an ihn denken – an den Jungen, der wie aus dem Nichts in ihrem Leben aufgetaucht war, um einen tiefen und bleibenden Eindruck zu hinterlassen.

Athena war es nicht gewohnt, *Gefühle* für andere zu haben. Sie hatte sich sogar manchmal gefragt, ob ihr etwas Wichtiges fehlte. Während ihre Mitschülerinnen und Mitschüler oft mit verliebten Gesichtsausdruck von ihren Schwärmen sprachen, darunter auch Prominente, die sie nie überhaupt nicht kannten, hatte Athena noch nie jemanden auf diese Weise gemocht. Sie hatte kaum Freunde, geschweige denn romantische Beziehungen. Schon lange hatte sie das Gefühl, dass mit ihr etwas nicht stimmte, und die Stimmen, die sie hörte, verstärkten diese Sorge noch.

Aber Finnigan versteht es. Er hat die gleiche Fähigkeit – oder den gleichen Fluch – oder was auch immer es ist.

Sie hätte sich gewünscht, dass er die Myrtlewood Academy besucht hätte, aber leider hatte er ihr gesagt, dass seine Ausbildung etwas weiter weg stattfand.

Und zu allem Überfluss war dies auch noch eine magische Schule in einer magischen Stadt und sie hatte die magischen Fähigkeiten eines kaputten Radios.

Athena trat durch die Tür mit der Aufschrift »Sekretariat« ein und fand einen großen geschnitzten Holztresen vor. Dahinter saß eine kleine Frau, die eine salbeigrüne Strickjacke über einem blass-rosa-cremefarbenen gepunkteten Kleid trug. Das Kleid hatte einen Peter-Pan-Kragen, der die Frau trotz der offensichtlichen Falten in ihrem Gesicht und ihrem grauen Haar noch kindlicher erscheinen ließ. Sie schien so sehr mit den Papieren auf ihrem Schreibtisch beschäftigt zu sein, dass sie nicht bemerkt hatte, dass jemand hereingekommen war.

Athena räusperte sich. »Entschuldigen Sie«, sagte sie.

Die Empfangsdame schaute über ihre Hornbrille hinweg auf. »Guten

Tag. Wie kann ich Ihnen helfen?«, sagte sie mit hoher, heiserer Stimme und zeigte ein reptilienhaftes Lächeln.

»Ich bin Athena Thorn. Es ist mein erster Tag hier. Mir wurde gesagt, ich solle mich hier melden.«

»Thorn ... Thorn ...«, murmelte die Frau, leckte ihren Zeigefinger mit einer ziemlich langen Zunge und wühlte in einem Stapel Papiere. »Ah ja. Da bist du ja. Freut mich, dich kennenzulernen. Ich bin Marla Twigg – Frau Twigg für die Schüler.«

»Twigg?«, sagte Athena. Der Name kam ihr bekannt vor.

»Ja«, sagte Frau Twigg und klimperte mit den Wimpern. »Du fragst dich wahrscheinlich, ob ich mit der berühmten Historikerin Agatha Twigg verwandt bin.«

»Oh, Agatha. Stimmt«, sagte Athena. »Wir haben sie im Pub getroffen.«

Frau Twigg schaute leicht verärgert über diese Antwort, da sie sich offensichtlich mehr Ehrfurcht dabei erhofft hatte.

»Oh ... ähm«, fuhr Athena fort. »Sie ist eine Historikerin? Wenn ich es mir recht überlege, habe ich mir neulich ein Buch von A. C. Twigg angesehen ... und ... ähm ... sie war einmal bei uns zum Abendessen, aber ich wusste nicht, dass ...« Athena hielt inne, als sie merkte, dass sie genau wie ihre Mutter schwafelte. »Äh ... Sind Sie miteinander verwandt?«, fragte sie.

»Sie ist meine Tante«, sagte Frau Twigg stolz. »Sie ist ziemlich bekannt, weißt du. Aber ich nehme an, deine Familie ist es auch. Die Thorns sind in dieser Gegend berühmt.«

Sie sagte das alles mit einem großzügigen Lächeln, aber ihre Worte verstärkten nur noch Athenas Gefühl des Grauens.

Die Familie ist berühmt ... aber ich bin völlig nutzlos. Mama ist diejenige, die zaubern kann, und ich habe nur ein Brummen im Kopf!

»Komm mit«, sagte Frau Twigg, sprang von ihrem ziemlich hohen Stuhl auf und wies mit einer Geste auf das Foyer. Athena stellte zu ihrem Erstaunen fest, dass die Frau noch kleiner war, als sie gedacht hatte, und ihr nur bis knapp über die Taille reichte. Sie folgte ihr durch den holzgetäfelten Flur.

»Du bist sehr früh dran«, sagte Frau Twigg.

»Ich dachte, ich wäre zu spät«, sagte Athena. »Warum sind keine anderen Schüler da?«

»Normalerweise fangen wir am späten Vormittag an.«

»Aber auf der Website stand doch ...« Athena stutzte.

Frau Twigg stieß ein kleines, schrilles Lachen aus. »Ich habe vergessen, dass wir eine Website haben. Sie ist für alle Schulen im Bezirk oder im Land oder so verpflichtend. Sie enthält Standardinformationen, damit wir für die normalen Leute nicht verdächtig aussehen.«

»Oh«, sagte Athena und nickte. »Ja, natürlich. Bedeutet das auch, dass die Schule später zu Ende ist?«

»Nein, es bedeutet nur, dass wir die Zeit beugen, wenn wir müssen – um durch den Unterricht zu kommen. Die Schule muss pünktlich um 15:15 Uhr enden, sonst kämen wir alle zu spät zum Kaffee, oder?«

»Aber warum ...?«

»Niemand mag früh aufstehen«, sagte Frau Twigg, als wäre es ganz offensichtlich. »Hier ist die Bibliothek.«

Athena schaute in einen großen Raum mit hohen Decken, der mit riesigen alten Holzregalen voller Bücher gefüllt war.

»Wow«, sagte Athena. »Das ist fantastisch.«

Frau Twigg lächelte sie an und genoss ihre Reaktion. »Danke. Es ist meine Bibliothek. Ich bin hier auch die Bibliothekarin.«

»Cool«, sagte Athena.

»Ist es das?«, fragte Frau Twigg. »Hier ist es ziemlich schwül, zumindest für den Februar.«

Athena dachte zuerst, dass Frau Twigg nur einen ziemlich blöden Scherz gemacht hatte, merkte aber schnell, dass es nicht lustig gemeint war. Die Antwort erinnerte sie an Ferg und andere seltsame Gestalten, denen sie in Myrtlewood begegnet war. Einen Moment lang fühlte sich Athena wie auf einem anderen Planeten. Sie beschloss, ihre Bemerkung nicht zu erklären, denn das war die Mühe nicht wert. Stattdessen folgte sie Frau Twigg schweigend durch die Schule und war von der Hälfte der Dinge, die die kleine Frau sagte, verblüfft.

»Das Planetarium ist da drüben, den östlichen Korridor entlang, und ich bin mir sicher, dass du als Thorn scharf auf das Herbarium bist – es befindet sich hinten im Gebäude an der Südseite. Deine Großmutter war eine Meisterin im Umgang mit Kräutern.«

Frau Twigg fuhr fort, gestikulierte herum und nannte ein halbes Dutzend anderer »arium«-Orte, die Athena nicht ganz verstand und sofort wieder vergaß.

»Hier ist dein Herdzimmer«, sagte Frau Twigg und führte Athena zu einer bestimmten Tür, obwohl sie zu diesem Zeitpunkt keine Ahnung hatte, wo in dem weitläufigen Gebäude sie sich befand oder wie sie dorthin gekommen war.

»Mein was?«, fragte Athena.

»Du weißt schon – der Raum, in dem du den Tag beginnst. Dein Gruppenraum.«

»Oh ... toll«, sagte Athena. »So etwas wie ein Klassenzimmer?«

Frau Twigg warf ihr einen ausdruckslosen Blick zu, drehte sich auf ihren salbeigrünen Absätzen um und schritt davon.

Das war ziemlich abrupt, dachte Athena und befürchtete, dass sie die Empfangsdame und Bibliothekarin irgendwie enttäuscht hatte und dass noch mehr Peinlichkeiten auf sie zukommen würden.

ATHENA DRÜCKTE die Tür zum Herdzimmer auf und fand den Raum leer vor. Es hätte fast ein gewöhnliches Klassenzimmer in einer gewöhnlichen Schule sein können, außer dass es nur eine Handvoll Tische gab, die in einem Halbkreis angeordnet und auf einen großen Eichentisch ausgerichtet waren, der mit Büchern, ungewöhnlichen Gefäßen und allen möglichen Gegenständen beladen war, die eine vage Ähnlichkeit mit bizarren Chemiegeräten hatten. Hinter dem Tisch schien ein großer Haufen Lumpen zu liegen, aber als Athenas Blick darauf fiel, hätte sie schwören können, dass er sich bewegte.

Nein, er bewegte sich tatsächlich.

Die Lumpen brüllten laut und ließen Athena zusammenzucken. Sie verlor das Gleichgewicht und stieß einen Schreibtisch um. Er fiel klappernd zu Boden und Athena verspürte eine schleichende Panik. Was auch immer die Kreatur vor ihr war, es musste sie gehört haben.

Als sie ihr Gleichgewicht wiederfand, blickte sie entsetzt auf das unbekannte Wesen und sah, wie einige der Lumpen in Form einer Kapuze zurückrutschten. Ein sehr altes Gesicht mit einem sehr langen weißen Bart kam zum Vorschein, mit kleinen hellblauen Augen, die Athena überrascht anblinzelten.

»Oh, Entschuldigung«, sagte Athena.

Der alte Mann räusperte sich. »Hallo«, sagte er mit freundlicher Stimme. »Und wer magst du wohl sein?

Athena stotterte einen Moment lang, bevor sie murmelte: »Ich bin Athena Thorn.«

Er warf ihr einen ernsten, schielenden Blick zu und kramte dann auf dem chaotischen Tisch vor sich herum, der, wie Athena erkannte, sein Schreibtisch sein musste, bis er eine kleine Brille mit runden Gläsern fand, die sie ein bisschen an die Beatles erinnerte.

Er setzte sie auf und schielte wieder zu Athena.

»Thorn. Hah! Das bist du in der Tat. Du bist mit der alten Galdie verwandt, möge ihr Geist in Frieden ruhen.«

»Das ist meine Urgroßmutter«, sagte Athena und nickte. »Und ich glaube nicht, dass ihr Geist viel Ruhe findet. Sie treibt in der Welt der Geister ihr Unwesen, da bin ich mir sicher. Wenn sie nicht gerade zu tiefsinnigen Gesprächen im Thorn Manor vorbeischaut.«

Athena hielt sich den Mund zu und erinnerte sich daran, dass Oma Thorn nicht wollte, dass die Leute von ihrer Geistererscheinung wussten.

»Ist das so?«, fragte der alte Mann und lächelte so warmherzig, dass Athena aufhörte, sich Sorgen zu machen. Dann verwandelte sich sein Lächeln in ein leichtes Stirnrunzeln. »Oh, verflixt. Wie unhöflich von mir, mich nicht vorzustellen. Ich bin Aventurin Spruce. Und ich nehme an, ich bin dein neuer Herdlehrer.«

»Das nehme ich an«, sagte Athena. »Ich glaube, ich bin ein bisschen zu früh dran. Oh, und es tut mir leid, dass ich das Pult umgeworfen habe.«

»Das macht nichts«, sagte Herr Spruce. »Setz dich und mach es dir gemütlich.«

4

Rosemary blieb zu lange in der Teestube. Der anfängliche Ansturm der Gäste war abgeklungen und es herrschte bereits Mittagsflaute. Sie hatte keine Lust, in Omas Haus zu gehen und dort ganz allein zu sein oder dem Geist ihrer unberechenbaren Großmutter zu begegnen. Nicht heute.

Burk war längst in sein Büro gegangen. Rosemary borgte sich seine Zeitung, um sich die Stellenanzeigen anzusehen. In der nächstgelegenen Stadt gab es ein paar Möglichkeiten, aber dazu müsste sie dorthin fahren, wahrscheinlich genau zu der Zeit, in der sie Athena zur Schule bringen musste. Trotzdem brauchte sie einen Job.

Das Geld aus Omas Nachlass wäre eine große Hilfe, aber selbst dann würde es nicht ewig reichen. Das Problem war, dass sie weder qualifiziert war noch über viel Erfahrung verfügte. Sie kreiste eine Anfrage für Lebensmittelverkäufer ein und ließ sich dann auf den Tisch sinken, wobei sie nicht einmal versuchte, ein lautes Seufzen zu verbergen.

»Was ist los, Liebes?«, fragte Marjie und kam herüber.

»Es ist nichts.« Rosemary richtete sich auf und setzte ein Lächeln auf.

»Suchst du nach Arbeit?«, fragte Marjie und deutete auf die Zeitung.

»Um ehrlich zu sein, bin ich ein bisschen knapp bei Kasse«, gab Rosemary zu. »Ich kann aber keine Stellenanzeigen in Myrtlewood finden.«

»Oh, so etwas setzt hier niemand auf«, sagte Marjie und gestikulierte auf die Zeitung. »Das ist alles für die weltliche Welt, verstehst du? Wenn wir in den Bezirkszeitungen Anzeigen aufgeben würden, würden sich Leute melden, die beim ersten Anblick von Magie aufschreien. Nein ... hier fragen wir einfach herum, ob es einen Job zu erledigen gibt oder eine Person, die Arbeit braucht.«

»Oh«, sagte Rosemary. »Wenn die Zeitung also nichts mit Myrtlewood zu tun hat, warum sollte sie dann jemand lesen wollen?«

Marjie zuckte mit den Schultern. »Ich halte mich nur auf dem Laufenden, wie es in der Welt aussieht, nehme ich an. Es tut gut, informiert zu sein. Aber wechsele nicht das Thema. Erzähl Tante Marjie von deinen Problemen und ich werde sehen, was ich tun kann.«

Marjie kam und setzte sich an den Tisch, brachte Rosemary Scones mit Sahne und Marmelade und eine Kanne Tee mit ihrem speziellen Muntermacherzauber, um sie aufzumuntern.

Rosemary nahm einen Schluck von dem Gebräu und fühlte sich sofort besser. Die Scham, die sie wegen ihrer Geldprobleme mit sich herumtrug, schien wie weggeblasen zu sein und sie erzählte Marjie alles über die traurige Situation.

»Dir wird es also bald wieder gut gehen«, sagte Marjie. »Galdies Geld wird dich sicher auf die Beine bringen.«

»Sicher, eine Zeit lang«, sagte Rosemary. »Aber im Moment bin ich total pleite. Selbst wenn das Geld ankommt, wird es nicht reichen, oder? Ich brauche irgendeinen Job, ein Einkommen, um mich selbst versorgen zu können. Ich will mein Erbe nicht verprassen und dann wieder pleite sein.«

»Nimm noch einen Schluck Tee, Liebes«, sagte Marjie.

Rosemary tat wie ihr geheißen und beobachtete, wie sich Marjies Gesicht zu einer konzentrierten Miene verzog.

»Mir scheint«, sagte Marjie, »dass du zwei Probleme hast.«

»Nicht nur ein großes, klaffendes?«, fragte Rosemary.

»Nein«, sagte Marjie. »Du hast das Problem, was du jetzt und in den nächsten Wochen mit dir anfangen sollst, um über die Runden zu kommen – das ist das einfach zu lösende Problem.«

»Einfach?! Wie kann das einfach sein?", fragte Rosemary. »Weißt du etwas, was ich nicht weiß?«

»Oh Rosemary, wir lieben dich in dieser Stadt und ich bin sicher, es gibt genug Arbeit. Ferg hat viele Jobs. Ich bin sicher, dass er ein paar davon entbehren kann. Was interessiert dich am meisten?«

»Ehrlich gesagt, mache ich alles«, sagte Rosemary und hatte das Gefühl, dass sich ihr Problem schon halbiert hatte, nur weil sie es mit Marjie teilte.

»Wie wäre es dann hier?«, fragte Marjie.

»Im Teeladen?«

»Klar«, sagte Marjie. »Es ist Hochsaison für mich – wie ich schon sagte. Wenn es dir nichts ausmacht, dir eine Schürze anzuziehen, hätte ich dich gerne hier, um die Kunden zu bedienen, während ich hinten herum werkle. Du könntest mir sogar beim Kochen helfen, wenn du magst. Ich weiß, dass du in der Küche begabt bist.«

»Wird es hinten nicht ein bisschen eng, wenn Herb auch da ist?«

»Ach, Quatsch«, sagte Marjie und winkte ab. »Herb ist zu beschäftigt mit seinem verdammten Modelleisenbahnclub. Die veranstalten gerade eine Ausstellung. Er ist gerade keine große Hilfe. Du wärst perfekt.«

»Wirklich?«

»Aber natürlich«, sagte Marjie. »Du hast schon den Bürgermeister bedient, und ich habe gesehen, was du in der Küche kannst. Du kannst morgen anfangen, wenn du willst. So einfach ist das.«

Rosemary seufzte – aber dieses Mal vor Erleichterung und Freude. »Das wäre wunderbar. Ich danke dir!« Sie warf ihre Arme um Marjie. »Du bist eine Lebensretterin, und ich könnte mir keinen schöneren Job vorstellen.«

»Siehst du – das ist dein zweites Problem«, sagte Marjie.

»Was ist mein zweites Problem?«, fragte Rosemary verblüfft.

»Du bist vielleicht nicht bereit, es zu hören«, warnte Marjie.

»Oh nein. Das kannst du nicht tun! Du kannst mir nicht sagen, dass ich ein Problem habe und mich dann im Ungewissen lassen. Was ist es?«

»Langfristiges Denken«, sagte Marjie weise. »Du bist zu sehr daran gewöhnt, von Woche zu Woche zu leben und keine Pläne für die Zukunft zu machen.«

Rosemary nickte. »Diesen Luxus hatte ich noch nie.«

»Stimmt, aber es ist auch etwas, wovor du Angst hast, würde ich wetten.«

»Wahrscheinlich hast du Recht«, antwortete Rosemary und legte ihre Wange in die Hand, während sie den Ellbogen auf eine Weise auf den Tisch stützte, für die sie von ihren konservativen Eltern gescholten worden wäre. »Es ist einfacher, nicht an die Zukunft zu denken. Wenn ich es tue, ist da nur diese große, beängstigende Leere voller Unwissenheit und möglichem Versagen.«

»Das kannst du jetzt hinter dir lassen«, sagte Marjie und klopfte Rosemary sanft auf die Schulter. »Du bist bei uns zu Hause in Myrtlewood, und wir kümmern uns um unsere Leute.«

Rosemary lächelte. »Danke. Das ist sehr nett von dir.«

»Es ist einfach die Wahrheit«, sagte Marjie sachlich. »Jetzt kannst du aufhören, dir Sorgen zu machen und anfangen, dir die Frage zu stellen, die der berühmte Dichter stellte: Was möchtest du mit diesem einen kostbaren Leben anfangen?«

Rosemary stöhnte auf. »Ich habe mir dieselbe Frage gestellt. Schon seit Jahren, um genau zu sein. Früher erschien mir das alles so außer Reichweite, aber du hast Recht. Jetzt, wo ich endlich einen Hoffnungsschimmer sehe, ist es erschreckend!«

Jetzt war es an Marjie, zu seufzen. »Das ist es, Liebes. Das Gefühl, keine Wahl zu haben, ist schon schlimm, aber die Macht zu haben, sein Leben selbst zu entscheiden, kann noch viel schlimmer sein.«

»Es ist aber viel besser«, sagte Rosemary. »Über mein Leben selbst entscheiden zu können, ist so viel besser, als keine Macht darüber zu haben.«

»Aber ...?«, fragte Marjie.

Rosemary stützte ihren Kopf in ihre Hände. »Aber ich habe Angst, dass ich, wenn ich etwas Neues ausprobiere, es vermassle und noch mehr Schulden mache und wir wieder am Anfang stehen. Oder ich treffe die falsche Entscheidung und verpasse das, was ich wirklich tun sollte. Oder ... oder ...«

»Ich verstehe dich, Liebes«, sagte Marjie. »Du hast einen enormen Fall von dem, was die jungen Leute FOMO nennen – Fear of missing out.«

»Athena sagt, junge Leute benutzen das nicht mehr«, sagte Rosemary. »Jetzt, wo die Älteren auf den Trichter gekommen sind. Vielleicht heißt es eher FOF.«

»Foff?«

»Fear of failure«, sagte Rosemary. »Obwohl ich mir nicht sicher bin, ob es jemand so nennt. Aber ja ... ein Haufen Ängste und ein Haufen Ungewissheit.«

»Nun, weißt du, was das Gute ist?", fragte Marjie.

»Was?«

»Du bist in Sicherheit, und es geht dir gut, und du hast Athena, die hier aufblühen wird, das bin ich mir sicher. Du musst nicht alles auf einmal herausfinden, und in der Zwischenzeit kannst du mir im Laden helfen.«

»Du hast Recht«, sagte Rosemary und lächelte wieder. »Danke, Marjie.«

»Keine Ursache, Liebes. Ich bin so froh, dass du nach all den Jahren wieder in Myrtlewood bist.« Damit stand Marjie auf, um einen Kunden zu bedienen, und summte dabei fröhlich vor sich hin, während Rosemary weiter über ihre Hoffnungen und Ängste nachdachte.

5

———

Athena saß besorgt an einem Schreibtisch und betrachtete ihren dunkelvioletten, abgesplitterten Fingernagellack. Herr Spruce war wieder eingeschlafen und schnarchte ziemlich laut. Sie wollte ihn nicht stören und wusste nicht, was sie sonst tun sollte.

Sie hielt den Kopf gesenkt, als die anderen Schüler ankamen.

»Wer zum Teufel bist du?« Eine schrille Stimme unterbrach Athenas Gedanken.

Sie sah auf und erblickte ein blondes Mädchen mit einem langen Hals und einer spitzen Nase, deren Haare zu einem hohen Pferdeschwanz gebunden waren.

Athena blickte sich im Raum um und sah noch ein paar weitere Gesichter. Alle Augen waren auf sie gerichtet.

»Ich bin Athena Thorn«, sagte sie.

Die blauen Augen des Mädchens weiteten sich, als sie den Namen erkannte.

Anscheinend kennt jeder unseren Familiennamen. Athena spürte, wie das Gewicht all der Erwartungen, die der Name mit sich brachte, auf ihr lastete.

»Ich bin Beryl Flarguan«, sagte das Mädchen in einem eisigen Ton. »Ich stamme aus einer alten Hexenfamilie und bin die Klassenbeste.«

Athena warf ihr einen verwirrten Blick zu. »Okay.«

»Du magst aus einer bekannten Familie kommen, aber ich bin besser«, fuhr Beryl fort. »Du wirst mich nicht übertreffen.« Dann drehte sie sich mit hoch erhobener Nase um und stolzierte auf die andere Seite der Klasse, wo sie sich an den Tisch neben Herrn Spruce setzte.

Athena schaute sich um, um zu sehen, wie die anderen Schüler auf Beryls Auftritt reagierten.

Werden sie alle so schrecklich sein?

Sie war erleichtert, als der cool aussehende Junge mit dem übergroßen Kapuzenpulli neben ihr ihr einen mitfühlenden Blick zuwarf. Währenddessen brachen ein paar andere im Raum in Gelächter aus. Athena beäugte sie misstrauisch, unsicher, ob sie über Beryl oder über sie lachten.

Ein Mädchen mit einem hellblauen Pixie-Haarschnitt lächelte Athena herzlich an. Der Typ neben ihr, der ebenfalls lachte, war groß und hatte ziemlich viele schwarze Haare. Athena wünschte, sie könnte erahnen, was die beiden dachten. In ihrem Kopf schwirrte es, aber es brachen keine klaren Gedanken durch, wie immer, wenn sie von Menschen umgeben war.

Athena verfluchte ihre Kraft, die ihr im wahrsten Sinne des Wortes mehr Kopfschmerzen als Nutzen einbrachte. Es wäre viel nützlicher, wenn sie sie irgendwie verbessern könnte, so dass sie nur bestimmte Gedanken hören könnte. Sie nahm sich vor, Finnigan danach zu fragen.

Ein braungebrannter Junge mit dunkelroten Haaren und einer schlanken Statur betrat das Klassenzimmer. Sein Blick war auf Herrn Spruce gerichtet.

»Sprucey schläft schon wieder«, sagte er schelmisch.

»Auf keinen Fall, Felix«, sagte das Mädchen mit den blauen Haaren. »Lass es bleiben.«

»Nur einen kleinen Zauber«, antwortete er, holte eine blau leuchtende Kugel aus seiner Tasche und legte sie vor Herrn Spruce auf den Schreibtisch.

Athena schaute sich um und fragte sich besorgt, was los war. Alle Augen waren auf Felix gerichtet, der sich nach vorne beugte, um der Kugel etwas zuzuflüstern und dann zwei große Schritte zurücktrat. Der

Zauber surrte und zischte, und blauer Rauch stieg auf, so dass Herr Spruce niesen musste und erschrocken aufsprang.

»Huh! Notfall! Notfall!«, rief er.

Die Klasse kicherte und klatschte und lachte, bis auf das blauhaarige Mädchen und den Jungen mit dem Kapuzenpulli neben Athena, die das alles viel ernster zu nehmen schienen.

»Felix!«, brüllte Herr Spruce. »Ich nehme an, das war wieder einer deiner Streiche.«

»Schuldig im Sinne der Anklage«, sagte Felix mit einem Zwinkern in den Augen.

Athena atmete erleichtert auf. Wenigstens war der Streich nur Show, es war kein wirklicher Schaden entstanden.

»Ein Neuzugang, was?«, sagte Felix, stolzierte zu Athena hinüber und setzte sich neben sie. »Na, das ist doch mal was. Frischblut.«

Athena errötete. Ihr war etwas mulmig zumute und sie schaute wieder auf ihre Hände.

»Ruhe! Ruhe!«, sagte Herr Spruce.

»Wir sind hier nicht im Gerichtssaal«, sagte Felix lässig.

»Felix, *muss* ich dich wieder nachsitzen lassen?«

»Es ist kein Nachsitzen, wenn ich nicht auftauche«, antwortete Felix.

Die Stimme von Herrn Spruce nahm einen autoritären Ton an. »Na gut. Dann schicke ich dich zu Frau Twigg.«

Im Raum herrschte Stille.

»Bitte nicht!«, sagte Felix, setzte sich aufrecht auf seinen Stuhl und verschränkte die Arme. »Ich werde brav sein. Ich verspreche es.«

Athena war sich nicht sicher, ob Felix nicht doch nur den Clown spielte, aber an seinem Tonfall merkte sie, dass er wirklich Angst vor der kleinen Bibliothekarin hatte.

»Also gut. Klasse, fangen wir an«, sagte Herr Spruce. »Nehmt eure Hausaufgaben heraus. Wenn ich mich recht erinnere, solltet ihr einen Mondgesang auswendig lernen und dann drei Absätze darüber schreiben, was er für euch bedeutet. Wenn ihr alle anfangen würdet ...«

Die Klasse begann mit dem Rezitieren eines Gesangs, den Athena natürlich noch nie gehört hatte. Sie fühlte sich unheimlich fehl am Platz.

Sie war noch nie besonders gut im normalen Schulunterricht gewesen, aber jetzt war sie so überfordert, dass sie nicht wusste, wie sie überhaupt reagieren sollte.

Sie war ratlos, wie das alles in den nationalen Lehrplan passen oder als nützliche Ausbildung gelten sollte.

Das Brummen in ihrem Kopf war zu richtigen Kopfschmerzen geworden und ihr Gefühl der Angst wurde immer schlimmer. Die nächste Stunde war Geschichte und Volkskunde, was in der Bibliothek von keiner Geringeren als Frau Twigg unterrichtet wurde, die wie Ferg viel zu viele Aufgaben für eine Person zu haben schien, obwohl sich im Gegensatz zu Ferg bei ihr alles um die Schule zu drehen schien.

Athena wusste nicht, wo sie mit den alten Feentexten anfangen sollte. Die anderen Schülerinnen und Schüler schienen alle genau zu wissen, was vor sich ging. Sie blieb für sich und versuchte, mit niemandem zu sprechen, obwohl Beryl ihr immer wieder verschmitzte Blicke zuwarf und sich sichtlich über Athenas offensichtliches Unbehagen amüsierte.

Es war schmerzlich klar, dass Athena keine Ahnung hatte, was vor sich ging, und die Lehrerinnen und Lehrer waren viel zu seltsam und beunruhigend, um eine große Hilfe zu sein.

Die anderen Kinder schienen nicht ganz so schrecklich zu sein, aber Athena wollte auch bei ihnen kein Risiko eingehen. Obwohl einige der Schüler hilfsbereit und sogar freundlich schienen, fühlte sie sich sicherer, wenn sie allein blieb. Es gab zu viele unbekannte Faktoren.

In der Mittagspause hielt sie sich in der Bibliothek auf und versuchte, sich einen Reim auf die Texte aus dem dreizehnten Jahrhundert zu machen, die walisische Nonnen über die örtlichen Kobolde verfasst hatten.

Sie war versucht, ihr Handy zu zücken und im Internet zu recherchieren, um zu sehen, ob sie eine Erklärung für einige der Begriffe finden konnte, die für sie keinen Sinn ergaben, aber sie bezweifelte, dass Wikipedia so etwas Obskures zu bieten hatte. Außerdem bezweifelte sie, dass Frau Twigg die Benutzung von Handys in der Bibliothek gutheißen würde.

Frau Twigg stand hinter dem Schreibtisch und beobachtete jeden im Raum mit einem leicht bedrohlichen Blick. Athena war immer noch leicht verunsichert, warum Felix, der Schelm, Angst vor der kleinen Frau hatte.

~

NACH DEM MITTAGESSEN WAR KUNSTUNTERRICHT. Zumindest dieser war relativ ähnlich zu dem Lehrplan, den Athena gewohnt war. Die Lehrerin war alt und zierlich und trug einen Tartan-Anzug. Sie stellte sich Athena als Frau Tabitha Coin vor. »Aber bitte nenn mich Tabby«, fügte sie hinzu.

Der Unterricht begann und Athena wurde Sam zugeteilt, dem Jungen mit dem übergroßen Kapuzenpulli, der einen Nasenring trug und kurzes, struppiges, dunkles Haar mit lila Strähnen hatte.

Athena lächelte unbeholfen. »Hallo«, sagte sie. »Ich bin Athena.«

»Ich bin Sam, aber das hat dir Tabby ja schon gesagt ... Ähm, aber bevor wir anfangen, solltest du wissen, dass ich ... ähm, kein Geschlecht habe. Wie Elfen.«

»Elfen?«, fragte Athena verblüfft.

»Lass es mich noch einmal versuchen«, sagte Sam. »Wie lauten deine Pronomen?«

»Wie bitte?«, antwortete Athena, als sie sich setzten, und fragte sich, ob es sich um eine weitere magische Sache handelte, die sie nicht kannte.

»Deine Pronomen. Du weißt schon ...? Ich ziehe es vor, wenn man mich ‚dey‘ oder ‚dem‘ nennt.«

»Oh!«, sagte Athena. »Du bist nicht-binär?«

Sam schaute leicht überrascht. »Ich nehme an, das bin ich«, sagte dey.

»Das ist der Begriff, den man in der nichtmagischen Welt benutzt«, erklärte Athena.

»Nicht-binär«, wiederholte Sam. »Das gefällt mir. Normalerweise erkläre ich es den Leuten in Bezug auf die Feenwesen, die geschlechtslos sind, wie z. B. Elfen, aber ich habe gehört, dass sie das Pronomen »es« bevorzugen, welches sie für alles verwenden ... was natürlich für die meisten Menschen nicht akzeptabel ist.«

»Ich ... habe keine Ahnung von Elfen, aber was die Pronomen angeht, denke ich, sie/ihr«, sagte Athena. »Darüber habe ich noch nicht so viel nachgedacht.«

Sam zuckte mit den Schultern. »Die meisten Menschen tun das nicht, wenn sie es nicht müssen.« Dey warf Athena einen unsicheren Blick zu, als wollte dey ihre Reaktion abwägen.

»Danke, dass du mir von deinen Pronomen erzählt hast, und auch von den Elfen. Das ist alles gut zu wissen«, sagte Athena. »Es ist irgendwie cool, dass die magische Welt das versteht.«

»Zum größten Teil«, sagte Sam. »Ich meine, es gibt auch viele Götter, die ständig ihr Geschlecht wechseln, und auch andere Kreaturen. Aber manche Menschen finden es immer noch seltsam.«

»Ich habe noch nie über genderfluide Götter nachgedacht«, sagte Athena.

»Genderfluid!«, krähte Sam. »Ich liebe es!«

Athena lächelte. Bisher war ihr das Geschlecht von Sam nicht besonders bewusst gewesen. Aber im Gegensatz zur Magie war dies zumindest etwas, das Athena verstand. An ihrer alten High School hatte es mehrere Schüler mit diversen Geschlechtern gegeben.

Sam strahlte sie an. »Wir müssen uns gegenseitig zeichnen«, sagte dey.

Athena und Sam saßen sich am Schreibtisch gegenüber und versuchten, das Abbild des anderen auf die Leinwände zu bringen, die sie von Tabby, der Kunstlehrerin, bekommen hatten.

Sam war recht freundlich, wenn auch ein bisschen schüchtern, aber Athena konnte das nachvollziehen. Sie fühlte sich selbst nicht besonders lebhaft.

Felix unterbrach den Unterricht immer wieder und machte Witze über das blauhaarige Mädchen Elise, deren Locken sich nach und nach rot färbten, während er sie zeichnete.

Athena versuchte, Elises flammendes Haar nicht anzustarren.

»Sie ist wie ein Stimmungsring«, sagte Sam.

»Was?«, fragte Athena.

»Du weißt schon, dass ihre Haare die Farbe wechseln, je nachdem, wie sie sich fühlt.«

»Oh, wow!«, sagte Athena erstaunt. »Ich bin ... Ich habe wirklich keine Ahnung von der magischen Welt.«

»Das merke ich«, sagte Sam. »Mach dir keine Sorgen. Du wirst dich daran gewöhnen. Wie Ash.«

»Ash?«

»Ashwagandha, da drüben«, Sam deutete auf ein hübsches dunkelhaariges Mädchen, von dem Athena vermutete, dass es südasiatischer Abstammung war. »Sie ist letztes Jahr mit ihren Eltern aus Surrey hierher gezogen, nachdem sie ihre Kräfte entdeckt hatten. Sie haben gehört, dass Myrtlewood der beste Ort für eine magische Ausbildung ist.«

»Oh, das ist interessant«, sagte Athena und fühlte sich im Laufe des Gesprächs immer wohler.

»Wenigstens hast du Macht«, sagte Sam.

»Nicht wirklich«, sagte Athena. »Meine Mama hingegen schon.«

»Du hast eine Menge davon. Das merke ich«, sagte Sam. »Auch wenn sie sich noch nicht manifestiert hat. Ich bin wahrscheinlich dey Einzige in der Schule, dey nicht viel hat. Ich lebe einfach nur hier. Meine Familie praktiziert Volksmagie, aber ich bin nichts Besonderes, nicht so wie die anderen Kinder.«

Während sie sich gegenseitig weiter zeichneten, wurde Sam immer nervöser und benutzte immer häufiger den Radiergummi.

»Was ist los?«, fragte Athena.

»Ich kann dich einfach nicht einfangen. Es ist, als ob ... du gar nicht da wärst.« Sams Worte schockierten Athena.

Noch überraschter war sie, als Sam ihr das vage und verschwommene Gesicht zeigte, das dey von ihr gezeichnet hatte, im Vergleich zu den sehr lebensechten Skizzen anderer Gesichter und Tiere in deren Notizbuch.

»Irgendetwas ist seltsam an dir«, sagte Sam. »Es ist nicht nur die Kraft. Da ist noch etwas anderes.«

Athena spürte, wie sie sich wieder in ihr Schneckenhaus zurückzog. Selbst an einer magischen Schule stimmte etwas nicht mit ihr. Sie passte nicht einmal zu den Freaks.

Zu allem Überfluss schlenderte in diesem Moment der Unruhestifter Felix zu ihnen herüber und starrte erst auf Sams Skizze und dann auf Athena.

»Ich würde nicht sagen, dass die Ähnlichkeit unheimlich ist«, sagte er. »Aber irgendetwas ist seltsam an dir, Frischblut.«

6

Rosemary machte sich kurz vor Mittag auf den Heimweg nach Thorn Manor, gestärkt durch weitere Tassen von Marjies Spezialtee.

Während sie die Auffahrt hinauffuhr und den Ausblick auf das Meer an der Küste Cornwalls bewunderte, fühlte sie sich etwas zuversichtlicher, was ihre Zukunft betraf. Immerhin hatte sie einen befristeten Teilzeitjob, um sich über Wasser zu halten. Die Arbeit in Marjies Teeladen würde eine gute Möglichkeit sein, mehr Leute in der Stadt kennenzulernen, und sie würde den ganzen Tag mit leckerem Essen zu tun haben, wo sie in ihrem Element sein würde.

Sie parkte das Auto und schaute hinauf zum Haus. Es war *ihr* Zuhause, und das fühlte sich wunderbar an, nachdem sie so lange zwischen verschiedenen, furchtbar heruntergekommenen Wohnungen und Wohngemeinschaften hin und her gependelt war, ohne je ein echtes Gefühl von Heimat zu verspüren.

Sie lehnte sich zurück und bewunderte das Thorn-Anwesen. Das alte Steingebäude mit seinen ausladenden (aber verstaubten) Flügeln und dem romantischen (aber unzugänglichen) Turm hatte eine gewisse Präsenz. Sie hatten noch einmal gesucht, aber den Eingang zu dem geheimnisvollen Turm immer noch nicht finden können. Ein seltsames

Gefühl überkam Rosemary, als sie zum Haus hinaufblickte. Sie hatte das Gefühl, dass etwas daran anders war. Irgendetwas hatte sich verändert, seit sie vor ein paar Stunden das letzte Mal zu Hause gewesen war.

Das letzte Mal, als Rosemary so etwas gespürt hatte, war eine riesige klaffende Leere in der Eingangstür erschienen, und das reichte aus, um ihr ein flaues Gefühl zu verschaffen.

In den letzten Tagen hatte sie nicht über die Gefahren nachgedacht, denen sie wahrscheinlich immer noch ausgesetzt waren. Sie hatte es vermieden – jedenfalls so weit wie möglich –, sich Sorgen über diesen verflixten Geheimbund zu machen und darüber, wie er versuchte, an die Magie ihrer Familie heranzukommen.

Es war kaum zu glauben, wie viel in der kurzen Zeit, die Rosemary und Athena zurück in Myrtlewood waren, passiert war. Der Angriff der Blutstein-Gesellschaft war erst ein paar Tage her, und obwohl es Rosemary gelungen war, ihre kleine vampirische Anführerin zu besiegen, konnte sie nicht umhin, sich zu fragen, was mit dem Rest der Gruppe geschehen war. Hatten sie sich wirklich wie erhofft zerstreut, weil ihre Kräfte erschöpft waren?

Ihre eigene Kraft hatte während der Konfrontation zugenommen, als sie sie zusammen mit der zuvor gebundenen Magie der Thorn-Familie endlich freigesetzt hatte, aber seitdem hatte sie nachgelassen und schien nur noch zufällig zu wirken, mit ungewollten Folgen wie der Stofflawine am Morgen.

Sie beäugte das Haus misstrauisch und fragte sich, ob vielleicht Eindringlinge darin lauerten.

Auch wenn ich meine Kräfte noch nicht vollständig unter Kontrolle habe, bin ich mir sicher, dass sie zu mir kommen werden, wenn ich sie brauche, versicherte sich Rosemary. *Niemand bricht ohne Konsequenzen in mein Haus ein!*

Sie stieg aus dem Auto aus und stürmte auf das Haus zu. Sie hörte ein ängstliches Miauen und sah das Kätzchen aus einer Katzentür kommen, die das Haus gnädiger Weise von selbst eingebaut hatte. Fellknäuel, das noch-zu-benennende, rannte ein bisschen und hielt dann inne, bevor es sich in die nahen Büsche schlich. Offensichtlich wollte selbst die Katze nicht mehr im Haus sein.

»Wer auch immer da drin ist, kann etwas erleben!«, rief Rosemary, als sie die Türklinke ausprobierte. Sie war immer noch verschlossen, also benutzte sie ihren Schlüssel und fummelte ungeschickt daran herum, so dass der Eindruck, den sie zu erwecken versuchte, nicht besonders furchteinflößend war.

Die Tür öffnete sich und alles sah ... normal aus.

Rosemary fragte sich, ob sie kurz zuvor einfach nur paranoid gewesen war. Es wäre nur verständlich, dass sie etwas nervös war, nach allem, was sie in den letzten anderthalb Wochen erlebt hatten, aber sie war sich sicher, dass an dem Haus *etwas* anders war.

Sie untersuchte den Hauptwohnbereich und das Obergeschoss auf Anzeichen von Eindringlingen, aber alles schien in Ordnung zu sein. Sie war versucht, das ganze Haus zu untersuchen, aber das würde ziemlich lange dauern und sie brauchte jetzt bereits eine weitere Tasse Tee, um ihre Nerven zu beruhigen.

Sie setzte sich an den Küchentisch, während der Teekessel kochte, und stützte ihren Kopf in die Hände. Jetzt, wo das Gefühl der Gefahr vorbei war, war sie wieder verunsichert, was die Zukunft anging. Ein Teil von ihr fragte sich sogar, ob sie sich unbewusst eine Präsenz im Haus vorgestellt hatte, nur um sich von der leeren Ungewissheit abzulenken.

Rosemary entschied sich, doch keinen Tee zu machen. Sie schaltete den Herd aus, nahm den Kessel herunter und ging nach oben, völlig erschöpft von der Aussicht, ernsthaft darüber nachdenken zu müssen, was sie wirklich wollte.

Myrtlewood hatte sie und Athena so herzlich aufgenommen, aber sie mussten in die großen Fußstapfen treten, die Oma Thorn hinterlassen hatte, eine berühmte Hexe, die sich in der Gemeinde stark engagiert hatte und allgemein sehr beliebt gewesen war.

Rosemary hatte keine Kontrolle über ihre Magie, so dass sie der Stadt kaum magische Dienste anbieten konnte, und sie hatte das Gefühl, dass ihr halbes Leben bereits verschwendet worden war. All diese kreisenden Gedanken verstärkten nur noch ihre Müdigkeit und ihr Gefühl der Nutzlosigkeit.

Um dem proaktiv entgegenzutreten, beschloss sie, ein Nickerchen zu machen, aber sie schaffte es nur bis zum oberen Flur.

Irgendetwas *war* anders. Nur, dass es kein Eindringling war.

Es war eine *Tür*.

Direkt neben dem Flurtisch, der mit den üblichen Deckchen und dekorativen Tellern, Ornamenten, Lampen und Kristallen bestückt war, befand sich eine Tür, die Rosemary noch nie gesehen hatte.

Vielleicht war sie schon da gewesen, als sie den Hauptteil des Hauses nach potenziellen Angreifern der Blutstein-Gesellschaft abgesucht hatte, aber vorher war sie definitiv noch nicht da gewesen. Es war eine kleine Tür, die aus demselben Eichenholz gefertigt war wie die Wandvertäfelung. Auf der Vorderseite war eine große Rose geschnitzt, die mit Blattgold umrandet war.

Sicherlich hätte ich eine mit Blattgold verzierte Tür direkt vor meinem Schlafzimmer bemerkt! Rosemary näherte sich vorsichtig der Tür.

Es war nicht sonderlich überraschend, dass sich etwas in Thorn Manor von selbst veränderte. Das Haus hatte die wunderbare Angewohnheit, sich selbst zu reparieren und zu putzen, zumindest in den Hauptwohnbereichen. Aber das hatte sie nicht erwartet.

Eine Tür muss irgendwohin führen ... und eine Tür wie diese muss zu etwas Interessantem führen!

Sie trug ein mattes, goldenes Schloss, das zu einem altmodischen Schlüssel passte. Genau wie viele der Schlüssel an ihrem Schlüsselbund.

Rosemary spürte einen festen Knoten in ihrem Bauch. Sie *musste* wissen, was sich hinter dieser Tür befand, als ob das Schicksal selbst sie dazu gerufen hätte.

Sie streckte die Hand aus, um das goldene Schloss zu berühren. Es schimmerte und der Glanz verschwand, genau wie beim Schloss der Haustür, als Rosemary und Athena zum ersten Mal auf Thorn Manor ankamen.

Sie rannte die Treppe hinunter, um ihre Schlüssel zu holen, in der Hoffnung, dass die Tür nicht verschwinden würde. Als sie kurz darauf zurückkam, stellte sie erleichtert fest, dass die Tür noch genauso war, wie sie sie verlassen hatte.

Rosemary fummelte an den Schlüsseln herum, bis sie einen kleinen, altmodischen goldenen Schlüssel fand, in dessen Ende eine Rose eingestanzt war.

Das muss er sein!

Rosemary nahm den kleinen Schlüssel und steckte ihn in das Schloss. Als sie ihn drehte, spürte sie, wie etwas in ihrem Inneren einrastete.

Es fühlte sich ein bisschen wie ein Levelaufstieg in einem Videospiel an, das sie mit Athena spielte, um sich die Zeit zu vertreiben, wenn sie in einem der alten Häuser, in denen sie zusammen wohnten, nichts anderes zu tun hatten.

Die Tür schwang auf und Rosemary zögerte. Das Haus hatte sich bisher immer um sie und Athena gekümmert ... aber war dies das Werk des Hauses oder etwas Böses? Sie holte tief Luft und versuchte, durch ihre Magie zu spüren, ob sie intuitiv erkennen konnte, ob sie in eine Falle lief oder nicht.

Sie wünschte, ihre Großmutter wäre in der Nähe, um sie zu fragen, aber selbst Oma Thorns Geist schien sich in letzter Zeit zurückzuhalten.

In der Luft um sie herum *schien* nichts Böses zu liegen. Nichts an der Tür schien fehl am Platz zu sein, obwohl sie so plötzlich aufgetaucht war.

Und außerdem, wenn sie böse wäre, warum hätte Oma mir dann einen Schlüssel gegeben?

Sie machte einen zaghaften Schritt durch die offene Tür und fand eine Wendeltreppe vor.

Der Turm!

~

ROSEMARY VERSPÜRTE einen Anflug von Aufregung. Athena und sie hatten vergeblich nach dem Eingang des Turms gesucht, als sie sich das Haus angeschaut hatten. Rosemary hatte angenommen, dass er sich irgendwo im verstaubten Westflügel des Hauses befinden musste, aber sie hatte nach zu vielen Niesanfällen aufgegeben, danach zu suchen.

Sie fühlte sich ein wenig schuldig bei der Tatsache, dass sie diesen ersten Gang alleine vornahm. Athenas Gesicht hatte nach ihrer Ankunft bei der romantischen Aussicht auf einen Turm einen ganz verklärten Ausdruck angenommen und sie hatte darauf bestanden, dass er ihr Schlafzimmer sein würde, aber Rosemary dachte sich, sie könne ihn sich genauso gut erstmal anschauen, um besser in der Lage zu sein, Athenas Erwartungshaltung zu regulieren, denn es war gut möglich, dass der Turm recht staubig und klein sein würde, und wahrscheinlich Reparaturen benötigte.

Rosemary ging die Treppe hinauf und fand das überraschend große

Turmzimmer vor – es war fast doppelt so groß wie die Stube unten, mit einem Panoramablick auf das Meer, den Wald und Myrtlewood. Rosemary hatte noch nie versucht, Thorn Manor vom Dorf aus zu sehen, und fragte sich nun, ob es sichtbar wäre. Oder war es magisch verborgen?

Dieser Raum *war* in jedem Fall magisch.

Von außen hatte der Turm winzig ausgesehen.

Es war auch nicht verstaubt, wie sie erwartet hatte. Die mit Rosenbüschen geschnitzten und mit Goldblatt verzierten Holzbretter unter den Fenstern glänzten. Die samtig blaue Decke war mit Gold- und Silbersternen verziert wie der Nachthimmel. In den dunklen Hartholzboden unter ihren Füßen schien eine Weltkarte mit Gold gezeichnet worden zu sehen.

Rosemary atmete tief ein und bewunderte die Schönheit des Zimmers, aber ihr war klar, dass das hier nicht nur zum Anschauen war. Dies war ein Arbeitszimmer. Ein großer Kessel stand in der Mitte, umgeben von grünen Samtstühlen. Auf einer Seite stand ein Bücherregal mit sehr alt aussehenden Büchern. Und dann war da noch ein dekorativer, hölzerner Schreibtisch und ein Tisch, der mit interessant aussehenden Zaubertrankflaschen und Apparaten bedeckt war.

Hier hat Oma also ihre Magie gewirkt.

Rosemary war noch nie hier oben gewesen, nicht einmal als kleines Kind, aber jetzt, wo sie den Raum sah, hatte sie das Gefühl, ihre Großmutter ein bisschen besser zu verstehen. Oma Thorn war ein Rätsel, ein Geheimnis, das in einem anderen Geheimnis versteckt war, wie eine Matroschka.

Sie ging durch den Raum und betrachtete die Dinge, dann ließ sie sich in einen der Sessel fallen und seufzte.

Sie war hocherfreut, das Turmzimmer zu finden, aber nachdem die anfängliche Verwunderung abgeklungen war, stellte sie fest, dass ihre vorherige Erschöpfung wieder da war.

»Oh, Mist«, murmelte sie. Myrtlewood war so einladend gewesen, aber lag das nur daran, dass sie alle erwarteten, dass Rosemary eine Art erstaunliche Hexe war? Die Thorn-Magie war in dieser Stadt aus gutem Grund legendär. Egal, was Rosemary tat, sie würde in Omas Schatten stehen, und wenn sie versagte … Nun ja, sie könnte alles verlieren.

»Was war das, Liebes?«, fragte Omas Stimme.

Rosemary zuckte zusammen.

Sie blickte durch den Raum und sah einen großen, mit dunklem Holz umrahmten Standspiegel neben dem Bücherregal. Er war ihr vorher gar nicht aufgefallen. Ob er ihr nur entgangen war oder plötzlich aufgetaucht war, konnte sie nicht sagen. Klar war jedoch, dass Oma Thorn in dem Spiegelglas zu sehen war, in einem ihrer typischen schwarzen Kleider und mit ihren wilden weißen Locken, die mit einem knallroten Tuch hochgebunden waren.

»Oma?«

»Natürlich. Wen hast du denn erwartet? Dolly Parton?«

»Nicht wirklich«, sagte Rosemary. »Aber ich habe seit Tagen nichts mehr von dir gesehen oder gehört. Ich dachte, du wärst vielleicht …«

»Weitergezogen?«, fragte Oma Thorn mit einem kleinen Lachen.

»Ja«, gab Rosemary zu und fragte sich, ob es unhöflich war, so etwas über einen Geist zu sagen. Schließlich hatten übernatürliche Wesen ihre eigenen Bräuche, und obwohl sie diese nicht kannte, versuchte sie ihr Bestes, sie zu respektieren. »Ich habe mich gefragt, ob das Lösen der Bindung vielleicht …«

»Mich zum Teufel gejagt hat?« Oma gackerte wieder.

»So ähnlich.«

»Es braucht schon mehr als einen gigantischen Zauber, um mich in die untersten Regionen zu schicken.«

Rosemary lachte. »Nun, du hast deinen Sinn für Humor nicht verloren. Du siehst viel besser aus als beim letzten Mal. Deine Wangen sind sogar rosig!«

»Vielen Dank, meine Liebe.«

»Was hast du denn gemacht?«, fragte Rosemary. »Ich meine, wie ist es da drüben?«

»Oh, ich habe mich mit dem Rat der Älteren Seelen getroffen und ich habe mit ein paar spirituellen Führern zu tun, die meine Meinung zu einigen Dokumenten in den Akasha-Aufzeichnungen hören wollen. Ich bin wirklich sehr beschäftigt. Aber ich bin froh, dass du die Familienmagie freigesetzt hast. Das hat mir einen echten Schub gegeben. Ich bin so stolz auf dich, Schatz.«

»Danke, Oma«, sagte Rosemary und errötete vor Stolz, was sie nur daran erinnerte, wie wenig Lob sie bisher in ihrem Leben bekommen hatte. Das meiste davon hatte sie von der Frau in Geistergestalt erhalten, mit der sie gerade sprach.

»Also, Liebes, ich wollte dich schon lange fragen. Was sind deine Pläne jetzt?«

»Wenn ich das nur wüsste!«, sagte Rosemary und fuchtelte dramatisch mit den Armen in der Luft herum. »Marjie hat mir einen Teilzeitjob in ihrem Teeladen angeboten, um mir über die Runden zu helfen.«

»Über die Runden?!«, fragte Oma entrüstet. »Ich habe dir viel Geld hinterlassen. Es ist schon eine Schande, dass du dich immer geweigert hast, es zu nehmen, als ich noch lebte.«

»Es war wohl kaum fair, eine Rentnerin zu bestehlen«, sagte Rosemary.

»Hah!«, sagte Oma. »Genau das ist der Nachteil an deinem schlechten Urteilsvermögen. Und was ist mit meinem Vermögen passiert?«

»Nun, dein – ich meine mein – Erbe wird anscheinend bald ankommen.«

»Sag diesem muffigen Vampir von Anwalt, dass er sich beeilen soll«, sagte Oma. »Ich bezahle ihm kein gutes Geld, damit er mich verarscht. Was soll die Verzögerung?«

»Es hat nicht geholfen, dass wir als potenzielle Verdächtige in deinem Mordfall gehandelt wurden«, sagte Rosemary und schaute ein bisschen böse. »Du hast es uns nicht gerade leicht gemacht, das alles herauszufinden.«

»Ich habe getan, was ich konnte«, sagte Oma abweisend. »Na ja, du wirst schon zurechtkommen. Koche Tee und serviere Kuchen, bis das Geld da ist. Und was dann?«

»Warum fragen mich das eigentlich alle?«, beschwerte Rosemary sich. Sie ließ sich in den Stuhl zurücksinken. »Eigentlich ist es das, was mich in die Enge treibt. Ich habe Angst davor, endlich etwas aus meinem Leben zu machen und dann zu scheitern. Jeder hier kennt unsere Familie und weiß, dass du eine großartige Hexe warst. Und ich? Ich kann nicht einmal einen Pullover beschwören, ohne Chaos zu verursachen.«

»Du wirst in deine Kräfte hineinwachsen, Liebes«, sagte Oma beruhigend.

»Ich weiß aber nicht, ob das wirklich so ist«, sagte Rosemary. »Ich kann meine Kräfte spüren – auch wenn ich sie noch nicht kontrollieren kann. Aber ich fühle mich wie ein Teenager bei der Berufsberatung: Ich weiß nicht, was ich tun soll, und dann kommt auch noch Magie dazu! Außerdem bin ich schon im mittleren Alter.«

»Hah! Neununddreißig ist kein mittleres Alter. Wenn sich dieses verdammte Vampirkind nicht mit seinem blöden Drachen an mich herangeschlichen hätte, wäre ich weit über hundertsieben Jahre alt geworden.«

»Du warst hundertsieben?«, fragte Rosemary. »Aber du warst so rüstig.«

»Plus/minus ein paar Jahrzehnte«, sagte Oma. »Nach einer Weile verliert man den Überblick. Wahrscheinlich war ich schon seit ein paar Jahren hundertsieben, wenn ich so darüber nachdenke.

Rosemary seufzte. »Wenigstens haben wir Langlebigkeit in unserer DNA. Willst du damit sagen, dass ich vielleicht noch viel mehr Zeit habe, in der ich nicht weiß, was ich mit meinem Leben anfangen soll?«

»Papperlapapp«, sagte Oma. »Erst beklagst du dich, dass du zu alt bist, und jetzt beklagst du dich, dass du zu jung bist. Das Alter ist nur ein Hirngespinst des begrenzten physischen Konzepts der Zeit. Es ist keine große Sache.«

»Oh, und ich nehme an, Dehnungsstreifen sind nur organische Tattoos?«

»Wenn man so will«, sagte Oma und grinste.

»Siehst du nicht, dass ich versuche, Trübsal zu blasen, um zu vermeiden, dass ich schwere und beängstigende Entscheidungen über meine Zukunft treffe?«, sagte Rosemary, nur halb im Scherz. »In den letzten zwei Wochen hat sich für uns alles verändert und ich brauche eine Weile, um mich daran zu gewöhnen. Alles, was ich brauche, ist meine tote Großmutter, die mir sagt, dass ich mich zusammenreißen soll!«

»Gut, reiß dich zusammen!«

»Gut!«, sagte Rosemary und verschränkte die Arme in vorgetäuschtem Missmut. Sie konnte sich nicht verkneifen, ihre Oma anzulächeln. »Ich habe dich vermisst.«

»Ich habe dich auch vermisst, Süße. Und da fällt mir ein, ich habe ein kleines Geschenk für dich.«

»Wirklich?«, sagte Rosemary und runzelte dann die Stirn. »Bitte sag mir, dass es nichts Geheimnisvolles ist, wie eine Spieldose mit einer geheimen Anleitung, die man nur mit einem Schlüssel öffnen kann, der in deinen stinkenden alten Tanzschuhen versteckt ist!«

Oma lachte und klatschte in die Hände. »Oh, du!«, sagte sie liebevoll. »Du warst schon immer mein Liebling. Und nein, dieses Mal ist es nicht kryptisch. Es ist wirklich ganz einfach.«

»Was ist es?«

»Schau in die Kiste.«

»Welche Kiste?", fragte Rosemary. »Nicht noch ein mystischer Gegenstand, der mich in eine verwirrende andere Dimension bringt, wo mir eine Urahnin beibringt, wie man die Familienmagie entfesselt, denn davon habe ich schon genug gehabt!«

»Es waren wirklich zwei anstrengende Wochen, nicht wahr?«, sagte Oma. »Aber nein. Die Kiste auf dem Schreibtisch, Dummerchen.«

»Es gibt keine …«, sagte Rosemary und warf einen Blick auf den alten Schreibtisch, auf dem jetzt tatsächlich eine kleine Metallbox stand. »Die war vorher noch nicht da.«

Oma warf ihr einen schelmischen Blick zu.

»Ich hoffe, das ist keine Falle«, sagte Rosemary.

»Ich verspreche, dass es keine ist«, sagte Oma aufgeregt. »Schau einfach mal rein.«

»Oh, na gut.«

Rosemary ging zum Schreibtisch hinüber und griff nach der Schachtel. Sie öffnete sie und atmete erleichtert auf, als nichts Ungewöhnliches geschah. Dann staunte sie über das, was sich darin befand.

»Für mich?«, fragte sie.

»Das habe ich dir doch gesagt«, sagte Oma.

Rosemary bewunderte den schimmernden Smaragdanhänger, der in Gold gefasst war und mit seiner eigenen Lichtquelle zu leuchten schien.

»Darf ich … ihn anfassen?«, fragte Rosemary.

»Natürlich darfst du das«, sagte Oma. »Leg es an. Wozu sollte es sonst gut sein?«

»Was ich meine, ist, ob es irgendetwas Seltsames macht, also irgendwie *weird* ist?«

»Wenn du mit weird magisch meinst – was eigentlich ziemlich beleidigend ist – dann ja, es wird ganz sicher etwas *weird* sein.«

»Hast du noch nie etwas von einer informierten Einwilligung

gehört?«, fragte Rosemary. »Oh, und es tut mir leid, ich wusste nicht, dass es beleidigend ist, Magie weird zu nennen.«

»Eigentlich ist es das nicht«, sagte Oma.

»Was? Aber du hast doch gerade gesagt …«

»Weird kommt von ‚wyrd'«, erklärte Oma. »Es ist ein heiliges Wort, das für die mystische Verbindung aller Dinge steht, und es ist beleidigend, es auf eine nicht-magische Weise zu benutzen.«

Rosemary seufzte. »Ach, egal.«

»Leg einfach die Kette an, Liebes«, sagte Oma.

»Nicht, ohne genau zu wissen, was sie bewirken wird«, beharrte Rosemary.

»Das ist der Anhänger von Elzarie Thorn.«

»Wem?«

»Deiner Urururururgroßmutter«, sagte Oma.

»Das ist schön«, sagte Rosemary. »Es ist also ein besonderes Familienerbstück. Und was genau macht es?«

»Es stabilisiert deine Kräfte, das ist alles«, sagte Oma. »Dadurch wirst du fokussierter und fühlst dich wohler in deiner eigenen Haut. Es wird dir helfen, deine Kräfte zu beherrschen.«

»Das klingt eigentlich ganz gut«, sagte Rosemary.

»Dann leg es an, meine Liebe, nur zu.«

»Es wird mich nicht dazu bringen, Feuer zu spucken oder Schokostückchen zu kacken oder so?«

»Nein – es wird dich nur fokussieren. Ich verspreche es.«

»In Ordnung«, sagte Rosemary zögernd.

Sie nahm die Kette in die Hand und spürte sofort ein angenehmes Kribbeln in ihren Fingern, das sie kichern ließ.

»Sie ist wunderschön, nicht wahr?« sagte Oma. »Ich habe diese Kette viele Jahre lang jeden Tag getragen. Sie gibt die mütterliche Weisheit unserer Linie weiter, verstehst du?«

»Ich dachte, du hast gesagt, sie würde mich fokussieren«, sagte Rosemary.

»Genau«, sagte Oma. »Na los. Leg es an. Hör auf zu trödeln.«

Rosemary hob die Halskette hoch und legte sie vorsichtig um ihren Hals. Der Anhänger wurde wie ein Magnet von ihr angezogen und leuchtete auf ihrem Brustbein. Der Verschluss schloss sich praktisch von selbst.

»Wie fühlt es sich an?«, fragte Oma.

»Gut«, sagte Rosemary und holte tief Luft, die wie erfrischende Bergluft schmeckte.

»Ist das alles?«

»Es ist ... Es ist, als ob ich mehr ... an einem Ort bin, anstatt mich zu zerstreuen, weil ich mir über dies und das Sorgen mache. Ich bin ... ich bin präsent.«

»Siehst du«, sagte Oma. »Ich sagte doch, ich habe ein Geschenk für dich!«

»Sehr clever«, sagte Rosemary und rollte mit den Augen.

»Und damit ist es Zeit für mich zu gehen«, sagte Oma.

»Tut mir leid«, sagte Rosemary. »Ich meine, ich danke dir. Ich verspreche, mich zu benehmen und nicht mehr so frech und sarkastisch zu sein.«

»Oh nein, das tust du nicht!«, sagte Oma. »Du bleibst so munter wie du bist. Was mich betrifft, so habe ich nur eine begrenzte Menge an Energie, die ich auf der physischen Ebene verbrauchen kann, und ich muss mich um andere Dinge kümmern. Aber ruf nach mir, wenn du etwas brauchst. Ich werde vorbeikommen, wenn ich kann.«

»Danke, Oma. Es gibt ... es gibt so viel mehr, worüber ich mit dir reden wollte. Ich wollte dich so viel fragen. Zum Beispiel, was mit Athena los ist. Wie kommt es, dass sie Gedanken hören kann?«

»Ach das«, sagte Oma, obwohl ihre Stimme leiser wurde, als ihr Bild zu verblassen begann. »Darüber solltest du mit ihrem Vater sprechen.«

»Dain?!«

»Ja – dieser Unruhestifter. Ich wette, er weiß viel mehr, als er dir je erzählt hat.«

»Ernsthaft?«

»Ernsthaft. Das Problem ist nur, dass er verschwunden ist, nicht wahr?«, sagte Oma, die kaum noch zu sehen war, während sie immer weiter verblasste.

»Wovon redest du?«

»Das wirst du noch früh genug herausfinden«, sagte Oma und verschwand endgültig.

7

———

osemary kehrte nach unten zurück und schloss die Tür zum Turm hinter sich ab, um Omas besonderen Raum zu schützen.

Das kleine Fellknäuel gähnte von der Fensterbank aus, streckte sich und kam träge zu Rosemary, um sich streicheln zu lassen.

Rosemary kraulte das schnurrende Tier hinter den Ohren und machte sich dann auf den Weg in die Küche, um endlich den Tee zuzubereiten, den sie schon vorhin hatte trinken wollen. Außerdem machte sie sich einfachen Toast mit Tomatenscheiben, schwarzem Pfeffer, Olivenöl und Basilikum zum Mittagessen, um den üppigen Kuchen auszugleichen, von dem sie vorhin ziemlich viel gegessen hatte.

Sie saß auf der Fensterbank, nippte an ihrem Tee, knabberte an ihrem Toast und blickte auf den leichten Nieselregen, der draußen eingesetzt hatte. Durch das Tragen der Halskette fühlte sie sich besser – nicht so prickelnd wie von Marjies Tee, sondern ruhiger und ausgeglichener, genau wie Oma es beschrieben hatte. Es vertrieb jedoch nicht all ihre Sorgen oder ihre abschweifenden Gedanken, die ihre Großmutter nur noch verstärkt hatte.

Was ist Dain zugestoßen?

Als sie das letzte Mal von ihrem Exfreund gehört hatte, hatte er sich bereit erklärt, all ihre armseligen Besitztümer aus der heruntergekommenen Wohnung in Stratham nach Thorn Manor zu bringen. Rosemary hatte ihn um diesen Gefallen gebeten, weil Wachtmeister Perkins sie nicht aus der Stadt lassen wollte, solange gegen sie ermittelt wurde.

Dain hatte ihr den Gefallen getan, obwohl er im Allgemeinen unzuverlässig war. In der Vergangenheit hatte er die schlechte Angewohnheit, sich unberechenbar zu verhalten und sich zum Beispiel mit dem Inhalt von Rosemarys Brieftasche aus dem Staub zu machen.

Es hatte Athena immer gewundert, dass ihre Mutter trotz allem, was er angestellt hatte, nie richtig wütend auf Dain wurde. Rosemarys Frustration über ihn schien nie von Dauer zu sein. Athena hatte oft gesagt, dass er eine seltsame Macht über sie haben musste – und über fast jede Frau, die er traf, aber Rosemary hatte nie die Möglichkeit in Betracht gezogen, dass es sich dabei um irgendeine magische Fähigkeit handeln könnte.

Sie wollte ihm eine SMS schreiben, um zu sehen, ob es ihm gut ging ... um zu klären, ob Oma Recht hatte, dass er vermisst wurde, aber Athena würde das hassen.

Athena hatte überhaupt keine Lust auf ihren Vater – so sehr, dass sie Rosemary dazu gebracht hatte, einen Schutzzauber gegen ihn zu entwickeln, damit er sich nicht wieder in ihr Leben mogeln konnte.

Ist das der Grund, warum er verschwunden ist?

In Rosemarys Unterleib bildete sich ein Klumpen von Schuldgefühlen. Sie hatten vorgehabt, ihn mit dem Zauber abzuwehren und zu verhindern, dass er das Vermögen der Familie Thorn in seine schlüpfrigen Hände bekam.

Hatten sie ihn stattdessen zum Teufel geschickt? Oder hatten sie sein Gehirn so verwirrt, dass er nicht mehr dorthin zurückkehren konnte, wo immer er in der Nähe von Stratham lebte?

Vor zwei Wochen hätte Rosemary noch über all diese lächerlichen Gedanken gespottet, aber jetzt erschienen sie ihr ganz selbstverständlich. Magie war real. Sie verstand noch nicht, wie sie funktionierte oder wo die Grenzen lagen, aber sie hatte sie als einzig mögliche Erklärung für all die ungewöhnlichen Dinge akzeptiert, die ihnen in Myrtlewood passiert waren.

Hatte ihr Versuch, sich gegen ihn zu wehren, Dain ganz verschwinden lassen?

Wie dumm von mir, mich in etwas einzumischen, das ich nicht verstehe!

Sie umklammerte die Halskette, die sie zwar beruhigte, aber ihre Angst nicht gänzlich verscheuchte.

Rosemary schrieb Dain eine SMS, obwohl sie wusste, dass ihre Tochter sich darüber aufregen würde. Vielleicht brauchte Athena dieses kleine Detail nicht zu wissen, aber jemand musste auf jeden Fall nachsehen, ob ihrem Vater etwas zugestoßen war.

Sie wartete, bis der Tee kalt geworden war, aber es kam keine Antwort.

Rosemary schaute immer wieder auf ihr Telefon, während sie im Haus herumlief. Draußen fiel der Regen stärker, was Thorn Manor eine angespannte Atmosphäre verlieh.

Obwohl Rosemary sich ihrer Sache sicherer fühlte, war sie durch Omas letzte Worte an sie verunsichert. Ihr Telefon blieb stumm, bis ein Anruf einging.

Athena.

»Verflixt!«, rief Rosemary und schaute auf die Uhr. Sie nahm den Anruf entgegen. »Es tut mir so leid, Schatz.«

»Es tut dir leid ..., dass du dein einziges Kind an seinem ersten Schultag total vergessen und im Regen stehen gelassen hast?«

»So in etwa. Ich war etwas abgelenkt.«

»Das ist ja toll«, sagte Athena finster. »Und wirst du dich von diesen Ablenkungen ablenken können und mich jetzt SOFORT abholen?!«

»Ja, ja«, sagte Rosemary und schnappte sich ihre Jacke. »Ich bin schon auf dem Weg.«

»Gut, denn mein einziges halbwegs anständiges Outfit wird gerade klatschnass!«

Rosemary rannte durch den Regen nach draußen, den sie vorher nicht bemerkt hatte. Sie sprang in den Rolls Royce und war dankbar, dass er hundertmal zuverlässiger war als ihre rostige Klapperkiste. *Das Auto, das Dain hierher gefahren hatte ...*

Was war eigentlich mit dem alten Auto passiert?

Es war eines Nachts da gewesen und seitdem hatte sie es nicht mehr gesehen.

Das Gespenst ihres alten Wagens verfolgte Rosemary auf dem ganzen Weg zu Athenas Schule. *Wie kann es nur sein, dass ich das vergessen habe? Wie konnte ich nicht merken, dass es verschwunden war?*

Ihre Angst war so groß und mit der Scham darüber verbunden, dass sie vergessen hatte, ihre Tochter pünktlich abzuholen, dass sie jede ausgleichende Wirkung des Smaragdanhängers zunichte machte.

Als sie vor der Myrtlewood Academy anhielt, stand Athena völlig durchnässt da. Der Baum, unter dem sie stand, hatte sie nicht vor dem Wolkenbruch schützen können.

Athena erwiderte ihren Blick nicht, als sie ins Auto stieg.

»Es tut mir leid, Liebes«, sagte Rosemary.

»Sprich nicht mit mir«, sagte Athena. »Ich bin nicht in der Stimmung.«

Rosemary seufzte und ihre Schuldgefühle verdrängten für den Moment alle anderen verstreuten Gedanken. »Hast du Lust, ins Pub zu gehen und einen Glühwein zu trinken?«

»Nein.«

»Zu Marjie auf eine heiße Schokolade?«

»Nein. Ich möchte nach Hause.«

»Okay«, sagte Rosemary, verzichtete auf die Friedensangebote und lenkte das Auto zurück nach Thorn Manor.

Zu Hause angekommen, ging Athena direkt in ihr Zimmer.

Rosemary hatte sich schon darauf gefreut, ihr von der geheimnisvollen Tür zu erzählen und ihr das wunderschöne – und unerwartet große – Turmzimmer zu zeigen, aber sie beschloss, den Teenager erst einmal abkühlen zu lassen.

Rosemary beschloss, dass auch sie sich entspannen musste. Sie ging nach oben und ließ ein heißes Bad in der großen Badewanne mit Klauenfüßen ein, in die sie Omas Rosengeranien-Badesalz und einen Spritzer Seifenblasenmischung gab.

Bevor sie einstieg, dachte sie daran, die besondere Halskette abzulegen, um sie nicht anlaufen zu lassen. Sie drapierte sie vorsichtig über die Bank.

Sobald sie sie abgenommen hatte, ließ Rosemarys Energie nach und sie fühlte sich zerstreut. Die psychische Störung durch die Rückkehr zu ihrem normalen Geisteszustand war jedoch nur vorübergehend. Sobald sie in die Wanne stieg, schmolzen ihre Ängste dahin und sie fühlte sich inmitten der süßlich duftenden Bläschen herrlich und gelassen.

Alles wird gut werden, sagte sich Rosemary und fühlte sich so optimistisch wie schon lange nicht mehr.

Abgesehen von dem Geheimbund, der hinter uns her ist, den Mordermittlungen, riesigen Drachen, Einbrüchen und uralten winzigen Vampiren ... ist alles erstaunlich reibungslos verlaufen.

Wir sind hier zu Hause und haben uns zum ersten Mal seit langer, langer Zeit wieder eingelebt. Und ich habe sogar einen Job.

Ich muss mir keine Sorgen mehr um Geld machen. Athena mag jetzt sauer sein, aber sie wird sich schon wieder beruhigen.

Ein lautes Klopfen an der Badezimmertür ertönte.

Rosemary stürzte aus der Badewanne und wäre fast auf den Fliesen ausgerutscht, als sie sich am Handtuchhalter abstützen wollte. *Habe ich vergessen, die Haustür abzuschließen?*, fragte sie sich. *Ist gerade jemand auf der Suche nach mir hereingestürmt?*

»Was gibt's denn?«, fragte Rosemary.

»Wie lange brauchst du noch?«, fragte Athena und ihre Stimme nahm einen fordernden Ton an. »Ich sollte diejenige sein, die ein Bad nimmt. Schließlich war es deine Schuld, dass ich nass geworden bin. Hast du nicht einmal daran gedacht, mir ein Bad einzulassen?«

»Daran habe ich schon gedacht«, antwortete Rosemary. »Aber du hast alle meine anderen Angebote abgelehnt und mir gesagt, ich solle nicht mit dir reden... also.«

»Fein!«, sagte Athena.

»Ich werde nicht lange brauchen«, versprach Rosemary. »Ich lasse dir eins ein, sobald ich fertig bin.«

»Vergiss es«, sagte Athena und zog sich in den Flur zurück.

Diese schlechte Laune kommt bestimmt nicht nur daher, dass ich vergessen habe, sie pünktlich abzuholen, dachte Rosemary mit einem mulmigen Gefühl. *Ich wette, der erste Schultag ist nicht gut gelaufen.*

Sie stieg wieder in die Wanne, wusch sich die Haare und überlegte, was sie sagen oder tun könnte, um ihre Tochter etwas zu verwöhnen, die offensichtlich einen sehr schlechten Tag hatte.

Rosemary beschloss, Athena doch ein Bad einzulassen und ihr dann ein besonderes Essen zu kochen. Sie beendete schnell das Bad und ließ dann ein neues Bad mit extra viel Schaum einlaufen. Es schien eine ganze Weile zu dauern, bis sich das Wasser füllte, und Rosemary wünschte sich, es ginge schneller, denn ihr fielen immer wieder tolle Ideen ein, wie sie Athena helfen könnte, sich besser zu fühlen. Während das Wasser noch lief, ging sie nach unten, um sich eine spezielle, gewürzte heiße Schokolade zu machen.

Sie summte vor sich hin, während sie die Kräuter in Mörser und Stößel zerkleinerte und dann in einem Topf mit Milch, Kakao und Zartbitterschokolade vermischte und zum Köcheln brachte.

»Äh, Mama?«, rief Athena von der oberen Etage.

»Was, Liebes?«

»Warum ist der Hausflur nass?«

»Oh, verflixt!«

Rosemary rannte zurück nach oben und sah, wie das Wasser unter der Badezimmertür hervorquoll.

»Du hast das Bad laufen lassen!«, kreischte Athena.

»Das war für dich«, sagte Rosemary. »Es hat sich so langsam gefüllt. Ich war gar nicht lange weg.«

»Ich habe dir gesagt, dass ich keins will. Irgs ...«

Ein seltsames Glucksen ertönte hinter der Badezimmertür. Rosemary versuchte zaghaft, den Griff zu betätigen. Tie Tür schwang auf und enthüllte eine Wand aus warmem, sprudelndem, nach Rosen duftendem Wasser, das sofort auf sie zustürzte und sie den Flur entlang und die Treppe hinunterspülte.

Athena stotterte und wischte sich die Blasen aus dem Gesicht. »Was war das?«

Rosemary war so schockiert, dass sie nicht anders konnte, als zu lachen. Zu ihrer großen Überraschung stimmte Athena mit ein und die beiden verloren sich mindestens zehn Minuten lang in gackerndem Gelächter. Sie lachten, bis ihre Bauchmuskeln schmerzten, und dann lagen sie zusammengesunken am Fuß der Treppe.

Fellknäuel kam zu ihnen, um sie zu untersuchen, schnupperte einmal an dem Wasser und ging mit einem unbeeindruckten Gesichtsausdruck davon.

»Das war so seltsam«, sagte Athena. »Es ist unmöglich, dass das ganze Wasser aus der überfüllten Badewanne stammt. Das muss deine Magie gewesen sein.«

»Oder deine«, schlug Rosemary vor. »Du hast vorhin ziemlich wütend geklungen, als du ein Bad verlangt hast.«

»Ich habe keine wirkliche Magie, denk daran«, sagte Athena. »Ich habe nur nervige Stimmen in meinem Kopf, die in die Köpfen anderer Menschen gehören.«

»Was das angeht ...«

»Was?«

»Ich habe heute mit Oma Thorn gesprochen«, sagte Rosemary. Sie war erleichtert, dass es Athena anscheinend besser ging und sie endlich über die Dinge sprechen konnte, die sie beschäftigten. »Nun, ich habe zumindest mit ihrem Geist gesprochen. Sie hat mir etwas Seltsames und Beunruhigendes erzählt, von dem du wahrscheinlich wissen solltest.«

»Warum hast du mir das nicht früher gesagt?«, fragte Athena und klang besorgt.

»Du wolltest nicht mit mir reden«, antwortete Rosemary. »Und du schienst auch nicht in der Stimmung für weitere beunruhigende Neuigkeiten zu sein.«

»Was ist das?«

»Nun, die Neuigkeit ist ...«

»Nein, warte, was trägst du da? Diese Halskette. Sie ist wunderschön.« Athena zeigte auf Rosemarys Hals.

Rosemary griff nach oben und fand dort die Form des Smaragdanhängers.

»Das ist seltsam«, sagte sie. »Ich hätte schwören können, dass ich ihn vor meinem Bad abgenommen habe.«

»Kann ich ihn haben?«, fragte Athena.

»Vielleicht eines Tages«, sagte Rosemary. »Oma Thorn hat es mir geschenkt. Es soll meine Energie bündeln und mich präsenter machen.«

»Und klappt es?«, fragte Athena mit einem verschmitzten Grinsen.

»Nun, ich bin ... hier«, sagte Rosemary. »Es war ein verdammt seltsamer Tag.«

»Erzähl mir davon«, sagte Athena, erhob sich vom Boden und zog ihre Mutter mit nach oben.

»Ich erzähle dir alles bei einem Kakao«, sagte Rosemary. »Oh verdammt! Ich habe vergessen, dass ich den Kakao angelassen habe!«

Sie und Athena rannten in die Küche, wo der Ofen ausgeschaltet war und zwei Tassen perfekt gebrühter Kakao auf der Bank neben einem Stapel frischer, sauberer Kleidung für jede von sie bereitstanden.

»Danke, Haus«, sagte Rosemary und kicherte.

»Hey, du glaubst doch nicht, dass das Haus an dem ganzen Vorfall mit dem Badewasser schuld war, oder?«, fragte Athena, als sie die merklich trockene Treppe wieder hinaufgingen, um sich in ihren Zimmern umzuziehen.

»Das würde mich nicht wundern«, sagte Rosemary. »Vielleicht wollte es dich aus deiner Miesepetrigkeit rütteln.«

»Dann war es wohl erfolgreich«, sagte Athena. »Es gibt nichts Besseres, um eine schlechte Laune zu vertreiben, als einen nach Rosen duftenden Tsunami.«

Sie kamen in frischen, trockenen Kleidern wieder nach unten und gingen mit ihren heißen Schokoladen in die Stube, um sich auf die bequemen Sofas zu setzen. Der Kamin zündete sich spontan an, als sie hereinkamen, und sorgte für eine noch gemütlichere Atmosphäre.

Rosemary klopfte dankbar auf die holzgetäfelte Wand des Hauses und setzte sich dann, um ihre heiße Schokolade zu genießen.

»Dann erzähl mir doch mal, was das für Neuigkeiten sind«, sagte Athena.

»Nun, das Beunruhigende ist …«, sagte Rosemary und zögerte dann, weil sie sich fragte, wie viel ihre Tochter davon wissen wollte.

»Papa ist verschwunden?«, fragte Athena.

»Hey, hör auf, meine Gedanken zu lesen«, sagte Rosemary. »Ich versuche, eine gute Mutter zu sein und Dinge für dich zu zensieren.«

»Wirklich, Mama«, sagte Athena. »Ich bin fast erwachsen. Ich denke, ich kann damit umgehen. Außerdem muss ich üben, diese blöde Telepathie zu benutzen und deine Gedanken sind die einzigen, die schlicht genug sind, dass ich sie lesen kann.«

»Schlicht?«, sagte Rosemary. »Wen nennst du hier schlicht?«

Athena lachte.

»Das ist aber eine ernste Situation«, sagte Rosemary. »Dein Vater …«

»Er hat sich also mal wieder in Schwierigkeiten gebracht. Na und? Das ist doch nichts Ungewöhnliches für ihn, oder?«

»Nur ... das Auto ist auch verschwunden.«

»Welches Auto?«, fragte Athena.

»Unser altes Auto«, sagte Rosemary. »Erinnerst du dich? Es war draußen geparkt, als die Kisten vor der Tür auftauchten, und dann ... nun, muss es verschwunden sein.«

»Oder jemand hat es weggefahren«, schlug Athena vor. »Das ist seltsam. Ich hatte das Auto ganz vergessen.«

»Findest du es nicht seltsam, dass wir es nicht bemerkt haben?«, fragte Rosemary. »Und Oma wusste irgendwie Bescheid. Ich habe das Gefühl, dass es magisch war. Ich mache mir Sorgen, dass unser Zauber, um ihn abzuwehren, nach hinten losgegangen ist und ihn in eine andere Dimension geschleudert hat oder so.«

»Das halte ich für unwahrscheinlich«, sagte Athena. »Aber selbst wenn es so wäre, ist es wahrscheinlich gut so. Jetzt müssen wir uns keine Sorgen mehr um ihn machen.«

»Athena! Ich weiß, dass du keine Lust auf ihn hast, und ich akzeptiere das, aber er ist immer noch dein Vater. Und die Sache ist die: Oma hat gesagt, dass er etwas über deine Fähigkeit, Gedanken zu lesen, weiß.«

»Was?!«, rief Athena und sah wütend aus. »Hast du es ihm gesagt?«

»Nein. So meinte ich das nicht. Oma hat es zwar nicht genau beschrieben, aber sie hat angedeutet, dass deine Fähigkeit mit *seiner* Seite der Familie zu tun hat.«

»Aber er ist nicht magisch«, sagte Athena.

»Nicht, soweit wir wüssten. Aber es macht irgendwie Sinn, wenn du darüber nachdenkst. Er hatte schon immer eine seltsame Macht über Menschen – besonders über Frauen – und das ist noch nicht alles. Weißt du noch, wie ich nie wütend auf ihn war, egal wie oft er mich verarscht oder bestohlen hat? Das ist nicht normal.«

Athena schwieg einen Moment, dann sagte sie: »Ich will es nicht.«

»Was?«

»Diese Gabe – oder diesen Fluch – oder was auch immer es in meinem Kopf ist. Ich will es nicht, wenn es von ihm kommt.«

Rosemary seufzte. »Du hast vielleicht keine Wahl, wenn es genetisch bedingt ist.«

»Aber Finnigan ...«

»Finnigan was?«

»Finnigan ist wie ich. Er hat dieselbe Kraft. Ich muss Papa nicht danach fragen. Ich kann einfach *ihn* fragen.«

Rosemary warf ihrer Tochter einen neugierigen Blick zu. »Glaubst du nicht, dass es eine schlechte Idee ist, sich mit jemandem wie deinem Vater einzulassen?«

Athena funkelte sie an und warf ein Kissen, das Rosemarys Kopf nur knapp verfehlte.

»Hey! Pass doch auf!«

»Sag so etwas nie wieder zu mir«, sagte Athena. »Außerdem haben wir nichts miteinander. Das ist so eine altmodische Art zu denken. Ich habe ihn seit ... dem Vorfall mit dem Drachen und dem fiesen kleinen Vampirmädchen am Samstag nicht mehr gesehen.«

»Aber du hast von ihm gehört?«, fragte Rosemary.

Athena schwieg.

»Das habe ich mir schon gedacht.«

»Hör auf, Mama. Gib mir etwas Privatsphäre.«

»Na schön«, sagte Rosemary. »Aber ich möchte wissen, wie dein erster Tag in der Schule war – zumindest die Grundlagen. Was immer du mir erzählen willst, ohne dass ich zu tief in deine Privatsphäre eindringe.«

»Es war scheiße.«

»So schlimm?", fragte Rosemary. »Waren es die Kinder oder die Lehrer?«

»Die Lehrer sind in Ordnung, die Kinder sind nett ... meistens.«

»Was ist denn dann das Problem?«

»Ich bin es!«, sagte Athena. »Alles ist magisch und ich habe keine Ahnung. Ich bin scheiße.«

Rosemary seufzte. »Sei nicht so hart zu dir, Liebes. Es war dein erster Tag. Du holst bestimmt ganz schnell auf.«

»Du hast leicht reden, du musst ja nicht zur Schule gehen. Du hast ja nicht mal einen Job. Apropos, wie sollen wir denn jetzt über die Runden kommen? Ich brauche dringend neue Klamotten!«

»Tatsächlich«, sagte Rosemary, »habe ich in dieser Hinsicht gute Nachrichten.«

»Wirklich?«

»Marjie hat mir einen Teilzeitjob im Teeladen angeboten, während sie mit dem Catering für die Frühlingshochzeiten beschäftigt ist, damit wir etwas Geld haben, bis die Erbschaft geregelt ist. Ich habe dort auch Burk getroffen, der sagte, dass es nur noch eine Frage von Wochen ist ...«

Rosemary wollte ihre Tochter nicht mit der anderen Sache belästigen, die sie beunruhigte – die Ungewissheit und die Angst vor dem Scheitern, die sie bei der Frage empfand, was sie mit ihrem Leben anfangen sollte.

»Das ist großartig!«, sagte Athena. »Und mach dir keine Sorgen über die anderen Dinge, Mama. Du wirst es schon noch früh genug herausfinden.«

»Ich habe dir gesagt, du sollst aufhören, meine Gedanken zu lesen!«, sagte Rosemary. »Hast du nicht gerade gesagt, dass du deine Privatsphäre schätzt?«

»Du bist meine Mutter. Du hast keine Privatsphäre. Was auch immer du tust – es muss mit Essen zu tun haben. Marjies Teestube ist ein großartiger Ort, um damit anzufangen, diese Dinge herauszufinden.

»Warum bist du dir da so sicher?«, fragte Rosemary.

»Essen war deine erste große Liebe«, sagte Athena und klimperte mit den Wimpern ihrer Mutter. »Du wolltest schon immer Köchin werden, nicht wahr?«

»Ja, das wollte ich wohl, früher einmal. Aber jetzt, wo ich das alles von Oma geerbt habe, einschließlich der Familienmagie, habe ich das Gefühl, dass ich eine Art epische Hexe werden muss, damit die Stadt nicht von mir enttäuscht ist.«

Jetzt war Athena an der Reihe zu seufzen oder zumindest zu stöhnen und die Augen zu verdrehen. »Mama, das ist doch albern.«

»Ist es das? Ich würde so gerne auf die Zauberschule gehen können. Glaubst du, dass man sich an der Myrtlewood Academy auch als Erwachsener anmelden kann?«

»Denk nicht mal dran«, sagte Athena. »Es ist mir schon peinlich genug, die Neue zu sein, ohne dass ich mir Sorgen machen muss, einen Elternteil an der Schule zu haben! Außerdem würde Oma nicht wollen, dass du versuchst, ihr nachzueifern oder irgendjemand anderem, und die Stadt erwartet das auch nicht. Sei einfach du selbst und hör auf, so neurotisch zu sein.«

»Ich werde aufhören, neurotisch zu sein, wenn du aufhörst, so ein Klugscheißer zu sein«, sagte Rosemary.

»Abgemacht«, sagte Athena. »Eigentlich scheinst du schon ein bisschen weniger neurotisch zu sein – deine Gedanken sind auch klarer zu lesen.«

»Das muss an der Halskette liegen«, sagte Rosemary. »Und hey! Ich habe dir gesagt, dass du dich aus meinem Kopf raushalten sollst!«

»Niemals.«

8

Athena lächelte ihrer Mutter über den Tisch hinweg zu. Sie fühlte sich viel besser, nachdem sie vorhin so viel gelacht hatte, und genoss die hausgemachte Spaghetti Bolognese, die Rosemary in Windeseile auf den Tisch gezaubert hatte.

Rosemary dachte über Küchenkräuter nach, und ab und zu schweiften ihre Gedanken zu ihrem neuen Job in Marjies Teeladen oder zu den Sorgen über die neue Schule ihrer Tochter. Athena hörte all dem mit stillem Interesse zu, denn sie wollte ihrer Mutter nicht zeigen, wie gut sie inzwischen Gedanken lesen konnte.

»Das ist gut«, sagte Athena. »Du solltest öfters kochen.«

»Während ich das Essen gemacht habe, habe ich darüber nachgedacht, was du vorhin gesagt hast«, sagte Rosemary. »Ich liebe Essen. Meinst du wirklich, ich sollte ins Restaurantgeschäft einsteigen?«

»Vielleicht«, sagte Athena. »Obwohl das ziemlich stressig klingt. Sagt man das nicht über Köche – sie sind immer so gestresst, dass sie viel fluchen und mit Tellern werfen?«

»Hmm, stimmt. Vielleicht ist es gut, dass ich die Kochschule nie abgeschlossen habe«, sagte Rosemary. »Das Letzte, was ich jetzt brauche, ist noch mehr Stress.«

»Du wirkst eigentlich ziemlich ruhig«, sagte Athena.

»Die Halskette muss mir helfen.«

»Wie hast du sie nochmal bekommen? Ist Omas Geist einfach aufgetaucht und hat sie dir gegeben?«

»Komisch, dass du das fragst«, sagte Rosemary und legte ihr Besteck auf ihren leeren Teller. »Ich bin nach Hause gekommen und das Haus war irgendwie anders.«

»Oh nein, nicht schon wieder!«, sagte Athena.

»Es war eigentlich gar nicht so schlimm«, sagte Rosemary. »Obwohl ich anfangs misstrauisch war.«

»Was war es dann?«

»Da war eine neue Tür.«

»Eine was?«

»Eine neue Tür, im Obergeschoss. Komm mit. Ich zeige sie dir.«

Rosemary stand vom Tisch auf und führte Athena die Treppe hinauf.

»Warte«, sagte sie und schaute auf eine leere Wandfläche. »Sie war genau hier.«

»Bist du sicher?«, fragte Athena. »Ist sie versteckt oder so?«

»Sie war vorher ganz offensichtlich – geschnitzt, glänzend und mit Blattgold umrandet. Aber wenn ich so drüber nachdenke, ist sie mir seit wir nach Hause gekommen sind, nicht noch mal aufgefallen.«

Athena warf ihrer Mutter einen skeptischen Blick zu. »So etwas habe ich hier noch nie gesehen.«

»Ich auch nicht, aber glaub mir – es war hier.«

»Es gab also eine Tür«, sagte Athena. »Und ...?«

»Sie führte hinauf zum Turm.«

»Das gibt's doch nicht!«, sagte Athena. »Das ist nicht fair. Das sollte mein neues Schlafzimmer sein.«

»Ich glaube, Oma benutzt es noch«, sagte Rosemary.

»Was meinst du damit?«

»Zum einen ist es riesig – viel größer, als es von außen aussieht – und es gibt all diese besonderen magischen Dinge, darunter einen großen Kessel. Jedenfalls ist mir Oma dort oben in einem Spiegel erschienen. Wir haben uns lange unterhalten und sie hat mir die Halskette geschenkt. «

»Was heißt, sie hat sie dir geschenkt?«

»In der einen Minute war der Schreibtisch leer und in der nächsten stand dort eine Schachtel mit der Halskette drin. Anscheinend gehörte sie meiner Urururur-eine-Million-Ururgroßmutter Elzarie Thorn. So hatte Oma sie mir geschenkt. Sie hat darauf bestanden, dass ich sie sofort anlege.«

»Interessant«, sagte Athena. »Weißt du, wenn du mir das alles vor ein paar Wochen erzählt hättest ...«

»Ich weiß, ich hätte es auch nicht geglaubt.«

»Der Gedanke, dass Papa von dem ganzen magischen Zeug wissen könnte, macht mir Angst – er wusste es vielleicht schon seit Jahren.«

»Der Gedanke ist schon weird«, sagte Rosemary und seufzte. »Oma hat mich auch gescholten, weil ich das Wort ,weird' falsch benutzt habe, das anscheinend ein heiliger Begriff ist.«

Athena zuckte mit den Schultern. »Wer hätte das gedacht?«

»Jedenfalls beschäftigt es mich, dass dein Vater verschwunden ist, auch wenn es dir völlig egal ist.«

»Haben Fledermäuse Krallen?«, fragte Athena. »Ich meine ... klar, ich will nicht, dass ihm ernsthaft etwas zustößt, so wie jedem anderen auch. Aber für mich ist er nicht einmal ein Vater, weißt du? Was hat er je für uns getan, außer Ärger zu machen?«

»Ich hab's kapiert, Kleines«, sagte Rosemary.

»Nenn mich nicht so«, brummte Athena und gähnte. Der Tag holte sie langsam ein und ihre Neugier auch, aber sie wollte ihrer Mutter nicht sagen, was sie als nächstes vorhatte. »Vielleicht gehe ich ins Bett«, sagte sie. »Es war ein langer Tag und es ist erst Montag!«

»Mach das, Liebes. Du gehst ins Bett und ich gehe nach unten, um aufzuräumen, falls das Haus mir nicht zuvorkommt.«

Athena umarmte ihre Mutter, nahm das Kätzchen, das sie offensichtlich für sich beanspruchen wollte, und machte sich auf den Weg ins Bett. Es war schön, ein ganzes Zimmer mit einem großen Doppelbett für sich allein zu haben. Sie setzte das schnurrende Kätzchen neben ihrem Kopfkissen ab und ging quer durch den Raum zu dem, was an diesem Morgen noch ein großes Fenster gewesen war, nur um festzustellen, dass es jetzt eine Balkontür war, die auf einen kleinen Balkon führte.

»Danke, Haus«, flüsterte Athena. Das Haus hatte offensichtlich ihre Gedanken gelesen. Athena hatte vorhin davon geträumt, sich aus dem

Fenster zu schleichen, und sich gefragt, ob der dichte Efeu, der sich an der Seite des Thorn Manor festhielt, stabil genug war, um sie zu halten.

Die Türen öffneten sich leicht und eine frische Brise wehte in ihr Schlafzimmer. Athena schnappte sich eine weiche Wolldecke, schlüpfte in ihre Hausschuhe und stahl sich hinaus in die kühle, dunkle Nacht.

Finnigan, rief sie. *Finnigan, wenn du mich hören kannst, komm bitte her. Ich muss mit dir reden.*

Athena blickte hinaus in den dunklen Wald, der Thorn Manor umgab. Sie konnte das Heulen der Eulen und das Rauschen der Wellen hören. Der Mond begann, in der Ferne über dem Meer den Horizont zu überragen. Es war gut möglich, dass sie nur Selbstgespräche in ihrem Kopf führte. Finnigan konnte meilenweit weg sein, und doch hatte er ihr gesagt, dass er kommen würde, wenn sie ihn rief. Sie hatte oft an ihn gedacht, aber bis jetzt dem Drang widerstanden, ihn zu rufen. Jetzt hatte sie einen guten Grund. Sie musste verstehen, was in ihrem Kopf vor sich ging – unabhängig davon, was ihr Vater damit zu tun hatte. Sie musste sich selbst verstehen.

Athena. Finnigans Stimme schallte durch ihren Kopf. *Du hast mich gerufen.*

Ich wollte mit dir reden, antwortete Athena. *Kannst du vorbeikommen?*

Nicht heute Abend. Ich bin ... weit weg.

Athena fragte sich, wie weit ihre telepathischen Stimmen wohl entfernt sein könnten.

Ich bin bald wieder da, fuhr er fort.

Wie bald?

Morgen Abend oder übermorgen.

Aber, warte...

Ich muss gehen. Pass gut auf dich auf, Athena. Bis zum nächsten Mal.

Athena runzelte die Stirn. Finnigan hatte offensichtlich wichtigere Dinge zu tun, als mit ihr zu reden. Sie fühlte sich ein wenig verwirrt und verärgert, nicht weil er beschäftigt war, sondern weil er so unnahbar gewirkt hatte.

Was geht hier wirklich vor sich?, fragte sie sich.

9

———————

Rosemary wachte am nächsten Morgen in aller Frühe auf und erhob sich aus ihrem kleinen Einzelbett in dem Zimmer, das Oma für sie als Kind eingerichtet hatte. Sie wusste, dass es seltsam war, dass eine erwachsene Frau in einem Kinderzimmer schlief, aber es war *ihr* Zimmer und sie war in dem Chaos der letzten Wochen noch nicht dazu gekommen, es neu einzurichten. Sie bereitete sich mental darauf vor, Athena zur Schule zu bringen und selbst zur Arbeit zu gehen, aber ihre Tochter schlief noch fest im Bett.

»Komm schon, Schatz. Du kommst noch zu spät, wenn du nicht bald aufstehst.«

Athena gähnte und stöhnte. »Die Schule fängt erst am späten Vormittag an«, brummte sie und zog sich die Decke über den Kopf.

»Das ist doch lächerlich!«, sagte Rosemary.

»Nein, es stimmt. Du kannst ja anrufen, wenn du mir nicht glaubst.«

Rosemary rief tatsächlich dort an und erfuhr, dass Athena Recht hatte.

»Ich hab's dir ja gesagt«, sagte Athena und stapfte in ihrem Morgenmantel die Treppe hinunter.

»Sicher«, sagte Rosemary. »Aber es klang für mich nach Wunschdenken. Wie soll ich dich jetzt zur Schule bringen? Ich habe Marjie gesagt, dass ich um neun da bin. Ich kann sie ja anrufen und ihr sagen, dass es eher zehn Uhr dreißig sein wird.«

»Sei nicht albern, Mama«, sagte Athena, während sie sich einen Tee einschenkte. »Ich kann einfach laufen. Es dauert nur etwa zwanzig Minuten.«

Rosemary reichte ihrer Tochter einen Teller mit Toast. »Ich denke, das wird schon gehen. Aber steig nicht in fremde Autos oder sprich im Wald mit Wölfen oder so etwas.«

»Ich bin alt genug, um ohne Begleitung durch das Dorf zu gehen«, sagte Athena.

»Du scheinst dich auch wohler mit der Schule zu fühlen. Ich habe keine Beschwerden mehr gehört.«

Athena zuckte mit den Schultern, als sie sich an den Küchentisch setzte. »Ich möchte, dass ich mich wohler fühle. Außerdem ist nicht die Schule das Problem. Es ist nur so, dass ich überhaupt keine Ahnung von Magie habe und der ganze Lehrplan darauf basiert.«

»Wie bereiten sie dich auf die nationalen Prüfungen vor, du weißt schon, das Abitur und so weiter?«, fragte Rosemary und leerte die Teekanne in ihre eigene Tasse.

»Sie haben gesagt, dass sie uns helfen, den allgemeinen Lehrplan zu lernen, ohne ihn speziell zu studieren«, sagte Athena zwischen zwei Bissen Toast. »Die Qualifikationen werden übernommen, falls wir andere, nicht-magische Studiengänge besuchen wollen. Aber ich habe keine Ahnung, wie das funktioniert.«

»Das klingt fabelhaft«, sagte Rosemary und war fast ein bisschen neidisch. »Viel, viel besser als die strenge religiöse Schule, die ich in deinem Alter besuchen musste.«

Athena legte ihr Stück Toast hin und seufzte.

»Es wäre fabelhaft, wenn ich auch nur einen Funken deiner Magie hätte. Das ist einfach nicht fair.«

»Ich kann ja mal Oma danach fragen«, schlug Rosemary vor. »Wenn sie das nächste Mal vorbeikommt, wann immer das auch sein mag.«

»Bitte tu das«, sagte Athena mit einem flehenden Blick. »Ich brauche jede Hilfe, die ich kriegen kann.«

Rosemary fuhr zur Arbeit, während Athena noch im Morgenmantel

Toast aß und sich beschwerte, dass sie nichts zum Anziehen hatte. Sie versprach, am Wochenende einkaufen zu gehen.

Während sie die kurze Strecke nach Myrtlewood fuhr, hoffte Rosemary, dass der zweite Schultag viel besser verlief als der erste. Athena hatte sich schon immer mit der Schule schwergetan. Sie interessierte sich nicht besonders für den Lehrplan und es war in der Vergangenheit schwer gewesen, Freunde zu finden, vor allem, weil sie so oft umgezogen waren. Diese Schule war besonders wichtig, da sie in absehbarer Zeit in Myrtlewood bleiben würden.

Rosemary parkte in der Nähe des Teeladens und stellte fest, dass dort reger Betrieb herrschte. Drei Leute standen an der Theke und warteten darauf, bedient zu werden, während die meisten Tische bereits besetzt waren.

»Gut, dass du da bist!«, rief Marjie.

»Ich habe den Laden noch nie so voll gesehen«, sagte Rosemary und bahnte sich ihren Weg durch den Laden und hinter den Tresen.

»Ich vermute, dass du etwas damit zu tun hast«, sagte Marjie, während sie einer Frau mit dunklen Haaren und rotem Mantel, die ihr irgendwie bekannt vorkam, ein Stück Schokoladen-Orangen-Torte und eine Rinderpastete servierte.

»Ich? Warum?«, fragte Rosemary.

»Neuigkeiten sprechen sich hier schnell herum. Jeder will die Nachfahrin von Galdie Thorn kennenlernen, besonders nachdem wir alle den Himmel über deinem Haus gesehen haben!«

Rosemary unterdrückte ein Stöhnen, während die Kundin sie anlächelte. Als die Frau zu einem der wenigen verbliebenen Tische ging und die anderen Kunden ihre Bestellungen aufgegeben hatten, umarmte Marjie Rosemary fest und überreichte ihr eine leuchtend grüne Schürze mit roten Rosen.

»Die hier ist für dich«, sagte Marjie. »Sie wird deine Augen betonen.«

Rosemary lächelte. Sie zog die Schürze über das schlichte schwarze T-Shirt und die Jeans, die sie trug, und fühlte sich sofort wie zu Hause. Im Teeladen zu arbeiten und die Kunden zu bedienen war einfach, auch wenn sie gut auf das Geld achten musste. Sie hatte noch nie besonders gut mit Zahlen umgehen können, und Marjies System war viel manueller als die automatische Kasse im Supermarkt, an die sie gewöhnt war.

Viele der Kunden wollten Rosemary tatsächlich kennenlernen und stellten sich ihr begeistert vor und erzählten ihr, wie wunderbar ihre Großmutter gewesen war. Sie hörte zahlreiche Geschichten darüber, wie Galdie ihnen mit einem eigensinnigen Haustier oder einem mysteriösen Leiden geholfen hatte. Es war alles ein bisschen überwältigend für Rosemary, denn sie fühlte schon jetzt die Last, in Omas Fußstapfen treten zu müssen und wusste nicht, wie sie das anstellen sollte. Sie umklammerte ihre Smaragdhalskette, um sich ein wenig zu zentrieren.

Die Halskette selbst blieb nicht lange unbemerkt. Marjie war die erste, die sie darauf ansprach – sie erinnerte sich daran, dass Oma sie jahrelang getragen hatte.

»Ich habe sie immer um diesen Anhänger beneidet«, sagte Marjie wehmütig.

Auch andere Kunden bemerkten den Smaragd. Die Kundschaft war an diesem Tag sehr gemischt. Einige wollten nur Tee und Kuchen zum Mitnehmen, andere schienen sich den Vormittag zu vertreiben, so wie Rosemary es am Tag zuvor getan hatte. Einer dieser Kunden war die dunkelhaarige Frau mit dem roten Mantel, die Rosemary schon öfters aufgefallen war.

Als Rosemary einen der Tische abräumte, fing die Frau ihren Blick auf und lächelte wieder. Rosemary lächelte zurück.

In diesem Moment betrat ein bekanntes Gesicht den Teeladen. Detective Neve trug eine schicke marineblaue Jacke über einem schlichten cremefarbenen Seidenhemd und dunkelblauen Jeans. Das stilvolle Outfit passte gut zu ihrem glatten, tiefschwarzen Haar.

»Rosemary«, sagte Neve und grinste.

»Hallo«, sagte Rosemary und lächelte. »Vielen Dank für Ihre Unterstützung letzte Woche. Das hat uns sehr geholfen.«

Detective Neve hatte dabei geholfen, die ziemlich haarsträubenden Probleme mit Omas Mordermittlung, der geheimen Blutstein-Gesellschaft und der kleinen, aber uralten Vampirin, die versucht hatte, die Magie der Familie Thorn zu stehlen, zu lösen.

»Ich sollte mich bei Ihnen bedanken«, sagte Neve. »Ich bin so froh, dass wir den Dingen auf den Grund gegangen sind, aber ich bin mir nicht sicher, wie weit ich gekommen wäre, wenn Sie Geneviève nicht aufgehalten hätten.«

Rosemary lächelte. »Ich habe nur das getan, was nötig war. Aber wirklich, danke, dass Sie Perkins von meinem Fall abgezogen haben.« Rosemary zögerte und fragte dann: »Glauben Sie, dass es jetzt sicher ist? Ich meine, die anderen Mitglieder der Blutstein-Gesellschaft sind immer noch irgendwo da draußen.« Sie schaute sich misstrauisch in der Teestube um.

»Von Despina gibt es keine Spur«, sagte Neve und senkte ihre Stimme. »Und die anderen Mitglieder scheinen sich vorerst zerstreut zu haben, da die Macht der Gesellschaft geschwunden ist, aber bleiben Sie wachsam.«

Rosemary runzelte die Stirn und dachte darüber nach, dass sie Athena vielleicht nicht allein zur Schule hätte gehen lassen sollen. Die Bedrohung durch Vampire schien zumindest am helllichten Tag nicht so groß zu sein, aber der böse Geheimbund schien alle möglichen anderen magischen Mitglieder zu haben, die sich in der Sonne sehr wohl fühlten, einschließlich tierischer Gestaltwandler.

»Das wäre auch besser so«, sagte die Frau mit dem roten Mantel, als Neve sich neben sie an den Tisch setzte.

»Oh, entschuldigen Sie meine Manieren«, sagte Detective Neve. »Das ist meine Partnerin, Nesta Divine. Nesta, das ist Rosemary Thorn.«

»Es ist schön, Sie endlich richtig kennenzulernen«, sagte Nesta.

»Nesta Divine!«, sagte Rosemary. »Was für ein wunderbarer Name. Sind Sie auch eine Art Polizistin?«

»Hah! Nein«, sagte Nesta. »Nicht diese Art von Partnerin. Wir leben zusammen.«

»Ohhh, Entschuldigung!«, sagte Rosemary und errötete ein wenig über ihren Fehler.

»Den Fehler machen viele.« Nesta lächelte warmherzig. Sie begann, ihr langes, gewelltes schwarzes Haar zu einem festen Dutt zu binden, während Rosemary einen Tisch abräumte.

Als Nesta ihre Hände senken wollte, kollidierten ihre Finger mit dem Teetablett, das Rosemary in die Küche tragen wollte, stießen eine Teekanne um und warfen eine halbvolle Tasse Oolong um. Der Inhalt ergoss sich über Rosemarys Schürze.

»Es tut mir so leid!«, sagte Nesta.

»Das macht doch nichts«, sagte Rosemary und wischte den verschütteten Inhalt mit einer Ersatzserviette auf.

Nesta sah peinlich berührt aus. »Wirklich, das ist mir unglaublich peinlich. Wie ungeschickt von mir, dass ich Sie dort nicht gesehen habe.«

Rosemary lächelte sie beruhigend an. »Normalerweise bin ich die Tollpatschige, also ist das mal eine erfrischende Abwechslung. Ich weiß nicht, wie ich es geschafft habe, den ganzen Tag durchzuhalten, ohne mich zu bekleckern.«

»Ich bin sicher, dass das nicht stimmt, Sie scheinen sich in der Küche so wohl zu fühlen«, sagte Nesta.

»Ich liebe Essen«, gab Rosemary freudig zu.

Nesta und Neve nickten beide enthusiastisch. Rosemary genoss die Gesellschaft der beiden so sehr, dass sie gar keine Lust hatte, weiter hinter der Theke aufzuräumen. Zum Glück war gerade Flaute, so dass sie beschloss, eine Pause einzulegen. Es fiel ihr auf, dass sie es vermisste, mit Frauen in ihrem Alter zusammen zu sein.

»Das ist eine schöne Halskette, die Sie da tragen«, sagte Nesta. »Sie sieht besonders aus.«

»Danke«, sagte Rosemary. »Es ist ein Familienerbstück. Sie gefällt mir sehr gut.«

»Ich habe gehört, dass Sie neu in der Stadt sind«, sagte Nesta. »Und jetzt haben Sie schon so viel durchgemacht! Ich wette, die Umstellung fällt Ihnen nicht leicht. Die Stadt ist sehr gastfreundlich, aber es dauert eine Weile, bis man irgendwo neue Freunde findet. Warum kommen Sie nicht mal zum Abendessen vorbei?«

»Das ist nett von Ihnen, dass Sie das anbieten«, sagte Rosemary. »Klar, warum nicht? Solange ich meine Tochter im Teenageralter mitbringen kann, sie ist zwar etwas mürrisch, aber oft gute Gesellschaft.«

»Natürlich«, sagten Nesta und Neve gleichzeitig.

»Neve hat gesagt, dass sie sowieso vorhatte, euch beide einzuladen«, fuhr Nesta fort. »Sie versucht immer, mich dazu zu bringen, mehr unter Leute zu kommen. Ich arbeite drüben in Burkenswood oder von zu Hause aus. Es ist ein langer Weg zur Arbeit, und wenn ich zu Hause bin, fühle ich mich ziemlich isoliert. Deshalb habe ich hier auch nicht viele Freunde.«

Rosemary konnte das nachempfinden. Bis vor kurzem hatte sie auch nicht viele Freunde gehabt.

»Nennen Sie mir einfach einen Tag und eine Uhrzeit«, sagte Rosemary. »Wir haben im Moment nicht viele andere Pläne, also kann ich es wahrscheinlich jederzeit einrichten.«

»Wie wäre es mit einem Donnerstag Ende des Monats?«, schlug Neve vor. »Nesta arbeitet montags und donnerstags von zu Hause aus, also wird sie an diesem Tag nicht zu erschöpft vom Pendeln sein.«

»Klingt gut«, sagte Rosemary. Sie bedankte sich bei beiden Frauen und stand dann auf, um das Geschirr in die Küche zu tragen und noch ein bisschen aufzuräumen.

Als Nesta und Neve den Teeladen verließen, freute sich Rosemary über die Möglichkeit, neue Freunde zu finden. Detective Neve war brillant und klug und genau die Art von Person, die Rosemary als Freundin haben wollte, und Nesta schien reizend zu sein. Sie hoffte, dass Athena nichts dagegen hatte, dass sie eine Einladung zum Abendessen angenommen hatte, ohne es vorher mit ihr abzusprechen.

Als sie in einer Pause in der Schule anrief, um sich zu erkundigen, ob ihre Tochter gut angekommen war, lachte die Empfangsdame nur und sagte leicht spöttisch: »Natürlich ist sie angekommen«.

Rosemary legte den Hörer auf und nippte an ihrem Tee. Ihr war schmerzlich bewusst, dass Athena wegen dieser kleinen Einmischung in ihr Schulleben wieder sauer auf sie sein würde. Sie beschloss, nicht mehr ganz so überfürsorglich mit ihrer Tochter umzugehen, aber es fiel ihr schwer, loszulassen, besonders, da sie wusste, dass irgendwo da draußen Mitglieder der Blutstein-Gesellschaft lauerten, die zweifellos nur darauf warteten, einen weiteren Angriff zu starten.

In diesem Moment flog die Tür auf und ein kleines Energiebündel mit blonden Locken stürmte herein.

»Mama, Mama, Mama! Ooooh, schau dir die Kuchen an! Sieh dir all diese Kuchen an!«

»Ja, Liebes«, sagte die überfordert dreinblickende Frau und folgte dem Kind dicht auf den Fersen. »Welchen möchtest du denn?«

»Nur einen?« Das Kind klang zutiefst enttäuscht.

»Ja, natürlich, Gretchen. Du darfst immer nur einen Kuchen haben. Was sollen wir denn mit mehr als einem machen?«

»Sie essen!«

»Einen Moment, Prue«, rief Marjie aus der Küche.

»Nein!«, sagte das kleine Gretchen.

»Ist schon in Ordnung. Ich helfe dir«, sagte Rosemary und stand vom Tisch auf. »Ich bin sowieso gleich fertig mit meiner Pause.«

»Ist schon in Ordnung«, sagte Prue. Allerdings schien sie etwas erleichtert zu sein, als Rosemary darauf bestand, dass es kein Problem sei, das energiegeladene junge Gretchen zu bedienen, das Rosemary auf vier oder fünf Jahre schätzte.

»Was soll es denn sein?«, fragte Rosemary in einem Ton, von dem sie hoffte, dass er der Begeisterung des Kindes entsprach.

»Schokolade!«, sagte Gretchen. »Nein ... Erdbeere! Oh bitte, kann ich nicht beides haben?«

»Wie wäre es mit einem halben Stück Schokolade und einem halben Stück Erdbeere?", fragte Rosemary.

»Ja!«, sagte Gretchen. »Dann bekomme ich ja doch zwei Stücke.«

»Das macht Ihnen nichts aus?«, fragte Prue.

»Überhaupt nicht«, sagte Rosemary. »Ich werde die anderen Hälften einfach mit nach Hause nehmen und mit meiner Tochter teilen.«

Gretchen lächelte. »Darf sie zum Spielen vorbeikommen?«

»Ich bin mir nicht sicher«, fragte Rosemary. »Sie ist vielleicht ein bisschen zu erwachsen.«

»Ach was«, sagte das kleine Gretchen und brachte Prue, Rosemary und Marjie damit zum Lachen.

»Was ist daran so lustig?«, sagte Gretchen misstrauisch.

»Du bist ganz schön clever«, sagte Rosemary. »Stimmt's?«

»Ja, das bin ich«, sagte Gretchen. »Ich kenne schon das ganze Alphabet.«

»Wie bemerkenswert«, sagte Rosemary. »Hier, bitte.«

Sie übergab die Kuchenstücke an Prue, die Gretchen half, den Teller sicher zu einem Tisch zu tragen. Als Rosemary ihnen beim Weggehen zusah, hätte sie schwören können, dass sie ein Kribbeln in ihrer Halskette spürte. Es kam mit einer Vorahnung, als ob etwas Großes bevorstand.

10

Athena kam am späten Vormittag zu ihrem zweiten Tag in der Schule an. Auf dem Schulhof tummelten sich Schüler verschiedener Altersgruppen, wenn auch insgesamt nicht sehr viele. Als einzige Schule im Dorf begann die Myrtlewood Academy mit kleinen Kindern und reichte bis zum Ende der High School.

Angesichts der Größe des alten Schulgeländes schienen nicht viele Schüler eingeschrieben zu sein. Als Athena Frau Twigg am Vortag darauf angesprochen hatte, hatte die kleine reptilienartige Lehrerin nur mit den Schultern gezuckt und etwas von »Auf und Ab« gemurmelt.

Athena holte ihren Stundenplan hervor. Als erstes stand Alchemie auf dem Stundenplan, das Äquivalent zur Chemie, wie sie vermutete. Der Unterricht fand im Ostflügel des Hauptgebäudes statt. Sie steckte ihren Stundenplan zurück in ihre Tasche und versuchte, sich zu orientieren.

Ihr Orientierungssinn war nicht ganz so schlecht wie der von Rosemary, wenn auch nicht wesentlich besser.

»Hey«, rief eine Stimme. Athena ging weiter und hoffte, dass der Ruf nicht an sie gerichtet war.

Sie hatte vor, so vielen Leuten wie möglich aus dem Weg zu gehen.

»Hey, Frischblut. Athena, stimmt's?«

Eine so direkte Ansprache konnte Athena nicht einfach ignorieren.

Sie drehte sich um und sah das blauhaarige Mädchen von gestern, das, wie sie sich erinnerte, Elise hieß.

»Hallo«, murmelte Athena, als das Mädchen auf sie zukam.

»Ich wollte mich für gestern entschuldigen.«

»Wofür?«, fragte Athena.

»Na ja, hauptsächlich für Felix«, sagte Elise. »Er ist außer Rand und Band. Er kann manchmal ein richtiger Schuft sein.«

»Warum entschuldigst du dich für ihn?«, fragte Athena.

Elise zuckte mit den Schultern. »Es tut mir einfach leid, dass er es dir so schwer gemacht hat. Es muss seltsam sein, an einer neuen Schule anzufangen, besonders wenn sie so bizarr ist wie die Myrtlewood Academy.«

»Es ist schon ein bisschen seltsam«, gab Athena zu und erlaubte sich ein Lächeln. Elise schien freundlich zu sein, zumindest viel freundlicher als Beryl, die die beiden vom anderen Ende des Hofs aus finster anzustarren schien.

»Kümmere dich nicht um sie«, sagte Elise und winkte in Beryls Richtung. »Sie ist so hochnäsig, dass ihre Nase praktisch an der Decke hängt.«

Athena lachte. »Was ist denn ihr Problem?«

»Ich glaube, in ihrer Familie sind alle ein bisschen so«, sagte Elise. »Sie haben hohe Erwartungen und Beryl versucht immer, sie zu beeindrucken, indem sie in allem die Beste ist.«

Athena lächelte. »Mit mir wird sie keine große Konkurrenz haben. Ich war noch nie die Beste in der Klasse.«

»Das kann man nie wissen«, sagte Elise. »Es ist eine andere Schule und wie man hört, verfügst du über jede Menge Magie.«

Athena errötete. »Nein, nicht wirklich. Meine Mama schon eher, auch wenn sie nicht weiß, wie man sie benutzt.«

Elise warf Athena einen fragenden Blick zu. »Du bist nicht nur Mensch. Stimmt's?«

»Was?«, antwortete Athena. »Wie meinst du das?«

»Du musst etwas anderes in dir haben, etwas Überirdisches.«

»Ich weiß nichts von diesem Zeug«, sagte Athena abweisend. »In den letzten Wochen sind merkwürdige Dinge passiert und ich habe keine Ahnung, was hier vor sich geht, aber ich bin mir ziemlich sicher, dass ich nur ein ganz normaler Mensch bin.«

»Nun, ich würde mich freuen, deine Freundin zu sein«, sagte Elise und hielt ihre Hand zum Schütteln hin. »Wenn du möchtest, natürlich.«

Athena lächelte und konnte weder in Elises Verhalten noch in ihren Gedanken etwas Böses entdecken. Sie schüttelte Elises Hand.

»Ist das die übliche Art, wie du Freundschaften schließt?«, fragte Athena. »Es scheint sehr offiziell zu sein.«

Elise kicherte. »Ich weiß es nicht. Ich tue einfach das, was ich in dem Moment für sinnvoll erachte, ehrlich.« Sie hob ihre Hände und wackelte verspielt mit ihnen in der Luft. »Komm schon, wir haben doch jetzt Alchemie, oder?«

Athena lächelte und ging mit Elise in Richtung Klassenzimmer. Vielleicht, aber nur vielleicht, war die Schule doch nicht so schlimm, wie sie vorher gedacht hatte.

Athena saß neben Elise in der Alchemiestunde und hörte gebannt zu. Der Unterricht machte sehr viel Spaß. Der Lehrer, Perran Graveolum, schien jung und energiegeladen zu sein und machte gerne kühne Behauptungen über die Natur des Universums, die er dann mit magischen Experimenten untermauerte, die die Klasse anschließend nachmachen sollte.

Bei der heutigen Aktivität ging es darum, eine winzige Galaxie in einer Tasse Tee zu erzeugen. Es gab einen besonderen Zauberspruch, bei dem Herr Graveolum einen so genannten kosmischen Staub in eine Kanne mit frisch gebrühtem englischen Frühstückstee streute und dann einen Spruch aufsagte.

Athena tat sich mit Elise und Sam zusammen und sie hatten eine Menge Spaß. Zuerst mischten sie den kosmischen Staub in einem Mörser und Stößel. Es machte ein lustiges klickendes Geräusch, das seltsamerweise befriedigend war. Dann brauten sie den Tee auf, in dem Athena aufgrund der exzessiven Teegewohnheiten ihrer Familie inzwischen Expertin war.

Nachdem sie die Teekanne dreimal geschwenkt und den Tee in die gläserne Teetasse geschüttet hatten, glitzerte in ihrer Tasse die schönste Galaxie.

»Perfekte Qualität«, sagte Herr Graveolum. »Ein Mikrokosmos des Makrokosmos.« Er hielt seine Hände hoch. »Ich präsentiere euch ein

Paradebeispiel dafür, dass wir alle gleichzeitig sehr, sehr groß und über-mäßig klein sind.« Er krähte vor Lachen.

Beryl starrte die drei an. Im Vergleich zu ihnen glitzerte ihre Galaxie kaum. Sie sah aus, als hätte sie lediglich einen Fingerhut voll Milch in eine schwache Tasse Tee gekippt.

»Sie wird nicht glücklich darüber sein«, sagte Sam leise.

»Mach dir keine Sorgen um sie«, sagte Elise. »Sie kann nicht immer in allem die Beste sein. Das kann niemand.«

»Aber Beryl ist es, meistens«, sagte Sam. »Sie mag keine Konkurrenz.«

»Sie wird damit leben müssen«, sagte Athena. »Wir drei zusammen sind offensichtlich fabelhaft in Magie.«

Elise lachte. »Ich habe dir doch gesagt, dass du mächtig bist.«

»Das ist die Magie der Teamarbeit«, alberte Athena.

Sam kicherte.

»Was ist so lustig?«, fragte Beryl und ging mit kalter Miene auf sie zu.

»Wir haben gerade über Teamwork gesprochen.« Elise schenkte Beryl ein freches Lächeln. »Und wie schön es ist, mit Leuten zu arbeiten, die einen solchen Sinn für Kameradschaft haben. Findest du nicht auch?«

»Auf jeden Fall«, sagte Herr Graveolum. »Sensationell. Ich bin so froh, dass ihr mit so viel Teamgeist an Bord seid.«

Beryl erbleichte und kehrte an ihren eigenen Schreibtisch zurück. Sie hatte sich geweigert, mit anderen Schülern zu arbeiten, aus Angst, sie würden ihr Experiment nur ruinieren.

»Was machst du zum Mittagessen?«, fragte Elise.

Athena zuckte mit den Schultern. »Vielleicht in der Bibliothek … lesen?«

»Unsinn, komm und häng mit uns ab«, sagte Elise. Sie zog Athena sanft am Ärmel ihrer Strickjacke, als sie aus der Klasse in die hintere Ecke des Hofes gingen.

Dort saßen bereits Felix und ein anderer Junge.

»Doch nicht die, oder?«, flüsterte Athena.

»Felix ist gar nicht so schlimm, wenn man sich an ihn gewöhnt hat, und Deron ist reizend«, betonte Elise.

Athena beäugte den größeren dunkelhaarigen Jungen, der neben Felix saß. Er war wie ein Schläger gebaut, aber er trug ein warmes, freundliches Lächeln im Gesicht.

»Aber wenn du wirklich keine Lust hast, können wir uns auch woanders hinsetzen«, fuhr Elise fort.

»Ist schon in Ordnung«, sagte Athena und folgte Elise und Sam in die Ecke des Hofes.

»Frischblut!«, sagte Felix. »Willst du etwa mit den coolen Kids abhängen?«

»Ich finde, du solltest dich bei ihr entschuldigen«, sagte Elise.

»Wofür denn?« Felix senkte die Augenbrauen.

»Dafür, dass du sie deinem Blödsinn ausgesetzt hast.«

»Hey«, sagte Felix finster und grinste dann. »Na gut. Ich entschuldige mich für meinen immensen Witz und meine Weisheit, meine schillernde Persönlichkeit, meinen starken Charakter und meine ausgezeichnete Hartnäckigkeit.«

»Felix, was war das denn für eine Entschuldigung?«, fragte Deron.

»Ist schon gut. Du bist mir keine Entschuldigung schuldig«, sagte Athena.

»Siehst du, ich bin perfekt.« Felix hob triumphierend die Arme.

Athena seufzte und setzte sich neben Elise. Sie holte das Mittagessen hervor, das sie von zu Hause mitgebracht hatte. Es war ein Sandwich mit Speck und Eiern.

»Das sieht gut aus«, sagte Sam. »Ich wette, allerdings nicht für Elise. Sie kann keine tierischen Produkte essen.«

»Bist du Vegetarierin oder Veganerin oder so?«, fragte Athena.

»Nein, es ist eher eine Allergie«, sagte Elise.

»Elise ist eine dreckige Elfe«, stichelte Felix, zerknüllte ein Stück Papiertüte und warf es nach dem blauhaarigen Mädchen.

»Ich bin überhaupt keine Elfe«, sagte Elise.

»Aber nah dran«, antwortete Felix. Er öffnete seine eigene Brotdose und begann zu essen. Athena beobachtete erstaunt, wie er in Kürze mehrere große Schweinefleischpasteten hinunterschlang.

»Er isst immer so viel«, sagte Elise.

»Keine Elfe«, sagte Felix und kehrte zum Thema zurück, nachdem er sein riesiges Mittagessen abrupt beendet hatte. »Stimmt, du bist eine Wassernymphe oder so.«

»Ich habe es dir doch schon so oft gesagt«, sagte Elise. »Meine Mutter ist eine Najade. Das ist alles.«

»Eine was?«, fragte Athena.

»So ähnlich wie eine Wassernymphe ... denke ich«, gab Elise zu.

»Nympho«, sagte Felix und kicherte.

»Halt die Klappe.« Elise funkelte ihn an. »Nymphen und Najaden sind Naturgeister, ein bisschen wie Feen. Mama stammt aus der Familie, die Regenbögen erschafft. Deshalb sind meine Haare auch so komisch.«

»Ich finde deine Haare cool«, sagte Athena. »Und das ist wirklich erstaunlich. Ich kenne mich mit so etwas überhaupt nicht aus und habe noch so viel zu lernen.«

»Mach dir keine Sorgen«, sagte Felix. »Ich zeige dir alles, was man über Magie wissen muss.«

Er stellte seine Brotdose ab und stand auf. Sofort begann rotes Fell aus seinem Gesicht zu sprießen.

Athena keuchte entsetzt auf, als sich der Bart auf seine Hände ausbreitete und er schrumpfte, sich in einen großen Fuchs verwandelte und auf dem Hof im Kreis herumlief.

»Er liebt es, die Leute mit diesem Trick zu überraschen«, sagte Sam.

Felix verwandelte sich zurück in seine menschliche Gestalt. »Das ist kein Trick«, sagte er.

»Du bist ein Gestaltenwandler?«, fragte Athena.

»Du weißt also über meine Art Bescheid?« Felix schien enttäuscht, dass Athena nicht beeindruckt oder erstaunt war.

»Wir hatten eine Begegnung mit einem besonders üblen Kerl bei uns zu Hause ...« sagte Athena.

»Davon haben wir gehört«, sagte Elise. »Was ist wirklich passiert?«

»Das ist eine lange Geschichte«, sagte Athena. »Zu lang für eine Mittagspause.«

Sie wandte sich wieder an Felix. »Ich habe mich immer eins gefragt. Was passiert mit deinen Klamotten, wenn du die Form wechselst?«

»Du meinst, warum verliere ich nicht meine Kleidung und lande irgendwo nackt?« Er zwinkerte ihr zu. »Ich schätze, das ist ein Teil der Magie. Sie absorbiert alles, was ich trage, und spuckt es wieder aus, wenn ich mich zurückverwandle. Das ist wirklich praktisch, so werde ich nicht splitternackt in der Öffentlichkeit erwischt.«

»Das ist auch besser so«, sagte Athena und lachte.

»Ja, natürlich. Ich will ja nicht alle mit meiner unverschämten Schönheit blenden«, sagte Felix.

Die Glocke läutete und sie machten sich auf den Weg zu Volkskunde und Geschichte. Athena ging den Gang entlang, der von eklektischen Gemälden und alten Schwarz-Weiß-Fotos gesäumt war. Dabei blieb ihr Blick an einem bekannten Gesicht hängen.

»Das gibt's doch nicht«, sagte sie und ging darauf zu.

»Jemand, den du kennst?«, fragte Elise.

Athena nickte. Sie konnte ihren Blick nicht von dem Gesicht losreißen. Es war Finnigan. Seine dunklen Haare fielen ihm wie immer in die Stirn und seine Augen funkelten.

»Ein altes Familienmitglied?«, fragte Sam.

»Nein, ein Freund, aber ich bin überrascht, ihn hier zu sehen. Er geht auf eine andere Schule.«

»Das kann nicht sein. Das war einer der Schüler, die vor über achtzig Jahren verschwunden sind«, sagte Sam.

»Wie bitte?«

Sam zeigte auf eine Tafel, die neben einer Reihe von Porträts angebracht war.

Zum Gedenken an unsere geschätzten Schüler Eloise Staggart, Ferin Soot und Finnigan Marsh, die am 21. März 1938 spurlos verschwanden.

Athena lief ein Schauer über den Rücken und sie blickte wieder auf das Foto von Finnigan.

»Vielleicht ist dein Freund ein Verwandter von ihm?«, schlug Sam vor.

Athena zuckte mit den Schultern. »Vielleicht«, sagte sie. Doch als sie das Porträt genauer betrachtete, war sie sich sicher, dass es wirklich er war. Sie seufzte.

Finnigan, du wirst einiges zu erklären haben.

11

Als Rosemary sich endlich zum Mittagessen hinsetzte, war sie wie ausgehungert. Ihr erster Arbeitstag im Teeladen war unglaublich anstrengend gewesen, und er war noch nicht mal vorüber.

Die Glocke über der Tür bimmelte, als sie den ersten Bissen von dem Rindfleisch-Senf-Brötchen nahm, das Marjie extra für sie gemacht hatte. Sie schaute auf und sah, wie Ferg den Laden betrat. Er trug einen leuchtend orangefarbenen Overall, der irgendwie zu seiner Drahtbügelbrille passte.

Orange muss seine Dienstagsfarbe sein, dachte Rosemary und erinnerte sich an Fergs seltsame Gewohnheit, für jeden Tag der Woche eine bestimmte Farbe zu tragen.

»Ah! Rosemary«, sagte er. »Genau die Person, die ich sehen wollte.«

Rosemary schaute ihn verwirrt an und kniff dann die Augen zusammen. »Wirklich? Warum?«

»Ich suche Freiwillige, die bei der Organisation von Ostara helfen.«

»*Was* zu organisieren?«

»Die Frühlings-Tagundnachtgleiche, natürlich«, sagte Ferg. »Traditionell wurde es Ostara genannt, das Fest der Göttin Eostre. Vermutlich ist Ihnen der Begriff ‚Ostern‘ geläufiger«, sagte er und machte dabei Gänsefüßchen in der Luft an.

»Ostern, das Fest, an dem Jesus gestorben ist?«

Ferg gluckste überrascht. »Was glauben Sie, woran er gestorben ist? Am Essen von Schokoladeneiern ... oder hat er Schokoladeneier gelegt? Das ist übrigens eine Fangfrage.«

»Möchten Sie damit sagen, dass Schokoladeneier eine uralte vorchristliche religiöse Sache sind? Ich glaube nämlich nicht, dass es vor dem Ende des Mittelalters überhaupt Kakao auf diesem Kontinent gab«, sagte Rosemary.

»Nein, traditionell waren es richtige Hühnereier, die bemalt wurden.«

»Ich bin nicht gut im Basteln«, sagte Rosemary. »Fragen Sie lieber Athena. Ich bin sicher, dass ich die Eier eher kaputt machen würde, als sie zu bepinseln.«

»Die Kinder bemalen die Eier, Rosemary«, sagte Ferg in einem sehr ernsten Ton. »Ich brauche Ihre Hilfe bei dem Ritual. Ich habe mir gedacht, da Sie neu in der Stadt sind, wäre das die perfekte Gelegenheit, die Leute kennenzulernen und etwas Aufregendes zu erleben.«

»Oh«, sagte Rosemary. »Aber hatten wir nicht gerade erst das Frühlingsfest?«

»Wir hatten Imbolc«, sagte Ferg. »Das ist das Fest, das das Ende des Winters einläutet. Als Nächstes kommt die Frühlings-Tagundnachtgleiche und danach kommt Beltane, das den Beginn des Sommers einläutet.«

»Warum so viele Feste?«

»Weil sie wunderschön sind«, sagte Ferg einfach.

»Ähm, danke, dass Sie an mich gedacht haben«, sagte Rosemary. »Aber ich habe im Moment ziemlich viel um die Ohren, da ich hier einen neuen Job angefangen habe und Athena an ihrer neuen Schule unterstützen muss. Ich glaube nicht, dass ich im Moment noch etwas anderes übernehmen kann.«

»Blödsinn!«, sagte Ferg. »Sie werden perfekt sein. Es gibt gar nicht so viel zu tun – wenn man weiß, wie man delegiert, versteht sich. Hier.«

Er hielt ihr ein kleines Büchlein mit dem Titel: *Wie man die Frühlingstagundnachtgleiche feiert* von A. C. Twigg, hin.

»Ferg«, sagte Rosemary. »Ich habe nein gesagt.«

»Oh«, sagte Ferg und ließ den Kopf hängen. Er sah furchtbar enttäuscht aus. »Ich verstehe.«

»Tut mir leid«, sagte Rosemary. »Ich kann vielleicht ein bisschen helfen, aber ich will nicht noch mehr Verantwortung übernehmen.«

Ferg sah mit einem unschuldigen Gesichtsausdruck zu ihr auf. »Was ist es, das Ihnen Angst vor Verantwortung macht?«

Rosemary war fassungslos. Sie wusste nicht, was sie darauf antworten sollte. Sie wusste nur, dass er mit seinen Worten genau den Kern ihrer derzeitigen Auseinandersetzung mit der Frage, was sie mit ihrem Leben anfangen sollte, getroffen hatte und dass ihr Smaragdanhänger zu summen begann.

»Das ist eine schöne Halskette«, sagte Ferg nach einer Weile.

»Danke«, erwiderte Rosemary und versuchte, sich wieder ihrem Mittagessen zuzuwenden. Sie nahm einen großen Bissen von ihrem Brötchen, in der Hoffnung, dass dies helfen würde, das eher unangenehme Gespräch zu beenden.

»Wie wäre es, wenn ich das Buch einfach hier lasse und Sie darüber nachdenken können?«, sagte Ferg. »Lesen Sie es und lassen Sie mich wissen, wenn Sie Ihre Meinung ändern.«

Rosemary kaute immer noch auf ihrem Essen herum und kam nicht dazu, zu antworten, bevor Ferg wegging.

Sie seufzte und nahm das Büchlein in die Hand. So hatte sie wenigstens etwas, womit sie sich beschäftigen konnte, während sie aß, um sich von anderen, ernsteren Sorgen abzulenken.

Bei den Tagundnachtgleichen dreht sich alles um das Gleichgewicht. Es sind die Zeiten im Jahr, in denen der Schleier zwischen den Welten am dünnsten ist, stand da.

»Was hast du denn da?«, fragte Marjie, als sie zum Tisch kam. Ihre weiße Schürze war mit Schokoladenflecken übersät, die von den Hunderten von Cupcakes stammten, die sie für eine sehr große Hochzeitsgesellschaft dekorierte – und dann auf magische Weise vervielfältigte. »Oh, das ist Aggies kleines Büchlein.«

»Tatsächlich?«, fragte Rosemary.

»Ja, Agatha Twigg. Du weißt schon – sie hat deine Dinnerparty gestürmt.«

»Ich wusste nicht, dass sie Schriftstellerin ist.«

»Eigentlich ist Aggie eine sehr berühmte Historikerin«, sagte Marjie. »Sie weiß alles über Myrtlewood und die magischen Geschichten hier.

Hat Ferg dich also dazu überredet, bei der Tagundnachtgleiche zu helfen?«

Rosemary lächelte. »Ferg versucht sein Bestes, aber ich habe nein gesagt.«

»Oh, sehr gut!«, sagte Marjie. »Es freut mich, dass du Grenzen gezogen hast. Ich weiß, dass er ein anstrengender Kerl sein kann.«

»So anstrengend, dass er dieses Buch hiergelassen hat, damit ich es lesen und noch mal darüber nachdenken kann«, sagte Rosemary.

In diesem Moment ertönte die Klingel über der Tür und der Bürgermeister kam mit umwölkten Gesicht herein. Sogar sein Haar war etwas zerzauster als sonst und sein üblicher schwarz-lila Umhang sah aus, als hätte man ihn rückwärts durch ein Gebüsch geschleift.

»Das Übliche, bitte, Marjie«, sagte er, setzte sich an einen Tisch am Fenster und blickte sich misstrauisch um.

»Alles in Ordnung bei Ihnen?«, rief Marjie, als sie zurück in die Küche eilte.

»Alles gut, gut«, sagte Herr June. »Warum sollte es mir nicht gut gehen?«

Marjie warf Rosemary von der Küche aus einen verwirrten Blick zu. »Ich mache Ihnen einen Tee«, rief sie. »Rosemary, kannst du Herrn June ein großes Stück Karottenkuchen mit extra Sahne bringen?«

»Klar«, sagte Rosemary. Sie hatte ihr Mittagessen beendet und war sowieso bereit, wieder an die Arbeit zu gehen.

»Oh, Sie arbeiten jetzt richtig hier?«, fragte Herr June, während er Rosemarys Schürze betrachtete und eine Augenbraue hochzog.

»Ich helfe Marjie aus, da sie gerade Hochsaison hat«, sagte Rosemary. »Ich habe heute erst angefangen.«

»Interessant.« Herr June strich sich über seinen Ziegenbart. Er wandte seine Aufmerksamkeit einem kleinen Notizbuch zu, das er aus seiner Tasche fischte und in das er zu schreiben begann, wobei er sich gelegentlich umschaute, um zu sehen, ob ihn jemand beobachtete.

Rosemary machte den Karottenkuchen fertig und trug ihn zum Tisch hinüber. Als sie ihn vor dem Bürgermeister abstellte, blickte er auf. Sein Blick blieb an ihrer Halskette hängen.

»Das da!«, sagte er und deutete auf den Smaragdanhänger, der an Rosemarys Hals hing. »Woher haben Sie den?«

Rosemary war verblüfft. Der Anhänger hatte schon viele Blicke auf sich gezogen, meistens von Leuten, die kommentierten, wie schön er sei, aber in Herrn Junes Stimme lag ein ganz anderer Ton, den sie nicht recht einordnen konnte. War es Wut oder Angst?

»Meine Großmutter hat ihn mir geschenkt«, sagte Rosemary und umklammerte den Anhänger reflexartig.

»Hat sie das, ja?«

»Ja.«

»Sie sollten wissen, dass der Anhänger Eigentum der Stadt Myrtlewood ist und ins Museum gehört!«

»Äh ... nun, er war in meinem Haus und Oma hat gesagt, dass er ihr gehört.«

Herr June warf ihr einen zweifelnden Blick zu. »Wie viel verlangen Sie dafür?«, murmelte er und senkte seine Stimme.

»Ich ... Ich will überhaupt nichts dafür«, sagte Rosemary. »Es ist ein Familienerbstück. Oma sagte, es gehörte meiner Ururururgroßmutter oder so. Vielleicht verwechseln Sie sie mit einer anderen Smaragdhalskette?«

Er schielte zu ihr hinüber. »Es gibt keine vergleichbare Kette. Kommen Sie schon. Fünftausend Pfund. Ich stelle Ihnen sofort einen Scheck aus.«

Rosemary war verblüfft. Sie war bereits davon ausgegangen, dass der Anhänger etwas wert war, weil er alt war und aus Gold und Smaragd bestand, aber sie hatte nie daran gedacht, ihn zu verkaufen. Und auch wenn es verlockend wäre, ein wenig zusätzliches Geld zu haben, war Herrn Junes Reaktion beim Anblick des Familienerbstücks äußerst bizarr. Sein ganzes Verhalten erschien ihr merkwürdig. Sie konnte das Angebot unmöglich ernst nehmen.

»Bitte sehr«, sagte Marjie und brachte den Tee zu Herrn Junes Tisch. Sie bemerkte Rosemarys Blick und fügte hinzu: »Liebes, kannst du mir hinten helfen?«

Rosemary folgte Marjie gerne zurück in die Küche. »Was sollte das denn?«, fragte sie.

»Irgendetwas stimmt heute nicht mit ihm«, sagte Marjie.

»Das kannst du laut sagen!«, sagte Rosemary. »Er scheint besessen von meiner Halskette zu sein. Ich befürchte fast, dass er versuchen wird, mit mir darum zu kämpfen.«

Marjie seufzte. »Das kommt gelegentlich vor.«

»Was kommt vor?«, fragte Rosemary. »Dass der Bürgermeister wegen einer Halskette Streit anfängt?«

»Er ist einfach ein bisschen … na ja, ein bisschen seltsam. Meine Theorie ist, dass er von ewiger Jugend besessen ist, verstehst du? Er geht ständig zu irgendwelchen Quacksalbern und lässt sich mit Tränken abfüllen. Er hat sogar schon versucht, sich *verwandeln* zu lassen.«

»Verwandeln?«, fragte Rosemary.

»In einen Vampir«, erklärte Marjie im Flüsterton. »Aber das ist heutzutage nicht mehr so üblich. Vampire mögen den Gedanken nicht, dass es von ihnen zu viele geben könnte, weil sie so lange leben und so. Sie sind sehr wählerisch, wenn es darum geht, wen sie verwandeln wollen. Normalerweise ist es nur ein verzweifelter Akt der Liebe. Du weißt schon, wenn sie ohne jemanden nicht leben können.«

»Oh«, sagte Rosemary verblüfft. »Daran habe ich noch gar nicht gedacht. Es muss einsam sein, wenn man länger als alle anderen lebt.«

Sie dachte an Perseus Burk und daran, wie einsam er über die Jahrzehnte oder Jahrhunderte hinweg gewesen sein mochte … wie alt auch immer er war.

»Wie auch immer«, fuhr Marjie fort. »Die Tränke machen ihn manchmal ein bisschen wild. Und er ist ständig auf der Suche nach besonderen magischen Talismanen, wie deiner Halskette.«

»Er sagte, sie wäre Eigentum der Stadt«, sagte Rosemary.

»Ach, beachte ihn gar nicht«, sagte Marjie. »Er ist ein brabbelnder Wahnsinniger, wenn er so drauf ist.«

»Ist das nicht beleidigend, jemanden einen Wahnsinnigen zu nennen?«, fragte Rosemary.

»Nicht hier, nein«, sagte Marjie. »Der Mondwahn beeinflusst viele Menschen. Besonders Wandler. Wir alle wissen das.«

Rosemary wollte noch viel mehr über Wandler und Vampire und alle möglichen anderen magischen Dinge wissen, aber Marjie war damit beschäftigt, einen riesigen Spritzbeutel über eine große Schokoladen-Hochzeitstorte zu ziehen. Sie warf einen Blick zurück in den Hauptteil des Ladens und sah Herrn June hinausgehen.

Rosemary beschloss, mit ihrer Arbeit fortzufahren. Der Bürgermeister hatte seinen Karottenkuchen kaum angerührt, aber er hatte auch kein Anzeichen hinterlassen, dass er zurückkommen würde. Sie verstaute ihn vorsichtshalber hinter der Theke und wischte seinen Tisch ab.

Die Glocke ertönte erneut. Rosemary schaute auf und erwartete, dass Herr June zurückkam, um seinen Kuchen zurückzufordern. Sie erschrak, als stattdessen Athena hereinhüpfte.

»Oh nein!«, sagte Rosemary. »Wie spät ist es? Habe ich schon wieder vergessen, dich abzuholen?«

»Ganz ruhig, Mama«, sagte Athena. »Dich trifft keine Schuld. Sie haben uns nur früher aus der Schule gelassen.«

Rosemary atmete erleichtert auf, aber als sie wieder einatmete, kamen ihr all die möglichen Gefahren in den Sinn. »Du hättest mich anrufen sollen, damit ich dich abhole.«

»Sei nicht albern«, sagte Athena. »Es sind keine zehn Minuten zu Fuß in die Stadt, und heute ist schönes Wetter.«

»Das Wetter ist vielleicht schön, aber ich habe vorhin mit Detective Neve gesprochen. Sie wissen immer noch nicht, was mit den Mitgliedern der Blutstein-Gesellschaft passiert ist. Sie könnten jeden Moment zurückkommen.«

»Mama, ich kann doch nicht wegen eines blöden Geheimbundes in Angst leben. Außerdem ist es helllichter Tag. Zumindest werden keine Vampire in der Nähe sein, um mich zu holen.«

Rosemary schwieg einen Moment und schaute nachdenklich auf den Boden, dann blickte sie zu ihrer Tochter auf und sah sie lächeln.

»Du hast gute Laune«, sagte Rosemary. »Ich nehme an, heute lief es besser als gestern?«

»Ja!«, sagte Athena.

»Wunderbar!«, sagte Rosemary. »Wie wär's mit einem Stück Kuchen, um das zu feiern?«

Athenas Augen suchten die Vitrine ab. »Ich möchte den Schokoladen-Orangen-Kuchen.«

»Verdammt«, sagte Rosemary. »Es ist nur noch ein Stück übrig und ich hatte gehofft, das selbst zu essen.«

Athena lächelte. »Dann hol zwei Gabeln. Wir können es uns teilen.«

»Bist du sicher?«

»Ich brauche nicht das ganze Stück für mich«, sagte Athena freundlich. »Und wenn ich danach noch Hunger habe, kann ich ja immer noch die Erdbeertorte essen. Ich hoffe, Marjie hat nichts dagegen, dass wir uns an ihrem Kuchenschrank zu schaffen machen.«

»Haut rein!«, rief Marjie aus der Küche. »Das muss alles gegessen werden.«

Rosemary kochte eine Kanne Earl Grey und trug sie zusammen mit dem letzten Stück Schokoladenkuchen und zwei Gabeln zu ihrem üblichen Tisch. Zur Sicherheit brachte sie auch noch die beiden halben Kuchenstücke, die von Gretchens früherem Auftritt übriggeblieben waren.

Obwohl die Gefahr immer noch an Rosemary zerrte, konnte sie nicht anders, als über Athenas besonders gute Laune zu lächeln. Während sie darauf wartete, dass der Tee durchzog, nahm sie einen kleinen Bissen von dem Schokoladen-Orangen-Kuchen.

»Oh ... das ist köstlich«, sagte sie und schloss die Augen, um den reichen, würzigen und aromatischen Geschmack zu genießen.

»Siehst du«, sagte Athena.

»Was sehe ich?«, fragte Rosemary.

»Was auch immer du als Nächstes entscheidest, es muss sich um Essen drehen. Du *liebst* Essen – vor allem Schokolade.«

Rosemary nahm einen weiteren Bissen vom Kuchen und seufzte erfreut. »Vielleicht hast du Recht«, sagte sie. *Ich sollte die kulinarische Ausbildung auf die eine oder andere Weise nutzen.*

Sie schloss die Augen, um den Geschmack und die Konsistenz des wunderbaren Kuchens besser zu genießen. Dabei kam ihr ein Bild in den Sinn: ein kleiner Schokoladenladen mit einer rot-weiß gestreiften Markise, dessen Schaufenster mit fabelhaften Süßigkeiten gefüllt war, darunter eine riesige Meerjungfrau aus Schokolade.

Rosemary stellte sich Regale mit handgefertigten Schokoladentafeln in allen möglichen Variationen vor, eine Vitrine mit Trüffelspezialitäten und eine Bar mit heißer Schokolade, an der sie ihre Lieblingsrezepte zubereiten konnte.

In ihrer Fantasie stellte sie sich vor, dass sie ihre Magie für köstliche Zwecke verfeinern könnte – dass jedes von ihr erfundene Konfekt eine bestimmte Eigenschaft haben könnte. Sie könnte ihren Kunden eine aufmunternde Orangen-Bergamotte-Creme servieren, wenn sie sich schlecht fühlten, einen gewürzten Trüffel aus dunkler Schokolade für einen kleinen Energieschub oder einen in Schokolade getauchten Lokum, wenn sie etwas Beruhigendes und Herzerwärmendes brauchten. Die Möglichkeiten waren endlos.

»Erde an Mama«, sagte Athena und riss Rosemary aus ihren Tagträumen.

»Tut mir leid«, sagte Rosemary, »ich habe mir nur vorgestellt ... Na ja, es war eigentlich nichts.«

Rosemary war plötzlich peinlich berührt von dem, was sie sich gerade ausgedacht hatte. Es war selbstverständlich nicht machbar. Sie hatte keine Kontrolle über ihre Magie, und obwohl sie eine gute heiße Schokolade zubereiten konnte und ein gutes Händchen für einfache Trüffel hatte, beherrschte sie die Herstellung von richtiger Schokolade nicht.

»Das kann doch nicht nichts gewesen sein«, sagte Athena mit sanfter Stimme. »Nicht bei dem Lächeln, das du auf deinem Gesicht hattest. Hast du an den gutaussehenden Vampir gedacht?!«

»Pssst«, sagte Rosemary. »Und nein, das habe ich ganz sicher nicht. Wenn du es unbedingt wissen willst, ich habe nur ein bisschen davon geträumt, wie es wäre, meinen eigenen Schokoladenladen zu haben.«

»Das ist perfekt!«, sagte Athena in einem aufgeregten und zugleich todernsten Ton. »Das musst du tun.«

»Mach dich nicht lächerlich«, sagte Rosemary. »Ich bin keine Chocolatière.«

Athena strahlte sie an. »Du machst die besten heißen Schokoladen. Ich bin mir sicher, dass du bei den anderen Sachen auch noch den Dreh rauskriegst. Wie schwer kann es schon sein?«

»Ziemlich knifflig, denke ich«, sagte Rosemary und nahm einen Schluck Tee. »Es ist eine Kunstform – eine ganze kulinarische Spezialität!«

»Dann lerne es«, sagte Athena. »Oder kaufe einfach alles bei anderen Schokoladenherstellern ein, was du nicht selbst herstellen kannst.«

»Das würde den Zweck ein wenig verfehlen. In meiner Fantasie habe ich Schokolade mit magischen Eigenschaften hergestellt.«

»Umso besser.« Athena nahm noch einen Bissen vom Kuchen und fügte hinzu: »Du wirst es schon herausfinden.«

»Was herausfinden?«, sagte Marjie, die mit Schokoladenflecken bedeckt aus der Küche kam.

»Ach, nichts«, sagte Rosemary, denn sie wollte nicht, dass Marjie sich Gedanken über die mögliche Konkurrenz eines imaginären Schokoladenladens machte.

»Eigentlich ist es nicht nichts«, sagte Athena.

Rosemary versuchte, sie sanft unter den Tisch zu treten, um sie zum Schweigen zu bringen, aber Athena bewegte einfach ihre Beine zur Seite und fuhr fort.

»Mama hat ihre wahre Berufung entdeckt ... als magische Chocolatière!«

»Wunderbar!«, sagte Marjie. »Das ist ja perfekt! Wann fängst du an?«

»Warte mal«, sagte Rosemary, obwohl sie über Marjies enthusiastische Unterstützung lächeln musste. »Ich weiß noch gar nicht, was ich überhaupt machen will. Ein möglicher Laden liegt noch in weiter Ferne.«

»Nun, sag mir einfach, was du brauchst«, sagte Marjie. »Und ich werde tun, was ich kann, um dir zu helfen.«

Athena grinste Rosemary von der anderen Seite des Tisches an, während sie beide einen weiteren großen Bissen des köstlichen Kuchens vor ihnen nahmen. Rosemary schloss wieder die Augen und erlaubte sich, noch ein wenig mehr von den Möglichkeiten zu träumen, die ihre Zukunft bereithalten könnte – ein kleiner Schokoladenladen, in dem die Aromen die Menschen dazu brachte, etwas zu fühlen – sich besser zu fühlen.

Das ist meine Art von Magie.

12

osemary traf müde, aber zufrieden mit Athena im Schlepptau zu Hause ein. Die Arbeit machte mehr Spaß, als sie erwartet hatte. Der Teeladen war eine gute Möglichkeit, Leute zu treffen und den Finger am Puls der Stadt zu haben. Sie fühlte sich sogar sicherer, da sie wusste, dass sie durch den Klatsch und Tratsch, der an einem gewöhnlichen Tag überall um sie herum verbreitet wurde, bestimmt davon hören würde, falls die Mitglieder der Blutstein-Gesellschaft ruchlose Dinge im Schilde führten.

»Ich werde Tee machen«, sagte Athena, sobald sie hereinkamen. Ihre gute Laune schien sich fortzusetzen. »Was gibt es zum Abendessen?«

»Ich habe gedacht, dass ich nach einem langen Tag zu müde zum Kochen wäre. Also hat Marjie mir ein paar Rinderpasteten und etwas Krautsalat mitgegeben.«

»Klingt gut«, sagte Athena und lächelte.

Obwohl Athena in letzter Zeit so positiv war, hatte Rosemary das Gefühl, dass ihr Teenager wieder etwas verheimlichte.

Athena hatte auf der Heimfahrt geschwiegen und Rosemary fragte sich, ob es sich bei dem, was sie beschäftigte, um ein normales Teenager-Problem handelte, wie z. B. eine Schwärmerei, oder ob es eher magischer Natur war. Was auch immer es war, Rosemary hoffte, dass es nicht gefährlich war. Sie hatten in letzter Zeit schon mehr als genug Gefahr in ihrem Leben ausgestanden.

»Willst du mir heute gar nicht von der Schule erzählen?", fragte Rosemary. »Was ist passiert, das deine Laune so merklich verbessert hat?«

»Muss ich dir denn jedes kleine Detail aus meinem Leben erzählen?«, fragte Athena mit neckischer Stimme.

»Nein, nur die Höhe- und Tiefpunkte«, antwortete Rosemary. »Und die Lachspur, bitte. Ich brauche etwas leichte Unterhaltung.«

»Eigentlich war es überraschenderweise weniger peinlich, als ich befürchtet hatte«, sagte Athena. »Und ... die meisten der anderen Schüler waren nett zu mir. Ich will es nicht verschreien, aber vielleicht habe ich sogar neue Freunde gefunden.«

»Das ist wunderbar, Liebes«, sagte Rosemary. »Erzähl mir von ihnen.«

»Oh, gut. Wenn du es unbedingt wissen willst«, sagte Athena. »Sam ist ziemlich schüchtern und wirklich cool! Dey ist nicht-binär, weißt du? Und dey hat einen Nasenring. Dey kommt aus einer weniger magischen Familie als viele der anderen Schüler. Sam sagt, deren Eltern praktizieren Volksmagie – wie Hausmittel und kleine Zaubersprüche und so, aber nichts Mächtiges. Dadurch fühle ich mich weniger allein, denn ich scheine außer dem lästigen Kopfradio keine Magie zu haben. Viele der anderen Schüler sind erstaunlich gut in Magie. Elise ist wirklich talentiert – und ihre Haare ändern je nach Stimmung ihre Farbe!«

»Erstaunlich«, sagte Rosemary.

»Ich weiß. Darauf bin ich ziemlich neidisch«, sagte Athena. »Sie ist eine Art Najade, wie in einem Märchen. Aber sie ist wirklich nett. Sie hat mich eingeladen, mit ihren Freunden zu Mittag zu essen, und es war eigentlich ganz okay, obwohl Felix dabei war.«

»Was stimmt mit Felix nicht?«

»Ich schätze, er ist so etwas wie der Klassenclown, total überdreht und chaotisch. Er spielt den Lehrerinnen und Lehrern gerne Streiche und ist so eingebildet, dass es schon fast eklig ist.«

»Klingt nach einem echten Charmeur«, sagte Rosemary und rollte mit den Augen. »Die Sorte kenne ich.«

»Elise sagt, dass er gar nicht so schlimm ist, wenn man ihn erstmal kennenlernt. Aber rate mal, was er beim Mittagessen gemacht hat?«

»Was?«, fragte Rosemary zögernd.

»Er hat sich in einen Fuchs verwandelt!«

»Das gibt's doch nicht!«

»Doch. In der einen Minute stand er noch da und in der nächsten war er einfach ... ein Fuchs!«

»Er ist also ein Gestaltwandler, wie dieser Krähen-Typ?«, fragte Rosemary.

»Ich denke schon«, sagte Athena.

»Dann solltest du dich von ihm fernhalten.«

»Mama, nur weil wir einen zwielichtigen Wandler getroffen haben, heißt das nicht, dass sie alle so sind. Du warst doch diejenige, die gesagt hat, dass nicht alle Vampire schlecht sind. Wie Burk – du vertraust ihm doch, oder?«

»Ich denke, das tue ich, bis zu einem gewissen Grad«, sagte Rosemary.

»Oder ist es nur, weil du ihn *magst*?«

»Athena! Nein, das ist es nicht. Er ist ungefähr tausend Jahre alt, und außerdem ist er ein Anwalt. Das ist einem Immobilienmakler unangenehm ähnlich, meinst du nicht?«

»Ausreden, Ausreden. Ich weiß, dass du ihn magst«, sagte Athena und klimperte mit den Wimpern.

»Selbst wenn ich ihn mögen würde, gehe ich auf keine Dates und ich habe auch nicht vor, in nächster Zeit damit anzufangen. Außerdem, wenn ich mich mit jemandem verabreden würde, dann Liam, der mich bereits um ein Date gebeten hat und der viel näher an meinem Alter dran ist und ... normaler ist. Wenn man bedenkt, wie bizarr mein Leben geworden ist, denke ich, dass ich hypothetisch nach einer schönen *normalen* Beziehung suchen würde.«

»Mama, du kannst mich nicht als Ausrede benutzen, um nicht auf Dates zu gehen. Sonst wirst du zu einem dieser alten Menschen mit vielen Katzen und einem Haus voller altem Kram.«

»Das ist mir recht«, sagte Rosemary und setzte sich an den Küchentisch. »Ich habe schon eine Katze. Das ist ein Anfang!«

»Im Ernst«, fuhr Athena fort, während sie die Teekanne ausspülte und begann, sie mit frischen Blättern zu füllen. »Ich bin jetzt praktisch erwachsen und es ist mir egal, ob du dich mit Männern triffst.«

»Ich bin überrascht, dass du so etwas sagst, wo du doch meinen schrecklichen Geschmack bei Männern kennst. Wie auch immer – wir haben über *dich* und *dein* Sozialleben gesprochen.«

Athena trug die Teekanne zusammen mit ihren Lieblingstassen zum Tisch. »Es ist schön zu denken, dass ich zur Abwechslung mal ein Sozialleben haben könnte.«

»Was ist mit Finnigan?«, fragte Rosemary vorsichtig. »Ist er nicht mehr auf dem Schirm? Ich dachte, du wolltest ihn nach den Kopfstimmen fragen und versuchen, mehr herauszufinden?«

»Er ist ... nun, er ist weg, glaube ich. Aber ich werde es heute Abend noch einmal versuchen. Und ich denke, ich sollte ihn auch fragen, was er über Papa weiß, auch wenn es vielleicht nicht ganz so schlimm ist, wenn er auf magische Weise verschwunden ist.«

»Das stimmt, Dain!«, sagte Rosemary, als Athena ihr eine Tasse frisch gebrühten Earl Grey reichte. »Wie konnte ich ihn nur wieder vergessen!? Es ist, als hätte ich ein geheimnisvolles Loch in meinem Gehirn, wenn es um ihn geht. Oma hat gesagt, dass er verschwunden ist ... und ich habe es einfach vergessen!«

»Du bist nicht gerade für dein hervorragendes Gedächtnis bekannt.«

»Vielleicht nicht, aber das ist eine ernste Sache, an die ich mich normalerweise bei jeder Gelegenheit erinnern und über die ich mir Gedanken machen würde, stattdessen ist sie ist mir einfach so entfallen. Es ist ein bisschen wie mit dem Auto, das verschwunden ist. Wie konnte ich das nur vergessen? Es muss etwas Magisches sein.«

»Das könnte gut sein«, sagte Athena achselzuckend. Sie nahm den letzten Schluck ihres Tees und ihr Magen grummelte. »Können wir schon zu Abend essen?«

»Natürlich«, sagte Rosemary. »Aber ich mache mir immer noch Sorgen um Dain und die Möglichkeit, dass mein Gedächtnis auf magische Weise beeinträchtigt ist ... schon wieder! Ich denke, ich sollte es Detective Neve erzählen.«

»Na gut«, sagte Athena. »Du rufst die Polizei an, ich mache das Abendessen warm.«

Rosemary ging die Treppe hinauf. Sie hatte vor, sofort anzurufen, aber als sie merkte, wie schmutzig sie nach einem Tag in der Küche war, beschloss sie, erst einmal zu duschen.

Sie drehte den Duschhahn auf, um sich aufzuwärmen, während sie sich auszog und den smaragdfarbenen Anhänger abnahm und ihn auf die Bank neben dem Waschbecken legte. Dann stieg sie unter die Dusche und ließ das warme Wasser über sich laufen, um sich von den Sorgen des Tages zu befreien und ihren Geist zu reinigen, so wie sie ihren Körper reinigte.

~

EIN LAUTES KLIRRENDES Geräusch schreckte Rosemary aus ihrer Dusch-Trance auf. Sie drehte den Wasserhahn ab und roch sofort Rauch.

»Athena!«, rief sie, wickelte sich ein Handtuch um und rannte die Treppe hinunter.

Eine große Rauchwolke quoll aus dem Ofen. Athena rannte herum und öffnete alle Fenster.

»Das Essen ist verbrannt!«, rief sie. »Der Ofen muss magisch schnell sein. Ich dachte, es würde ewig dauern, sie aufzuwärmen. Tut mir leid!«

»Schon gut«, sagte Rosemary, holte ein Tablett mit zwei stark verbrannten Teigtaschen aus dem Ofen und warf sie durch die offene Haustür hinaus, so dass sie anmutig in einem überwucherten Blumenbeet landeten. »Schau mal in den Kühlschrank und sieh nach, was da ist. Wir können immer noch Bohnen auf Toast essen, wenn alles andere scheitert.«

Athena ging zum Kühlschrank, aber er war völlig leer. »Das gibt's doch nicht!«, sagte sie. »Er ist fast immer voll mit Essen. Wie ist das möglich?«

»Ihre Wege sind unergründlich«, sagte Rosemary und tätschelte das Haus freundlich.

»Mama!«

»Was? Das Letzte, was wir gebrauchen können, ist, die Gunst unserer empfindsamen Behausung zu verlieren. Sieh in der Speisekammer nach.«

»Das Einzige, was hier drin ist, sind Jaffa-Kekse und die Packung Chips, die ich dich neulich kaufen ließ«, sagte Athena. »Meinst du, es gibt eine Störung oder so?«

Sie sahen sich im Haus um. Alles andere schien in Ordnung zu sein.

Rosemary zuckte mit den Schultern. »Also, Abendessen im Pub?«

»Klingt gut«, sagte Athena. »Aber du ziehst dich besser erst um.«

»Oh … ja.« Rosemary umklammerte ihr Handtuch. Sie rannte zurück nach oben in ihr Schlafzimmer und zog sich die ersten sauberen Kleidungsstücke an, die sie finden konnte. Sie war nicht nur am Verhungern, sondern wollte auch nicht, dass Athena hangry wurde, denn das endete nur mit Tränen.

Sie war auf dem Weg zurück nach unten, als sie Stimmen hörte, die sie nur noch mehr zur Eile antrieben, was wiederum dazu führte, dass sie auf der Treppe stolperte und schmerzhaft auf den Knien landete.

»Gah«, schrie Rosemary.

»Mama, was ist denn passiert?«, fragte Athena und rannte auf die Treppe zu.

»Mir geht's gut.« Rosemary stöhnte, als sie sich aufrichtete. »Nur ein kleiner Unfall. Ich habe Stimmen gehört. Wer ist da?«

»Ich bin's nur«, sagte Sherry und kam herüber, um Rosemary zu helfen, als sie die letzten Stufen hinunterhumpelte. »Ich dachte, ihr könntet eine Pause vom Kochen gebrauchen, also habe ich euch meinen berühmten Guinness-Eintopf und Roggenbrot mitgebracht. Liam kümmert sich heute Abend um den Pub, weil ich frei habe.«

»Wie nett von dir«, sagte Rosemary und lächelte. »Du hast ja keine Ahnung, wie gut das Timing ist.«

»Das stimmt«, sagte Athena. »Ich habe es gerade geschafft, unser Abendessen anbrennen zu lassen und wir waren gerade auf dem Weg ins Pub.«

»Dann lass mich den Pub zu euch bringen!«, sagte Sherry. »Allerdings habe ich keine Getränke mitgebracht.«

»Wir werden den Wein liefern!« Rosemary beäugte die großen Behälter mit köstlich duftendem Essen, die Sherry dabei hatte. »Willst du nicht mit uns essen?«

»Das würde mir gefallen«, sagte Sherry. »Ich habe mehr als genug für alle mitgebracht und so muss ich nicht alleine zu Hause essen, nur mit der Katze als Gesellschaft.«

Als sie sich zum Essen setzten, hatte Rosemary das beunruhigende Gefühl, dass sie etwas Wichtiges vergessen hatte, aber sie konnte sich nicht mehr daran erinnern, was es war. Sie nahm sich vor, Athena später danach zu fragen, aber als sie sich mit Sherry unterhielt, vergaß sie auch das.

Sherry hatte den besten Klatsch und Tratsch der Stadt auf Lager – nichts Boshaftes, sondern lustige und interessante Neuigkeiten und Leckerbissen über das Geschehen, die sie durch ihre Arbeit im Pub aufgeschnappt hatte.

Sie erfuhren von Gerüchten, dass Neve Nesta einen Heiratsantrag machen wollte – oder war es andersherum?

»Wie aufregend!«, sagte Rosemary. »Ich habe Nesta heute getroffen und sie ist großartig. Die beiden passen so gut zusammen.«

»Sie sind wirklich ein tolles Paar«, sagte Sherry. »Aber nicht alles läuft gut in der Stadt. Herr June ist in Schwierigkeiten!«

»Er war heute im Teeladen und hat sich sehr seltsam verhalten«, sagte Rosemary. »Marjie meinte, er wäre auf der Suche nach Unsterblichkeit.«

»Es geht das Gerücht um, dass gegen ihn auch wegen Unterschlagung ermittelt wird, irgendwas wegen seiner Steuererklärung«, sagte Sherry.

»Was? Oh je, ich wusste gar nicht, dass in Myrtlewood die gleichen Gesetze gelten wie überall sonst im Land«, sagte Rosemary. »Ich fühle mich hier wie in einer kleinen, abgeschotteten Blase.«

»Natürlich müssen wir das«, sagte Sherry. »Wir müssen alle unsere Steuern zahlen und unseren Beitrag leisten. Jedenfalls macht uns Herr June ein wenig Sorgen. Niemand sonst will Bürgermeister werden, aber es will auch niemand so recht, dass er es bleibt.«

»Er ist schon ein merkwürdiger Typ«, sagte Rosemary. »Aber davon gibt es ja reichlich. Ferg, zum Beispiel. War er schon immer so seltsam?«

»Natürlich«, sagte Sherry.

»Ist er verheiratet oder so?«, fragte Rosemary. »Ich kann es mir nicht vorstellen.«

»Warum? Bist du an ihm interessiert?«, fragte Sherry.

Rosemary lachte. »Nein. Es ist nicht so, dass er schlecht aussieht oder gar unfreundlich ist. Es ist nur so, dass er ...«

»Ferg ist«, sagte Sherry. »Die ganze Stadt nimmt an, dass er nicht der romantische Typ ist. Er scheint überhaupt keine Beziehungen zu haben.«

»Er ist wahrscheinlich asexuell oder aromatisch«, sagte Athena. »Es gibt ein ganzes Spektrum von solchen Dingen. Du solltest nicht urteilen.«

Rosemary lächelte. »Ich sollte wohl aufhören, so neugierig zu sein.«

»Du weißt so vieles!«, sagte Sherry zu Athena. »Sag mal, wie läuft es in der Schule?«

»Es ist eigentlich gar nicht so schlecht«, sagte Athena. »Überraschenderweise. Allerdings verstehe ich nicht viel von Magie und der ganze Lehrplan besteht daraus.«

»Da bin ich aber froh, dass es nicht so schlimm ist!«, sagte Sherry. »Wer ist denn in deiner Klasse?«

»Ich kenne noch nicht alle Namen«, sagte Athena. »Da ist ein Kind, das Sam heißt.«

»Oh ja, dey kleine Sammy Jenkins«, sagte Sherry.

»Und dann ist da noch Elise – die mit den blauen Haaren.«

»Elise Thornton?«, fragte Sherry. »Ich wusste gar nicht, dass sie hier zur Schule geht.«

»Wie meinst du das?«, fragte Athena.

»Ach, weißt du, ihre Mutter ist eine Najade. Sie gehen die Dinge oft anders an. Wie andere Feenvölker sind sie ursprünglich nicht aus dieser Welt.«

Athena und Rosemary sahen sich an.

»Nein, das wissen wir wirklich nicht«, sagte Rosemary.

»Willst du damit sagen, dass es eine andere ... Welt gibt?«, fragte Athena.

»Irgendwie schon«, sagte Sherry. »Sie ist hier, aber auch nicht hier. So wie die Schichten eines Kuchens. Alle Schichten liegen übereinander und passieren gleichzeitig, aber sie haben unterschiedliche Energieschwingungen oder so etwas, so dass wir die Schichten jenseits des Schleiers nicht sehen, es sei denn, sie dringen zur physischen Ebene durch.«

»Wie faszinierend«, sagte Athena.

»Das ist es«, sagte Rosemary. Als Sherry von verschiedenen Existenzebenen sprach, erinnerte sie sich an etwas, das sich dringend und wichtig anfühlte, aber sie konnte sich nicht erinnern, was es war. Das Gefühl war unendlich frustrierend.

»Myrtlewood liegt auf den Ley-Linien«, sagte Sherry. »Deshalb gibt es hier so viel magische Energie und deshalb strömt das Andervolk in diese Gegend.«

»Andervolk?«, fragte Athena.

»Ja«, sagte Sherry. »Menschen wie wir. Menschen, die nicht in die gewöhnliche Welt passen.«

»Oh«, sagte Rosemary mit einem Gefühl der Anerkennung. »Mir wird gerade klar, dass ich mich immer so gefühlt habe. Egal, wo wir gelebt haben, ich habe es nicht auf die Reihe gekriegt. Wir schienen nie dazu zu gehören.«

»Ich habe nie richtige Freunde gefunden«, sagte Athena. »Selbst in Stratham, wo ich ein paar Freundschaften hatte, war keine davon wirklich fest.«

»Nun, jetzt seid ihr hier«, sagte Sherry. »Und hier gehört ihr hin.«

Rosemary spürte, wie ihre Frustration bei Sherrys Worten nachließ. Es war schön, endlich irgendwo hinzugehören.

»Ich wollte dich schon lange fragen«, sagte Rosemary. »Was glaubst du, was mit den anderen Mitgliedern der Blutstein-Gesellschaft passiert ist? Es schienen so viele von ihnen zu sein, als sie uns angriffen, aber sie trugen alle dunkle Kapuzen. Ich wünschte, wir wüssten, wer sie sind. Hast du eine Idee?«

Sherry atmete langsam aus. »Es gibt viele Gerüchte darüber. Aber es ist schwer zu entscheiden, was man glauben soll. Es scheint, als ob jeder zweite Gast im Pub irgendetwas dazu zu sagen hat – meistens sind die Anschuldigungen unbegründet. Sie versuchen nur, jemanden zu verpfeifen, den sie nicht mögen.«

»Woher weißt du, dass sie unbegründet sind?«, fragte Athena.

»Wenn ich jedes Gerücht glauben würde, wäre praktisch die ganze Stadt Mitglied dieser Gesellschaft und würde nichts Gutes im Schilde führen.«

Rosemary seufzte.

»Wenn es dich tröstet, die Gerüchte sind sich in einem Punkt ziemlich einig«, sagte Sherry. »Alle sagen, dass jetzt, wo die Macht des Blutsteins gebrochen wurde, alle Mitglieder frei sind. Offenbar sind viele von ihnen froh, frei zu sein und ihr eigenes Ding zu drehen, jetzt, wo sie nicht mehr unter Genevièves Fuchtel stehen.«

»Das ist doch eine gute Nachricht«, sagte Rosemary.

»Dann hoffen wir mal, dass keiner von ihnen hinter uns her ist«, fügte Athena hinzu.

»Ihr solltet nicht alle Vorsicht fallen lassen«, sagte Sherry. »Aber vergesst nicht, dass die Macht eurer Familie im Vergleich zu der ihren im Moment riesig ist. Ihr seid wie ein Löwe und sie sind eine winzige Spinne.«

»Das wäre ein toller Vergleich, wenn du eine Ameise oder etwas anderes statt einer Spinne benutzt hättest«, sagte Rosemary. »Ich habe keine Lust auf giftige Bisse, ob metaphorisch oder nicht.«

»Das meine ich mit ,vorsichtig sein'«, sagte Sherry. »Du bist viel mächtiger, aber es gibt immer noch Risiken.«

»Es tut aber gut zu wissen, dass ihre Kraft so stark geschwächt ist«, sagte Rosemary.

Sherry lächelte und nahm einen großen Schluck von ihrem Wein, dann entschuldigte sie sich, um auf die Toilette zu gehen.

»Siehst du, es gibt keinen Grund zur Sorge«, sagte Athena, als Sherry den Tisch verlassen hatte. »Die Blutsteine sind alle weggegangen, um ihr eigenes Ding zu drehen. Ich kann zu Fuß zur Schule gehen. Ich bin sicher, auch ohne echte Magie.«

»Du hast Magie«, sagte Rosemary. »Erinnerst du dich an die Zauber, die du gemacht hast? Sie waren mächtig – einer hat den gruseligen Krähenmann erledigt.«

»Jeder kann ein Rezept befolgen«, sagte Athena.

»Das kann nicht jeder«, erinnerte Rosemary sie. »Du weißt, dass ich nicht gut mit Anweisungen zurechtkomme. Außerdem bezweifle ich, dass eine nichtmagische Person, die diese Rezepte befolgt, auch nur annähernd so ein gutes Ergebnis erzielen würde. Eigentlich – das ist eine Idee. Misch noch ein paar Zauber zusammen. Ich würde mich viel besser fühlen, wenn ich dich mit diesen Zaubern in der Tasche zur Schule gehen ließe.«

»Na gut«, sagte Athena. »Solange du mir einen Zettel schreibst, in dem du mein magisches Taschen-Arsenal erklärst.«

»Erledigt«, antwortete Rosemary. Sie warf ihrer Tochter einen fragenden Blick zu. Irgendetwas stimmte nicht. »Warte. Was verheimlichst du mir?«

»Ich weiß nicht, wovon du redest«, sagte Athena und nahm einen Bissen vom Essen.

»Lüg nicht«, sagte Rosemary. »Willst du Kräfte tauschen, damit ich deine Gedanken lesen kann?«

»Das würde ich gerne, wenn ich könnte«, sagte Athena. »Es ist eine beschissene Kraft.« Dann verengte sie die Augen. »Aber ich will nicht noch mehr Eingriffe in meine Privatsphäre!«

»Störe ich bei etwas?«, fragte Sherry.

Rosemary und Athena sahen beide zu Sherry, die den Raum betrat. »Nein!«, sagten sie gleichzeitig.

»Ich gehe jetzt lieber«, sagte Sherry. »Ich danke euch beiden für den schönen Abend.«

Rosemary und Athena wünschten Sherry eine gute Nacht und machten sich ans Aufräumen.

»Weißt du, was lustig ist?«, sagte Athena, als sie vor dem offenen Kühlschrank stand, um die Reste hineinzutun.

»Was?« Rosemary trug einen Stapel Teller aus dem Esszimmer herein.

»Der Kühlschrank ist wieder voll«, sagte Athena. »Und die Speisekammer auch.«

»Das ist sehr merkwürdig«, sagte Rosemary. »Ich muss Oma das nächste Mal, wenn ich sie sehe, danach fragen.«

Athena gähnte.

»Du gehst ins Bett, Liebes«, sagte Rosemary. »Ich mache den Abwasch fertig.«

»Okay, gute Nacht«, sagte Athena und umarmte ihre Mutter kurz.

Rosemary sah, wie ihr Teenager nach oben verschwand und runzelte die Stirn.

Ihre Spidey-Sinne kribbelten. Irgendetwas anderes ging mit Athena vor, aber was es war, blieb vorerst ein Geheimnis.

13

*F*innigan.

Athena rief in Gedanken nach ihm. Sie stand auf dem Balkon vor ihrem Zimmer, den das Haus gnädiger Weise unversehrt gelassen hatte.

Finnigan! Sie versuchte, lauter zu rufen. *Er hat gesagt, er würde heute Abend kommen.*

Sie fröstelte in der Nacht und überlegte, ob sie wieder ins Haus gehen und warten sollte. Selbst wenn er sie hören könnte, würde er sicher eine ganze Weile brauchen, um hierher zu kommen. Sie könnte sich genauso gut in ihr warmes Bett einmummeln und ein Nickerchen machen, denn sie war ziemlich müde.

Sie wandte sich dem Haus zu, nur um beim Anblick einer schattenhaften Gestalt, die direkt hinter ihr stand, zusammenzuzucken.

Athena musste sich zusammenreißen, um nicht laut zu schreien, als Arme nach ihr griffen und sich beruhigend auf ihre Schultern legten. Sie blickte in ein vertrautes Gesicht.

»Du hast gerufen?«, fragte Finnigan.

»Du!«, flüsterte sie aufgeregt. »Du hast mich erschreckt!«

»Es tut mir leid«, antwortete er. »Ich bin so schnell gekommen, wie ich konnte.«

»Du warst sehr schnell«, gab Athena zu. »Fast so, als hättest du hier draußen darauf gewartet, dass ich dich rufe.« Sie warf ihm einen misstrauischen Blick zu.

»Ich verspreche dir, das habe ich nicht«, sagte Finnigan mit einem frechen Grinsen.

»Du hast also Magie benutzt?«

»So ähnlich.«

Finnigan hob seine Arme für eine Umarmung.

Athena lehnte sich an ihn und ließ zu, dass seine Arme sie umschlangen. Er roch nach einer Mischung aus Pfefferminze, Fenchel und Jasmin. Süß und würzig und frisch. Sie genoss die Umarmung, obwohl sie sich nicht sicher war, ob sie das sollte.

Wenn Finnigan wie mein Vater ist, wie kann ich ihm dann vertrauen?

»Ich kann dir versichern, dass ich nicht wie dein Vater bin«, sagte er.

»Stochere nicht in meinem Kopf herum«, sagte Athena. »Außerdem, woher kennst du meinen Vater?«

»Ich kenne ihn nicht persönlich«, sagte Finnigan. »Aber ich habe von ihm gehört. Hast du mich deshalb gerufen? Um nach deinem Vater zu fragen?«

Er trat einen Schritt zurück und sah sie vorsichtig an.

»Ganz und gar nicht«, sagte Athena abweisend. Sie ging zum Rand des Balkons, lehnte sich an das Geländer und schaute aufs Meer hinaus. »Ich möchte überhaupt nicht über ihn reden, es sei denn, du kannst mir sagen, wie er verschwunden ist. Aber was ich wirklich wissen möchte, ist die Telepathie. Ich muss lernen, wie man sie benutzt ... Und da ist noch etwas.«

»Was ist es?«, fragte Finnigan.

»Ich gehe auf die Myrtlewood Academy und da ist ein Bild an der Wand. Ein altmodisches Bild, das aus den 1930er Jahren stammt. Der Junge sieht genauso aus wie du. Auf der Plakette steht, dass er vermisst wird.«

Athena hatte den ganzen Abend darüber nachgedacht. Sie war überzeugt gewesen, dass das Foto von Finnigan stammte, als sie es betrachtet hatte, aber seitdem hatte sie daran gezweifelt.

»War es vielleicht ein Verwandter?«, fragte sie.

»Nein, nicht direkt«, sagte Finnigan.

»Was dann ...?", fragte Athena.

»Es ist eine lange Geschichte.«

»Sag es mir nicht. Bist du ein Wechselbalg oder so was?«

Finnigans Gesichtsausdruck verfinsterte sich, ebenso wie sein Tonfall. »Nein. Wer hat dir das erzählt?«

»Tut mir leid«, sagte Athena. »Ich wollte dich nicht beleidigen. Aber ich verstehe das alles nicht. Willst du damit sagen, dass es Wechselbälger gibt, was auch immer sie sind? Die Leute hier haben zwar von Feen gesprochen, aber ich kann es immer noch nicht so recht glauben ...«

Finnigan lachte. »Ich versichere dir, dass ich kein Wechselbalg bin.«

»Was dann?«

»Das wirst du schon noch herausfinden«, sagte er mit einem Augenzwinkern.

»Aber es macht keinen Sinn. Die Leute müssen doch das Foto die ganze Zeit in der Schule sehen und dann dich. Du bist ständig in der Stadt unterwegs, da hätte doch sicher schon mal jemand die verblüffende Ähnlichkeit bemerkt?«

»Sie können mein wahres Gesicht nicht sehen«, sagte Finnigan.

»Können sie nicht?«, fragte Athena. »Was können sie dann sehen, wenn sie dich ansehen?«

»Es ist wie eine Kopie von mir, aber keine genaue. Sie vergleichen meine Merkmale mit anderen Merkmalen, die sie kennen, und sehen etwas anderes, je nachdem, wer sie sind.«

»Aber dich sehen sie nicht? Ist das bei mir auch der Fall?«, fragte Athena skeptisch. »Sehe ich auch nur eine Kopie, wenn ich dich ansehe? Eine, die zufällig wie der Junge auf dem alten Foto aussieht?«

»Nein, Athena. Der Junge auf dem Foto war ich, vor langer Zeit.«

Athena spürte, wie sich eine Gänsehaut auf ihrer Haut bildete, die nichts mit der kalten Nachtluft zu tun hatte.

»Also ... hast du vor all diesen Jahrzehnten gelebt. Macht dich das nicht sehr alt?«

»Nein, das macht es nicht. Ich war die meiste Zeit nicht wirklich in dieser Welt.«

»Jetzt redest du von einer anderen Welt? Warte mal«, sagte Athena. »Willst du damit sagen, dass ich dein wahres Gesicht sehen kann und andere Menschen nicht?

»Das ist genau das, was ich sage. Genauso wie du und ich die Gedanken anderer Menschen lesen können.«

»Wir sind gleich?«

»Ähnlich.«

»Was sind wir?«

Athena drehte sich wieder zu Finnigan um, aber er war weg. Während sie frustriert in die leere Luft starrte, schoss ihr ein einziges Wort durch den Kopf: Fae.

Als Athena in dieser Nacht im Bett lag, schwirrte ihr der Kopf von dieser Erkenntnis und all den Möglichkeiten, die damit verbunden waren. Das Wort hatte sie nicht von Finnigan selbst gehört, sondern von irgendwo anders. Doch es ging ihr nicht mehr aus dem Kopf und sie war sich sicher, dass es wahr war.

Ich bin eine Fae...

Ich bin eine Fae...

Was bedeutet das?

Es gab so viele Dinge, die für sie keinen Sinn ergaben. Finnigan war nicht in dieser Welt gewesen, war er also im Reich der Fae gewesen? Wo war es und wie war er dorthin gekommen?

Und dann waren da noch die Fragen über ihre Herkunft. Sie war sich sicher, dass ihre Feengene nicht von Rosemarys Seite der Familie stammen konnten, was nur eines bedeuten konnte. Athena war noch nicht bereit, darüber nachzudenken. Es stimmte zwar, dass sie nichts über seine Herkunft wusste, aber sie weigerte sich, etwas mit ihrem Vater gemeinsam zu haben. In Anbetracht seiner völligen Nutzlosigkeit und Unfähigkeit, ein normales Leben zu führen, hatte sie Bedenken, was die Tatsache, dass er Fae war, über sie ... oder Finnigan aussagen könnte.

Wenn Finnigan auch ein Fae ist, warum ist er dann vor all den Jahren verschwunden? Was bedeutet das für mich?

Es gab zu viele Fragen, deren Antworten ihr entgingen. Sie hatte nicht genug Informationen, um sich einen Reim darauf zu machen, aber sie kannte jemanden, der ihr vielleicht helfen konnte.

14

osemary wachte am nächsten Morgen auf und fühlte sich, als hätte sie in der Nacht zuvor ein Glas Wein zu viel getrunken, obwohl sie beim Abendessen mit Sherry nur anderthalb Gläser getrunken hatte.

Sie stöhnte auf. *Warum kann ich mit zunehmendem Alter kaum noch etwas trinken, ohne mir einen Kater zu holen?*

Sie sah sich in ihrem Kinderzimmer um und bemerkte, wie traurig die abblätternde Tapete aussah. Sie wollte unbedingt wieder schlafen, mehr als alles andere auf der Welt, aber als ihr Geist klarer wurde und sie sich an ihre Verpflichtungen erinnerte, fand sie sich mit der Tatsache ab, dass sie aufstehen musste. Sie stöhnte erneut auf und zog sich aus dem Bett.

Unten hörte sie Athena in der Küche herumklappern. Die Erkenntnis, dass sie länger als ihr Teenager an einem Schultag geschlafen hatte, ließ Rosemary auf die Uhr schauen.

Sie stöhnte zum dritten Mal auf.

»So spät!«

Sie warf sich die ersten sauberen Kleidungsstücke über, die sie finden konnte – die Auswahl war noch geringer als am Abend zuvor – und kletterte die Treppe hinunter.

»Warum hast du mich nicht geweckt?«, schimpfte Rosemary, als sie die Küche betrat.

»Das ist nicht meine Aufgabe. Ach du meine Güte. Was zum Teufel hast du da an?«, fragte Athena.

Rosemary schaute an ihrem Outfit hinunter – ein rosa Rüschenrock mit einem roten Halfter und einer leuchtend grünen Strickjacke.

»Geh und zieh dich sofort um!«, sagte Athena.

»Keine Zeit! Ich komme zu spät zur Arbeit«, sagte Rosemary und verschlang ein Stück gebutterten Toast von dem Teller vor Athena.

»Hey – das war meins!«

»Danke«, sagte Rosemary. »Ich hoffe, es stört dich nicht zu sehr. Immerhin fängst du erst so spät an und ich bin gerade wahnsinnig neidisch darauf.«

»Ist schon in Ordnung«, sagte Athena mit einem Seufzer. »Obwohl ich mir wirklich wünschen würde, dass du diesen knalligen Albtraum wieder ausziehst.«

»Die Schürze wird das meiste verdecken«, sagte Rosemary. »Ich muss los!« Sie küsste ihre Tochter auf die Wange und huschte zur Haustür hinaus.

»Wir gehen einkaufen, sobald du dein Geld hast!«, rief Athena ihr hinterher.

Rosemary fuhr so schnell wie sie konnte zu Marjies Teeladen, ohne dabei gegen offensichtliche Gesetze zu verstoßen, obwohl sie nicht genau wusste, welche das in Myrtlewood waren. Sie vermutete zwar, dass die Gesetze in Myrtlewood etwas anders sein könnten als anderswo, aber sie beschloss lieber, auf Nummer sicher zu gehen. Sie hatte sich schon zu oft mit Wachtmeister Perkins angelegt und wollte auf keinen Fall, dass dieser lästige und misstrauische alte Polizist ihr wieder im Nacken saß.

Sie parkte bereits vor Marjies Laden, als ihr einfiel, dass sie ihre spezielle Smaragdkette nicht trug.

Oh, wie ärgerlich. Mal sehen, wie ich heute ohne sie zurechtkomme.

Marjie begrüßte sie wie immer mit einem Lächeln. Es war ihr offensichtlich völlig egal, dass Rosemary zu spät kam, aber sie musterte ihr Outfit mit einem neugierigen Blick, bevor sie ihr eine leuchtend grünrote Blumenschürze überreichte.

»Bist du sicher?«, fragte Rosemary und betrachtete zweifelnd die Schürze.

Marjie seufzte. »Sie passt irgendwie zu deinem Outfit. Zumindest so gut, wie es geht. Du hast einen interessanten Stil.«

Rosemary schaute auf die pink, rot und grün gefärbte Kleidung, die sie trug. »Wäschetag halt«, sagte sie. »Außerdem müssen Athena und ich Klamotten kaufen gehen, sobald wir es uns leisten können. Wir brauchen dringend neue Kleidung.«

»Warum hast du das nicht gleich gesagt?«, fragte Marjie. Sie ging nach hinten und kam mit einem geblümten Umschlag zurück. »Hier!«

Rosemary untersuchte den Umschlag und stellte fest, dass er mit frischem Bargeld gefüllt war. »Oh ... nein, das kann ich nicht«, sagte sie.

»Blödsinn. Ich wollte dich eigentlich am Freitag bezahlen«, sagte Marjie. »Aber du kannst es genauso gut jetzt nehmen.«

»Wirklich, ich kann warten«, sagte Rosemary.

»Nimm es jetzt. Ich will nicht, dass du die Kunden mit deinem nächsten, noch verzweifelteren Outfit verschreckst! Außerdem bin ich mir sicher, dass ich mich darauf verlassen kann, dass du nicht die Stadt verlässt, bevor du es zurückverdient hast.«

»Natürlich kannst du das«, sagte Rosemary. »Es ist nur ...«

»Was ist denn, Liebes?«

»Du warst bisher so gut zu uns. Ich habe jetzt schon das Gefühl, dass ich mich nie für all die schönen Dinge, die du getan hast, revanchieren kann.«

»Dein Glück ist Entschädigung genug«, sagte Marjie. »Hör auf, dich wegen meiner Großzügigkeit schuldig zu fühlen und nimm sie in dem Sinne an, in dem sie gegeben wird. Nämlich aus freien Stücken!«

Rosemary lächelte. »Danke, Marjie.«

»Ich meine es ernst«, sagte Marjie. »Ich tue keine netten Dinge für andere, nur damit sie sich schlecht fühlen. Ich erwarte vielmehr das Gegenteil.«

Rosemary küsste Marjie auf die Wange und gab ihr den Umschlag zurück. »Gib ihn mir am Freitag«, sagte sie. »Ich bin fest entschlossen, mir so viel Selbstachtung und Integrität wie möglich zu bewahren, und wenn das bedeutet, dass ich bis zum Zahltag warten muss, um Klamotten einkaufen zu gehen, dann soll es so sein.«

»Selbstachtung und Integrität in diesem Outfit?«, fragte Marjie und schenkte Rosemary ein freches Grinsen.

Ein samtiges Lachen ertönte hinter ihnen. Rosemary drehte sich um und entdeckte Burk am Tresen. Sie hatte nicht bedacht, dass ihr Gespräch in der Küche von einem der Kunden gehört werden könnte.

Ich schätze, es stimmt, dass Vampire ein Supergehör haben.

Sie warf ihm einen bösen Blick zu, als sie sich dem Tresen näherte.

»Tut mir leid«, sagte er. »Ich wollte mich nicht einmischen.«

»Es sollte euch beiden leid tun«, sagte Rosemary. »Athena ist normalerweise die Einzige, die sich über meine Outfits lustig machen darf. Aber dieses Mal ist es wohl gerechtfertigt.«

»Sie sehen... toll aus«, sagte Burk.

»Lügen Sie nicht«, sagte Rosemary. »Was kann ich für Sie tun? Brauchen Sie eine Tasse blutverzauberten Kaffee oder so?«

»Nicht so laut!«, flüsterte Burk hastig.

Rosemary errötete. »Ich schätze, jetzt bin ich dran, mich zu entschuldigen. Ich vergesse immer wieder, dass es unhöflich ist, Ihre Art zu outen.«

»Es ist nur eine private Information«, sagte Burk und zuckte mit den Schultern. »Ich bin sicher, niemand möchte, dass Einzelheiten über seine Gesundheit oder persönliche Aktivitäten in der Stadt verbreitet werden. Außerdem gibt es immer noch viele Vorurteile gegen ... unsere Art. Und nein, ich bin nicht hier, um mich zu erfrischen. Ich bin gekommen, um Ihnen zu sagen, dass das Geld angekommen ist.«

»Wirklich?!«, fragte Rosemary. Sie trat hinter dem Tresen hervor und warf ihre Arme um Burk, der nicht so recht wusste, wie er die überraschende Umarmung annehmen sollte. Er stand da und klopfte ihr unbeholfen auf den Rücken.

»Ja, wirklich«, sagte er. »Nun, eine große Summe wurde bereits überwiesen, der Rest befindet sich in einem Treuhandfonds, der Ihnen und Athena gehört. Sie bekommt eine bestimmte Summe, wenn sie siebzehn wird, und Sie können den Treuhandfonds für eine Reihe von Dingen in Anspruch nehmen. Galderall Thorn hat bestimmte Kriterien festgelegt, damit das Geld nur für Bildung und Investitionen in Ihre Zukunft verwendet werden kann.«

»Warum habe ich nicht schon früher von diesem Treuhandfonds gehört?«, fragte Rosemary.

»Das stand alles im Kleingedruckten«, sagte Burk. »Irgendetwas sagt mir, dass Sie es nicht so mit den Details haben.« Er grinste.

»Wahrscheinlich nicht«, gab Rosemary zu.

»Es scheint, als hätte Ihre Großmutter kein Vertrauen in alle Menschen in Ihrem Leben und wollte sicherstellen, dass der Großteil des Geldes vor ihnen geschützt ist.«

»Da hatte sie Recht«, sagte Rosemary. »Aber … nun, das ist ja wunderbar! Athena und ich können also heute doch noch Kleidung einkaufen gehen.«

Burk nickte feierlich. »Ich verstehe, warum das notwendig sein könnte.«

»Können alle endlich mal damit aufhören, sich über mein Outfit lustig zu machen?«, sagte Rosemary mit gespielter Empörung. In Wahrheit war es ihr in diesem Moment egal, ob sie ein vollwertiges Clownskostüm trug.

Sie war frei von der erdrückenden Last der Schulden, die sie fast ihr ganzes Leben lang mit sich herumgetragen hatte. Das Gefühl der Leichtigkeit machte sie ziemlich high. Rosemary war so aufgeregt, dass sie sich zurückhalten musste, um Burk nicht wieder in die Arme zu fallen.

»Danke!«, sagte sie.

»Ich mache nur meinen Job«, antwortete er, aber sein Gesichtsausdruck verriet, dass da noch mehr hinter der Geschichte steckte. Anstatt sich zu fragen, was es sein könnte, suchte Rosemary ihr Telefon und überprüfte ihren Kontostand.

Sie schluckte.

Es war tatsächlich eine beträchtliche Summe eingezahlt worden. Es war mehr als genug, um ihre Schulden zu begleichen, und es blieb ein ordentlicher Betrag übrig, der ihr ein Kribbeln der Vorfreude vermittelte. Plötzlich kamen ihr ihre Träume gar nicht mehr so phantasievoll vor.

Ich könnte es wirklich schaffen …

Ich könnte meinen eigenen Schokoladenladen haben!

15

Athena kam früh in der Schule an, in der Hoffnung, Elise noch vor dem Unterricht zu erwischen. Ihr blaues Haar war auf dem Schulhof leicht zu erkennen. Elise stand neben Deron und hielt einen Stapel alter Bücher in der Hand. Athena winkte sie zu sich herüber, in der Hoffnung, mit ihr alleine reden zu können.

»Hey«, sagte Elise und lächelte, als sie auf sie zukam. »Wie geht's?«

Deron blieb zum Glück zurück.

»Mir geht's gut«, sagte Athena. »Ich ... Ich wollte dich nur was fragen ...«

»Frag ruhig.«

»Neulich hast du mir gesagt, dass ich etwas Besonderes an mir habe, und ich glaube, ich weiß, was es ist.«

»Ach wirklich?«, sagte Elise. »Du warst dir so sicher, dass ich mich geirrt habe.«

»Das war ich auch«, sagte Athena. »Aber dann ist etwas passiert. Ich will nicht ins Detail gehen. Die Sache ist die, dass ich glaube ...«

»Sprich weiter«, sagte Elise.

»Ich glaube, ich könnte eine Fae sein, zumindest teilweise.«

»Interessant«, sagte Elise und schaute sie neugierig an.

»Warum ist es interessant?«, fragte Athena.

»Nun, es ist sehr selten, zumindest für die hohen Fae, sich fortzu-pflanzen ...«

»Ekelhaft!«

»Du weißt schon, was ich meine – mit Menschen. Ich glaube, es ist verboten.«

»Das hört sich nicht gut an«, sagte Athena. »Und was bedeutet ‚hohe Fae‘?«

»Nun, die Fae umfasst eine ganze Untergruppe von Lebewesen. Sogar meine Familie wird als Teil des Fae-Reiches angesehen. Aber normaler-weise meinen die Leute, wenn sie von den Fae sprechen, eine bestimmte Art. Ich nehme an, sie sind so etwas wie die Herrscher des Fae-Reiches«, fährt Elise fort. »Ich weiß nicht viel über sie und sie sind sehr geheimnis-voll. Ich weiß nicht genau, warum sie sich nicht fort...«

»Glaubst du, dass man mich belogen hat?«, warf Athena ein, die an Finnigan dachte und hoffte, dass dem nicht so war.

»Wahrscheinlich nicht«, sagte Elise. »Ich habe gehört, dass die Fae nicht lügen können. Es sei denn, jemand anderes gaukelt dir das vor ...«

»Aber ich kann lügen«, sagte Athena.

»Das ist ein gutes Argument«, antwortete Elise. »Allerdings warst du noch nie im Reich der Fae, also stehst du noch nicht vollständig unter dem Einfluss ihrer Magie. Ich bin mir sowieso nicht sicher, ob Menschen mit Fae-Erbe nicht doch lügen können.«

Athena fragte sich, ob Finnigan immer die Wahrheit sagte. Zu Beginn hatte er ihr nicht besonders viel erzählt.

»Wie hast du es herausgefunden?«, fragte Elise.

»Ich habe einen Freund ... Ich glaube, er ist ein Freund«, sagte Athena. »Ich habe gestern Abend mit ihm geredet und mir kam die Idee, dass er ... wir Fae sein könnten. Er konnte mir nicht viel dazu sagen.«

»Das liegt wahrscheinlich an den Vampiren«, sagte Elise.

»Die was? Warum reden wir jetzt von Vampiren?«

»Sie führen schon seit Tausenden von Jahren Krieg gegen die Fae. Die Vampire haben sie gejagt, bis sie gefährdet waren, zumindest in der menschlichen Welt. Die Fae haben daraufhin eine Menge magischer Schutzmechanismen entwickelt.«

»Was für Schutzmechanismen?«

»Alles mögliche«, sagte Elise. »Aber sie sind nicht wirklich offensichtlich. Ich habe gehört, dass es in der DNA der Fae einige clevere Verschleierungen gibt, die verhindern, dass sie als das erkannt werden, was sie sind.«

Athena spürte ein Kribbeln der Erkenntnis. *Das muss der Grund sein, warum Sam mich nicht zeichnen konnte.*

»Was ist mit Menschen? Wirkt der Schutz auch gegen Menschen?«

»Wahrscheinlich gegen einige von ihnen«, sagte Ellie. »Menschen könnten auch ein Risiko darstellen. Sie könnten mit Vampiren im Bunde sein oder unter ihrer Kontrolle stehen. Ich bin kein Experte für Fae, also glaub nicht alles, was ich sage. Niemand redet wirklich über sie. In der Bibliothek gibt es auch nicht viel, nicht über hohe Fae, nur Kataloge über lokale Elfen und Dryaden und so weiter. Warte, du glaubst also, dass einer deiner Eltern ...?«

»Nun, es ist eindeutig nicht mütterlicherseits, und an meinen Vater will ich gar nicht denken.«

Elise schenkte ihr ein mitfühlendes Lächeln. »Sag mir Bescheid, wenn ich dir irgendwie helfen kann«, sagte sie, als die Glocke zum Unterricht läutete.

16

Rosemary saß an ihrem Lieblingstisch am Fenster und stöberte in einer Liste von Chocolatier-Kursen, um einen zu finden, für den sie sich vielleicht online anmelden konnte. In der Teestube herrschte nach dem Frühstück Flaute und es waren nur noch wenige Kunden da.

An diesem Morgen hatte sie geholfen, die Ostara-Brötchen zu backen, und Marjie hatte sie sogar Schokoladeneier machen lassen. Es brauchte ein paar Versuche, um die luxuriöse Schokoladenmasse in und aus den Formen zu bekommen, aber es hat sich gelohnt und war zudem noch lecker. Diese Erfahrung hat sie noch mehr motiviert, ihrem Traum näher zu kommen.

»Warum sind die besten Kurse alle in London?«, murmelte sie vor sich hin.

»Was sagst du da, Liebes?«, fragte Marjie aus der Küche. Sie hielt einen riesigen rosa Spritzbeutel in der Hand.

»Nichts«, sagte Rosemary, die Marjie noch nichts verraten wollte.

Die Tür flog auf und alle drehten sich um, um eine Frau anzuschauen, der die Tränen über die Wangen liefen. Es dauerte einen Moment, bis Rosemary Prue erkannte, die leicht besorgte Mutter, die sie am Tag zuvor kennengelernt hatte.

»Sie ist verschwunden!«, sagte Prue.

»Was ist los, Liebes?«, fragte Marjie, die aus der Küche kam und einen Klecks rosa Zuckerguss auf der Wange hatte.

»Mein kleines Mädchen. Gretchen. Sie ist weg!«

»Was ist passiert?«, fragte Rosemary, deren Mund plötzlich ganz trocken war.

Sie stand von ihrem Tisch auf und führte die zitternde Prue behutsam an ihren Platz zurück, denn die Frau war eindeutig zu aufgewühlt, um zu sprechen.

Marjie brachte ein Tablett mit ihrem speziellen Tee und Spritzgebäck. Nach ein paar Schlucken von dem verzauberten Gebräu begann Prue zu erklären.

»Wir waren heute Morgen noch zu Hause. Ich war mit der Wäsche beschäftigt und Gretchen hat im Garten bei den Rosensträuchern gespielt.«

Rosemary und Marjie nickten aufmunternd.

»In der einen Minute konnte ich sie hören«, fuhr Prue fort, »und in der nächsten war es still. Natürlich schaute ich mich um und fragte mich, was sie wohl angestellt hatte. Aber sie war … sie war weg!«

»Oh«, sagte Rosemary, die nicht wusste, was sie sonst sagen sollte.

»Natürlich habe ich überall im Garten nach ihr gesucht, überall. Ich habe an alle Türen in der Nähe geklopft, aber niemand hat sie gesehen. Ich bin sogar bis nach Fin's Creek gegangen, um zu sehen, ob sie sich ins Tal verirrt hat, aber es gab keine Spur von ihr. Überhaupt keine.«

»Haben Sie die Polizei gerufen?«, fragte Rosemary. »Und wenn nicht, möchten Sie, dass ich es tue?«

»Ich habe es versucht«, sagte Prue. »Aber Wachtmeiser Perkins sagte, es sei kein Notfall, solange sie nicht einen ganzen Tag verschwunden ist. Stellen Sie sich das mal vor! Ein Kind? Kinder in diesem Alter gehen nicht einfach so auf Partys.«

Rosemary biss sich auf die Zunge, um die arme verzweifelte Frau vor einer Reihe von Schimpfwörtern zu schützen, die sie vor lauter Wut über den inkompetenten Polizisten ausstoßen könnte.

»Lassen Sie mich Neve anrufen«, sagte Marjie. »Sie wird ihm die Leviten lesen.«

»Danke«, sagte Prue. Sie nahm einen großen Schluck Tee und leerte ihre Tasse. Rosemary füllte sie sofort wieder auf, da sie nicht wusste, wie sie der armen Frau sonst helfen sollte.

»Wenn wir noch etwas tun können, sagen Sie's einfach«, sagte Rosemary.

»Ich kenne Sie nicht einmal«, antwortete Prue. »Aber danke für Ihre Freundlichkeit.«

»Das ist doch gar nichts«, sagte Rosemary. »Ich habe auch eine Tochter und ich kann mir nicht vorstellen, wie es wäre, sie zu verlieren.«

Prue schluchzte heftig und die Tränen liefen ihr wieder über das Gesicht.

»Tut mir leid«, sagte Rosemary. »Ich wollte Sie nicht verunsichern ... Sie sollen wissen, dass wir alles tun werden, um Gretchen zurückzuholen.«

»Neve ist auf dem Weg«, sagte Marjie.

Einige Minuten später traf Detective Neve ein und führte Prue weg.

»Sagen Sie uns Bescheid, wenn wir beim Suchtrupp helfen können«, sagte Rosemary, als sie zur Tür hinausgingen. Detective Neve warf ihr einen merkwürdigen Blick zu und wandte dann ihre Aufmerksamkeit wieder Prue zu, als sie gingen.

Rosemary richtete ihre Aufmerksamkeit wieder auf Marjie, die seltsam still geworden war.

»Was ist hier los, Marjie?«

Marjies Augen blickten verloren in die Ferne. »Ich glaube, ich schließe den Laden für heute einfach früher.«

»Was?«, fragte Rosemary, aber Marjie war damit beschäftigt, den Laden zu schließen und schien nicht in der Stimmung zu sein, zu reden.

17

____

$\mathcal{E}$s war, als ob ein seltsamer Zauber über Myrtlewood gefallen wäre. Die Mienen der Menschen wurden grimmig oder ausdruckslos. Niemand sprach. Rosemary half beim Abwischen der Theken und beim Aufräumen, aber als die Türen des Teeladens verschlossen waren und sie sich auf den Weg zurück zu ihrem Auto machte, fühlte sie sich zutiefst beunruhigt.

Es war noch zu früh, um Athena von der Schule abzuholen, also fuhr Rosemary im Kreis und dachte mehr nach, als ihr gut tat.

Warum verhalten sich alle so seltsam? Liegt es nur an den Nachrichten über das Verschwinden des kleinen Mädchens, oder könnte es sein, dass sie irgendwie verhext wurden? Warum sind wir nicht alle auf der Suche nach ihr?

Das alles ergab keinen Sinn und Rosemary konnte sich des Eindrucks nicht erwehren, dass es sich um eine große magische Verschwörung handeln musste. Hat der Bürgermeister angefangen, Kinder zu entführen, um sie für sein magisches Streben nach ewiger Jugend zu benutzen? Oder ist es etwas noch viel Schlimmeres? Könnte der Bürgermeister ein Mitglied der Blutstein-Gesellschaft sein? Hat er vielleicht das ganze Dorf in seinen Bann gezogen?

Rosemary konnte es nicht länger ertragen. Sie wusste nicht, wo der Bürgermeister wohnte, und sie war sich sicher, dass die örtlichen Behörden nach Neves merkwürdiger Reaktion keine Hilfe sein würden.

Sie beschloss, dass es das Beste war, Marjie wiederzufinden und sie aus ihrem Bann zu reißen und ihr die Wahrheit über die Geschehnisse zu entlocken.

Es war Jahrzehnte her, dass Rosemary Marjies Häuschen besucht hatte, aber sie schaffte es, mit schierer sturer Intuition zu einem Ort zu navigieren, der wie die richtige Adresse aussah.

Rosemary parkte vor dem kleinen, weiß getünchten Steinhaus mit den roten Fensterläden und dem weitläufigen Garten. Sie ging die Auffahrt zur Haustür hinauf, vorbei an Unmengen von überwucherten Rosensträuchern, bis sie ein Schild entdeckte, auf dem stand: »Hinten rum gehen bitte«.

Rosemary ging um die Seite des Hauses herum und fühlte sich weniger entschlossen und verwirrter als noch kurz zuvor.

Sie kam an einem Schuppen vorbei, in dessen Fenster die eklektischen Überbleibsel von Marjies früheren Geschäften zu sehen waren, darunter Kartons mit wiederverwertbarem Toilettenpapier, das nicht so erfolgreich war, wie seine Schöpferin erwartet hatte.

Rosemary konnte nicht anders, als über ihre schrullige, aber unerschütterliche Familienfreundin zu lächeln. Sicherlich würde Marjie die Sache erklären können.

»Oh, hallo«, sagte eine vertraute Stimme, die Marjie ganz und gar nicht ähnelte.

Rosemary erschrak, vor allem weil die Stimme scheinbar von niemandem kam. Der hintere Garten war voller Gemüsebeete, ohne dass ein Mensch in Sicht war.

»Ferg?«, fragte Rosemary, sicher, dass es seine Stimme gewesen war.

»Korrekt«, sagte Ferg und salutierte, als er hinter einem Spalier aus Ranken auftauchte, die verdächtig nach Bohnen aussahen, obwohl es dafür noch viel zu früh im Jahr war. Er trug einen lilafarbenen Overall, der so heftig neonfarben war, dass er Rosemary fast in den Augen weh tat.

»Was tun Sie denn hier?«, fragte sie.

»Meinen Job, natürlich«, sagte Ferg.

»Noch ein Job?!«

»Ja«, sagte Ferg einfach. »Ich nehme an, Sie sind nicht nur hierher gekommen, um mich von den Brassicas abzulenken.«

»Oh nein«, sagte Rosemary verblüfft. »Ich bin auf der Suche nach Marjie.«

»Rosemary?«, meldete sich Marjies Stimme von der Hintertür des Hauses. »Was für eine schöne Überraschung. Komm rein, Liebes!«

Rosemary ging hinein und fand Marjie in der Küche vor. Sie sah viel lebendiger und weniger abwesend aus als noch vorhin. Dadurch fühlte sich Rosemary gleich viel wohler. Sie gesellte sich zu Marjie auf eine Tasse Tee in ihr mit Spitzendeckchen gefülltes Wohnzimmer, während Herb in einem gepolsterten Sessel döste und ziemlich laut schnarchte.

»Beachte ihn nicht«, sagte Marjie. »So ist er immer nach einer Eisenbahnausstellung.«

Rosemary lächelte und nahm einen Schluck Tee.

»Was verschafft mir die Ehre eines Besuchs von Rosemary Thorn?«, fragte Marjie.

Rosemary atmete tief durch und sagte sich, dass sie ruhig und besonnen sein und überlegt und präzise sprechen sollte. Stattdessen platzte sie mit dem gesamten Inhalt ihrer abschweifenden und leicht paranoiden Gedanken heraus.

Marjie sah beunruhigt drein. »Es tut mir so leid, dass ich dir Sorgen bereitet habe. Du musst verstehen, dass das Verschwinden von Gretchen sehr schmerzhaft für uns ist. Für die ganze Stadt, um genau zu sein.«

»Willst du damit sagen, dass das der Grund dafür ist?«, fragte Rosemary. »Deshalb sind alle so still geworden? Bist du sicher, dass es kein Zauber ist?«

»Ziemlich sicher«, sagte Marjie mit einem geduldigen Lächeln.

»Aber alle haben sich so seltsam verhalten. Und Neve hat nur verwirrt dreingeschaut, als ich den Suchtrupp erwähnte.«

»Das liegt daran, dass es keinen Suchtrupp geben wird«, sagte Marjie.

»Was? Warum denn nicht?«, fragte Rosemary.

»Ein halbes Dutzend von Prues Nachbarn hätte schon Suchzauber durchgeführt, bevor Prue überhaupt im Laden angekommen wäre. Ich habe sogar selbst einen kurzen Zauber in der Küche gesprochen.«

»Oh je«, sagte Rosemary. »Du willst doch nicht sagen, dass das Mädchen tot ist?«

»Natürlich nicht!«, sagte Marjie. »Wenn sie tot wäre, könnten wir sie finden.«

»Warum kann sie dann nicht gefunden werden?«, fragte Rosemary. »Warum funktionieren deine Zaubersprüche nicht? Warum sollte ein Suchtrupp nichts bringen? Ohhh ...«

»Sie ist nicht mehr hier«, sagte Marjie und ihre Augen trübten sich vor Kummer. »Sie ist woanders hin, jenseits des Schleiers.«

»Das ist schon mal passiert, nicht wahr?«, fragte Rosemary.

»Ja, es ist schon einmal passiert, mit anderen Kindern. Fin's Creek ist bekannt für das Verschwinden von Kindern«, antwortete Marjie.

»Sherry hat uns von den Fae und den anderen Daseinsebenen erzählt.«

»Sherry muss es wissen«, sagte Marjie. »Sie war eine derjenigen, die vor langer Zeit verschwunden sind.«

Rosemary schnappte nach Luft. »Sie war was? Wann war das denn?«

»Ich weiß es nicht mehr genau. Vor ein paar Jahrzehnten, als sie noch ein kleines Mädchen war.«

»Und sie kam einfach so zurück?«, fragte Rosemary.

»Ich erinnere mich nicht mehr an alle Details, Liebes«, sagte Marjie. »Das musst du sie schon selbst fragen.«

18

*I*n Rosemarys Kopf drehte sich alles nach den ärgerlichen Unterbrechungen ihres Tages. Sie war definitiv nicht glücklich darüber, dass Athena allein nach Hause gehen sollte, und hatte in der Schule angerufen, um sich zu erkundigen, wann sie an diesem Tag fertig sein würden.

»Sie sind sehr auf die Zeit fixiert, nicht wahr, Liebes?«, hatte Frau Twigg gesagt.

»Ich fürchte ja. Tut mir leid für die Unannehmlichkeiten«, sagte Rosemary und konnte ihren Sarkasmus kaum verbergen.

»Es sieht so aus, als wären sie gegen drei Uhr fertig.«

»Danke«, sagte Rosemary. »Können Sie Athena bitte eine Nachricht übermitteln? Sagen Sie ihr, sie soll draußen auf mich warten, wo alle sie sehen können.«

»Na gut«, sagte die höfliche Stimme.

Rosemary kam kurz nach 15:00 Uhr vor der Schule an und war erleichtert, ihre Tochter dort zu finden.

»Frau Twigg hat gesagt, ich soll hier draußen warten. Was soll das alles?«, fragte Athena. »Ist jemand gestorben?«

»Noch nicht«, sagte Rosemary.

»Ähhh?«

»Steig ein. Ich erkläre es dir auf dem Weg.«

»Wohin fahren wir?«, fragte Athena. Sie klang leicht genervt.

Rosemary zögerte und erinnerte sich dann an das Geld, das gekommen war. *Das sollte den Lebensgeist eines jeden Teenagers heben. Bevor ich ihr von allem anderen erzählen muss!*

»Klamotten kaufen«, sagte Rosemary.

Das war das einzige Argument, das Athena brauchte, um schnell ins Auto zu springen. Rosemary fuhr sie zum nächsten Einkaufszentrum in Cobbleston, der nächstgelegenen Stadt. Auf dem Weg dorthin erzählte sie Athena von dem vermissten Kind.

»Das ist ja furchtbar«, sagte Athena. »Aber ich verstehe nicht, was das mit mir zu tun hat.«

»Du bist ein Kind«, sagte Rosemary.

»Ich bin kein Kind mehr, Mama. Ich bin fast erwachsen.«

»Nun, du bist mein Kind und ich will kein Risiko eingehen.«

»Ach hör doch auf, Mama!«, sagte Athena und verschränkte ihre Arme.

Als sie am Einkaufszentrum ankamen, war Athena sichtlich wütend, aber Rosemary bestand darauf, dass es strengere Regeln geben musste, zumindest solange Kinder in der Stadt verschwanden.

Athena ließ sich erst von ihrer Wut ablenken, als sie erfuhr, dass das Geld endlich da war und sie sich eine ganz neue Garderobe leisten konnten. Athenas Laune hellte sich auf, aber sie bestand darauf, dass Rosemary ihre Jacke die ganze Zeit im Einkaufszentrum anbehielt, um ihr grelles und auffälliges Outfit vor unschuldigen Passanten zu verbergen.

»Der ist der Beste!«, sagte Athena, als sie durch einen Laden gingen, von dem Rosemary ausging, dass es sich um einen coolen Laden für junge Leute hielt. Athena freute sich, dass sie sich zur Abwechslung mal ein Kleidungsstück aussuchen konnte, das sie wollte, anstatt sich auf absolute Schnäppchen und Second-Hand-Läden beschränken zu müssen.

»Wir können uns jetzt eine kleine Ausschweifung leisten«, sagte Rosemary vorsichtig, als Athena sich mit schwarzen Jeans und Oberteilen mit Trompetenärmeln in verschiedenen Farben eindeckte. »Aber wir müssen trotzdem aufpassen, dass wir nicht unser ganzes Geld verschwenden, damit es uns auch auf lange Sicht gut geht.«

»Solange du dir nicht ausredest, mit dem Geld etwas Wichtiges zu tun«, sagte Athena. »Du *musst* den Schokoladenladen eröffnen. Es wäre so schade, wenn du es nicht tust.«

Rosemary seufzte. »Ich will es wirklich. Ich habe sogar ein paar Kurse gefunden, in denen ich lernen kann, wie man eine richtige Chocolatière wird.«

»Toll!«, sagte Athena. »Oh, das hier ist für dich. Probier es an.«

Sie hielt ein schwarzes Spitzenoberteil aus Samt hoch, das ein bisschen wie ein Korsett mit langen, hängenden Ärmeln aussah.

»Es ist zu tief ausgeschnitten«, sagte Rosemary. »Außerdem, wo sollte ich so etwas tragen?«

»Das ist es nicht, und zwar überall«, sagte Athena. »Komm schon. Sieh dir wenigstens an, wie es aussieht, wenn du es trägst. Du bist eine mächtige Hexe und solltest anfangen, auch so auszusehen.«

»Pst«, sagte Rosemary und schaute sich im Laden um.

Athena grinste sie an. »Glaubst du wirklich, dass wir uns Ärger einhandeln, wenn wir über Magie reden, an die hier niemand glauben wird?«

»Da hast du recht«, sagte Rosemary. »Na gut!«

Sie schnappte sich das Oberteil und schlenderte zu den Umkleidekabinen, wobei sie sich in dieser Situation wie der Teenager fühlte.

Als sie mit dem Einkaufen fertig waren, hatte Rosemary nicht nur das schwarze Samtoberteil gekauft, sondern auch eine Reihe anderer Kleidungsstücke, die Athena vorgeschlagen hatte, sowie einige Dinge, die der Teenager als altbacken oder geschmacklos bezeichnet hatte, Rosemary aber für praktisch hielt. Athena hatte für sich selbst doppelt so viel Kleidung ausgesucht und schien viel besser gelaunt zu sein als noch zuvor.

Rosemary war jedoch immer noch erschüttert von der Situation mit dem vermissten Mädchen. Ihr gingen die schrecklichen Möglichkeiten durch den Kopf. Sie versuchte, Sherry anzurufen, sobald sie zu Hause angekommen waren, aber sie bekam nur den Anrufbeantworter.

Wahrscheinlich ist sie auf der Arbeit beschäftigt.

»Wie wäre es, wenn wir zum Abendessen in den Pub gehen?«, schlug Rosemary Athena vor, die ihre Klamotten auf den Fensterbänken ausgebreitet hatte und damit beschäftigt war, Outfits zusammenzustellen.

»Klingt gut«, antwortete Athena.

Rosemary ging nach oben, um sich statt den kunterbunten Klamotten, die sie auf der Arbeit getragen hatte, etwas Neues und Sauberes anzuziehen. Sie zog das schwarze Spitzentop an, das Athena für sie ausgesucht hatte, und eine neue Jeans, dann wusch sie sich das Gesicht und trug ihren Lippenstift neu auf. Die ganze Zeit über dachte sie an das vermisste Mädchen und überlegte, wie sie ihm helfen könnte.

Rosemary brauchte noch ein paar Minuten, bis sie sich an den Anhänger erinnerte, der in ihrem Kopf kreiste. Sicherlich würde sie sich damit besser fühlen. Sie warf einen Blick auf die Badezimmerbank und erinnerte sich daran, dass sie ihn dort liegen gelassen hatte, als sie am Vortag geduscht hatte.

Die Bank war leer.

Rosemary starrte verwirrt auf die klare Marmoroberfläche.

Mein Gedächtnis mag schlecht sein, aber ich bin mir sicher, dass ich ihn genau dort hingelegt habe.

Sie schaute sich auf dem Badezimmerboden um, in der Hoffnung, dass er irgendwo heruntergefallen war, aber er war nirgends zu sehen.

Jemand muss ihn sich genommen haben.

»Athena!«

Rosemary stürmte die Treppe hinunter.

»Was?«, fragte Athena.

»Hast du meine besondere Smaragdhalskette genommen?«

»Nein«, sagte Athena, etwas defensiv. »Warum sollte ich?«

»Du hast sie neulich bewundert. Du hast gesagt, du würdest sie haben wollen.«

»Ja, ich habe sie bewundert«, sagte Athena. »Aber ich bin keine Diebin! Wenn ich deine Sachen nehmen will, frage ich dich vorher.«

»Was soll denn dann damit passiert sein?«, fragte Rosemary.

»Hör auf, dich so aufzuregen«, sagte Athena. »Sie wird schon wieder auftauchen.«

»Weißt du, es regt mich tatsächlich auf, dass ein unersetzliches und wertvolles, um nicht zu sagen nützliches Familienerbstück, das mir der Geist meiner toten Großmutter geschenkt hat, irgendwie verschwunden ist.«

»Was glaubst du, wie ich mich fühle, wenn ich von meiner *eigenen*

Mutter beschuldigt werde, ein dummes Familienerbstück gestohlen zu haben?!«, brüllte Athena und stapfte die Treppe hinauf.

»Athena, es tut mir leid«, sagte Rosemary und lief ihr hinterher.

»Das ist mir egal«, sagte Athena.

»Was ist mit dem Abendessen?«, rief Rosemary, aber Athena antwortete nicht.

Rosemary seufzte und ließ sich auf die Fensterbank fallen, weil sie ein schlechtes Gewissen wegen des Streits hatte. Athenas Laune war in letzter Zeit sehr wechselhaft. Rosemary schob es auf die normale Launenhaftigkeit eines Teenagers. Wenn dann noch magische Kräfte hinzukamen, war die Mischung viel zu chaotisch, um damit umzugehen.

Sie rappelte sich auf und ging in die Speisekammer, um sich eine Dose Tomatensuppe für das Abendessen aufzuwärmen.

Sie servierte Athena etwas davon und stellte es auf eines von Omas Silbertabletts, aber als sie es nach oben brachte und an die Tür klopfte, sprach Athena offenbar immer noch nicht mit ihr und reagierte auch nicht. Stattdessen ließ sie die Suppe im Flur kalt werden.

Rosemary aß ihr eigenes Abendessen schweigend am Küchentisch. Ihre Gedanken kreisten um Dinge, die sie nicht kontrollieren konnte, bis sie sich völlig verzweifelt fühlte. Sie sehnte sich nach der zentrierenden Kraft des Smaragdanhängers, aber offensichtlich würde sie sich selbst beruhigen müssen.

Rosemary beschloss, sich auf die Dinge zu konzentrieren, die in ihrer Macht lagen oder bald liegen würden: die Pläne, die sie für den Schokoladenladen schmieden konnte. Sie ging ins Bett und träumte von Kardamom-Aprikosenwirbeln, die die Nerven beruhigten, und von Pfefferminzknusperstückchen, die den Geist erfrischten.

Schokolade macht alles besser.

19

Athena stand auf ihrem Balkon und genoss die kühle Nachtluft und die stimmungsvollen Wolken, die sich am dunklen Horizont zusammenbrauten. Als sie dieses Mal nach Finnigan rief, kam er sofort.

»Du hast eine Menge zu erklären«, sagte sie.

»Habe ich das?«, fragte Finnigan.

»Warum bist du immer so kryptisch? Habe ich nicht ein Recht darauf zu erfahren, was ich bin?« Ein Gefühl der Ungerechtigkeit überkam sie und sie hielt die Tränen zurück.

»Ja, natürlich hast du das.«

»Dann sag es mir. Was bin ich?«

»Du weißt es bereits«, sagte Finnigan.

»Eine Fae …«

Er nickte nur zur Antwort.

»Was bedeutet es, Fae zu sein?«

»Du verdienst es zu wissen«, sagte Finnigan. »Aber alles, was ich dir hier geben kann, sind Worte, und Worte können es nicht erklären. Du musst mit mir kommen.«

Athenas Hals kribbelte vor Angst. »Mit dir kommen, wohin?«

»Ich glaube, du weißt, wohin«, sagte Finnigan und wandte sich von ihr ab.

»Ich kann doch nicht einfach meine Mutter verlassen«, sagte Athena. »Und was ist mit der Schule?«

»Es ist ja nicht so, dass wir für immer weggehen werden. Du wirst zurück sein, bevor du es überhaupt merkst.«

»Kannst du das garantieren?«, fragte Athena. »Offensichtlich funktioniert die Zeit auf der anderen Seite des Schleiers anders, sonst wärst du schon uralt. Was ist, wenn ich für zwanzig Minuten verschwinde und in fünfzig Jahren wiederkomme? Ich kann doch nicht einfach mein ganzes Leben zurücklassen.«

»So ist es nicht«, sagte Finnigan. »Wenn du erst einmal weißt, wie die Dinge funktionieren, kannst du hin und her wechseln, so wie ich.«

»Kannst du mir nicht wenigstens mehr verraten? Ich bin mir ziemlich sicher, dass das nichts mit Mamas Seite der Familie zu tun hat. Es geht um meinen Vater, nicht wahr? Er ist einer von ihnen, einer von euch.«

»In gewisser Weise«, sagte Finnigan.

»Ich bin also zur Hälfte ...«

»Wow.«

»Was?«

»Athena, du bist eine Fae. Du bist nicht nur zur Hälfte Fae. Das ist keine prozentuale Sache. Es ist viel universeller. Du bist Mensch und Fae.«

»Und du?«, fragte Athena.

»Ich ebenfalls. Mein Vater war ein Mensch. Er hatte eine verbotene Beziehung mit meiner Mutter. Sie musste zurückkehren, als ich ein Baby war. Ich habe sie als Kind nie gekannt. Mein Vater zog mich auf, bis ... nun ja. Das war vor einer langen Zeit.«

»Aber für dich ist es noch nicht so lange her?«, fragte Athena.

»Ja und nein«, sagte Finnigan. »Ich schätze, ich bin nur etwa ein Jahr gealtert. Vielleicht zwei. Es fühlt sich aber sehr viel länger an. Ich komme hierher zurück, um nach dem Rechten zu sehen, ... wenn ich danach gefragt werde.«

»Heißt das, du bist auf Aufklärungsmission oder so?«

Finnigan wandte den Blick ab.

»Du bist ein dreckiger Spion!«, sagte sie und machte sich nicht die Mühe, den anklagenden Ton zu verbergen.

»Und was wäre wenn?«, fragte Finnigan.

»Das weiß ich ehrlich gesagt nicht«, sagte Athena. »Ich weiß so wenig darüber.«

»Es gibt Dinge, die du besser nicht wissen solltest. Dein Vater ...«

»Ich will nichts über meinen Vater wissen. Das habe ich dir bereits gesagt.«

»Das ist wahrscheinlich auch besser so«, sagte er mit einem finsteren Blick.

»Siehst du – so kryptisch!«, beschwerte sich Athena, trat von dem Jungen weg und blickte über den Balkon auf den Horizont hinaus.

»Du hast mir gerade gesagt, dass du es nicht wissen willst.«

»Nichts über ihn.« Sie verschränkte ihre Arme.

»Aber du willst etwas über dich wissen«, sagte Finnigan und trat einen Schritt näher an Athena heran.

»Natürlich will ich das«, sagte sie.

»Ich habe dir schon so ziemlich alles erklärt, was ich mit Worten sagen kann.«

Athena seufzte frustriert. »Kannst du mir wenigstens erklären, wie man diese blöde Gehirn-Psycho-Funkkraft benutzt?«

»Ich kann es dir zeigen, wenn du mit mir kommst.«

»Das ist nicht fair!«, sagte Athena und klammerte sich fest an ihre Ellbogen.

»Athena, glaub mir, wenn ich dir sage, dass die Fae ihre Geheimnisse in dieser Welt nicht preisgeben können.«

»Nicht einmal mir gegenüber?«

»Nicht einmal unseren eigenen Leuten gegenüber, wenn sie in der irdischen Welt leben.«

Athenas Frustration schlug schnell in Wut um. »Warum nicht?«

»Wir können es schlicht nicht«, sagte er. »Es ist eine magische Bindung. Das verstehst du doch sicher.«

»Ich verstehe im Moment gar nichts«, sagte Athena. »Aber klar, ich habe schon von magischen Bindungen gehört, wenn es so ist wie damals, als Oma uns nicht sagen konnte, wer sie getötet hat.«

»So ähnlich«, sagte Finnigan. »Es schmerzt mich sogar, dieses Gespräch zu führen.«

»Schmerz?«

Finnigan schnitt eine Grimasse. »Das hier ist die äußerste Grenze dessen, was ich preisgeben kann.«

Athena sah ihn genauer an und bemerkte, wie angespannt seine Muskeln waren.

»Es tut mir leid«, sagte sie. »Ich wollte dir keine Schmerzen zufügen.«

»Das ist mir bewusst«, sagte Finnigan. »Ich muss jetzt gehen. Ruf mich, wenn du mein Angebot wahrnehmen willst.«

Athena seufzte und blickte zurück zum Haus, wo ihre wütende Mutter schlief. Als sie ihren Blick wieder auf Finnigan richtete, war er schon weg, ohne »Auf Wiedersehen« zu sagen.

Als Athena später in der Nacht im Bett lag, träumte sie davon, wie es sein könnte, die irdische Welt hinter sich zu lassen und ihr Fae-Erbe anzunehmen. Einige der Träume waren beängstigend, aber einige ... waren entzückend.

20

Als Rosemary am nächsten Morgen zur Arbeit kam, schmerzte ihr ganzer Körper vor Erschöpfung. Athena hatte den ganzen Morgen über geschwiegen und kaum etwas gesagt. Sie hatte nicht einmal protestiert, als Rosemary darauf bestand, sie frühzeitig zur Schule zu fahren, damit sie zur Arbeit kommen konnte, und hatte sich nicht verabschiedet.

Das Schweigen war anstrengend.

Als Rosemary den Teeladen betrat, schaute Marjie hinter dem Tresen auf, wo sie offensichtlich ihren Geschäftsordner überprüft hatte.

»Oh, du bist hier!«, sagte Marjie und klang überrascht.

»Natürlich bin ich hier«, sagte Rosemary und lächelte. »Ich arbeite doch hier, schon vergessen?«

Rosemary erlebte einen Moment der Panik. Hatte Marjie sie gestern subtil gefeuert, als sie ihr spontan einen Besuch abgestattet hatte? Ihr schien Rosemarys Aussehen nichts ausgemacht zu haben, aber vielleicht war sie nur höflich gewesen.

»Versteh mich nicht falsch«, sagte Marjie. »Ich bin froh, dich hier zu haben. Ich dachte nur, dass jetzt, wo das Geld kommt und ...«

»Ich hätte nicht gedacht, dass du das weißt«, sagte Rosemary. Sie hatte es außer Athena niemandem erzählt, vor allem, weil sie so sehr von ihren eigenen Sorgen abgelenkt gewesen war.

»Es ist schwer, hier nicht alles mitzubekommen«, sagte Marjie mit einem traurigen Achselzucken.

»Das hätte ich in dem gestrigen Chaos fast vergessen«, sagte Rosemary, als sie in die Küche ging, um ihre Schürze zu suchen.

»Ja, die arme Prue. Und das kleine Gretchen.«

»Ja«, sagte Rosemary und runzelte die Stirn. »Das ist meine Hauptsorge. Und meine Halskette ist auch verschwunden.«

»Mach dir keine Sorgen, Liebes. Es ist nur eine Halskette«, sagte Marjie traurig. »Verzaubert oder nicht.«

»Du verstehst das nicht, Marjie. Ohne diese Kette ist mein Kopf ein einziges Durcheinander. Oma wollte, dass ich sie bekomme, weil sie wusste, dass sie mir helfen würde.«

»Wie dem auch sei, du bist durchaus in der Lage, deinen eigenen Kopf in Ordnung zu bringen. Dafür brauchst du keine magischen Requisiten. Es ist sogar umso besser, wenn du es selbst schaffst.«

»Sicher, in einer idealen Welt«, sagte Rosemary und machte sich wieder Sorgen um Marjies Stimmung. »Aber in Wirklichkeit weiß ich nicht, wie ich mit meinem eigenen Gehirn umgehen soll, geschweige denn, wie ich meine Magie richtig einsetzen kann. Ich bin ein hoffnungsloser Fall.«

»Blödsinn«, sagte Marjie. »Magie ist für euch Thorns wie eine zweite Natur. Wenn du erst einmal über die Stolpersteine hinweg bist, wird es wie geschmiert laufen.«

»Es fühlt sich aber nicht so an«, sagte Rosemary. »Ich bin total überfordert.«

»Oh je«, sagte Marjie. »Kann ich dir irgendwie helfen?«

»Ich glaube nicht«, sagte Rosemary.

Marjie verzog leicht gequält das Gesicht. »Nun, tu einfach, was du tun musst, Liebes. Lass dich von mir nicht aufhalten.«

»Was ist los, Marjie?«, fragte Rosemary. »Du scheinst nicht ganz auf der Höhe zu sein. Ist es wegen des verschwundenen Mädchens oder wegen etwas Anderem?«

»Es ist nichts, Liebes.«

»Marjie?«

»Oh, na gut. Es klingt nur so unbedeutend, das ist alles.«

»Was denn?«

»Na ja, gestern habe ich mich für dich gefreut, als du erfahren hast, dass Galdies Geld angekommen ist ... und du bist rüber zu unserem Häuschen gekommen.«

»Das tut mir leid«, sagte Rosemary. »Falls ich aufdringlich war ...«

»Unsinn«, sagte Marjie. »Du hast mich sogar aufgeheitert.«

»Ich verstehe nicht, was du sagen willst«, murmelte Rosemary.

»Nachdem du weg warst, habe ich mich ein bisschen besser gefühlt«, sagte Marjie. »Aber dann fiel mir wieder ein, was ich über dein Erbe gehört hatte, und da wurde mir klar, dass du hier nicht mehr herumhängen musst. Und du weißt, dass Herb im Moment zu beschäftigt ist, um uns zu helfen. Er ist zu sehr mit seinen verdammten Zügen beschäftigt und außerdem ist er nicht der beste Gesprächspartner. Wir haben uns hier so gut miteinander amüsiert.«

»Marjie ...«

Die ältere Frau wandte sich mit gesenktem Blick der Kuchenvitrine zu. »Du musst nicht nur wegen mir hierbleiben. Du bist jung und hast sicher etwas Besseres zu tun, als deine Zeit mit einer einsamen alten Frau wie mir zu verbringen.«

»Sei doch nicht albern«, sagte Rosemary.

Marjie warf ihr einen säuerlichen Blick zu. »Nun, du musst deswegen nicht gleich unverschämt werden.«

»Nein, ich meine, ich mag es wirklich, mit dir zusammen zu sein und im Laden zu helfen. Im Moment ist das das Einzige, was mich bei Verstand hält!«

»Ist das so?«, fragte Marjie und ein Lächeln huschte über ihre Mundwinkel.

»Natürlich ist es das«, sagte Rosemary. »Ich möchte noch eine Weile hier bleiben und dir helfen, aber ich lerne auch viel darüber, wie man ein Lebensmittelgeschäft führt, und all das wird mir bei meinem langfristigen Ziel helfen.«

»Du meinst den Schokoladenladen?«, fragte Marjie und strahlte. »Du willst es wirklich durchziehen?«

»Ja«, sagte Rosemary. »Das ist jedenfalls der Plan. Ich muss noch viel darüber lernen, wie man Chocolatière wird und wie ich meine Magie bewusst einsetzen kann, damit meine Pralinen etwas Besonderes sind, so wie dein verzauberter Tee.«

»Das ist ja wunderbar, Schatz.«

»Wenn ich anfange zu studieren, muss ich vielleicht langsam meine Stunden hier reduzieren«, sagte Rosemary.

»Natürlich! Kein Problem«, sagte Marjie. »Oh! Ich hatte gerade eine Idee. Weißt du, dass der Laden zwei Türen weiter leer steht?«

»Tut er das?«, fragte Rosemary. »Das ist mir gar nicht aufgefallen.«

»Warum gehen wir nicht hin und sehen uns das an, wenn es hier ruhiger wird? Der Mietvertrag ist seit Monaten, vielleicht sogar Jahren, nicht mehr vergeben worden, also gibt es keine Eile, aber wäre es nicht schön, wenn dein Laden in der Nähe von meinem wäre?«

»Das wäre es auf jeden Fall!«

»Oh!«, sagte Marjie und platzte vor Aufregung. Sie eilte zu Rosemary hinüber und umarmte sie herzlich.

Rosemary erwiderte die Umarmung, aber als sie sich von ihr löste, zerrte ein anderer Gedanke an ihrem Kopf. »Marjie, du weißt nicht zufällig, wie ich meinen Smaragdanhänger wiederfinden kann, oder? Ich bin mir sicher, dass ich ihn zu Hause auf der Badezimmerbank liegen gelassen habe, aber vielleicht wurde er gestohlen. Ich habe mich gefragt, ob du eine Ahnung hast, wo er sein könnte.«

»Ich habe keine Ahnung, tut mir leid«, sagte Marjie. »Wenn du willst, kann ich später einen Suchzauber für dich ausprobieren, auch wenn das nicht viel bringt, wenn die Schurken vorsichtig waren.«

»Ja, bitte«, sagte Rosemary. »Das würde ich sehr begrüßen.«

DER MORGEN im Teeladen verging wie im Flug mit Kuchen, Kunden und Tassen Tee. Es gab nicht einmal die übliche Mittagsflaute, und Rosemary musste ein paar Hackfleischpasteten verschlingen, um nicht vor lauter Hunger schlecht gelaunt zu werden. Trotz der Arbeit gingen ihr die verschwundenen Kinder nicht aus dem Kopf.

Es schien, als wollte jeder in der Stadt über das verschwundene Mädchen sprechen, die arme Mutter bedauern und Gerüchte über die bevorstehende Tagundnachtgleiche austauschen, und die meisten von ihnen wollten das bei einer Tasse Tee und einem Stück Kuchen oder einer Pastete tun.

Anfangs war Rosemary an den Gerüchten interessiert, aber nach und nach merkte sie, dass vieles von dem, was gesagt wurde, nicht der Wahrheit entsprach. Eine Frau mit blondem Haarschopf, die sich als Crystal Cassandra, die Hellseherin der Stadt, vorstellte, zog eine Gruppe alter Leute in ihren Bann, die sich um ihren Tisch im vorderen Teil des Ladens scharte. Offenbar spürte sie, dass Prue die wahre Schuldige war und dass sich bald alles aufklären würde.

Marjie verdrehte die Augen, und Rosemary schaltete bei den folgenden Gerüchten ab, denn sie hatten etwas Giftiges an sich, das ihr eine Gänsehaut bereitete. Marjie war sich so sicher gewesen, dass das Mädchen in ein anderes Reich entführt worden war, aber so langsam fragte sich Rosemary, ob das wirklich der Fall war, oder ob es nur ein Vorwand für etwas ganz anderes war. Schließlich fiel ihr auf, wie praktisch es für die Entführer war, dass alle hier die Gerüchte über kinderstehlende Fae glaubten.

Um viertel vor zwei am Nachmittag waren die meisten Gäste gegangen und Rosemary setzte sich zu einer Tasse Tee und einer Lamm-, Minz- und Kartoffelpastete hin.

»Endlich«, sagte Marjie. »Ich habe dir doch vorhin gesagt, du sollst eine Pause machen.«

»Das weiß ich«, sagte Rosemary. »Aber ich wollte nicht – vor allem nicht, wenn der ganze Laden voll von diesem fiesen Geschwätz war.«

»Oh, diese Leute haben nichts Besseres mit ihrem Leben anzufangen, als über andere Leute zu lästern und böse Lügen zu erfinden.«

»Genau das habe ich auch gedacht«, sagte Rosemary. »Die arme Prue. Es ist schon schlimm genug, dass sie das Schlimmste durchmacht, was man sich vorstellen kann, und dann noch ein Haufen Klatschbasen, die solche falschen Gerüchte verbreiten. Ich dachte, Myrtlewood sei anders als andere Orte. Ich wusste nicht, dass so ein gemeines Verhalten hier üblich ist.«

Marjie seufzte. »Das passiert überall, fürchte ich. Wie auch immer, lass uns das Thema wechseln. Wie wäre es, wenn wir einen Blick durch das Fenster des leeren Ladens zwei Türen weiter werfen und sehen, wie es dir gefällt.«

»Oh ja«, sagte Rosemary und spürte, wie sie sofort munter wurde. »Das klingt nach Spaß, ähm, Schaufensterbummel?«

»In gewisser Weise!«, sagte Marjie. »Komm schon, hol deinen Mantel.«

Rosemary dachte zunächst nicht, dass ihr Mantel für einen Spaziergang um ein Drittel des Blocks gerechtfertigt wäre, aber der beißende Wind machte sie bald dankbar, dass Marjie darauf bestanden hatte. Sie gingen an dem Friseursalon nebenan vorbei und kamen vor einem leeren Laden an. Rosemary hatte ihn noch nie bemerkt, wahrscheinlich weil es nicht viel zu sehen gab.

Über Tür und Fensterfront spannte sich eine triste Markise, die mit Schimmel bedeckt war. Die Fassade des Ladens war mit abblätternder Farbe in einem unansehnlichen Schiefergrau gestrichen, durch die faulig grüne Flecken hindurchschimmerten, die Rosemary als Avocado-Mode der 90er Jahre erkannte. Das Innere sah auch nicht viel besser aus.

Rosemary hielt ihre Hand gegen das Glas, um die Reflexion des grellen, bedeckten Himmels darauf abzuschirmen. Sie sah mehrere kaputte Stühle und eine große Eckbank, die mit zerrissenem gelbbraunem Kunstleder gepolstert war. Im hinteren Teil standen eine alte Jukebox und eine große holzgetäfelte Bar.

»Was war das für ein Ort?«, fragte Rosemary. »Eine Spelunke?«

»So ähnlich«, sagte Marjie. »Sie wurde von einem rauen Publikum besucht und diente sowohl als Wasserstelle als auch als Friseurladen.«

»Vielseitig einsetzbar«, sagte Rosemary. »Glaubst du wirklich, dass ich mich an einem Ort mit einer schmutzigen Vergangenheit niederlassen sollte?«

»Die Miete wird so niedrig sein, dass es sich allein dafür schon lohnt«, sagte Marjie ermutigend. »Außerdem braucht der Laden jemanden wie dich, der ihn auf Vordermann bringt und ihm etwas Liebe gibt.«

»Die Lage ist großartig«, sagte Rosemary und sah sich die anderen Geschäfte in der Straße an. »Oh, bis auf ...«

Die Tür des Ladens zu ihrer Rechten öffnete sich und Liam trat heraus. Sein sandfarbenes Haar kräuselte sich im Wind und seine blaugrünen Augen weiteten sich vor Überraschung.

Es ist direkt neben Liams Buchladen.

Rosemary war noch nie in Liams Laden gewesen, vor allem wegen des peinlichen Vorfalls, bei dem er sie um ein Date gebeten hatte und sie ihn daraufhin abwimmeln musste.

Es war nichts Persönliches. Liam war ein wirklich guter Mann. Er sah auch ziemlich gut aus und war eine viel bessere Partie als ein bestimmter Vampir. Tatsächlich hatten er und Rosemary einmal eine süße und flüchtige Affäre gehabt, als sie etwa sechzehn Jahre alt gewesen waren, während sie den Sommer über bei Oma in Myrtlewood verbracht hatte. Aber Rosemary hatte sich von Verabredungen verabschiedet.

Liam verkraftete die Zurückweisung nicht besonders gut und hatte es geschafft, ihr seit dem unangenehmen Vorfall aus dem Weg zu gehen, aber jetzt, wo sie nur noch einen Meter voneinander entfernt standen, konnte er nicht länger so tun, als gäbe es sie nicht.

»Äh, Rosemary.«

»Hi, Liam«, sagte Rosemary mit einem freundlichen Lächeln und einem kleinen Winken.

»Marjie«, sagte er mit einem Nicken.

»Guten Tag, mein Lieber«, sagte Marjie.

»Äh ... ja. Ich muss los!« sagte Liam und begann tatsächlich, in die entgegengesetzte Richtung zu laufen.

»Was sollte das denn?«, fragte Marjie mit hochgezogenen Augenbrauen.

»Es wirkt ziemlich kindisch, nicht wahr?«, sagte Rosemary. »Liam hat mich gefragt, ob ich mit ihm ausgehen will und ich habe Nein gesagt. Das können wir doch sicher wie Erwachsene klären.«

»Das muss ihn in seinem Stolz verletzt haben, Liebes«, sagte Marjie. »Entweder das, oder er ist wahnsinnig in dich verliebt und weiß nicht, wie er damit umgehen soll, dass du nicht dasselbe empfindest.«

»Mach dich nicht lächerlich«, sagte Rosemary. »Er kennt mich doch kaum.«

»Hast du noch nie etwas von Liebe auf den ersten Blick gehört?«, fragte Marjie.

»Ich habe schon viel Blödsinn gehört. Das macht es aber nicht real. Wie auch immer, genug von Liam. Wir sind nicht wegen ihm hier, sondern wegen dem hier.« Sie gestikulierte wieder in Richtung des Ladens.

»Was meinst du dazu?«, fragte Marjie. »Willst du meine Fast-Nachbarin sein?«

»Das wird verdammt viel Arbeit!«, sagte Rosemary. »Aber ich glaube, es könnte geradezu perfekt sein!«

~

SPÄTER AN DIESEM TAG stieg Rosemary aus dem Auto und stellte fest, dass die Straße in der Nähe von Fin's Creek menschenleer war, obwohl sie ein paar Gesichter aus den Fenstern der umliegenden Häuser lugen sah.

Sie fragte sich, ob sie nach dem Vorfall Angst hatten, nach draußen zu gehen.

Sie ging durch das lange Gras in Richtung des Baches. Mit der Karten-App auf ihrem Handy hatte sie den Ort gefunden, obwohl sie wegen ihres mangelnden Orientierungssinns einige Male im Kreis fahren musste, bevor sie ihr Ziel erreichte.

Der Wind, der durch die Bäume wehte, flüsterte. Die Weiden bogen sich und die hohen Pappeln knarrten über ihr. Es wäre schön gewesen, wenn nicht dieses unheimliche Gefühl in der Luft gelegen hätte.

Es kam Rosemary seltsam vor, dass es trotz des Verschwindens des Kindes kein Absperrband oder Anzeichen für einen Suchtrupp der Polizei gab. Sie mussten sich wirklich sicher sein, dass Gretchen aus dieser Welt verschwunden war. Rosemary wollte kein Risiko eingehen. Sie wollte nicht daran denken, wie sie sich fühlen würde, wenn Athena verschwinden würde.

Die Luft um sie herum fühlte sich seltsam dick an, und obwohl sie versuchte, normal zu atmen, ging es nur mühsam.

»Das ist es also«, sagte sie zu sich selbst. »Das ist der Ort, an dem Kinder verschwinden.«

Es war ein gewisser Trost zu wissen, dass sie nicht für tot gehalten wurden. Dass sie hoffentlich in einer anderen Welt am Leben waren.

Sie fragte sich, ob sie ihre Eltern so sehr vermissten, wie ihre Eltern sicherlich sie vermissten, oder ob sie sich am Ende damit abfinden würden, ihre Familien zu vergessen und wie die Kinder in Peter Pan auf ein Abenteuer zu gehen.

Rosemary schritt durch die Gegend und hatte das Gefühl, beobachtet zu werden. Sie konnte nichts Ungewöhnliches entdecken. Sie ging auf der einen Seite des Baches entlang und überquerte einige Trittsteine, um die andere Seite zu überprüfen. Abgesehen von der Schwere in der Luft und dem unangenehmen Gefühl war es genau wie überall sonst.

Sie stieg wieder über den Bach und ging das Ufer hinunter. Etwas fiel ihr ins Auge. Eine leuchtend lila Feder lag auf der feuchten Erde. Sie war ganz sicher noch nicht da gewesen, als sie vorhin vorbeigelaufen war. Sie wirkte wie aus einer anderen Welt. Rosemary streckte die Hand aus, um sie aufzuheben, aber dann zögerte sie. Es war möglicherweise gefährlich und sicherlich eine Art Beweismittel. Stattdessen zückte sie ihr Handy und machte ein Foto, das sie an Detective Neve weitergeben konnte.

Als sie sich aufrichtete, hatte sie plötzlich das Gefühl, dass sie so schnell wie möglich gehen sollte, und das tat sie dann auch.

21

$\mathcal{A}$m nächsten Tag ging Rosemary das unheimliche Erlebnis in Fin's Creek nicht mehr aus dem Kopf. Rosemary hatte Detective Neve das Foto geschickt, das sie von der Feder gemacht hatte, und eine Antwort erhalten, dass es wie etwas aussah, das die Fae zurücklassen würden. Sie hatte auch darüber nachgedacht, ihre Halskette als vermisst zu melden, entschied sich aber, noch ein wenig zu warten. Die Polizei hatte sicherlich genug mit dem vermissten Kind zu tun. Der Teeladen war immer noch überfüllt und voll von falschem Klatsch und Tratsch. Kaum einer der Kunden war überhaupt da, um etwas zu essen oder zu trinken.

Rosemary beschloss, in ihrer Pause einen kurzen Spaziergang zu machen, um sich von ihren zahlreichen Sorgen abzulenken.

Sie warf einen Blick durch das Fenster des leeren Ladens und stellte sich vor, wie es dort mit einer schönen Theke und einer Vitrine voller köstlicher Pralinen aussehen würde. Es schien immer noch wie ein Wunschtraum, aber jetzt, wo sie ihr Erbe bekommen hatte, war es zum Greifen nah, so dass sie den Kakao und die Vanille fast schmecken konnte.

Sie schaute nach nebenan zu Liams Buchladen und spürte einen Anflug von Bedauern.

Ich sollte da wirklich reingehen und versuchen, die Sache mit ihm zu klären.

Es wäre schwer, Liam aus dem Weg zu gehen, wenn sie Nachbarn würden. Nicht, dass Rosemary sich darauf freute, mit ihm zu reden, da er sie eindeutig mied. Sie biss die Zähne zusammen, drückte den Rücken durch und trat dann durch die Tür der Buchhandlung. Eine kleine Glocke läutete, aber sie konnte niemanden drinnen sehen. Sie schaute über die Bücherstapel und Regale hinweg.

»Hallo«, rief sie.

Ein krachendes Geräusch ließ sie aufschrecken und sie nahm an, dass Liam hinten etwas umgeworfen haben musste.

Sie war sich nicht sicher, ob sie nicht einfach gehen sollte, bevor die Dinge noch unangenehmer wurden. Vielleicht war es kein guter Zeitpunkt und er war nicht in der richtigen Stimmung, sie zu sehen.

Dann hörte sie das Knurren. Ein tiefes, tiefes Geräusch, wie von einem wilden Tier.

»Äh, Liam?«, fragte sie.

Rosemary spürte, wie ihr Herz in ihrer Brust pochte. Irgendetwas in ihr sagte ihr, dass sie weglaufen sollte. Sie begann sich umzudrehen, aber da fiel ihr eine Bewegung ins Auge.

Sie erstarrte.

Ein großes, massiges Biest schlich langsam auf sie zu. Es war mindestens doppelt so groß wie ein Mensch und wie ein Hund mit Fell bedeckt.

»Ähh, hallo? Ich hoffe, du bist nur ein sehr großer ... und freundlicher Wandler«, sagte Rosemary.

Die Bestie knurrte wieder.

»Vielleicht nicht so freundlich«, murmelte sie und ging langsam zur Eingangstür zurück.

Die Bestie stürzte sich auf sie. Sie hob ihre Arme und spürte, wie ihre Magie knisterte, aber die Bestie war zu schnell. Sie wurde zu Boden geschleudert. Rosemary rollte sich ab und duckte sich hinter ein Regal, in der Hoffnung, dass ihre Kräfte sie jetzt, wo sie sie wirklich brauchte, nicht im Stich lassen würden.

Sie schleuderte ein Bücherregal in Richtung der Bestie, um sie auszuknocken. Ohne Erfolg. Die Bestie war bereits wieder auf den Beinen und ging langsam auf die Stelle zu, an der sie hockte.

Ich habe zwei Möglichkeiten, dachte Rosemary. *Ich kann mich ganz still verhalten und schauen, ob sie mich in Ruhe lässt, oder ich kann darauf hoffen, dass meine Magie ihren Zweck erfüllt und mich beschützt.*

Sie verfluchte sich selbst dafür, dass sie ihre Magie nicht öfter in nicht lebensbedrohlichen Situationen praktiziert hatte. Langsam richtete sie sich auf und streckte ihre Arme nach vorne. Diesmal konzentrierte sie sich darauf, ihre Magie gezielter auf die Bestie zu richten.

Das Tier knurrte erneut und stürzte sich auf sie.

Rosemary verspannte sich und stellte sich vor, wie ihre Energie in Richtung der Kreatur pulsierte. Sie konnte spüren, wie sie durch ihre Arme schoss. Es kribbelte auf eine leicht schmerzhafte Art und Weise und beschleunigte sich, als bernsteinfarbenes Licht blendend hell den Raum füllte.

Einen Moment lang konnte Rosemary nichts sehen und sie fragte sich, ob sie bewusstlos geworden war, aber als das Licht verblasste, stand sie immer noch aufrecht und es ging ihr gut.

Die Bestie jedoch war verschwunden. An seiner Stelle hockte ein sehr nackter Buchhändler.

»Liam! Was zur Hölle war das?«, sagte Rosemary, als ihre Jugendliebe die Augen öffnete und sich bleich im Raum umsah.

»Rosemary. Was hast du getan?«

»Was *ich* getan habe? Ich bin nur hierher gekommen, um zu versuchen, die Sache mit dir zu klären. Das ist alles, was ich getan habe! Du hingegen hast dich in Form einer wütenden Bestie auf mich gestürzt. Was war das? Ein Werwolf?«

»Erwischt«, sagte er und hob seine Handflächen in Richtung Decke. »Ich kann nichts dafür.«

»Also wie, du bewohnst den Laden einfach manchmal in Monsterform und hoffst, dass es niemand bemerkt?«

Liam seufzte schwer. »Nein. Normalerweise bin ich um diese Zeit im Keller angekettet. Der Vollmond hat mich unvorbereitet erwischt. Ich war abgelenkt und dachte an ... etwas anderes. Ich habe es offensichtlich nicht rechtzeitig geschafft. Normalerweise schließe ich den Laden, aber ich habe es nicht einmal bemerkt. Welcher Wochentag ist heute?«

»Donnerstag«, sagte Rosemary.

»Donnerstag – Moment mal«, sagte Liam. Er schaute sie verwirrt an. »Wie kann ich dann in menschlicher Gestalt sein?«

Rosemary zuckte mit den Schultern. »Das weiß ich nicht.«

»Du hast etwas getan«, sagte Liam.

Rosemary starrte ihn an. »Du wirfst mir vor, etwas getan zu haben, nachdem du mich angegriffen hast?«

»Nein, nichts Schlimmes. Es ist verdammt genial!«, sagte Liam. »Was hast du denn gemacht?«

»Es war nur Magie«, sagte Rosemary. »Ich weiß es nicht.«

»Es ist unglaublich. Ich habe über die Jahre so viele Dinge versucht, um die Verwandlung aufzuhalten. Aber es ... ist einfach passiert. Du hast es geschafft, ohne es überhaupt zu versuchen.«

»Zufall, schätze ich«, sagte Rosemary, die immer noch vor Adrenalin zitterte und noch nicht bereit war, Liam den Angriff zu verzeihen.

»Es tut mir so leid, Rosemary«, sagte er und stand auf.

Rosemary errötete und wandte sich ab.

»Oh, ich sollte mich wohl besser bedecken«, sagte Liam.

»Ich nehme an, Werwölfe haben nicht dieselbe bequeme Kleidungsmagie wie Wandler«, sagte Rosemary und erinnerte sich an das, was Athena ihr über ihren Schulfreund erzählt hatte.

»Ich fürchte nicht.« Liam hob eine Decke auf, die über einem Stuhl lag, und wickelte sie um seinen Körper, um sich zu schützen. »Ich bin immer noch nicht ganz bei Verstand. Aber vielleicht ... hast du mich irgendwie gerettet.«

»Das ist großartig«, sagte Rosemary. »Können wir... können wir diese ganze Sache einfach vergessen?«

»Ja, bitte«, sagte Liam. »Aber sag es niemandem, okay?«

»Erzähl niemandem, dass du dich bei Vollmond in eine wilde Bestie verwandelst?«

»Genau«, sagte Liam schluckend. »In der magischen Gemeinschaft ist es nicht gerade akzeptabel, ein Werwolf zu sein ... infiziert zu sein. Das liegt an der Krankheit, verstehst du? Es gibt ein gewisses Stigma. Wenn die Leute davon erfahren, kommen sie nicht mehr in meinen Laden, oder noch schlimmer. Ich müsste wahrscheinlich umziehen.«

Ein dunkler, grüblerischer Ausdruck legte sich auf sein Gesicht.

»Das tut mir leid«, sagte Rosemary. »Aber erwartest du wirklich, dass ich nichts sage, nachdem ich angegriffen wurde?«

»Ich glaube nicht, dass es wieder passieren wird. Schon gar nicht, wenn wir herausfinden, wie wir deine Magie bändigen können.«

Rosemary hatte das Gefühl, als würde plötzlich eine riesige Last von Erwartungen auf ihren Schultern liegen. Sie hatte keine Ahnung, wie sie Liam helfen sollte und sie hatte schon viel zu viel um die Ohren.

»Selbst wenn ich das wollte, bräuchten wir definitiv Hilfe«, sagte Rosemary. »Ich weiß selbst kaum, wie man damit umgeht, und ich werde nicht herkommen und dich einmal im Monat schocken, nur damit du dich nicht in den großen bösen Wolf verwandelst.«

»Du willst also wirklich nicht helfen?«, fragte Liam.

»Ich weiß es nicht«, sagte Rosemary. »Ich muss das erstmal verarbeiten, und das tue ich, indem ich über Dinge rede. Und ich rede mit Athena, auch wenn sie mir manchmal nicht zuhören will. Aber wenn ich mit niemandem darüber spreche, wie soll ich dann herausfinden, wie ich zu all dem stehe?«

»Du kannst mit mir reden«, sagte Liam. »Nimm dir etwas Zeit zum Verarbeiten und komm später wieder. Lass uns eine Tasse Tee trinken.«

»Nein«, sagte Rosemary. »Geh runter in deinen Kerker und kette dich an, denn wir wissen nicht, wann diese Wolfsmutationskrankheit wieder ausbricht.«

»Da hast du Recht«, sagte Liam. »Also am Sonntag? Bis dahin wird es vorbei sein.«

»Genau«, sagte Rosemary sarkastisch. »Denn genau so möchte ich meinen Sonntagnachmittag verbringen, indem ich meinem Ex-Freund mit Wolfsproblemen magischen Beistand leiste.«

»Okay«, sagte Liam. »Lass dir Zeit, aber ...«

»Schon gut«, sagte Rosemary. »Ich werde irgendwann mal eine Tasse Tee mit dir trinken und versuchen, bis dahin still zu sein.«

»Danke«, sagte Liam mit nervtötend liebenswerten Hundeaugen, die so gar nichts mit den furchterregenden Augen der Bestie gemein hatten, die er kurz zuvor noch gewesen war.

Rosemary verließ den Laden mit dem Gefühl, mindestens siebzehnmal verwirrter zu sein als noch beim Betreten. Nicht nur, dass das Leben in Myrtlewood gerade viel komplizierter geworden war, sie hatte auch ein neues Geheimnis zu bewahren, und sie hasste Geheimnisse. Sie hatte keine Ahnung, was sie von Werwölfen halten sollte und verstand nicht, warum die Stadtbewohner ihnen gegenüber so voreingenommen waren, aber ihr Instinkt sagte ihr, dass der sanftmütige Buchhändler keineswegs böse war. Aber selbst wenn er es nicht böse meinte, hieß das nicht, dass er nicht gefährlich war.

So viel dazu, dass Liam ein netter, normaler Kerl wäre.

osemary kam am Freitag völlig aufgelöst bei der Arbeit an, weil sie zu spät war. Athena hatte herumgetrödelt und fand, dass es nicht ihr Problem war, wenn Rosemary nicht pünktlich war, da die Schule erst am späten Vormittag begann.

»Ich habe mein Bestes versucht«, sagte Marjie und schlang ihre Arme um Rosemary. »Aber leider hat auch mein mächtigster Suchzauber nichts gebracht. Ich habe keine Ahnung, wo deine Halskette ist. Wer immer sie gestohlen hat, muss seine Spuren geschickt verwischt haben.«

»Ich verstehe das nicht«, sagte Rosemary. »Wenn man mit Magie so etwas wie eine Halskette verschleiern kann, warum dann nicht auch die Entführung eines Kindes?«

»Wie bitte, Liebes?«, sagte Marjie. »Das verstehe ich nicht.«

»Vielleicht ist Gretchen doch nicht in ein anderes Reich entführt worden. Vielleicht hat jemand sie entführt und seine Spuren verwischt, genau wie derjenige, der meine Halskette gestohlen hat. Es könnte sogar dieselbe Person gewesen sein.«

»Wer denn zum Beispiel?«

Rosemary rang die Hände und überlegte, ob sie Marjie von ihrem Verdacht erzählen sollte. Es war nicht so, dass sie ihrer lieben Familienfreundin nicht vertraute, aber es war möglich, dass einer der Kunden, die unschuldig an ihren Kuchen und Scones knabberten, mithörte. Außerdem war Rosemary besorgt, paranoid zu wirken. Trotzdem kannte Marjie die Stadt besser als die meisten Menschen. Es war das Risiko wert.

»Wahrscheinlich jemand, der mit der Blutstein-Gesellschaft zu tun hat«, sagte Rosemary leise. »Ich konnte die meisten von ihnen nicht erkennen, als sie das Haus angegriffen haben. All diese dummen dunklen Umhänge waren im Weg. Es könnte jeder aus der Stadt sein, vielleicht sogar der Bürgermeister. Er verhält sich sehr verdächtig.«

»So darfst du nicht denken«, sagte Marjie. »Du machst dir zu viele Gedanken und das wird dir nicht guttun.«

Rosemary seufzte. Vielleicht war sie ja doch nur paranoid. Sie lächelte Marjie entschuldigend an. »Trotzdem danke für den Fundzauber. Es war einen Versuch wert. Ich nehme an, dass ich die Halskette nie wieder zurückbekomme.«

»Bist du sicher, dass jemand eingebrochen ist und sie gestohlen hat?«, fragte Marjie. »Hast du eine Idee, wer es sein könnte?«

Rosemary nippte an der Tasse Tee, die Marjie ihr reichte. »Viele Leute haben sich neulich dazu geäußert«, sagte sie. »Herr June hat sich deswegen sehr seltsam verhalten, weißt du noch?«

»Machst du dir deshalb Sorgen um ihn?«, fragte Marjie lachend. »Ich erinnere mich, dass er dir Unbehagen bereitet hat. Aber ich kann mir nicht vorstellen, dass er wie ein gewöhnlicher Einbrecher durch ein Fenster eingestiegen ist oder so. Dafür ist er viel zu aufgeblasen.«

Rosemary schmunzelte. »Gutes Argument.« Aber sie war nicht völlig überzeugt. Vielleicht hatte Herr June jemanden dafür bezahlt, es zu stehlen, oder er hatte irgendeine pompöse Art von Magie benutzt.

»War sonst noch jemand zu dieser Zeit in deinem Haus?«, fragte Marjie.

»Nur Sherry«, sagte Rosemary. »Und ich kann mir nicht vorstellen, dass sie so etwas Schändliches tun würde.«

»Du hast Recht«, sagte Marjie. »Sherry ist ein nettes Mädchen. Ich habe sie noch nie als unehrlich erlebt, aber du könntest sie fragen, ob sie etwas Verdächtiges gesehen hat.«

»Das könnte ich. Ich hatte sowieso vor, mit ihr zu reden«, sagte Rosemary und zupfte an ihrem Fingernagel. »Ich möchte wissen, wie es war, als sie ... du weißt schon ...«

»Als Kind von den Fae entführt wurde?«, fragte Marjie.

»Ja, und wie sie es geschafft hat, zurückzukommen.«

»Sei vorsichtig«, mahnte Marjie. »Du musst dir bewusst sein, dass nicht jeder über solche Dinge reden kann. Es ist sogar sehr selten, dass man mehr als einen Pieps hört. Fae haben einen starken Bindungszauber. Ich frage mich immer, ob sie damit ihre dunklen Geheimnisse verbergen wollen.«

Rosemary erschauderte. »Das hört sich nicht gut an. Wer hätte gedacht, dass Feen dunkle Geheimnisse haben. Ich dachte immer, sie seien fröhlich und lustig.«

»Nun, sie sind ein seltsames Volk«, sagte Marjie. »Ich meine nicht die, die ein bisschen von den Feen oder Nymphen abstammen, sondern die vollwertigen hohen Fae. Sie sind an Regeln und Umgangsformen gebunden.«

»Was bedeutet das?«, fragte Rosemary.

»Nun, zum einen können sie nicht lügen, und deshalb müssen sie sich und andere daran hindern, ihre Geheimnisse zu verraten.«

»Aber *warum* müssen sie so geheimnisvoll sein?«, fragte Rosemary.

»Das habe ich mich auch schon immer gefragt. Wahrscheinlich, um sich vor Vampiren zu schützen«, sagte Marjie. »Apropos Vampire, schau mal, da ist dein Lieblingsanwalt.«

»Wo?«, fragte Rosemary und schaute sich im Laden um.

»Kommt gerade vom unterirdischen Eingang herein«, sagte Marjie.

Rosemary drehte sich zur Küche um, um zu sehen, dass Burk tatsächlich aus der hinteren Falltür gekommen war und seine teuer aussehende Anzugsjacke abstreifte.

Er drehte sich zu Rosemary um und lächelte sie an, so dass sie sich wie ein Reh im Scheinwerferlicht fühlte.

»Rosemary«, sagte er. »Marjie. Einen schönen Tag Ihnen beiden.«

»Ich denke, das ist er«, sagte Rosemary.

»Hören Sie mal, haben Sie Zeit für einen Kaffee?«, fragte er Rosemary.

»Ich bin Teetrinkerin«, sagte Rosemary, »und ich habe schon eine Tasse Tee. Außerdem habe ich gerade erst angefangen zu arbeiten und noch nichts anderes getan, als hinter dem Tresen zu stehen und mit Marjie zu plaudern.«

»Blödsinn!«, sagte Marjie. »Geh ruhig. Unterhalte dich schön. Es ist sowieso ein ruhiger Morgen und ich habe bis morgen nichts mit dem Catering zu tun.« Mit einem frechen Augenzwinkern schob sie die beiden hinter dem Tresen hervor und setzte sie an einen Tisch.

»Nehmen Sie das Übliche?«, fragte sie Burk.

Er nickte und erwiderte Marjies warmes Lächeln.

Marjie verschwand wieder in der Küche und kam einen Moment später mit schwarzem Kaffee in einer geblümten Teetasse zurück.

Rosemary beäugte ihn misstrauisch und fragte sich, ob er mit Blut verzaubert war und wie er wohl schmecken würde.

»Es ist nur ein Kaffee, Rosemary«, sagte Burk.

»Oh, ich wusste nicht …«

»Wir können Flüssigkeiten relativ leicht zu uns nehmen«, sagte Burk. »Aber feste Nahrung macht uns schwer krank, wie du wahrscheinlich schon erfahren hast. Mit Blut verzauberte Nahrung macht das Essen flüssig, wobei die Struktur erhalten bleibt. Es gibt dem Essen einen gewissen Nährwert, den wir tatsächlich aufnehmen können, und einen angenehmen blutigen Geschmack.«

Rosemary schnitt eine Grimasse.

»Ich bitte um Entschuldigung«, sagte Burk. »Ich habe vergessen, dass Blut für die meisten Nicht-Vampire nicht besonders schmackhaft ist.«

»Verstehen Sie mich nicht falsch«, sagte Rosemary. »Ich liebe eine gute Blutwurst. Nur … ähm … schmeckt sie wie Menschenblut?«

»Säugetierblut schmeckt ziemlich ähnlich, egal woher es kommt«, sagte Burk. »Menschliches Blut ist dem Blut von Schweinen sehr ähnlich, welches den Großteil dessen ausmacht, was wir essen.«

Rosemary verzog erneut das Gesicht.

Burk warf ihr einen fragenden Blick zu. »Ich bin nur ehrlich mit Ihnen.«

»Ähm, danke, denke ich«, sagte Rosemary.

Burk schüttelte abweisend den Kopf. »Lassen Sie uns über etwas anderes reden.«

»Okay«, sagte Rosemary. »Was schwebt Ihnen denn vor? Sie wollten doch sicher nicht nur ein Heißgetränk mit mir trinken, um mir von Ihren Ernährungsgewohnheiten zu erzählen, oder ist das ein wichtiger Teil der Einarbeitung eines neuen Mitarbeiters in Ihrem örtlichen Café?«

»Nein«, sagte Burk und lächelte. »Ich hatte etwas anderes im Sinn.«

»Und das wäre?«

»Ich wollte Sie um Ihre Gesellschaft bitten … für einen Abend.«

»Was?« Rosemary war wie betäubt. Ihre Gedanken waren noch meilenweit entfernt bei Gretchen und der Halskette und dem zwielichtigen Bürgermeister.

»Würden Sie mir die Ehre Ihrer Anwesenheit erweisen?«

»Meine Anwesenheit wo?«

»Ich nehme an, das könnte überall sein.«

»Warten Sie mal«, sagte Rosemary. »Ist das eine obskure, altmodische Art, mich um ein Date zu bitten?«

Burk schien ein wenig blass zu werden. Dann räusperte er sich. »Man könnte es so ausdrücken.«

»Oh!«, sagte Rosemary, erst erleichtert, dass sie das Geheimnis gelüftet hatte, dann beunruhigt über die ganze Situation. »Oh … nun, wissen Sie, Sie sind sozusagen mein Anwalt und auch der Anwalt meiner Großmutter und das sind sicherlich mehrere Interessenskonflikte, und außerdem, ich will ja nicht unverblümt sein, aber Sie sind vielleicht eine Million Jahre alt und der Altersunterschied ist ein bisschen gruselig. Ich meine, was soll ich Athena sagen? Ich treffe mich mit jemandem, der mein Urururururgroßvater sein könnte? Und außerdem date ich nicht.«

Burk beäugte sie misstrauisch.

Es dauerte einen Moment, bis er antwortete. »Ich bin nicht so alt«, sagte er schließlich. »Zumindest bin ich keine Million Jahre alt. Das ist doch lächerlich.«

Rosemary zuckte mit den Schultern. »Nah genug. Es ist ja nicht so, dass Sie mir etwas über Ihr Alter oder Ihre Herkunft verraten hätten.«

»Das ist eine lange Geschichte, die ich nicht oft erzähle«, sagte Burk. »Ich glaube nicht, dass Sie meine juristischen Dienste noch länger benötigen, deshalb habe ich bis jetzt gewartet, um zu fragen.«

»Die Antwort wäre immer noch nein«, sagte Rosemary entschuldigend. »Ich date wirklich nicht.«

»Warum nicht?«, fragte Burk. Er sah in diesem Moment aufreizend gut aus, lehnte sich in seinem Stuhl zurück und strich mit dem Zeigefinger über sein Kinn.

»Hauptsächlich, weil ich buchstäblich die schlechteste Erfolgsbilanz bei Männern habe – vor allem bei einem Mann – nämlich bei Athenas Vater.«

»Ich verstehe. Ein fauler Apfel hat Ihnen also den Appetit auf den Rest verdorben«, sagte Burk.

»Scheinbar. Außerdem ist mein Leben mit Athena, der Entdeckung der Magie und den lauernden Gefahren, die jede Woche auf mich zuzukommen scheinen, schon kompliziert genug, und zudem baue ich gerade ein Unternehmen auf, so dass ich eine Menge anderer Dinge im Kopf habe und überhaupt keine Zeit für eine Romanze habe.«

»Das ist verständlich«, sagte Burk.

Rosemary spürte einen Anflug von Enttäuschung.

»Warten Sie mal«, sagte er. »Sie wollen ein Unternehmen gründen? Das ist neu.«

»Ja«, sagte Rosemary.

»Gibt es etwas, das Sie mir sagen wollen? Vielleicht sogar eine Rechtsberatung in Anspruch nehmen?«

»Sie sind anscheinend nicht mehr mein Anwalt«, sagte Rosemary. »Und außerdem fühle ich mich noch nicht bereit, darüber zu sprechen. Ich möchte es erst einmal sacken lassen und die Energie aufbauen.«

»Das klingt weise«, sagte Burk.

»Danke«, sagte Rosemary. »Normalerweise nennen mich die Leute nicht weise.«

Burk lächelte sie an.

Sie war überrascht, dass ihr vorheriges Gespräch über das Date die Situation zwischen ihnen nicht verkompliziert hatte, ganz im Gegensatz zu der Sache mit Liam. Vielleicht machte es einen Unterschied, wenn man ein paar hundert Jahre Zeit hatte, das Gefühl einer persönlichen Zurückweisung zu überwinden.

»Da sind Sie ja!«, sagte eine heisere Stimme hinter ihnen. Rosemary drehte sich um und sah Ferg in einem feuerwehrroten dreiteiligen Anzug. Seine Arme waren mit Körben voller kleiner Topfpflanzen und Eier beladen.

»Oh, hallo Ferg«, sagte Rosemary. »Wir waren gerade mitten in einem Gespräch.«

Ferg schaute von Rosemary zu Burk.

»Beachten Sie mich nicht«, sagte Burk. »Ich kehre sowieso besser ins Büro zurück.« Er stand auf und ging in den hinteren Teil des Teeladens, während Rosemary ihre leichte Enttäuschung verdrängte.

»Was ist los, Ferg?«, fragte sie unverblümt.

»Ich wollte mit Ihnen über Ostara sprechen«, sagte Ferg und keuchte.

»Ost... was? Ach ja, richtig, das Osterfest, das eigentlich die Frühlings-Tagundnachtgleiche ist und bei dem es leider keine Schokoladeneier gibt. Vielleicht könnten wir sie dieses eine Mal aus Schokolade machen?«

»Nein.«

»Für die Kinder?«, fragte Rosemary.

»Nein. Das ist für Sie.« Er reichte ihr einen Korb mit kleinen Pflanzen.

»Ähm ...«

»Sie haben einen Wintergarten in Ihrem Haus«, sagte Ferg. »Ich habe ihn gesehen. Außerdem können Sie mit etwas Magie den Wachstumsprozess beschleunigen, damit diese Tulpen erblühen. Die alte Galdie hat uns vor der Frühlings-Tagundnachtgleiche immer ein bisschen dabei geholfen.«

»Ferg, ich würde gerne helfen, wirklich, ich würde ...«

»Ausgezeichnet«, sagte Ferg und wandte sich zum Gehen.

»Aber!«, sagte Rosemary. »Im Moment ist einfach zu viel los. Ich habe keine Zeit für Gartenarbeit oder das Ausräumen des alten Wintergartens, der in einem schlimmen Zustand ist. Ich mache mir zu viele Sorgen um das vermisste Mädchen und versuche, Athena zu beschützen. Außerdem weiß ich nicht einmal, wie ich meine Magie einsetzen kann, um Dinge zum Wachsen zu bringen, also fürchte ich, Sie werden jemand anderen fragen müssen.«

Ferg warf ihr einen strengen Blick zu. »Rosemary, hören Sie mir zu. Wenn Ihnen das kleine Mädchen wirklich am Herzen liegt, werden Sie alles tun, damit dieses Ritual funktioniert.«

»Ach wirklich?«, fragte Rosemary. »Warum in aller Welt ...?«

»Die Tagundnachtgleiche ist die Zeit, in der der Schleier zwischen der Menschen- und der Fae-Welt am dünnsten ist«, sagte Ferg. »Wenn wir eine Chance haben, sie bald zurückzubekommen, dann durch dieses Ritual. Wenn eine mächtige Hexe wie Sie dabei ist, wird das den Unterschied ausmachen.«

»Ich habe Ihnen doch gesagt, dass ich nicht weiß, wie das geht.«

»Es macht nichts, wenn Sie Ihre Kräfte noch nicht ganz im Griff haben«, sagte Ferg. »Die Macht ist da, bei Ihnen und Athena. Außerdem haben Sie so die Möglichkeit, Ihre Wachstumsmagie an den Pflanzen zu üben.«

Rosemary seufzte. »Wirklich?«

»Ja, wirklich«, sagte Ferg.

»Was macht er denn da?«, murmelte Marjie und kam zum Tisch hinüber. »Ferg, zwingen Sie Rosemary wieder dazu, sich freiwillig zu melden?«

»Ich tue nichts dergleichen!«, sagte Ferg. »Ich informiere sie nur darüber, wie nützlich ihre Magie für die Tagundnachtgleiche sein wird, die auch unsere größte Chance ist, die kleine Gretel zurückzuholen.«

»Gretchen«, sagten Marjie und Rosemary gleichzeitig.

»Wie auch immer«, sagte Ferg.

»Da ist schon was dran«, sagte Marjie. »Auf diese Weise haben wir Sherry zurückbekommen, obwohl es da bereits ein ganzes Jahr her war.«

»Sherry war ein Jahr lang weg?!", fragte Rosemary schockiert. »Wie schrecklich für ihre Familie.«

»Es war eine schreckliche Zeit«, sagte Marjie. »Der kleine Liam konnte anfangs kaum aufhören zu weinen. Als gleichaltrige Cousins standen sie sich sehr nahe, aber nachdem Sherry zurückkam, war sie wie ausgewechselt. Es hat Jahre gedauert, bis sie wieder eine feste Freundschaft aufgebaut haben.«

»Das ist seltsam«, sagte Rosemary. »Ich frage mich, ob Sherry uns irgendwelche Tipps geben kann, wie wir Gretchen helfen können.«

»Sie wird vielleicht nicht darüber sprechen können«, sagte Marjie. »Aber wenn du eine Audienz beim Geist deiner Oma bekommst, kann sie dir vielleicht sagen, wie sie Sherry geholfen hat, wieder hinüber zu gelangen.«

»Oma hat das getan?«, fragte Rosemary.

»Das ist die Geschichte, die ich gehört habe«, sagte Ferg. »Und genau deshalb brauchen wir Ihre Hilfe – wir brauchen den Thorn-Zauber.«

»Ich sage es nur ungern, aber er hat nicht ganz Unrecht«, sagte Marjie.

»Ich kann es versuchen«, sagte Rosemary. »Aber macht euch keine allzu großen Hoffnungen. Im Moment ist meine Magie völlig nutzlos, es sei denn, ihr wollt eine Lawine von Decken.«

»Im Moment nicht, danke«, sagte Ferg mit einem todernsten Ton. »Ich werde Ihnen allerdings Bescheid sagen, wenn mir kalt wird.«

»Äh, in Ordnung«, sagte Rosemary.

»Ich bin mir sicher, dass die Hilfe beim Anbau der Tulpen eine gute Gelegenheit für Sie sein wird, Ihre Magie zu fokussieren«, sagte Ferg.

»Ich denke schon, wenn ich sie nicht alle umbringe«, antwortete Rosemary.

»Großartig. Dann ist es also abgemacht. Sie werden bei der Tagundnachtgleiche helfen.«

»Ich denke schon«, sagte Rosemary widerwillig. »Aber ich werde nicht ins Feenland hinübergehen. Ich bleibe fest auf dieser Seite der Realität.«

»Ausgezeichnet«, sagte Ferg. »Ich bringe später den Anhänger mit den restlichen Pflanzen vorbei.«

Er drehte sich auf den Fersen um und verließ den Teeladen, bevor Rosemary noch etwas sagen konnte. Sie setzte sich mit offenem Mund hin und starrte ihm nach.

»Einen Anhänger voll ...?«, sagte sie schwach.

»Ferg macht keine halben Sachen«, sagte Marjie.

»Das steht fest«, sagte Rosemary. »Dieser Mann ist ... wirklich ungewöhnlich.«

Später, als Rosemary Athena von der Schule abholte, sah der Teenager ganz verdrießlich aus.

»Was ist das alles für ein Mist hinten im Auto?«, fragte Athena und deutete auf die Körbe auf dem Rücksitz.

»Ich hatte eigentlich gehofft, du könntest mir dabei helfen«, sagte Rosemary. »Ich habe ... ähh ... mich freiwillig gemeldet, um Ferg beim Äquinoktium zu helfen. Das da sind Pflanzen, die ich versuchen werde, großzuziehen. Ich dachte, du könntest mir dabei helfen.«

»Was?!«

»Das ist eine lange Geschichte. Im Grunde hat er mich damit überzeugt, dass die Magie der Familie Thorn das Ritual mächtiger machen würde und es somit wahrscheinlicher wäre, dass wir Gretchen zurückbekommen.«

»Und du hast diesem Weirdo geglaubt?«

»Wir dürfen das ‚W'-Wort nicht mehr abwertend benutzen, denk daran, was Oma gesagt hat.«

»Wer ist gestorben und hat sie zur Königin gemacht?«, fragte Athena.

»Sie war es, nehme ich an«, sagte Rosemary. »Jedenfalls will ich nicht die Religion oder den Glauben der Leute verletzen, also versuche ich, es mir abzugewöhnen.«

»Ehrlich gesagt, ist mir das mittlerweile alles egal«, sagte Athena. »Von jetzt an konzentriere ich mich nur noch auf meine Schularbeiten und meine Freunde. Du kannst dich um alles andere kümmern.«

»Freut mich zu hören«, sagte Rosemary mit einem Grinsen, obwohl sie sich tief im Inneren sicher war, dass das Leben für sie beide gerade mal wieder viel zu kompliziert werden würde.

23

Es war ein kalter, frostiger Morgen. Rosemarys Atem bildete kleine Wölkchen, als sie die schmale, kurvenreiche Straße entlangfuhr, die einen Hügel hinauf zu einem großen Herrenhaus führte.

Sie hatte die ganze Nacht mit sich im Kreis drehenden Gedanken verbracht, sowohl über das Verschwinden ihrer Halskette als auch über das des kleinen Mädchens. Es schien ein zu großer Zufall zu sein.

Wenn die Suchzauber in beiden Fällen nicht funktionierten, musste dieselbe Person dafür verantwortlich sein. Der Bürgermeister schien als Verdächtiger in Frage zu kommen. Er verhielt sich verdächtig und hatte einen ausgeprägten Ehrgeiz, unsterblich zu werden. Vielleicht hatte er den Vorwand der Tagundnachtgleiche genutzt, um ein Kind zu stehlen, um dessen Magie zu benutzen ... irgendwie. Rosemary kannte die Details nicht, aber sie wusste, dass es für die meisten Leute verrückt klingen würde, sogar für Detective Neve.

Es kursierten so viele lächerliche Gerüchte im Dorf, dass Rosemary sicher war, dass niemand ihren Verdacht ernst nehmen würde. Anstatt die Behörden anzurufen, beschloss sie, die Sache selbst in die Hand zu nehmen und zu versuchen, erst einmal handfeste Beweise zu sammeln.

Sie hatte Marjie nach dem Weg zum Haus des Bürgermeisters gefragt. Nach allem, was sie in den letzten Tagen über den Bürgermeister, Herrn

June, gehört hatte, war ihre Sorge nur gestiegen. Außerdem hatte er sich so sehr für die Smaragdkette interessiert, als sie ihm begegnet war, dass sie sicher war, dass er der Schuldige sein musste.

Rosemary fragte sich sogar, ob er die Dinnerparty, die sie ein paar Wochen zuvor gegeben hatte, als Vorwand benutzt hatte, um das Haus nach Wertsachen zu durchsuchen oder um irgendeine Art von magischer Hilfe zu platzieren, die ihm später helfen würde, sie auszurauben.

Sie trat an die große schwarze Tür heran und klopfte an den glänzenden Messingklopfer, der die Form eines Koboldgesichts hatte.

Ein attraktiver Mann mit dunkler Haut und stechenden bernsteinfarbenen Augen antwortete. Er trug einen violetten Satinbademantel.

»Tut mir leid, dass ich Sie störe«, sagte Rosemary.

»Sind Sie wegen Don hier?«, fragte der Mann. »Ich bin sein Ehemann, Zade.«

»Ja. Don, wie in Don June. Herr June, der Bürgermeister«, murmelte Rosemary.

»Kommen Sie rein«, sagte er. »Wenn Sie mich entschuldigen, werde ich mich umziehen gehen.«

»Nein, machen Sie sich keine Umstände«, sagte Rosemary.

»Keine Sorge«, sagte Zade mit einem warmen Lächeln, »ich muss mich sowieso umziehen. Ich habe schon viel zu lange gefaulenzt. Fühlen Sie sich einfach wie zu Hause. Don kommt gleich runter.« Er ließ Rosemary eintreten und verschwand nach oben.

Rosemary stand im Flur und fragte sich, wie ein so netter Mann sich mit dem schmierigen und aufgeblasenen Bürgermeister einlassen konnte. Sie sah sich um und betrachtete, was sie von dem Haus sehen konnte. Alles sah teuer aus, wenn auch für ihren Geschmack ein wenig zu protzig.

»Ah, Rosemary«, sagte Herr June, als er die Treppe herunterkam. »Was kann ich für Sie tun? Wie Sie wissen, habe ich immer ein offenes Ohr für die Sorgen meiner Bürgerinnen und Bürger.«

»Nun«, begann Rosemary, aber Herr June unterbrach sie.

»Eigentlich ist es ein großes Glück, dass Sie gekommen sind«, fuhr er fort. »Ich möchte mit Ihnen etwas über bestimmte magische Artefakte besprechen.«

»Ach ja?«, sagte Rosemary überrascht.

»Ja«, sagte Herr June. »Ich glaube, die verstorbene Madam Thorn hatte einige besondere Schätze, die ich gerne kaufen würde, wenn Sie sie mir verkaufen würden.«

Rosemary sah den Bürgermeister misstrauisch an. Warum sollte er mit ihr verhandeln wollen, wenn er sie gerade erst ausgeraubt hatte? Sie war sich nicht sicher, ob er es ernst meinte oder ob es sich um ein Ablenkungsmanöver handelte, um sie auf die falsche Fährte zu locken.

»Sehen Sie«, sagte sie.

»Oh je«, sagte Herr June und unterbrach sie erneut. »Wo sind meine Manieren geblieben? Bitte kommen Sie ins Wohnzimmer, machen Sie es sich bequem, und natürlich muss ich Ihnen ein Getränk anbieten. Was möchten Sie? Tee? Kaffee? Einen morgendlichen Muntermacher?«

»Tee wäre schön, danke«, sagte Rosemary und war erleichtert, als der etwas aufdringliche Mann in die Küche schlenderte und sie in Ruhe ließ.

Rosemary ging im Wohnzimmer umher und hielt Ausschau nach allem, was verdächtig aussah. Ein polierter hölzerner Beistelltisch mit einer Schublade stach ihr ins Auge. Sie lauschte auf Schritte, aber das Haus schien still genug zu sein. Sie wusste, dass sie es nicht tun sollte, aber ihre Neugierde übermannte sie. Sie durchquerte den Raum in Richtung der Schublade und zog sie auf. Das Innere schien größtenteils mit Papieren gefüllt zu sein, aber Rosemary stöberte darin herum, nur für den Fall, dass etwas Belastendes dabei war.

»Entschuldigen Sie mal«, sagte eine Stimme. Rosemary zuckte zusammen.

Zade stand in der Tür.

»Entschuldigung!«, sagte sie. »Ich habe gerade diesen Tisch bewundert. Was ist das für ein Holz?«

»Mahagoni«, antwortete er trocken.

»Bitte sehr!«, sagte Herr June und kam mit einer Tasse Tee in der Hand zurück ins Zimmer. Rosemary nahm sie und versuchte, ihre Verlegenheit zu verbergen.

»Ah, da bist du ja, Schatz«, sagte Herr June zu Zade, der ihm einen Kuss auf die Wange gab und dann an ihm vorbei in Richtung Küche ging, woraufhin Rosemary erleichtert aufseufzte.

Herr June schaute Rosemary mit einem ziemlich vergnügten Lächeln an. »Nun, Frau Thorn! Was kann ich für Sie tun?«

»Mir ist aufgefallen, dass Sie neulich meine Halskette bewundert haben«, sagte Rosemary.

»In der Tat, das habe ich. Ich entschuldige mich für das Missverständnis. Sind Sie bereit, sich von ihr zu trennen?«, fragte er. »Ich glaube, dieses Stück wäre eine wunderbare Ergänzung für meine Sammlung.«

»Ja, nun, sie wird vermisst«, sagte Rosemary.

»Wie bedauerlich«, sagte der Bürgermeister, obwohl er nicht sonderlich überrascht schien.

»Ich bin mir nicht sicher, was passiert ist«, sagte Rosemary und beobachtete Herrn June genau.

»Möchten Sie, dass ich einen Ortungszauber für Sie ausprobiere?«, fragte Herr June.

»Das hat Marjie schon versucht«, sagte Rosemary. »Ich muss gestehen, dass ich aus diesem Grund hier bin.«

Der Bürgermeister hob die Augenbrauen.

»Es wurde der Verdacht geäußert, dass Sie sie vielleicht ... genommen haben«, sagte sie ganz offen.

»Meine Liebe! Wie können Sie es wagen, in mein Haus zu kommen und mich eines belanglosen Diebstahls zu beschuldigen!«

»Das ist es ja«, sagte Rosemary. »Es wäre keine Bagatelle, wenn es sich um einen wertvollen magischen Gegenstand handelt.«

»Das ist ja noch schlimmer«, sagte der Bürgermeister. »Das werde ich so nicht hinnehmen! Ich bin empört!«

»Was ist los, Schatz?«, sagte Zade, der plötzlich in der Tür stand.

»Diese Frau besitzt die Dreistigkeit, in mein Haus zu kommen und mich des Diebstahls zu beschuldigen!«

Beide Männer sahen Rosemary an. Sie fühlte sich sichtlich unwohl. »Hören Sie, es ist nur ... ich habe ein paar Dinge gehört. Ich dachte, vielleicht ... vielleicht wissen Sie etwas.«

»Das ist nicht das, was Sie eben gesagt haben«, sagte Herr June. »Ich denke, Sie sollten jetzt gehen.«

»Ich habe sie vorhin dabei erwischt, wie sie in deiner Schublade herumgewühlt hat«, sagte Zade.

»Wirklich? Wie ungeheuerlich! Warum hast du nichts gesagt?«

»Sie hat gesagt, dass sie die Holzarbeit bewundert hat und ich habe ihr einen Vertrauensvorschuss gegeben.«

»Ich dachte, Madame Thorn hätte Sie besser erzogen, als sich an fremdem Eigentum zu vergreifen!«, sagte Herr June.

»Es tut mir leid«, sagte Rosemary. »Sie müssen verstehen, dass die Halskette sehr wichtig für mich ist.«

»Ich verstehe genug«, sagte der Bürgermeister.

»Sie sollten besser verschwinden«, sagte Zade.

Rosemarys Herz begann zu rasen, als ihr klar wurde, in welche Schwierigkeiten sie sich gebracht hatte, aber es diente einem höheren Zweck. Sie musste herausfinden, was hier los war.

»Warten Sie einen Moment«, sagte Rosemary. »Was ist mit dem vermissten Mädchen?«

»Wie bitte?«, sagte Herr June.

»Gretchen. Sie ist ungefähr zur gleichen Zeit verschwunden wie meine Halskette und bei beiden funktioniert der Suchzauber nicht und ... und ...« Rosemary wurde plötzlich bewusst, wie dumm sie sich anhörte. »Wenn Sie es nicht waren, warum sind Sie dann nicht auf der Suche nach ihr? Als Bürgermeister sollten Sie doch sicher etwas dagegen unternehmen!«

Herr June starrte sie nur schockiert an.

»Jetzt beschuldigen Sie meinen Mann auch noch der Entführung?«, fragte Zade entsetzt. »Ist das eine Art Hexenjagd? Haben Sie Vorurteile gegen uns, weil ...«

»Nein! Nichts dergleichen«, sagte Rosemary noch erschrockener. »Ich ... okay, ich gebe es zu. Ich klammere mich an einen Strohhalm. Sind Sie sicher, dass es nichts gibt, was Sie mir sagen können? Wenn Sie es nicht waren, wer sollte sonst ein Interesse an meiner Kette haben?«

»Eine ganze Menge Leute, würde ich sagen«, sagte der Bürgermeister. »Wie furchtbar, dass Sie so vorschnell Schlüsse ziehen. Ich bin vielleicht nicht die beliebteste Person der Stadt, aber ich bin eine öffentliche Person und verdiene Ihren Respekt.«

»Okay, dann gehe ich jetzt besser«, sagte Rosemary und verließ ängstlich den Raum.

»Nicht so schnell«, sagte der Bürgermeister.

»Was? Ich dachte, Sie wollten, dass ich gehe.«

»Nicht bevor ich Sie den Behörden übergebe«, sagte Herr June. »Ich wollte nur Zeit schinden. Ich habe den Alarm ausgelöst und die Polizei wird jeden Moment hier sein.«

»Die Polizei!?«, fragte Rosemary und ihre Panik verwandelte sich schnell in Entsetzen. »Aber ich habe doch gar nichts getan.«

»Sie sind unter Vorspiegelung falscher Tatsachen in mein Haus gekommen und haben meine persönlichen Sachen durchwühlt. Das ist Wohnungseinbruch.«

»Das ist es nicht«, sagte Rosemary. »Sie haben mich selbst hereingelassen.«

»Das war, bevor ich von Ihrem unverschämten Verhalten wusste.«

Es klopfte an der Tür.

»Herein!«, rief der Bürgermeister, und Wachtmeister Perkins betrat den Raum, dicht gefolgt von Detective Neve.

»Frau Thorn!«, brüllte Wachtmeister Perkins mit roten Wangen. »In was für einen Ärger sind Sie jetzt wieder geraten?«

»Diese Frau ist in mein Haus gekommen und hat mich belästigt – sie hat mich des Diebstahls und der Entführung beschuldigt! Sie ist in mein Haus eingebrochen und hat meine Sachen durchwühlt. Das ist ein inakzeptables, kriminelles Verhalten.«

»Rosemary?« Die Stimme von Detective Neve hob sich und Rosemary trauerte um die mögliche Freundschaft, die ihr durch ihr eigenes leichtsinniges Verhalten so schnell entglitt.

»Nun, ich nehme an, das ist alles wahr.« räumte Rosemary ein. »Aber kriminell? Das geht ein bisschen zu weit.«

Neve zeigte sich nicht besonders beeindruckt.

»Der einzige Grund, warum ich hierher gekommen bin, ist, dass ich angenommen habe, dass er meine Halskette gestohlen haben könnte.«

»Warum haben Sie uns nicht einfach von Ihrem Verdacht erzählt?«, fragte Neve.

»Ich hatte keine Beweise«, gab Rosemary zu. »Und ich wollte nicht dumm dastehen.« Sie errötete und fühlte sich jetzt noch viel dümmer.

»Natürlich gab es keine Beweise«, sagte der Bürgermeister. »Weil ich nichts dergleichen getan habe. Nehmen Sie sie jetzt sofort fest.«

Wachtmeister Perkins machte einen Schritt nach vorne, aber Detective Neve hielt ihn zurück. »Weshalb genau verhaften Sie sie?«

»Ja, weshalb genau?«, fragte Rosemary, verschränkte die Arme und war erleichtert, dass Neve auf ihrer Seite zu sein schien.

»Eindringen in Privateigentum!«, sagte Herr June.

»Ich dachte, Sie haben sie reingelassen?«, fragte Neve.

»Das tut nichts zur Sache«, antwortete er.

»Sehen Sie mal. Es tut mir leid«, sagte Rosemary. »Ich brauche nur dringend meine Kette zurück. Ich fühle mich ohne sie so seltsam und vielleicht bin ich deshalb ein bisschen irrational und ziehe voreilige Schlüsse.« Sie sah den Bürgermeister an und beschloss, dass jetzt nicht der richtige Zeitpunkt war, um ihre Vermutungen zu wiederholen. »Sie haben Recht. Ich hatte keine Beweise. Es war nur eine Vermutung.«

»Sie hat nicht wirklich etwas falsch gemacht«, sagte Zade.

»Stehst du etwa nicht auf meiner Seite?« Herr June verschränkte die Arme.

»Natürlich tue ich das. Es ist nur ... na ja, sie hat nur ein bisschen herumgeschnüffelt. Es ist ja nicht so, dass sie etwas beschädigt hätte.«

»Hören Sie«, sagte Detective Neve. »Ich denke, dieses Mal erfordert die Situation lediglich eine Verwarnung. Rosemary, bitte brechen Sie nie wieder in ein Haus ein.«

»Ich bin nicht eingebrochen«, beharrte Rosemary. »Wir haben das doch gerade erst geklärt. Er hat mich reingelassen.«

»Trotzdem ...« Neve schüttelte den Kopf und begann, Rosemary vorsichtig zur Tür zu führen.

»Es tut mir leid«, sagte Rosemary erneut, als sie mit Neve das Haus verließ. »Ich verspreche, dass ich zur Polizei gehen werde, wenn das nächste Mal etwas schiefläuft oder ich einen Verdacht habe.«

»Danke«, sagte Detective Neve und klang dabei wie eine genervte Kindergärtnerin.

»Es ist nur ...«, stammelte Rosemary, als sie sich auf den Weg zu ihrem Auto machte.

»Ich sage das nur ungern, weil ich Sie für einen tollen Menschen halte. Aber können Sie denn gar nichts tun?«

Neves Schultern sackten nach unten.

»Tut mir leid«, wiederholte Rosemary.

»Danke, dass Sie mein Hochstaplersyndrom ausgelöst haben«, sagte die Detektivin mit einem traurigen Lächeln. »Als einer der wenigen nichtmagischen Menschen in dieser Stadt bin ich in den Polizeidienst gegangen, weil ich die Macht haben wollte, zu helfen. Aber in Zeiten wie diesen bin ich völlig hilflos.«

»Oh«, sagte Rosemary. »Das wusste ich nicht.«

»Ich tue alles, was ich kann – nach Vorschrift. Und noch viel mehr. Ich stütze mich auf meine persönlichen Beziehungen, um herauszufinden, wie ich das kleine Mädchen zurückbekommen kann, aber ich stoße immer wieder auf eine Mauer. Wollen Sie, dass wir auch nach Ihrer Halskette sehen?«

»Nein. Sie haben schon genug um die Ohren«, sagte Rosemary. »Vielleicht können wir zusammenarbeiten. Aber ich würde Ihnen wohl nur noch mehr Ärger machen. Die jetzige Situation ist ein Paradebeispiel dafür.«

»Danke für den Versuch zu helfen«, sagte Neve. »Lassen Sie mich wissen, was Sie herausfinden, oder wenn noch etwas schiefgeht, und wer weiß, vielleicht können wir irgendwann zusammenarbeiten.«

24

Athena ging nervös über die Straße in Richtung Stadtplatz. Sie hatte sich noch nie mit Freunden außerhalb der Schule getroffen. Eigentlich hatte sie noch nie *richtige* Freunde gehabt, weil sie so oft umgezogen war und nicht zu ihren Altersgenossen passte.

So war es zumindest bis vor kurzem gewesen. Elise und Sam waren in der Schule ziemlich gute Freunde geworden, auch wenn sie mit ein paar lächerlichen Hooligans abhingen, vor allem mit Felix. Deron war in Ordnung und Ashwagandha auch, die sich manchmal zu ihrer Gruppe gesellte, wenn sie zu Mittag aßen.

Von der anderen Seite des Platzes entdeckte sie Elises Haare und sah sie neben Sam stehen. Sie winkten Athena zu, als sie sich auf den Weg zu ihnen rüber machte.

»Hallo«, sagte Athena und hoffte, dass sie sich nicht dumm anhörte.

»Du hast es geschafft!«, sagte Elise.

»Ja, Mama hat mich ausnahmsweise aus dem Haus gelassen«, sagte Athena. »Sie meinte, dass ich mitten am Tag mit all den Leuten hier sicher genug sein würde.«

»Deine Mutter ist ein bisschen überfürsorglich, oder?«, sagte Sam.

»Wem sagst du das«, sagte Athena. »Ich kann kaum noch etwas tun, ohne dass sie mir im Nacken sitzt.«

»Wir werden uns später mit Felix und Deron treffen«, sagte Elise. »Ist das okay?«

»Klar.« Athena zuckte mit den Schultern. »Es macht mir nichts aus.«

Sie hoffte, dass ihre neuen Freunde nicht nur aus Neugierde an ihr interessiert waren oder weil sie von der Macht ihrer Familie gehört hatten. Sie schienen nett und aufrichtig genug zu sein. Es wäre furchtbar, wenn sie sich mit ihr langweilen würden oder furchtbar enttäuscht wären, wenn sie herausfinden würden, dass sie keine wirkliche Begabung für Magie hatte.

»Was machen wir denn jetzt?«, fragte Athena. »Ihr habt etwas von Eiscreme erzählt. Meint ihr die aus dem Lebensmittelladen?«

»Oh nein«, sagte Elise. »Wir müssen zu Mervyns gehen.«

»Mervyns?", fragte Athena.

»Ja«, sagte Sam. »Mervyns Eisdiele.«

»Ich wusste gar nicht, dass wir in Myrtlewood eine Eisdiele haben«, sagte Athena.

»Mervyns ist die beste!«, sagte Elise. »Sie schließt über den Winter, aber um diese Jahreszeit macht sie wieder auf. Und es gibt immer ein paar zusätzliche Überraschungen.«

»Das klingt toll«, sagte Athena. »Geht voran!« Sofort wünschte sie sich, sie hätte das nicht gesagt.

Athena ärgerte sich über ihre Wortwahl. Sie kam zu kitschig rüber, als wäre sie in einer Kindersendung. Sie biss sich auf die Zunge, um zu verhindern, dass sie noch mehr sagte. Zum Glück schienen Elise und Sam sich nicht daran zu stören, und Athena konnte sich ein wenig entspannen.

Sie folgte den beiden zu einem Laden mit pastellblau und rosa gestreiften Markisen vor der Tür. Innen sah es durch die Fenster wie eine altmodische Eisdiele aus.

»Das sieht ja toll aus«, sagte Athena. »Ich liebe die kleinen Sitzecken.«

Die Sitzecken waren ebenfalls in verschiedenen Pastelltönen gestreift, wie aus einer Fernsehserie der 1950er Jahre.

»Sollen wir reingehen?«, fragte Sam.

»Nach dir«, sagte Elise.

Athena stieß die Tür auf und eine kleine Glocke bimmelte über ihr. Vorsichtig näherte sie sich dem Tresen. Dahinter stand ein Mann. Er hatte lange Haare, die zu einem Dutt zusammengebunden waren, trug eine pastellfarben gestreifte Schürze und hatte ein breites Lächeln im Gesicht.

»Willkommen!«, sagte er. »Ihr seid meine ersten Kunden in dieser Saison. Zur Feier des Tages geht das Eis aufs Haus!«

»Oh wow!«, sagte Sam. »Ausgezeichnet. Dann muss ich nicht mein ganzes Taschengeld aufbrauchen.«

»Das ist ja toll«, sagte Elise. »Wie nett von Ihnen, Mervyn. Wie geht es Ihnen denn? Hatten Sie eine schöne Zeit auf See?«

Mervyns Gesicht bekam einen entrückten Ausdruck. »Ja, es war wie immer herrlich.«

»Wie lange waren Sie denn weg?«, fragte Sam.

»Zwei oder drei Monate, glaube ich«, sagte er. »Das ist die einzige Zeit, in der ich wegkomme und bei meinen Leuten sein kann.«

»Lebt Ihre Familie auf dem Meer?«, fragte Athena.

Mervyn zwinkerte ihr zu. »Du bist neu hier, oder?«

»Ich fürchte ja«, sagte Athena.

»Ich bin Mervyn Wade, dein ergebener ortsansässiger Merrow.«

»Merrow?«, fragte Athena.

»Das ist das alte irische Wort«, sagte Elise. »Es bedeutet …«

»Meerjungfrauenmann … ähm Meermann«, sagte Mervyn. »Weißt du, ich bemühe mich, die menschliche Terminologie zu verwenden. Das verwirrt mich immer. Wo ist überhaupt der Unterschied? Die Geschlechter sind doch fast gleich.«

»Das kannst du laut sagen«, sagte Sam und kicherte.

»Sie sind ein Meer… äh… –mensch?«, sagte Athena und stolperte über die Worte.

»Natürlich«, sagte Mervyn. »Nicht viele von uns leben an Land, aber die, die es tun, müssen trotzdem eine gewisse Zeit auf See verbringen. Sonst werden wir landkrank.«

»Landkrank, so wie seekrank?«, fragte Athena.

»Du lernst schnell«, sagte Mervyn mit einem weiteren Zwinkern. »Also, was möchtet ihr?«

Athena begutachtete das Angebot an Eiscreme, das vor ihr ausgebreitet war. Es gab einige gewöhnliche Sorten wie Schokolade und Erdbeere, aber auch ungewöhnliche Geschmacksrichtungen wie Brombeere und Thymian, Boysenbeere und Salbei oder Weihrauch und dunkle Schokolade.

»Wow, so viel Auswahl«, sagte Athena.

»Ich nehme das Übliche«, sagte Elise.

»Blaubeer-Kokosnuss-Creme«, sagte Mervyn. »Mit einer halben Kugel Brombeere und Thymian.«

»Das ist es«, sagte Elise.

»Das hört sich gut an«, sagte Athena, überfordert mit der Auswahl. »Ich glaube, ich nehme einfach das Gleiche.«

Mervyn machte sich an die Arbeit und stellte ihre beiden Waffeln zusammen.

»Es ist so schwer, sich zu entscheiden, nicht wahr?«, sagte Sam. »Ich glaube, ich nehme einfach die normale Schokolade. An den Klassikern kommt man nicht vorbei.«

Athena lächelte dey an und fragte sich, ob sie nicht eine einfachere Sorte hätte wählen sollen.

Sie nahmen das Eis und setzten sich in eine der Sitzecken.

Es war noch recht früh am Tag und daher waren noch nicht allzu viele Leute unterwegs. Athena probierte ihr Eis und stellte fest, dass es absolut köstlich und komplex war. Der Geschmack war fast schwindelerregend gut.

»Und, wie läuft's?«, fragte Elise. »Hast du dich gut in Myrtlewood eingelebt?«

Athena war zu sehr in ihr Eis vertieft, um sofort zu antworten. Schließlich sah sie auf und räusperte sich.

»Ich denke schon«, sagte Athena. »Mama ist immer noch ein bisschen durcheinander. Sie ist paranoid, dass ich verschwinden könnte, wie dieses kleine Mädchen. Außerdem ist eine besondere Halskette von ihr verschwunden, was die Sache nicht gerade erleichtert hat. Sie ist super ängstlich. Wahrscheinlich hat sie sie einfach hinter die Couch fallen gelassen.«

Sam und Elise lachten beide und beruhigten Athena.

»Gibt es deinen Vater?«, fragte Elise.

»Nein«, sagte Athena. »Zumindest ist es besser, wenn es ihn nicht gäbe.«

»Bei mir das gleiche«, sagte Elise. »Mein Vater war nicht magisch. Er ist ausgeflippt, als er herausfand, was Mama ist. Ich kenne ihn nicht wirklich. Manchmal wünschte ich, ich würde ihn kennen, vor allem, wenn Mama nervt. Ich wünschte, ich könnte irgendwo anders hingehen, um ihren Putzorgien bei Neumond zu entkommen.«

Sam lachte. »Deine Mama ist so eine Type, Elise.«

»Mein Vater ist immer mal wieder in unser Leben getreten«, sagte Athena. »Ich glaube, er wird im Moment vermisst, aber das ist eigentlich nichts Ungewöhnliches.«

Zuerst wollte sie nicht zu viel sagen. Schließlich kannte sie Elise und Sam kaum. Sie war oft wütend auf ihren Vater und hatte kaum jemanden, mit dem sie darüber reden konnte, da Rosemary immer Ausreden für ihn fand, die sie nur noch wütender machten. Es war schön, mit anderen Menschen reden zu können, und Athena konnte nicht umhin, ein paar verärgerte Gefühle darüber zu äußern, dass Dain nie hilfreich gewesen war, dass er ihr Geld gestohlen und es verspielt hatte.

»Das klingt ja furchtbar«, sagte Elise. »Vielleicht ist es doch besser, wenn ich meinen Vater nicht kenne, wenn der so drauf ist.«

»Willst du ihm denn nie verzeihen?«, fragte Sam. »Die Leute sagen, Vergebung sei eine gute Sache.«

»Nein, er hat nichts getan, um meine Vergebung oder mein Vertrauen zu verdienen.«

»Ich würde ihm nicht verzeihen«, sagte Elise. »Nur weil er seine DNA für dich gespendet hat, heißt das nicht, dass du ihm etwas schuldig bist.«

Athena lachte über Elises Art, sich auszudrücken.

»Ich meine es ernst«, sagte Elise.

»Aber er gehört zur Familie«, sagte Sam.

»Nur weil jemand zur Familie gehört, heißt das nicht, dass ihm ein Platz in deinem Leben zusteht«, sagte Elise. »Wenn jemand wirklich so toxisch ist, ist es besser, ihn ganz auszuschließen.«

»Stimmt. Manchmal wünschte ich mir, ich könnte verschiedene Gliedmaßen meiner Familie abschneiden«, sagte Sam. »So sehr das Dorf meine Identität auch akzeptiert, meine Brüder sind eine Plage. Egal, was ich sage oder tue, sie wollen nicht respektieren, dass ich nicht-binär bin. Sie nennen mich immer bei einer sehr geschlechtsspezifischen Version meines Namens. Das regt mich wirklich auf. Es ist, als ob sie mich damit absichtlich verhöhnen. Sie versuchen damit zu zeigen, dass sie die Macht in dieser Situation haben und mich und meine Identität nicht respektieren werden.«

»Das ist ja furchtbar!«, sagte Athena.

Sam zuckte mit den Schultern. »Es ist scheiße, aber ich schätze, ich bin daran gewöhnt. Ich hoffe nur, dass sie irgendwann aufhören, solche Plagegeister zu sein.«

»Das kann man nur hoffen«, sagte Elise mit einem seltsamen Gesichtsausdruck. »Apropos Plagegeister, Felix hat gerade geschrieben, dass er doch nicht in der Stadt sein wird. Ihm ist eine Familienangelegenheit dazwischengekommen.«

»Läuft da etwas zwischen dir und Felix?«, fragte Athena Elise, bevor sie sich davon abhalten konnte, mit der Frage herauszuplatzen. Es gab einen Moment des Schweigens, in dem Athena rot wurde und dann hinzufügte: »Ihr seid nicht zusammen oder so?«

»Oh nein«, sagte Elise. »Nein, wir kennen uns schon zu lange. Ich glaube sogar, dass er dich mag.«

Athena spuckte beinahe ihr Eis aus, aber sie wollte nichts davon verschwenden, weil es so gut war.

»Das ist eine unglaublich peinliche Bemerkung«, sagte Athena. »Ich meine, ich weiß, dass meine Frage auch unangenehm war. Tut mir leid.«

»*Mir* tut es leid«, sagte Elise. »Ich hätte es nicht erwähnen sollen.«

»Gibt es denn jemand anderen, den du magst?«, fragte Sam.

Athena errötete.

»Es *gibt* jemanden!«, sagte Elise. »Wirst du es uns verraten?«

»Ich weiß es nicht«, sagte Athena. »Es ist … ein bisschen persönlich.«

Elise zuckte mit den Schultern.

»Kein Druck«, sagte Sam.

Athena war es wirklich nicht gewohnt, mit jemandem Vertrauliches zu teilen. Stattdessen war sie es gewohnt, alle persönlichen Details vor den neugierigen Augen ihrer Mutter zu verbergen. Aber es war schön, etwas mit ihren neuen Freunden teilen zu können. Und so gab sie eine kleine Erklärung ab.

»Da ist dieser eine Typ«, sagte Athena.

»Ooh!«, sagte Elise. »Jemand, den wir kennen?«

»Ich glaube nicht«, sagte Athena und dachte an das Bild von Finnigan in der Schule. »Er ist nicht wirklich von hier.«

Das stimmte zwar nicht ganz, aber es war das, was für Athena der Wahrheit am nächsten kam, ohne eine Erklärung abzugeben, die sie nicht verstand, da die ganze Situation mit Finnigan so geheimnisvoll war.

»Ich hoffe, es klappt mit euch«, sagte Elise.

Athena lächelte. »Was ist mit dir, gibt es jemanden, den du magst?«, fragte sie.

»Nicht wirklich«, sagte Elise und errötete.

»Ich auch nicht«, sagte Sam. »Das ist auch gut so, denn ich glaube nicht, dass es jemanden gibt, der mich zurück mögen würde.«

»Sei nicht so ein Schwarzseher«, sagte Elise. »Du bist ein wunderbarer und sehr cooler Mensch und hast viele gute Eigenschaften.«

»Jetzt komme ich mir blöd vor«, sagte Athena. »Ich habe euch von meinem Schwarm erzählt und keiner von euch hat einen.«

»Es gibt überhaupt keinen Grund, sich deswegen blöd zu fühlen«, sagte Elise. »Wir werden es niemandem erzählen und ich verspreche, dass ich es euch sage, wenn ich das nächste Mal jemanden mag.« Sie lächelte Athena an.

Plötzlich war die Peinlichkeit der Situation verflogen und Athena fühlte sich nicht mehr so unbeholfen und verlegen. Es war schön, Freunde zu haben.

<h1 style="text-align:center">25</h1>

osemary war erleichtert, dass Athena nicht nur sicher, sondern auch gut gelaunt von ihrem Ausflug zurückkam. Sie verbrachten den Rest des Tages damit, alte Filme zu schauen und Bücher zu lesen. Am Abend fühlte sich das Haus ziemlich kühl an, also beschlossen sie beide, nach oben zu gehen und sich wärmere Kleidung anzuziehen.

Athena blieb auf dem Treppenabsatz stehen und schaute schweigend nach vorne.

»Was ist los?«, fragte Rosemary.

»Es ist ... die Tür!«, sagte Athena. »Die, von der du mir erzählt hast.«

Rosemary neigte ihren Kopf, um an ihrer Tochter vorbei zu sehen. Es war tatsächlich die mit Rosen vergoldete Mahagonitür, die magisch erscheinende und dann verschwindende Tür, die zum Turm führte.

»Glaubst du ... glaubst du, sie will mit uns reden?«, fragte Athena.

»Wer? Oma?«

»Ja. Hattest du nicht letztes Mal ein Gespräch mit ihr?«

»Ich nehme an, das könnte es bedeuten«, sagte Rosemary. »Oder es könnte einfach nur das Haus sein.«

»Meinst du, wir sollten hochgehen?«, fragte Athena.

»Ich denke schon«, sagte Rosemary.

Vorsichtig näherten sie sich der Tür, unsicher, ob sie bei einer plötzlichen Bewegung nicht wieder verschwinden könnte.

Rosemary kramte in ihrer Tasche nach dem Schlüssel, aber die Tür hatte andere Vorstellungen. Sie sprang ohne einen einzigen Stoß auf, so dass Rosemary und Athena überrascht zurückschreckten.

»Ist es sicher?«, fragte Athena.

»Natürlich ist es das«, sagte Rosemary, obwohl ihr Tonfall alles andere als sicher war.

Sie machte einen zaghaften Schritt auf die offene Tür zu. Es schien alles in Ordnung zu sein, also ging sie die Treppe hinauf, dicht gefolgt von Athena.

»Das ist ja unglaublich!«, sagte Athena, als sie sich in dem riesigen Turmzimmer umsah, von dem Rosemary hätte schwören können, dass es noch größer war, als sie es zum ersten Mal entdeckt hatte.

»Das ist es, nicht wahr?«, sagte Rosemary. »Ich schätze, hier hat Oma die meisten ihrer magischen Arbeiten erledigt. Das würde zumindest all die Geräte auf dem Tisch erklären.«

»Und den riesigen Kessel«, sagte Athena.

»Ja, und das.«

»Hallo, meine Lieben!«

Rosemary und Athena zuckten zusammen und drehten sich in Richtung des Spiegels, um Oma zu sehen, die in leuchtendem Lila gekleidet war, ihr wildes weißes Haar mit einem roten Tuch zurückgebunden und die Hände fest in die Hüften gestemmt.

»Oma!«, rief Rosemary, die sich trotz der Umstände freute, ihre liebste ältere Verwandte zu sehen.

»Wer sollte es sonst sein? Der Geist der vergangenen Weihnacht?«, fragte Oma.

»Hm, hallo«, sagte Athena.

Oma grinste sie an. »Wie groß du geworden bist«, gurrte sie.

»Es ist doch erst eine Woche her, seit wir dich das letzte Mal gesehen haben«, sagte Athena.

»Ich meinte nicht, dass du größer geworden bist«, sagte Oma. »Ich meine an Kraft.«

»Schön wär's!«, sagte Athena. »Mama ist die Einzige, die echte Kräfte hat. Ich höre nur unangenehme Geräusche in meinem Kopf.«

Oma schnaubte, als ob sie es besser wüsste.

»Oma Thorn«, sagte Athena. »Kannst du mir helfen, richtige Magie zu lernen? Gibt es hier oben irgendetwas – vielleicht ein Buch – das helfen könnte?

»Du brauchst kein Zauberbuch, um dir Kräfte zu verleihen«, sagte Oma. »Du, meine Liebe, bist doppelt gesegnet.«

»Was bedeutet das?«, fragte Rosemary.

»Es ist so, wie ich es dir schon mal gesagt habe, falls du dir jemals die Mühe gemacht hättest, zuzuhören«, sagte Oma. »Sie besitzt eine andere Magie väterlicherseits. Eine ganz andere Sorte.«

Rosemarys Kinnlade fiel herunter. »Das hast du mir nicht gesagt. Was sagst du da über Dain?«

»Athenas Vater? Oh ja. Er ist definitiv einer von ihnen.«

»Ihnen?«, fragte Rosemary. »Du meinst doch nicht etwa …«

»Die Fae«, sagte Oma.

»Und du hast nicht daran gedacht, mir das zu sagen?!«, fragte Rosemary.

»Ich dachte, du hättest es gewusst, meine Liebe«, sagte Oma. »Athena hatte schon immer diese jenseitige Seite an sich.«

»Fae-Magie?«, fragte Athena und klang dabei überhaupt nicht überrascht, sondern nur neugierig.

»Du hast es gewusst?!«, fragte Rosemary ihre Tochter, bevor sie sich wieder dem Spiegel zuwandte. »Und du! Du willst mir sagen, dass du wusstest, dass meine Tochter eine Fae ist?«, fragte Rosemary.

»Das ist natürlich Teil ihres Erbes. Ich dachte wirklich, du hättest es inzwischen herausgefunden.«

Rosemary seufzte. »Ich frage mich, was du mir sonst noch verheimlicht hast?«

»Vieles, zweifellos«, sagte Oma und zwinkerte. »Aber meistens bin ich ein offenes Buch, also frag mich ruhig, wenn dir etwas einfällt.«

Rosemary seufzte. »Klar, du bist schwatzhaft wie Hermes, wenn du nichts Nützliches zu sagen hast.«

»Versuch's doch mal«, sagte Oma und verschränkte die Arme.

»Kinder werden vermisst«, sagte Rosemary. »Da fällt mir ein – ich weiß nicht, warum ich das immer wieder vergesse, aber Athenas Vater wird auch vermisst, nicht wahr? Das hast du mir letztes Mal erzählt.«

»Verschwunden mit den Feen«, sagte Athena.

»Was?«, fragte Rosemary.

»Ich habe in der Schulbibliothek darüber gelesen. Fae haben die Macht, dich vergessen zu lassen«, sagte Athena. »Deshalb vergisst du immer wieder alles über Papa. Ich würde sogar wetten, dass du deshalb auch Dinge im Allgemeinen vergisst. Du hast so viel Zeit mit Papa verbracht – mehr als man sollte, wenn man bedenkt, was für ein Versager er ist – und das muss dein Gedächtnis durcheinandergebracht haben.«

»Du meinst, zusätzlich zu dem, was Omas Zauber, mit dem sie unsere Magie verbergen wollte, schon mit mir gemacht hat?«, fragte Rosemary und starrte ihre Großmutter an.

Athena zuckte mit den Schultern. »Vielleicht.«

»Warte mal. Deshalb hörst du also Stimmen? Fae können Gedanken lesen?« Rosemary schlug sich überrascht die Hand vor den Mund. »Oh nein! Du meinst, Dain konnte all die Jahre über meine Gedanken lesen? Kein Wunder, dass er immer mein Geld gefunden hat, egal wie sehr ich versucht habe, es zu verstecken.«

Athena seufzte.

»Und du!«, sagte Rosemary. »Woher wusstest du davon?«

Athena warf ihr einen leicht schuldbewussten Blick zu. »Finnigan hat mir ein bisschen was erzählt.«

»Finnigan!«, rief Rosemary und spürte, wie ihr Blut metaphorisch zu kochen begann. »Dieser Junge! Er ist an all dem schuld!«

»Wovon redest du da?«, fragte Athena.

»Nun, er ist ein Fae, nicht wahr? Das erklärt es. Und die Fae haben das kleine Mädchen entführt – und er versucht immer, dich dazu zu bringen, mit ihm zu verschwinden, wie damals im Pub.«

»Mama, du klingst ganz schön verrückt.«

»Das ist mir egal!«, rief Rosemary. »Ich will nicht, dass du dich mit ihm triffst.«

»Beruhigt euch!« Omas Stimme dröhnte wie aus einem Lautsprecher.

Rosemary sackte merklich in sich zusammen, wie ein kleines Kind, das gescholten wird.

»Was hat diese Sache mit dem Verschwinden eines Kindes zu bedeuten?«, fragte Oma. »Erzähl mir alles genau.«

Rosemary erzählte von dem kleinen Mädchen, das verschwunden

war, und von dem Verdacht, dass es von den Fae entführt worden war, oder vielleicht von etwas noch Schlimmerem.

Oma schnaubte wieder. »Erst Dain und jetzt das. Sie sollten wirklich mittlerweile gelernt haben, dass sie sich nicht einmischen sollten.«

»Was hat das mit Papa zu tun?«, fragte Athena.

Oma kratzte sich am Kinn. »Das weiß ich nicht genau. Ist sonst noch etwas passiert, das euch verdächtig vorkommt?«

»Meine Halskette scheint auch verschwunden zu sein«, sagte Rosemary. »Ich habe sie auf der Badezimmerbank neben dem Waschbecken liegen lassen und Athena schwört, dass sie sie nicht genommen hat.«

»Oh, das weiß ich«, sagte Oma.

»Ach ja?«, fragten Rosemary und Athena zugleich.

»Ja, ich habe bestimmte Fähigkeiten, um zu erkennen, was in meinem Haus vor sich geht«, sagte Oma.

»Was ist also passiert?«, fragte Rosemary. »Wer hat sie genommen?«

»Das bleibt ein Geheimnis«, sagte Oma. »Wer auch immer sie genommen hat, weiß, wie er seine Spuren auf magische Weise verwischen kann.«

Rosemary fühlte ein schleichendes Unbehagen.

»Du meinst, jemand ist ins Haus gekommen und hat es gestohlen?«, sagte Athena. »Ich war mir sicher, dass Mama sie hinter der Couch verloren hat oder so.«

»Das ist gut möglich«, sagte Oma. »Oder derjenige hat einen anderen Weg gefunden, sie hier rauszuschaffen, aber das ist weniger wahrscheinlich. Das Haus ist gut bewacht.«

»Du glaubst also, dass die verschwundene Halskette etwas mit dem verschwundenen Mädchen zu tun haben könnte? Oder mit Papa?«, fragte Athena.

Oma zuckte mit den Schultern. »Da bin ich überfragt. Aber das Volk der Fae ist dafür bekannt, dass sie glänzende Dinge mitnehmen, und dein Knabe war wirklich ein glänzender Typ.«

Rosemary sah ihre Großmutter böse an. »Er ist nicht meiner und er ist kein Knabe. Offenbar ist er nicht einmal ein Mensch!«

Rosemary holte ihr Telefon heraus und begann zu wählen.

»Was machst du da?«, fragte Athena.

»Ich muss eine Vermisstenanzeige für Dain aufgeben, bevor ich es wieder vergesse.«

»Glaubst du, die Behörden werden dir glauben, wenn du sagst, dass er von Feen gefangen genommen wurde? Die zudem zu seiner Art gehören?«, fragte Athena.

»Zum Glück sind wir in Myrtlewood«, sagte Rosemary. »Also ja. Ich rufe Detective Neve an.«

Athena und Oma warteten, während Rosemary die Detektivin anrief und ihr sagte, dass sie eine Vermisstenanzeige aufgeben müsse und ein paar kurze Angaben zu Dain machte. Neve sagte, sie käme gleich vorbei.

»Komm schon«, sagte Rosemary und ärgerte sich, dass ihre Großmutter nicht daran gedacht hatte, ihr das vorher zu sagen. »Lass uns nach unten gehen und auf sie warten.«

»Wie ihr wollt«, sagte Oma.

»Aber wie kommen wir wieder hier hoch, Oma Thorn?«, fragte Athena. »Wie sollen wir in dieses tolle Turmzimmer kommen, wenn die Tür immer wieder verschwindet?«

»Es ist mein Zimmer und ich lasse euch rein, wenn mir danach ist«, sagte Oma Thorn entschieden.

»Was ist mit ‚die Toten sollen keinen Anspruch auf die Lebenden erheben‘?«, fragte Rosemary. Oma wurde immer schwächer und so mürrisch sie auch war, so sehr bedauerte sie, dass Oma bald wieder verschwinden würde.

»Ich erhebe keinen Anspruch auf euch Lebenden, nur auf mein spezielles Zimmer. Ihr habt den ganzen Rest des Hauses, um den ihr euch kümmern könnt, wie ihr es für richtig haltet. Außerdem verstehe ich nicht, warum du in diesem winzigen Zimmer schläfst, wenn du mein altes Schlafzimmer haben und den ganzen Krempel, der da drin ist, loswerden kannst.«

»Ich dachte eigentlich, es sei aus Respekt«, sagte Rosemary. »Wirklich, Oma? Du willst, dass ich einfach all deine Sachen wegschmeiße, in dein Zimmer ziehe und das Haus so einrichte, wie ich es für richtig halte?«

»Ich habe es dir doch überlassen, oder?«, sagte Oma und ihre Stimme wurde leiser.

»Alles, bis auf den Turm, wie es scheint«, sagte Athena. »Was bringt es mir, in einem großen alten Haus zu wohnen, wenn ich nicht im Turm schlafen darf?«

Oma grinste sie an. »Ich mag sie. Ein Mädchen ganz nach meinem Geschmack!«

»Warte«, sagte Rosemary. »Wenn der Fae-Zauber Athena nichts anhaben kann, weil sie eine Fae ist, warum hat sie dann ebenfalls Dain und das Auto vergessen?«

Es war zu spät für eine Antwort von Oma. Sie war verschwunden und der Spiegel sah ganz normal aus.

Athena zuckte mit den Schultern. »Vielleicht war es mir einfach nicht wichtig genug, um mich zu erinnern, oder ich habe es verdrängt, weil ich Papa nicht leiden kann. Oder vielleicht war es dieses Mal absichtlich ein anderer Zauberspruch. Oh, ich weiß, die Fae haben vielleicht menschliche Hexen, die für sie arbeiten, und sie haben eine besondere Art von Magie benutzt, weil sie wollten, dass ich es vergesse ...«

ATHENA STELLTE WEITERHIN VERMUTUNGEN AN, während sie sich wieder auf den Weg nach unten machten, um auf die Detektivin zu warten, doch auf dem Treppenabsatz blieb sie vor Rosemary stehen. »Was ist das für ein Knarren?«

Rosemary stöhnte auf. »Keine Überraschungen mehr!«

Das Geräusch kam aus Omas altem Zimmer.

Rosemary spähte vorsichtig durch die offene Tür und sah, dass Omas Hab und Gut verschwunden war. Das alte, klapprige Bett war durch ein größeres Himmelbett ersetzt worden, das aus Kirschholz geschnitzt zu sein schien. Rosemary sah erfreut zu, wie es sich mit einer pflaumenfarbenen Steppdecke, lavendelfarbenen Laken und viel mehr Kissen, als man vernünftigerweise gebrauchen konnte, einrichtete.

»Ich glaube, dieses Zimmer gehört jetzt mir«, sagte Rosemary. »Wenn Oma darauf besteht.«

Sie überprüfte den Kleiderschrank und stellte fest, dass ihre Kleidung bereits auf magische Weise dorthin transportiert worden war und ihre anderen Sachen ordentlich im Zimmer verteilt waren.

»Endlich!«, sagte Athena. »Ich dachte schon, du würdest nie aus dem

Kinderzimmer ausziehen. Ich habe schon vermutet, dass es sich um eine Art Kindheitsregression handelt.«

Rosemary zuckte mit den Schultern. »Vielleicht war es das ja. Aber haben wir nicht alle das Bedürfnis, ab und zu einen Schritt zurückzutreten? Sich wie ein Fötus zusammenzurollen und so weiter.«

»Ich schätze, du hast in letzter Zeit eine Menge Veränderungen durchgemacht.«

»Das haben wir beide, Liebes«, sagte Rosemary.

»Jetzt hast du ein viel cooleres Bett als ich«, brummte Athena und schaute aus dem Fenster in den dunkler werdenden Himmel.

Sie gingen die Treppe hinunter. »Ich sollte mir wohl etwas zu essen machen«, murmelte Rosemary. »Bohnen auf Toast?«

»Von mir aus«, sagte Athena und schaute ihre Mutter an. »Was? Worüber runzelst du die Stirn?«

Rosemary runzelte tatsächlich die Stirn. »Glaube nicht, dass ich vergessen habe, dass du all das Zeug über Fae wusstest und es mir nicht gesagt hast.«

»Eigentlich hatte ich gehofft, dass du es vergessen würdest«, sagte Athena.

»Das ist kein Scherz, Athena. Diese Situation ist gefährlich. Ich kann nicht zulassen, dass du mir Dinge vorenthältst.«

»Ich bin immer noch dabei, es zu verarbeiten, okay?«, sagte Athena. »Wie würdest du dich fühlen, wenn du herausfindest, dass dein ganzes Leben eine Lüge war?«

»Ziemlich schrecklich, um ehrlich zu sein«, sagte Rosemary. »Denk daran, es ist vor einer Woche passiert.«

»Niemand hat *mir* gesagt, dass mein Vater eine Art mythisches Wesen ist.«

»Das ist nicht meine Schuld«, sagte Rosemary. »Mir hat das auch niemand gesagt.«

»Es ist eindeutig *seine* Schuld«, sagte Athena. »Und du bist nicht einmal wütend auf ihn, was vermutlich auch mit seiner Fae-Magie zu tun hat. Ich bin schon seit Jahren wütend auf ihn und jetzt weiß ich nicht mehr, was ich denken soll.«

»Du hättest es mir trotzdem sagen sollen«, sagte Rosemary streng. »Ich bin deine Mutter. Ich muss wenigsten Bescheid wissen.«

»Und ich brauche meine Privatsphäre!«, schoss Athena zurück.

Ein Klopfen an der Tür unterbrach ihren Streit. Detective Neve war gekommen. Sie war etwas legerer gekleidet, als Rosemary sie bisher gesehen hatte: Jeans und ein gestrickter marineblauer Wollpullover.

»Sagen Sie mir, was Sie wissen«, sagte Neve. »Wann haben Sie Dain das letzte Mal gesehen?«

»Die Sache ist die«, sagte Rosemary, »ich habe ihn nicht wirklich gesehen. Ich habe ihm eine SMS geschickt und er schien mit den Kisten mit unseren Sachen aus Burkenswood angekommen zu sein. Unser altes Auto war sogar noch da, aber er war verschwunden.«

Neve nickte. »Seitdem kein Zeichen von ihm?«

»Nichts«, sagte Rosemary. »Das Auto ist anscheinend auch verschwunden. Ich bin mir nicht einmal sicher, wann. Ich weiß es nicht mehr. Genau genommen vergesse ich immer wieder alles darüber.«

»Das hört sich sehr nach Fae-Magie an«, sagte Neve.

»Wir glauben, dass Papa auch ein Fae ist«, sagte Athena. »Zumindest erklärt das die Geräusche in meinem Kopf.«

Neve warf ihr einen fragenden Blick zu. »Du willst damit sagen, dass dein Vater ein hoher Fae ist und in der Menschenwelt gelebt hat?«

Athena nickte. »Das nehmen wir zumindest an. Nicht, dass er in der Menschenwelt besonders gut gewesen wäre. Er war sogar völlig nutzlos.«

»Das ist sehr selten«, sagte Neve. »Diejenigen, die sowohl Fae als auch Menschen sind, kommen hier meistens gut zurecht, aber Fae ohne menschliche DNA, die sie erdet ... Nun, sie neigen dazu, in ihrem Reich zu bleiben und hier nur gelegentlich Ärger zu machen. Dass einer von ihnen seit Jahren hier lebt, ist äußerst ungewöhnlich.«

Ein Kribbeln der Angst lief Rosemary über den Rücken, das sie sich nicht ganz erklären konnte. »Glauben Sie, das hat etwas mit dem kleinen Mädchen zu tun, das verschwunden ist?«, fragte sie.

»Das ist schwer zu sagen«, sagte Neve. »Es sind schon öfter Kinder verschwunden. Normalerweise passiert das um die Tagundnachtgleiche.«

»Marjie hat so etwas erwähnt. Das ist einfach schrecklich!«, sagte Rosemary. »Warum sollte jemand hier leben, wenn so etwas passiert?«

»Tatsächlich«, sagte Neve, »entscheiden sich einige Familien mit kleinen Kindern aus diesem Grund, *nicht* hier zu leben. Du wirst hier nicht viele Babys sehen, denn die Fae haben seit langem die Angewohnheit, sie gegen ihre eigene Art auszutauschen.«

»Wechselbälger«, sagte Athena.

»Das ist richtig. Sie richten viel Chaos an. Aber bei älteren Kindern ist das Verschwinden seltener. Außerdem kann das überall passieren. An Orten wie Myrtlewood, wo die magische Energie so stark ist, kommt es nur etwas häufiger vor. Dadurch wird der Schleier zwischen den Welten noch dünner.«

»Was passiert mit den Kindern, die verschwinden?«, fragte Athena.

»Manchmal kommen sie zurück«, sagte Detective Neve. »Die Leute sagen aber, dass sie sich verändert haben. Sie sind nicht so sehr gealtert, wie sie sollten, weil die Zeit auf anderen Ebenen anders funktioniert.«

»Das ist mit Sherry passiert, nicht wahr?«, fragte Rosemary.

»Ich kann nicht über persönliche Details sprechen, die nichts mit Ihren Fall zu tun haben«, sagte Neve mit einem müden Lächeln. »Sie sollten sie danach fragen, wenn Sie mehr wissen wollen.«

»Ich muss immer wieder an diese Frau denken – Prue«, sagte Rosemary. »Der Ausdruck auf ihrem Gesicht ...«

»Ich sehe viele Dinge in meinem Beruf«, sagte Neve. »Aber wenn es um Kinder geht, ist es immer herzzerreißend. Wir werden auf dem Revier viel zu tun haben, also wundern Sie sich nicht, wenn ich unsere Einladung zum Abendessen eine Weile verschieben muss.«

»Das verstehe ich gut«, sagte Rosemary. »Das Abendessen hat keine hohe Priorität.«

Ihr Magen protestierte genau in diesem Moment mit einem lauten Knurren gegen diese Aussage und brachte sie alle zum Lachen, auch wenn es angesichts der Umstände nur ein halbherziges Kichern war.

»Die andere Sache«, sagte Neve, »ist, dass ich wieder die Stadt verlassen muss. Ich werde nicht im Dienst sein, aber Sie können mich gerne anrufen. Hinterlassen Sie eine Nachricht, wenn ich nicht rangehe.«

Athena und Rosemary warfen sich gegenseitig besorgte Blicke zu.

»Ein Notfall?«, fragte Athena.

»Ich fürchte nein«, sagte Neve. »Das ist eine persönliche Angelegenheit. Es geht um meine Tante, wisst ihr. Bis vor kurzem ging es ihr noch ganz gut, aber jetzt redet sie von vermissten Kindern und brabbelt vor sich hin.«

»Vermisste Kinder. Wie Gretchen?«, fragte Athena.

»Nein«, sagte Neve. »Jemand anderes, den es nie gegeben hat, fürchte ich. Wir denken, es könnte Demenz sein.«

»Ich hoffe, dass alles in Ordnung ist«, sagte Rosemary, obwohl sie sich fragte, ob es sich um eine weitere falsche Fährte handeln könnte, die die einzige kompetente Gesetzeshüterin in einem kritischen Moment aus der Stadt führte. Neve war während der letzten großen Krise weg gewesen und hatte sie mit Wachtmeister Perkins allein gelassen, der mehr Schaden als Nutzen angerichtet hatte.

»Danke«, sagte Neve. »Passen Sie auf sich auf und ich werde Sie auf dem Laufenden halten, wenn ich mehr über Dain und die Umstände seines Verschwindens herausfinde.«

»Danke«, sagte Rosemary und begleitete Neve nach draußen.

Sobald die Tür geschlossen war, stürzte sie sich auf Athena.

»Ich kann immer noch nicht glauben, dass du mir nicht erzählt hast, dass du eine Fee bist. Oder von Dain!«

»Beruhige dich, Mama. Ich habe dir doch gesagt, dass ich noch dabei bin, es zu verarbeiten.«

»Das kannst du, wenn wir nicht länger in Gefahr sind.«

»Ich bin kein Baby. Wie kommst du darauf, dass wir in Gefahr sind?«

»Was ist, wenn sie dich holen kommen?«, fragte Rosemary.

»Das ist lächerlich«, sagte Athena. »Warum sollten sie?«

»Sie haben Dain geholt, nicht wahr? Hat Oma das nicht angedeutet?«

»Wahrscheinlich schuldet er ihnen Geld!«

Rosemary seufzte. »Du nimmst das Ganze nicht ernst.«

»Ich habe immer noch damit zu kämpfen, dass wir uns in einer Situation befinden, die es rechtfertigt, Feen ernst zu nehmen!«

»Athena!«

»Was?«

Rosemary sah sich den trotzigen Gesichtsausdruck ihrer Tochter an, der ihre Wut nur noch mehr anheizte. »Du hast bis auf Weiteres Hausarrest.«

»Mach dich nicht lächerlich. Ich habe nichts falsch gemacht.«

»Du hast mir etwas sehr Wichtiges verschwiegen«, sagte Rosemary. »Und ich werde das ernst nehmen, auch wenn du es nicht tun willst. Die Gefahr ist sehr real.«

»Du hast mir noch nie Hausarrest gegeben. Das ist doch bescheuert!«

»Das habe ich noch nie gemusst«, sagte Rosemary.

Athena verschränkte die Arme und schaute finster drein. »Gut. Es ist mir egal. Nimm mir alle meine Menschenrechte und sperre mich ein, wenn du willst.«

»Und du darfst auch diesen Feenjungen – Finnigan – nicht mehr sehen«, sagte Rosemary.

»Was?«

»Es ist zu gefährlich!«

Athena warf ihrer Mutter einen angewiderten Blick zu, dann drehte sie sich auf dem Absatz um und stürmte die Treppe hinauf.

Athena ging in ihrem Zimmer auf und ab. Sie fühlte sich nicht hungrig. Nun ja, ein bisschen schon, aber sie wollte das Friedensangebot ihrer Mutter, Bohnen auf Toast, das vor der Tür stand, nicht annehmen, denn das fühlte sich an, als würde sie eine Niederlage eingestehen oder in einer wichtigen Sache nachgeben.

Rosemary war eindeutig zu weit gegangen. Nur weil Fae für das Verschwinden eines Menschenkindes und die Rückbeförderung eines ihrer eigenen Artgenossen verantwortlich sein könnten, hieß das nicht, dass alle Fae schlecht waren. Außerdem gab es keinen schlüssigen Beweis dafür, dass die Fae hinter all dem steckten. Es könnte sich auch nur um falsche Gerüchte handeln oder um jemanden, der den Anschein erwecken wollte, dass die Fae dahintersteckten, um ungestraft damit davonzukommen. Was auch immer es *genau* war.

Athena war sich sicher, dass Rosemary voreilige Schlüsse gezogen hatte, und schlimmer noch, sie war fae-phobisch oder artenfeindlich oder vielleicht etwas anderes, das von den Menschen nicht richtig benannt worden war, weil fast die gesamte Bevölkerung nicht wusste, dass es so etwas gab.

Es war nicht fair, Finnigan, der nichts falsch gemacht hatte, zu diskriminieren, nur weil Rosemary Angst vor den Fae hatte.

Außerdem war Athena wütend, dass ihre Mutter so übertrieben fürsorglich war. *Ich kann auf mich selbst aufpassen! Ich habe vielleicht nicht Mamas Buffy-Stärke oder Vampir-Tötungskräfte oder irgendetwas, was einer nützlichen magischen Verteidigung ähnelt, aber ich bin kein Baby!*

Sie wollte unbedingt Finnigan rufen und mit ihm über all das reden, aber sie traute sich nicht. Sie wusste zwar, dass sie in der Schule mit Elise und vielleicht sogar mit Sam oder Ash reden konnte, aber das war nicht dasselbe wie ein Gespräch mit Finnigan.

Er versteht mich wie kein anderer, aber er weicht mir immer aus.

Athena spürte einen Anflug von Sehnsucht und wollte nach ihm rufen, aber ihr war bewusst, dass Oma sie beobachten würde. Und so wütend sie auch über Rosemarys kontrollierendes Verhalten war, wollte sie die Sache nicht noch schlimmer machen, indem sie verriet, wie einfach es für sie wäre, den Fae-Jungen zu rufen, wie leicht sie sich in die Nacht davonschleichen könnte und sich nie wieder mit der nervigen Überfürsorglichkeit ihrer Mutter auseinandersetzen müsste.

Stattdessen tätschelte sie das kleine Kätzchen am Ende ihres Bettes mit einem resignierten Seufzer.

»Irgendwann wird Mama die Kontrolle aufgeben müssen«, murmelte sie der Katze zu. »Oder ich muss die Dinge selbst in die Hand nehmen.«

27

Rosemary öffnete ihre Augen und fühlte sich schrecklich. Es war noch viel zu früh, um wach zu sein, und ein hämmerndes Geräusch wollte einfach nicht aufhören.

Es dauerte einen Moment, bis sie erkannte, dass es sich um Türklopfen im Erdgeschoss handelte, das in ein scheinbar endloses Trommeln überging.

Sie stöhnte auf.

Das Geräusch hörte nicht auf, nur ab und zu wurde es von kleinen Pausen unterbrochen, bevor es *klopf-klopf-klopf* weiterging.

Wer um alles in der Welt klopfte so hartnäckig zu dieser unchristlichen Stunde?

Rosemary stöhnte, als sie aufstand, sich einen Morgenmantel überzog und sich auf den Weg nach unten machte.

Ferg stand vor der Tür.

»Was machen Sie denn hier?«, fragte Rosemary.

»Ich bin natürlich hier, um die Pflanzen abzuliefern«, sagte Ferg.

»Pflanzen?«, fragte Rosemary, während sich etwas Vertrautes im Hinterstübchen regte. »Ach ja, richtig. Wie habe ich mich noch mal dafür verpflichtet?«

»Sie wollten bei der Frühlings-Tagundnachtgleiche helfen«, sagte Ferg. »Und das werden Sie auch tun!«

Rosemary stöhnte wieder auf. »Na schön, ich zeige Ihnen den Weg zum Gewächshaus.«

»Ausgezeichnet«, sagte Ferg. »Die Anhänger sind da und bereit zum Abladen.«

»Anhänger, Plural?« Rosemary erspähte hinter ihm zwei Autos mit großen Anhängern, die mit Pflanzentöpfen beladen waren. »Was habe ich getan?«

»Es geht nicht darum, was Sie getan haben. Es geht darum, was Sie für das Wohl der Stadt tun werden. Und wir sind sehr froh darüber. Wir wissen das sehr zu schätzen, Rosemary.«

Rosemary winkte halbherzig den eklektisch gekleideten Menschen zu, die bei den Anhängern standen.

»Soll ich Sie vorstellen?«, fragte Ferg.

»Machen Sie sich keine Mühe«, sagte Rosemary. »Um diese Zeit werde ich mir nie die Namen der Leute merken können.«

»Na gut«, sagte Ferg.

»Zum Gewächshaus geht es da entlang.« Rosemary zog sich eine Jacke über ihren Morgenmantel. Sie stolperte nach draußen und um die Seite des Hauses herum.

Das Gewächshaus war im Gegensatz zum zentralen Teil des Hauses genauso verwahrlost wie die beiden längeren Flügel von Thorn Manor.

»Oh nein, so geht das nicht«, sagte Ferg. »Oh, nein, nein, nein.«

»Was?«, fragte Rosemary unbeeindruckt.

»Tulpen sind wunderschöne, göttliche Blüten. Sie brauchen eine schöne Umgebung. Das hier ist objektiv gesehen *unschön*.«

»Wo sollen wir sie denn dann hinstellen?«, fragte Rosemary. »Draußen?«

»Um diese Jahreszeit?«, sagte Ferg empört. »Nein, sie müssen ins Haus.«

»Ins Haus? Auf keinen Fall!«, protestierte Rosemary.

»Aber sie brauchen Ihre ständige Pflege und Aufmerksamkeit«, sagte Ferg. »Sie müssen Ihre Magie auf sie anwenden.«

»Ständig?!«, fragte Rosemary.

»Nun, nicht viel Aufmerksamkeit, vielleicht auch nicht ständig«, sagte Ferg. »Aber regelmäßig.«

Rosemary seufzte. Es war noch zu früh am Morgen, um die Geschehnisse richtig zu verarbeiten, geschweige denn, sich gegen Ferg zu wehren, der einen Willen aus Stahl zu haben schien.

»Ich muss mir wohl meine Schlachten aussuchen«, murmelte Rosemary. Sie stolperte zurück ins Haus. »Sie können sie einfach da hinstellen.« Sie winkte in die Richtung des Wohnzimmers. »Ich gehe wieder ins Bett.«

»Sehr gut«, sagte Ferg mit einem fröhlichen Lächeln. »Ich sehe Sie bald wieder, Rosemary. Danke für Ihre Hilfe.«

Rosemary winkte schwach und ging verwirrt zurück nach oben. Sie hatte keine Ahnung, wie man auf magische Weise Pflanzen züchten konnte, nicht einmal auf die normale Weise. Aber zu dieser Tageszeit war das viel zu viel, um darüber nachzudenken. Sie würde später in Omas Büchern nachsehen, welche Möglichkeiten es gab. Schließlich wollte sie immer noch helfen, das kleine Gretchen zurückzuholen und sie sah keinen anderen Ausweg mehr.

Mit einem dumpfen Aufprall fiel sie zurück ins Bett und fragte sich, wie sie sich nur in so einen Schlamassel hatte hineinmanövrieren können.

Es sollte nicht so schwer sein, sagte sich Rosemary. Sie konzentrierte sich auf den Eimer mit Wasser auf der Küchenbank und stellte sich vor, es in die Höhe steigen zu lassen.

Nichts geschah.

Sie versuchte es erneut und konzentrierte sich so intensiv wie möglich.

»Was tust du da?«, fragte Athena.

»Konzentrieren«, sagte Rosemary. Das Wasser schwappte über den Rand des Eimers.

»Nun, wenn dein Plan war, eine Sauerei auf dem Tresen zu machen, dann kann ich dir nur gratulieren«, sagte Athena.

»Ich *versuche*, meine Magie zu benutzen, damit die verdammten Pflanzen wachsen.«

»Mama, hast du den Verstand verloren?«, fragte Athena. Sie verließ das Zimmer. »Ah! Was ist mit dem Wohnzimmer passiert?«

»Ferg«, sagte Rosemary, als ob das eine Wort Erklärung genug wäre.

Athena sah sie an und brach dann in hysterisches Gelächter aus. »Du hilfst also bei dem Ritual?«, fragte sie und holte erst einmal Luft, bevor sie weiter lachte.

Rosemary warf ihrer Tochter einen bösen Blick zu. »Ich habe versucht, meine Elementarmagie einzusetzen, du weißt schon ... das Element Wasser zu beherrschen oder so. Pflanzen brauchen Wasser, um zu wachsen.«

»Du solltest vielleicht versuchen, ein bisschen näher an die Zielobjekte heranzurücken«, sagte Athena.

»Na schön.« Rosemary hob den Eimer auf und stellte ihn in die Mitte des Wohnzimmers, das nun mit hunderten von Pflanzentöpfen gefüllt war. »Das ist doch lächerlich. Haus – ich hoffe, du hast alles im Griff.« Sie klopfte auf das Holz der Wand, die ihr am nächsten war.

»Wer ist jetzt lächerlich?«, sagte Athena.

»Ich will nicht, dass alles nass wird, okay?«

Das Haus knarrte. Rosemary wertete das als Zeichen der Zustimmung. »Los geht's.« Sie hielt ihre Hände vor sich und konzentrierte sich auf den Eimer, um das Element Wasser, die Gefühle und die Verbundenheit zu visualisieren, aber alles, was sie damit verband, war ihre Frustration und das Gefühl der Überforderung, weil ihr das alles über den Kopf wuchs.

»Kein Erfolg?«, sagte Athena. »Vielleicht bist du mit zu viel heißer Luft gefüllt, um mit dem Element Wasser zu arbeiten.«

»Hey«, sagte Rosemary. »Das ist ein bisschen hart.«

»Nein«, sagte Athena. »Ich meine, deine elementare Natur ist eher Feuer und Luft. Weißt du, ich habe das im Kosmos- und Astrologieunterricht gelernt. Du bist Schütze mit einem Zwilling als Aszendent und hast noch einen Haufen anderer Feuer- und Luftelemente in deinem Horoskop.«

»Ich dachte, das mit den Sternzeichen sei alles Unsinn«, sagte Rosemary. »Ich habe die Horoskope in Zeitschriften gelesen. Wenn ich ein echter Schütze wäre, wäre ich in der Natur, würde reisen und große Abenteuer erleben, und alle würden mich für weise halten.«

»Ja, aber weil du einen Zwillingsaszendenten hast, halten dich die Leute für oberflächlich und dusselig, auch wenn du unter der Oberfläche ein bisschen Tiefsinn hast.«

Rosemary runzelte die Stirn. »Das ist wohl wahr. Und du bist kein typischer Löwe, sonst wärst du schon längst auf irgendeiner Bühne.«

»Jungfrau-Aszendent«, sagte Athena. »Mit einem wandelbaren

Fische-Mond. Kein Wunder, dass ich als Kind immer so leicht in Tränen ausbrach.«

»Was hat das alles mit dem Anbau dieser verfluchten Pflanzen zu tun?«, fragte Rosemary.

»Wenn du dich nicht leicht mit Wasser verbinden kannst, versuche es vielleicht auf andere Weise. Nutze deine Magie – benutze die Luft, um das Wasser zu transportieren.«

»Oh«, sagte Rosemary. »Ich verstehe. Das ist gar keine schlechte Idee. Ich werde es mal probieren.«

Sie schloss wieder die Augen und stellte sich vor, wie ihre Magie ins Wasser schoss. Das Element der Luft fiel ihr leicht, wie Athena gesagt hatte. Es war leicht, schnell und klar. Sie streckte ihre Hände aus, als ob sie einen Luftstrom in Richtung des Eimers lenken wollte. Ein sanfter Sprühnebel landete auf ihrer Haut. Als sie die Augen öffnete, sah sie, dass das Wasser in feinen Sprenkeln über die Pflanzen spritzte und wie durch ein Wunder die Wohnzimmermöbel verschonte.

»Brillant!«, rief Rosemary aus.

Ein langsames Klatschen ertönte von Athena. »Ich bin beeindruckt. Endlich lernst du, wie du deine Magie bewusst einsetzen kannst, obwohl du nicht einmal in einer Krise steckst.«

Rosemary zuckte mit den Schultern. »Ich dachte mir, diese lächerliche Pflanzensituation ist eine gute Ausrede, um zu experimentieren.«

»Solltest du deine Magie nicht einsetzen, um sie superschnell wachsen zu lassen, und nicht nur, um sie zu gießen?«

»Ja, erinnere mich nicht daran. Ich habe keine Ahnung, wie man das macht.«

»Es gibt doch jede Menge Bücher, Mama.«

»Du weißt, dass ich keine Anweisungen befolgen kann. Es ist genau wie beim Kochen. Ich muss es intuitiv angehen.«

»Na gut, wie du willst«, sagte Athena. »Ich weiß gar nicht, warum du überhaupt zugestimmt hast, dabei zu helfen. Was für ein Trottel.«

»Ferg hat mich davon überzeugt, dass es der beste Weg ist, um das kleine Mädchen zurückzubekommen.«

»Da musst du dich schon ein bisschen mehr anstrengen.«

Rosemary sah sich im Zimmer um und betrachtete die glitzernden

Pflanzen. Ihr Blick wanderte zum Fenster hinaus. »Ich habe eine Idee«, sagte sie und schloss die Augen.

Das Element des Feuers steht für Neuanfänge, erinnerte sie sich. Leidenschaft, Energie, Impuls ...

Sie verband sich mit dem Feuer in sich selbst, mit ihrem starken Willen und ihrer Tatkraft, dann stellte sie sich vor, wie die Pflanzen alle wuchsen und erinnerte sich an einen üppigen Frühlingstag in ihrer Kindheit, als sie Oma besuchte, über den Rasen rannte, Gänseblümchen pflückte und im Gewächshaus beim Eintopfen von Zwiebeln half.

»Wow! Mama!«

»Lenk mich nicht ab.«

»Nein, im Ernst, schau mal!«

Rosemary öffnete die Augen und sah, dass in jedem Pflanzentopf im Zimmer leuchtendes Grün sprießte.

»Erstaunlich!«, sagte Rosemary.

Athena strahlte sie an. »Sehr beeindruckend. Ich wette, du bringst sie im Handumdrehen zum Blühen.«

»Das ist eine Erleichterung«, sagte Rosemary. »Vielleicht kann ich ja doch helfen, das Mädchen zurückzubekommen.«

»Hey, du gehst doch nicht etwa ins Reich der Fae, oder?«

»Bei Cerridwens Zauberkessel, auf keinen Fall«, sagte Rosemary. »Es ist zu gefährlich. Ich weiß nicht einmal, ob Menschen dort hineingehen dürfen.«

Athena zuckte mit den Schultern und schaute aus dem Fenster.

»Du willst dorthin gehen, nicht wahr?« sagte Rosemary. »Wir wollen alle herausfinden, was mit Dain passiert ist, aber Athena, es ist nicht sicher.«

»Ich habe dir gesagt, dass ich nichts mit Papa zu tun haben will.«

»Das ist wahrscheinlich auch gut so«, sagte Rosemary. »Denn ich habe dir verboten, ins Reich der Fae zu gehen.«

»Du weißt, dass du mich nicht ewig beschützen kannst«, sagte Athena. »Ich meine, du kannst mich doch jetzt schon kaum beschützen. Ich kann auf mich selbst aufpassen. Ich gehöre dir nicht.«

Rosemary war traurig. In all den Jahren, seit sie Athena hatte, hatte sie sich noch nie so allein gefühlt.

»Athena, du bist alles, was ich habe«, sagte sie.

Ein Anflug von Schuldgefühlen überzog Athenas Gesicht. »Ich kann nicht alles für dich sein, Mama, ich muss mein eigenes Leben haben. Und ich bin nicht alles, was du hast. Du hast ein riesiges Haus. Du hast einen Haufen Geld. Du hast Marjie und deinen Job. Du musst dein Geschäft aufbauen. Du hast alles, und was habe ich?«

»Ich dachte, dir gefällt es hier«, sagte Rosemary.

»Das tut es«, antwortete Athena. »Ich habe nur keine so coolen Kräfte wie du und ich versuche immer noch, mir einen Reim auf alles zu machen. Lass mich das selbst herausfinden. Du kannst nicht alles für mich tun.«

Rosemary seufzte, hob ihre Arme und ging auf ihre Tochter zu, um sie zu umarmen. »Ich weiß, dass du gut auf dich selbst aufpassen kannst. Aber versteh doch. Ich kann den Gedanken nicht ertragen, dass dir etwas Schlimmes zustößt.«

»Ich bin kein Kind mehr.« Athena schob Rosemary sanft von sich. »Ich brauche einfach etwas Freiraum.« Sie stapfte aus dem Zimmer und die Treppe hinauf.

Rosemarys Triumphgefühl, dass sie mit ihrer Magie die Pflanzen gießen konnte, verflog schnell.

»Zeit für einen Tee, denke ich«, sagte sie zu sich selbst.

29

Athena war eindeutig schlecht gelaunt, als Rosemary sie nach der Schule abholte.

»Ich sollte nicht eine halbe Stunde warten müssen, bis du mit der Arbeit fertig bist«, sagte sie, als sie ins Auto stieg. »Ich bin am helllichten Tag völlig sicher unterwegs.«

»Das kleine Mädchen ist mitten am Tag verschwunden«, sagte Rosemary und lenkte Omas schönen alten Rolls Royce auf die Straße hinaus.

»Ich bin keine verdammte Fünfjährige!«

»Du klingst hangry«, sagte Rosemary.

»Ich bin einfach nur wütend.«

»Hast du denn gar keinen Hunger?«

»Nein.«

»Das ist schade, denn ich dachte, wir könnten auf ein frühes Abendessen in den Pub gehen.«

»Von mir aus«, sagte Athena. »Mach, was du willst, so wie du es sonst auch immer machst.«

»Ich dachte, das wäre eine schöne Sache«, sagte Rosemary. »Freitagabend im Pub, Fish n' Chips zum Abendessen.«

Athena seufzte. »Mir egal.«

»Bist du nicht froh, dass die Woche vorbei ist?«

»Nein«, sagte Athena. »Das bedeutet nur, dass ich noch mehr Zeit mit dir eingesperrt bin.«

»Ach, sei doch nicht so dramatisch«, sagte Rosemary. »Da sieht man mal wieder deine Löwen-Seite.«

Den Rest der Fahrt verbrachten sie in Schweigen.

Athenas Stimmung hellte sich auch nicht auf, als sie in der warmen, gemütlichen Atmosphäre des Pubs ankamen.

Rosemary sah sich nach Sherry um, die nicht hinter der Bar zu stehen schien. Sie hatte vorhin im Pub angerufen, um ein Treffen zu vereinbaren, nachdem sie von Sherrys Verwicklung mit den Fae gehört hatte, aber es hatte niemand abgenommen. Rosemary dachte sich, dass Sherry, wenn sie in die andere Welt verschwunden und zurückgekommen war, vielleicht nützliche Informationen hatte, die helfen konnten, Gretchen zurückzubringen, Hinweise auf Dains Aufenthaltsort zu geben und andere Kinder in Myrtlewood zu schützen.

Es war kein Personal in Sicht, und da es noch so früh war, waren nur wenige Kunden anwesend, die sich um einige Tische versammelt hatten. Rosemary erkannte keinen von ihnen, aber sie schienen ihr einen Blick zuzuwerfen, der ihr verriet, dass sie wussten, wer sie war.

Es war schon seltsam, nur wegen des Rufs ihrer Familie bekannt und verehrt zu werden. Rosemary nickte höflich und führte Athena zu dem Tisch, an dem sie bereits vorher gesessen hatten.

Sie schnappte sich die Speisekarten, die neben Salz und Pfeffer lagen, und reichte Athena eine, damit diese sie missmutig anstarren konnte.

»Ach, komm schon!«, sagte Rosemary. »Dieses Arrangement gilt nicht für immer, nur bis es sicher ist.«

»Und was ist, wenn es nie sicher ist?«, fragte Athena. »Willst du versuchen, mich einzusperren, bis ich dreißig bin?«

»Natürlich nicht«, sagte Rosemary. »Aber ich bin derzeit rechtlich für dich verantwortlich, und wie du schon sagst, hast du noch keine eindeutigen magischen Kräfte, die dich schützen können.«

»Doch, die habe ich«, sagte Athena, zog ein kleines Arsenal an Zaubern aus ihren beiden Taschen und warf sie auf den Tisch.

»Pack die weg, bevor Wachtmeister Perkins auftaucht und uns verhaften will«, sagte Rosemary. »Ich meine, es ist gut, dass du das alles hast, aber ... Warte, wann hattest du überhaupt Zeit, sie zu machen?«

»Es ist ja nicht so, dass ich im Moment viel anderes zu tun hätte«, sagte Athena. »Ich habe einen kleinen Produktionsstand in meinem Zimmer aufgebaut, damit ich abends etwas zu tun habe. Vielleicht kann ich ein eigenes Geschäft eröffnen, in dem ich explodierende Anhänger verkaufe und so viel Geld verdiene, dass ich es mir leisten kann, weit weg von *dir* zu ziehen!«

»Mach dich nicht lächerlich«, sagte Rosemary. »So schlimm bin ich nicht.«

»Doch, das bist du«, sagte Athena. »Ich will im Moment nicht einmal mit dir reden.« Sie wandte ihren Blick von Rosemary ab und sah sich stattdessen im Raum um.

»Du suchst nach *ihm*, nicht wahr?«, fragte Rosemary. »Du bist furchtbar sauer auf mich, weil ich dir gesagt habe, dass du Finnigan nicht sehen darfst.«

Athena entschied sich, nicht zu antworten und die Stille war ohrenbetäubend.

»Was darf es denn sein?«, fragte eine müde klingende Frauenstimme.

Rosemary sah auf und erblickte Sherry, die sehr blass aussah.

»Oh, ihr zwei seid es«, sagte Sherry mit einem blassen Lächeln. »Tut mir leid, dass ich deinen Anruf vorhin nicht erwidert habe, ich war in letzter Zeit einfach so erschöpft.«

»Ist alles in Ordnung?«, fragte Rosemary. »Du siehst nicht gut aus.«

»Das liegt an dieser Jahreszeit«, sagte Sherry. »Es erwischt mich immer. Der dünner werdende Schleier stellt seltsame Dinge mit meiner Konstitution an, seit ... Wie auch immer, was wollt ihr essen? Abendessen, oder?«

»Fish 'n Chips, bitte«, sagte Rosemary.

»Dasselbe, danke«, sagte Athena, schenkte Sherry ein strahlendes Lächeln und funkelte dann wieder Rosemary an.

»Wunderbar«, sagte Sherry. »Und ich bringe euch Glühwein. Der geht aufs Haus!«

Sherrys Stimme klang, als ob sie sich um Begeisterung bemühte, aber es übertrug sich nicht auf ihren Gesichtsausdruck.

Rosemary versuchte, Athena einen vielsagenden Blick zuzuwerfen, aber der Teenager starrte nur auf den Tisch. Offensichtlich gab es keine jungen Fae-Männer, die sie von der faszinierenden Holzmaserung ablenken konnten. Das Essen kam ein paar Augenblicke später, so schnell wie immer.

Rosemary betrachtete den knusprigen, goldgelb gebackenen Fisch und die Bratkartoffeln mit köstlicher Vorfreude. Als sie probierte, war sie zutiefst enttäuscht.

Er war fade und irgendwie bitter, obwohl keine der Zutaten eigentlich bitter hätte sein sollen.

»Vielleicht ist das Öl schlecht geworden«, sagte Rosemary.

Athena antwortete nicht. Sie aß schweigend ihr Essen, als wollte sie ihre Mutter bestrafen, indem sie kein Wort mit ihr sprach.

Rosemary nahm einen Schluck vom Glühwein. Auch dieser schmeckte fade, und einen Moment lang fragte sie sich, ob etwas mit ihrem Geschmackssinn nicht stimmte, doch dann erinnerte sie sich an Sherrys müdes und blasses Gesicht.

»Warte hier«, sagte Rosemary.

Sie stand vom Tisch auf und machte sich auf den Weg zur Bar, wo Sherry gerade Gläser polierte.

»Es ist schrecklich, nicht wahr?«, sagte Sherry, als Rosemary sich näherte.

»Das Essen? Es ist … nicht ganz so gut wie sonst«, gab Rosemary zu.

»Es tut mir leid. Meine Magie ist ganz schwach geworden und unser üblicher Koch ist heute Abend im Urlaub.«

»Das ist schon in Ordnung«, sagte Rosemary. »Ich mache mir eigentlich mehr Sorgen um dich.«

»Mir geht es bald wieder gut«, sagte Sherry. »Sobald die Tagundnachtgleiche vorbei ist, meine ich.«

»Bis dahin sind es noch ein paar Wochen«, sagte Rosemary.

»Erinnere mich nicht daran.«

»Kann ich irgendetwas tun, um dir zu helfen?«

»Nichts, soweit ich weiß, es sei denn, du hast ein Gegenmittel gegen die Anziehungskraft der Fae.«

»Ist es das, was hier vor sich geht?«, fragte Rosemary. »Was ist die Anziehungskraft der Fae?«

»Du weißt wahrscheinlich schon, dass ich eines der Kinder war, die entführt wurden. Die ganze Stadt hat darüber gesprochen, weil das arme Gretchen verschwunden ist«, sagte Sherry.

Rosemary nickte.

»Nun, dieser Ort«, fuhr Sherry fort. »Er macht Sachen mit dir. Es ist fast so, als ob ein Teil von mir dort zurückgeblieben ist. Seitdem habe ich mich nie wieder ganz gefühlt.«

»Das wollte ich dich eben fragen«, sagte Rosemary. »Ich habe mich gefragt, ob du mir irgendetwas darüber erzählen kannst, wie du zurückgekommen bist. Irgendetwas, das uns helfen könnte, Gretchen zurückzuholen.«

Sherry schüttelte den Kopf.

»Es ist furchtbar«, sagte sie, während ihr die Tränen in die Augen stiegen.

»Es tut mir leid«, sagte Rosemary. »Das habe ich nicht gewusst. War es traumatisch – deine Erfahrung dort drüben?«

»Nein, ganz im Gegenteil«, sagte Sherry. »Aber es ist furchtbar, dass ich nicht darüber reden kann. All diese Gedanken schwirren in meinem Kopf herum, aber ihre Magie ist so stark. Ich kann nichts sagen. Das macht mich irgendwie ... verrückt.«

»Marjie sagte, dass die Fae eine starke Magie haben, die verhindert, dass man zu viel über sie erfährt«, sagte Rosemary. »Es muss seltsam sein, all das im Kopf zu haben und nicht darüber reden zu können.«

»Die Leute sagten, ich sei verändert zurückgekommen«, sagte Sherry. »Aber es war vor allem ... so viel in meinem Kopf. Eine ganz andere Welt, über die ich nicht einmal sprechen kann. Aber selbst wenn ich es könnte, wüsste ich nicht, wie ich es erklären sollte.«

»Und zu dieser Jahreszeit wird es noch schlimmer?«

»Ja, zu anderen Zeiten kann ich es fast vergessen, aber im Moment fühle ich mich wieder wie das kleine verlorene Mädchen. Die Erinnerungen kommen zurück. Es ist fast so, als ob ich sie schmecken kann. Die andere Welt ist so nah, und meine Seele sehnt sich danach, wieder hinüber zu wechseln.«

Sherry hielt sich die Hand vor den Mund, als wolle sie verhindern, dass sie noch mehr sagte. Sie sah überrascht von dem aus, was sie gesagt hatte.

»Es ist in Ordnung«, sagte Rosemary. »Sag mir Bescheid, wenn ich etwas tun kann, damit du dich besser fühlst. Wir haben eine Menge

Bücher im Haus und anscheinend auch viel Magie, auch wenn wir noch nicht wissen, wie man sie richtig einsetzt.«

Sherry schüttelte den Kopf. »Es hat keinen Sinn. Ich werde es einfach aushalten müssen, wie immer. Die Magie der Fae ist viel zu stark.«

Rosemary klopfte ihrer Freundin tröstend auf die Schulter.

»Es wird schon gut gehen«, sagte sie, auch wenn sie das nicht versprechen konnte.

30

Als Rosemary zurück zum Tisch ging, bemerkte sie einige bekannte Gesichter, die auf der anderen Seite des Ganges saßen. Sie vergewisserte sich noch einmal, dass Athena noch da war, und ging dann auf Agatha und Covvey zu, die beiden exzentrischen Stadtbewohner, die sich vor nicht allzu langer Zeit selbst zu ihrer Dinnerparty eingeladen hatten.

»Guten Abend, Rosemary«, sagte Agatha. »Ziehen Sie sich eine Bank heran und setzen Sie sich zu uns.«

»Ich werde Sie nicht lange stören«, sagte Rosemary. »Ich hoffe, Sie haben einen schönen Abend.«

»So gut wie jeder andere«, sagte Covvey unwirsch.

»Ich versuche, etwas herauszufinden«, sagte Rosemary. »Und mir ist gerade eingefallen, dass Sie eine berühmte Historikerin sind.«

»Woher wissen Sie das?«, fragte Agatha misstrauisch.

»Marjie hat es mir erzählt, und anscheinend ist eine von Athenas Lehrerinnen mit Ihnen verwandt.«

»Dieses kleine Biest«, sagte Agatha.

Rosemary war sich nicht sicher, ob sie damit Marjie oder die Lehrerin meinte, aber das schien unwichtig zu sein. »Aber es stimmt doch, oder?« Sie lächelte Agatha an.

»Ich weiß vielleicht ein bisschen was über magische Geschichte«, räumte Agatha ein.

»Wenn es Ihnen nichts ausmacht, würde ich gerne etwas über das Reich der Fae erfahren und wie das alles funktioniert. Ich kann mir vorstellen, dass Sie als örtliche Historikerin einige Informationen haben.«

»Damit sollten Sie sich lieber nicht befassen«, knurrte Covvey. »Halten Sie sich fern. Sie wissen nicht, worauf Sie sich einlassen.«

Agatha seufzte. »Seit das kleine Mädchen neulich verschwunden ist, fragen mich die Leute ständig, als ob ich alles wüsste. Und Sie werden in der *Geschichte von Myrtlewood* und in verschiedenen anderen Veröffentlichungen von mir ein paar Informationen finden, aber ich fürchte, da gibt es nicht viel zu sagen.«

»Was ist nur mit diesem Ort los?«, fragte Rosemary verärgert. »Die Leute dürfen nicht darüber reden, wer ein Vampir ist. Niemand will mir etwas über Fae erzählen, ganz zu schweigen von dem schrecklichen Mist, den sie anstellen, und jeden Moment könnten dich Wandler angreifen.«

»Passen Sie auf, was Sie da sagen«, knurrte Covvey feindselig.

»Ich wollte keinen Nerv treffen«, antwortete Rosemary. »Ich kann mir nur keinen Reim auf all diese verschiedenen magischen Kreaturen machen.«

»Wen nennen Sie eine Kreatur?«, fragte Covvey aggressiv.

»Niemanden bestimmtes«, sagte Rosemary.

»Jetzt hören Sie mal zu, junge Dame«, fuhr Covvey fort. »Ihre Oma wusste, wie man sich in höflicher Gesellschaft benimmt, und es würde Ihnen gut tun, nicht über Dinge zu reden, die Sie nicht verstehen.«

Rosemary hob unschuldig die Hände. »Ich wollte nichts Beleidigendes sagen.«

»Kümmern Sie sich nicht um ihn«, sagte Agatha. »Irgendeine Laus ist ihm heute Abend über die Leber gelaufen und er ist immer ein bisschen empfindlich, wenn man schlecht über Wandler spricht. Wissen Sie, er ist ein Wolfswandler.«

Rosemarys Augen weiteten sich.

»Warum musstest du es ihr sagen?«, sagte Covvey. »Sie ist offensichtlich voreingenommen.«

»Sei doch nicht dumm«, sagte Agatha. »Ihr seid nicht so sensibel wie die Vampire. Euch ist es egal, wer es weiß, solange er magisch ist.«

Covvey verschränkte die Arme und blickte mit steinerner Miene auf den Tisch.

»Ein Wolfswandler?«, fragte Rosemary und erinnerte sich an den Vorfall mit Liam und wie empfindlich er auf sein Anderssein reagiert hatte. »Wie ein Werwolf?«

Eine Ader in Covveys Schläfe pochte. Er schaute sie mit glühenden Augen an. »Wie können Sie es wagen! Ich bin kein verdammter Werwolf! Ich bin ein geborener Wandler und nicht mit einem abscheulichen Virus infiziert.«

Rosemary spürte, wie sich ihre Wangen vor Verlegenheit röteten. Liam hatte nicht übertrieben, als er von den Vorurteilen gegen seine Art gesprochen hatte. »Es tut mir leid. Es sieht so aus, als wäre ich Ihnen heute Abend bereits einmal zu oft auf die Zehen getreten. Ich werde mich jetzt einfach zurückziehen.«

Sie ging schnell zum Tisch zurück, an dem Athena saß und auf ihr Handy starrte.

»Lass uns hier verschwinden«, sagte Rosemary. »Ich habe das Gefühl, dass ich die halbe Stadt beleidigt habe, ohne es zu wollen.«

Athena schnaubte scharf. »Von mir aus. Es ist ja nicht so, als ob es dich kümmert, wenn du nur mich beleidigst.«

Als sie den Pub verließen, bemerkte Rosemary Burk auf der anderen Seite des Raumes sitzen. Sie hob die Hand, um ihm zuzuwinken, bemerkte dann aber, dass er an einem Tisch neben einer ziemlich attraktiven Frau mit glattem, gewelltem braunem Haar und einem glamourösen Outfit saß.

Rosemary spürte einen bitteren Geschmack in ihrem Mund und ein Gefühl, das sie nicht als Eifersucht bezeichnen wollte.

»Was ist los?«, fragte Athena und folgte ihrem Blick. »Ach so, gibst du jetzt endlich zu, dass du ihn magst?«

»Fang nicht damit an«, sagte Rosemary.

Rosemary und Athena sprachen auf der Heimfahrt nicht miteinander, aber als sie in die Einfahrt fuhren, fiel ein seltsames Licht durch die Bäume.

Rosemarys Herz begann sich zu beschleunigen, als sie näher kamen und es offensichtlich wurde, dass etwas nicht stimmte.

Alarmierendes Gelb und Rot leuchteten den Weg vor ihnen aus.

Das Auto fuhr näher heran und Rosemarys Kinnlade fiel herunter.

»Nein«, sagte Athena.

»Was um alles in der Welt?«, rief Rosemary und verlangsamte den Wagen. »Thorn Manor! Es brennt!«

Athena schwieg schockiert, als die Erkenntnis sie beide traf.

»Nicht nur ein Teil davon«, sagte Rosemary. »Das ist nicht nur ein kleines Feuer. Das ganze Gebäude steht in Flammen!«

Sogar der Turm war in helle Flammen gehüllt.

»Das kann ich sehen«, sagte Athena mit heiserer Stimme.

»Nicht gut«, sagte Rosemary.

»Ist das alles, was du sagen kannst?«, fragte Athena. »Nicht gut!?«

»Meine Worte funktionieren nicht richtig«, murmelte Rosemary.

»Wen sollen wir anrufen?«, fragte Athena. »Gibt es hier draußen überhaupt eine Feuerwehr?«

Rosemary stand so sehr unter Schock, dass sie nicht einmal daran gedacht hatte. »Gute Frage. Vielleicht weiß die Polizei Bescheid?«, Rosemary fummelte nach ihrem Telefon.

»Dafür ist es wahrscheinlich zu spät. Wir haben alles verloren«, sagte Athena mit aschfahler Miene. »Alles, was wir besitzen, befindet sich in dem Haus.«

Rosemary begann, den Verlust zu begreifen. Es ging um mehr als nur um ihren Besitz. Es war der einzige Ort, an dem sie sich je heimisch gefühlt hatte, und hatte einen enormen sentimentalen Wert. Ganz zu schweigen davon, dass es seit Generationen im Besitz der Familie war. Und was mochte es wohl für Omas Geist bedeuten?

Rosemary konnte kaum noch atmen. Schließlich fand sie ihr Telefon und suchte die Nummer von Detective Neve heraus.

»Es wird zu spät sein«, sagte Athena. »Bis die Feuerwehr kommt, ist alles weg.«

Rosemary konnte nicht antworten. Athena hatte sicher Recht. Die Flammen waren riesig, aber von ihrem Platz im Auto aus konnte Rosemary keine Hitze spüren und keinen Rauch sehen.

»Warte mal einen Moment.« Sie stieg aus dem Auto aus.

»Mama! Was machst du denn da?«, fragte Athena.

»Ich überprüfe nur etwas.«

Rosemary starrte auf das brennende Haus und bemerkte, dass die Flammen auch kein Geräusch machten. Kein einziges Knistern. Kein Knacken der Holzbalken, die sich in der Hitze biegen. Überhaupt schien das Feuer nicht viel zu tun.

»Was ist hier los?« Athena stieg auf ihrer Seite des Wagens aus, um zu ihrer Mutter zu gehen.

»Ich wünschte, ich wüsste es«, sagte Rosemary. »Es ist nicht ... real.«

Athena ging einen Schritt näher heran.

»Warte hier«, sagte Rosemary und hielt sie zurück, als Athena ihre Hand hob. Die Luft kräuselte sich, als ob sie eine Art Membran berührt hätte, die das Haus umgab.

Das Feuer flackerte einen Moment lang, wie eine sterbende Glühbirne, dann wurde es heller.

»Wow!«, sagte Athena, als sich die Flammen in Blätter und Blumen in leuchtendem Grün und Rosa verwandelten. »Sind wir auf einem Trip?«, fragte sie Rosemary.

»Ich glaube nicht, dass das Essen im Pub so schlecht war.«

Rosemary trat nach vorne, bereit, ihre Magie zu kanalisieren und sie vor dem Angriff zu schützen, der sie wohl treffen sollte.

Die Blumen und Blätter wuchsen und bedeckten das ganze Haus. Athena klopfte erneut gegen die Membran und das Laub verwandelte sich in violette Schmetterlinge.

Es gab einen Moment der Stille, gefolgt von einem Windstoß.

Sie flogen alle in die Luft, leuchteten und formten die Worte BLEIB UNS FERN, bevor sie ganz verschwanden.

»Was – um Himmels willen?«, stammelte Rosemary.

»Es sind die Fae«, sagte Athena in einem unheimlich sicheren Ton. »Du hast zu viele Fragen gestellt und sie wissen es.«

»Haben das nicht alle?«, fragte Rosemary. »Die ganze Stadt wundert sich über das verschwundene Mädchen.«

»Ich glaube, das war vor allem eine Warnung für uns«, sagte Athena. »Die Fae wollen nicht, dass jemand von ihnen weiß.«

»Nun, wenn sie nicht wollen, dass jemand von ihnen weiß, sollten sie keine Kinder entführen. Oder?«, sagte Rosemary. »Wir können das arme

Gretchen nicht einfach in ihrem Reich lassen. Was weißt du eigentlich über all das? Warum sind sie so geheimnisvoll?«

»Ich glaube, es hat etwas mit Vampiren zu tun«, sagte Athena. »Sie führen schon seit Tausenden von Jahren Krieg. Fae schmecken anscheinend köstlich. Die Vampire haben sie gejagt und fast ausgerottet oder so.«

»Ich habe davon gehört«, sagte Rosemary. »Aber wie hängt das alles zusammen?«

»Ich weiß es nicht. Die Fae haben eine Menge bindende Magie, damit man nicht über sie reden kann, und es tut den Leuten, die etwas wissen, weh, wenn sie ein Wort darüber verlieren. Ich habe versucht, etwas herauszufinden und das ist so ziemlich alles, was ich habe.«

»Vampire«, sagte Rosemary und spürte ein kaltes Unbehagen in der Magengrube, als sie daran dachte, dass sie Burk vorhin beim Abendessen mit einer anderen Frau gesehen hatte.

»Das ist ein gutes Stichwort«, sagte Athena. »Du solltest Burk fragen. Sagtest du nicht, er sei eine Million Jahre alt oder so? Er könnte sogar schon da gewesen sein, als der Krieg begann.«

Rosemary warf ihrer Tochter einen verärgerten Blick zu. »Das glaube ich nicht.«

»Mama«, sagte Athena. »Du willst der Sache doch auf den Grund gehen, oder?«

Rosemary nickte grimmig.

»Und ich will, dass du aufhörst, so verdammt überfürsorglich zu sein, und mich in Ruhe lässt, was du ja geschworen hast, sobald diese ganze Fae-Sache geklärt ist.«

»Ich werde darüber nachdenken«, sagte Rosemary. »Warte einen Moment. Wenn das wirklich wahr ist, warum sind dann nicht alle Vampire hinter dir her?«

»Die Fae haben mächtige Magie. Meinst du nicht, dass sie daran gedacht und Schutzmaßnahmen ergriffen haben?«, sagte Athena frustriert. »Keiner kann sehen, wie ich aussehe.« Sie erzählte von der Zeichensituation mit Sam.

»Aber das ist doch lächerlich. Wie kann das sein? Und warum sollte es vorher niemandem aufgefallen sein?«, fragte Rosemary.

»Ich glaube, das muss in meinen Genen liegen«, sagte Athena. »Es gibt etwas, das mich irgendwie vernebelt, so dass die Leute mein Gesicht nicht allzu lange sehen können. Sam musste es tun, weil es Teil des Kurses war. Ich kann mich nicht erinnern, dass jemals jemand versucht hat, mich zu zeichnen.«

»Ich weiß, wie du aussiehst«, sagte Rosemary.

»Daran habe ich auch schon gedacht«, sagte Athena. »Du starrst mich viel zu oft an. Vielleicht setzt die genetische Verbindung die Magie der Fae außer Kraft. Und andere Fae können mich auch sehen, glaube ich.«

»Warum hast du mir das nicht schon früher gesagt?«, fragte Rosemary.

»Ich würde mich wohler dabei fühlen, dir von meinem Leben zu erzählen, wenn du nicht so aufdringlich und überfürsorglich wärst«, sagte Athena.

Und damit gingen sie beide in das Thorn Manor, wo sie alles genauso vorfanden, wie sie es verlassen hatten. Die Feuerillusion hatte nichts verändert.

31

Athena ging in ihrem Zimmer auf und ab. Entweder jetzt oder nie. Sie hatte mit der Abreise gezögert, aber mit jedem Tag, der verging, wurde ihr Wunsch, die Wahrheit über sich selbst zu erfahren, größer, genauso wie sie Finnigan immer mehr vermisste.

Es war ein Schmerz in ihrem Herzen, der sich mehr wie eine Drogensucht anfühlte als alles andere, was sie sich vorstellen konnte.

Er hatte ihr gesagt, sie solle ihn rufen, wenn sie bereit sei, in das Reich der Fae zu gehen.

Sie musste ihr Erbe verstehen, ihre Kräfte kennenlernen und wissen, woher die Hälfte ihrer DNA stammte.

Je näher sie der Tagundnachtgleiche kamen, desto schwieriger wurde es, unbemerkt zu verschwinden. Rosemary ließ Athena kaum noch aus den Augen. Da sie ungerechterweise Hausarrest hatte, durfte sie nicht alleine rausgehen. Die einzige Privatsphäre, die Athena hatte, war in ihrem Zimmer.

Sie lächelte vor sich hin. *Wenn Mama nur wüsste, dass dies der gefährlichste Ort ist.*

Sie sah sich in ihrem Zimmer mit dem magisch geschaffenen Balkon um, den Rosemary zum Glück noch nicht bemerkt hatte. Sie wusste, dass es nicht viel Mühe kosten würde, vom Rand des Balkons an der Seite des Hauses hinunter zu klettern und in Richtung Wald zu gehen. Oma würde sie vielleicht auf Schritt und Tritt beobachten, aber wenn Athena erst einmal weg war, konnten weder ihre Mutter noch Omas Geist etwas dagegen tun.

Athena hatte einige Nachforschungen über die Fae angestellt, obwohl das Internet wahrscheinlich nicht die zuverlässigste Informationsquelle war. Sie hatte auch alle Bücher durchforstet, die sie zu diesem Thema finden konnte.

Angesichts dessen, was sie gelernt hatte, packte sie ihre Tasche mit nützlichen Dingen: Jaffa Cakes, einer Tafel Schokolade und zwei kleine Päckchen Chips, falls sie etwas zu essen brauchte. Sie hatte gelesen, dass Essen im Reich der Fae gefährlich sein konnte.

Sie war sich nicht sicher, ob die Zauber und Tränke, die sie herzustellen wusste, auch in einem anderen Reich funktionieren würden, aber sie hatte für den Fall der Fälle eine ganze Menge vorbereitet und eingepackt, zusammen mit einigen glänzenden Schmuckstücken aus ihrer Schmuckschatulle, Kristallen und Glaskieseln und einem Fläschchen mit Salz. Sie hatte gelesen, dass die Fae eine Vorliebe für Sahne hatten, und deshalb auch davon ein paar kleine Fläschchen dabei, falls sie sich als nützlich erweisen sollten.

Nachdem Rosemary zu Bett gegangen war, ging Athena nach unten, um sich eine Thermoskanne Tee zu machen. *Tee ist wichtig.* Sie würde zwar in eine andere Welt gehen, aber es war wichtig, dass sie ihre Prioritäten richtig setzte.

Sie packte alles fest in ihren Rucksack, zusammen mit ein paar kleinen Zauberbüchern, und versuchte, die Tasche aufzusetzen, aber sie war unangenehm schwer. Sie erinnerte sich an einen schnell gemachten Zauber, um die Last zu erleichtern und braute schnell das entsprechende magische Pulver zusammen.

Sie streute es über die Tasche und stellte zu ihrer Freude fest, dass sie so leicht wie eine Feder war, »zumindest in dieser Welt«, murmelte sie vor sich hin.

Sie setzte ihn über ihren warmen Mantel auf und streichelte das kleine schwarze Kätzchen noch einmal.

»Leb wohl, Serpentine, oder Fellknäuel, oder wie auch immer du heißen magst. Wir sehen uns bald wieder ... hoffe ich.«

Mit ihren vernünftigen Lederstiefeln und Jeans war sie bereit für die Reise. Sie schritt noch einige Male durch ihr Zimmer, um sich Mut zu machen, und dann, ohne lange zu überlegen, stellte sie sich ihrer Angst.

Athena schlüpfte auf den Balkon und entdeckte, dass dieser sich schnell in eine Treppe verwandelte, die bis hinunter auf den Rasen führte.

»Danke, Haus«, sagte sie leise. »Pass für mich auf meine Mutter auf. Machst du das?«

Sie trat leise auf den Rasen hinunter und lief dann zum Waldrand.

»Finnigan«, rief sie. »Ich bin bereit.«

Das war der Ort, an dem er ihr gesagt hatte, dass sie ihn treffen sollte, als sie vorhin in Gedanken mit ihm gesprochen hatte. Im Handumdrehen stand er neben ihr. Seine blasse Haut schimmerte im Mondlicht.

»Athena, du bist gekommen«, sagte er und freute sich wie ein kleines Kind an Weihnachten.

Ein Kribbeln durchfuhr Athena und sie konnte sich ein Lächeln nicht verkneifen.

»Hast du Angst?«, fragte er.

»Ich habe schreckliche Angst«, antwortete Athena. »Lass uns schnell gehen, bevor ich die Nerven verliere.«

Er nahm ihre beiden Hände in seine. Ein blassgrünes Licht tauchte zwischen ihren Handflächen auf und leuchtete dann vor ihnen auf, wobei es sich in eine gepunktete Linie durch den Wald verwandelte.

»Was jetzt?«, fragte Athena.

»Wir folgen der Linie«, sagte er.

Er ließ ihre rechte Hand los, hielt aber ihre linke fest, während sie durch die Bäume gingen und dem beleuchteten Weg folgten.

»Was erwartet mich jetzt?«, fragte Athena.

»Das wirst du schon sehen«, antwortete Finnigan.

Als sie das Ende der Lichterkette erreichten, sammelten sich die Lichtflecken wieder wie schimmernde Glühwürmchen, lösten sich dann auf und formten einen Torbogen vor ihnen.

»Feenlichter«, sagte Athena. Finnigan warf ihr einen amüsierten Blick zu. »Schon gut.«

»Wir gehen hindurch«, sagte er. »Nimm meine Hand.«

Athena atmete tief durch, und dankbar für die Wärme von Finnigans Hand schritt sie mit ihm durch den Torbogen und in eine andere Welt.

32

*E*in plötzlicher Lichtblitz ließ Rosemary aus ihrem Schlummer aufschrecken. Sie rannte zum Fenster und sah ein helles, blaues und weißes Licht im Wald aufblitzen.

»Oh nein! Nein, nein!«, schrie Rosemary. »Athena! Sie sind zurück – die Blutsteine.«

Sie rannte zu Athenas Zimmer, aber es war leer.

»Nein, nein, nein, nein ... Athena!«, rief Rosemary. Schnell rannte sie los, um den Rest des Hauses zu durchsuchen. Ihr Herz hämmerte in ihrer Brust und der Atem blieb ihr im Hals stecken. Ihre Tochter war nirgends zu finden.

Die Welt schien zu verschwimmen. Die Zeit verlangsamte sich. Rosemary kämpfte gegen die Flut in ihrem Kopf, die sie in den Abgrund reißen wollte.

Die Tür zu Omas Geheimzimmer war nirgends zu sehen. Rosemary klopfte vorsichtshalber gegen die Wand, aber nichts geschah.

Kalte, nackte Angst und Panik übernahmen die Oberhand und machten Rosemary unbeweglich.

Sie stand auf dem Treppenabsatz, unfähig zu funktionieren, kaum in der Lage zu atmen.

Athena ist verschwunden ... Athena ist verschwunden, dachte sie immer wieder in ihrem Kopf. Sie musste etwas tun, irgendetwas.

Ein Gedanke schoss ihr durch den Kopf. Sie rannte zurück in ihr Schlafzimmer, suchte ihr Telefon und rief Detective Neve an. Es ging niemand ran. Rosemary hinterließ eine verzweifelte Nachricht. Dann rief sie Marjie an. Sie wusste nicht, was sie sonst tun sollte und dies schien ihr ein guter Grund zu sein, jemandes Ruhe zu stören.

Marjie nahm nach dem zweiten Klingeln ab. »Wie spät ist es?«, fragte sie schläfrig.

»Athena. Sie ist weg. Sie haben sie mitgenommen«, sagte Rosemary.

»Wer hat sie mitgenommen, Liebes? Glaubst du, sie ist mit ihren Freunden weggelaufen oder so?«

»Nein«, sagte Rosemary. »Ich bin mir sicher, dass es die Fae sind.«

»Atme ein paar Mal tief ein und aus«, sagte Marjie.

Rosemary versuchte zu tun, was ihr gesagt wurde. Ihr Atem zitterte in ihrer Brust und wollte nicht gehorchen.

»Also, wo war sie, als du sie zuletzt gesehen hast?«, fragte Marjie.

»Sie ist ins Bett gegangen«, sagte Rosemary. »Zumindest war sie in ihrem Zimmer.«

»Gibt es irgendetwas Ungewöhnliches daran, wie sie es verlassen hat?«, fragte Marjie. »Irgendwelche Anzeichen eines Kampfes?«

Rosemary sah nach. »Das Bett ist noch gemacht. Sie müssen sie erwischt haben, bevor sie überhaupt eingeschlafen ist. Ich kann nicht glauben, dass ich das zugelassen habe«, sagte Rosemary, als ihr Blick auf einen kleinen blauen Umschlag fiel, der auf Athenas Kopfkissen lag und auf dem das Wort ‚Mama' stand. »Ich glaube, da ist eine Nachricht.«

»Was steht drin?«

»Was ist, wenn man es nicht anfassen darf?«

»Soll ich rüberkommen und nachsehen?«

»Nein, es ist alles in Ordnung.« Rosemary hob den Brief auf und nichts geschah. Ihr Herz schlug ihr bis zum Hals, als sie Athenas Handschrift erkannte. »Meinst du, sie haben sie gezwungen, ihn zu schreiben?«

»Ich weiß es nicht, Liebes«, sagte Marjie. »Hast du ihn schon gelesen?«

Rosemary versuchte, ihre zitternde Hand ruhig zu halten und sich zu konzentrieren, während sie las.

Es tut mir leid, dass ich so abrupt gehen muss, aber es ist der einzige Weg. Ich muss selbst etwas über mein Erbe herausfinden. Es geht nicht um Papa und nicht um dich. Es geht um mich. Ich muss das für mich tun. Ich weiß, dass du mich nie gehen lassen würdest, also hoffe ich nur, dass du mir verzeihst.

»Ich kann es nicht fassen«, sagte Rosemary, nachdem sie Marjie den Brief vorgelesen hatte. »Athena würde das nicht tun, wenn sie nicht jemand in die Irre führen würde. Es ist dieser Junge!«

»Das mag gut sein«, sagte Marjie. »Aber im Moment musst du damit klarkommen, dass deine Tochter ins Reich der Fae gegangen ist.«

»Wie kann ich sie zurückholen?«, fragte Rosemary. Das war ihr einziger Gedanke und sie war fest entschlossen, es zu tun.

»Das könnte etwas komplizierter sein.«

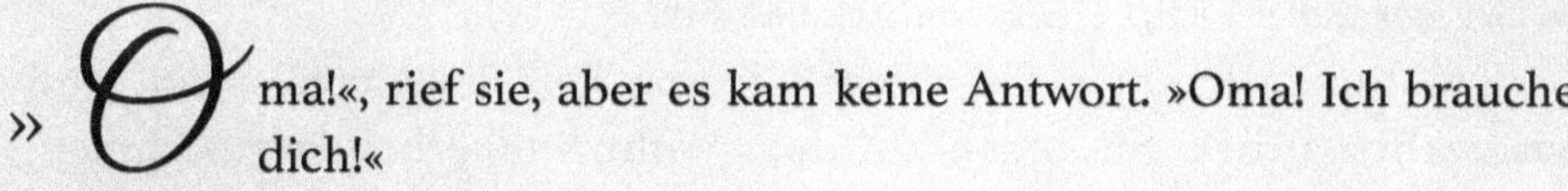

»Oma!«, rief sie, aber es kam keine Antwort. »Oma! Ich brauche dich!«

Stille.

Rosemary ging langsam die Treppe hinunter. Sie konnte kaum durch den dunklen Nebel der Angst sehen, der ihren Verstand vernebelten. In einer normalen Krisensituation würde sie automatisch den Teekessel aufsetzen, um die beruhigende Kraft des Tees zu genießen, aber dies war keine normale Situation.

Sie konnte nicht klar denken. Sie konnte kaum atmen.

Sie lief, ohne sich ihres Körpers bewusst zu sein oder zu wissen, was sie tat. Ein Fuß wurde automatisch vor den anderen gesetzt und ihr Verstand versuchte ihr einzureden, dass dies eine Anomalie, eine Wahnvorstellung, ein Traum war und dass sie sicher jeden Moment aufwachen würde.

Rosemary fand sich im Wohnzimmer wieder, umgeben von Tulpen. Die Tulpen, denen sie mit ihrer Magie geholfen hatte, zu wachsen. Sie hatte es geschafft, sie zum Blühen zu bringen, aber das schien eine Ewigkeit her zu sein. Die Blumen wirkten völlig fehl am Platz. Sie verhöhnten sie mit ihren leuchtenden Rot-, Gelb- und Violetttönen, obwohl doch angesichts der gegenwärtigen Situation die ganze Welt jede Hoffnung auf Freude und Farbe verloren haben musste.

Das kann nicht wahr sein.

Rosemary zwickte sich und versuchte vergeblich, aufzuwachen.

Es ist kein Traum.

Athena ist fort. Aus dieser Welt, zumindest.

Sie öffnete den Mund und ein unheimlicher Schrei entrang sich ihr, zusammen mit einem großen Schwall dunkelgrauer Energie.

»Neeeiiin!«, brüllte sie.

Die Energie breitete sich von ihr aus und löste sich dann auf, wobei sie eine Spur der Zerstörung hinterließ.

Als sich die Wolke lichtete, sah sich Rosemary erschrocken um und stellte fest, dass jede einzelne Tulpe verdorrt und in den Boden zurückgefallen war.

Eine dunkle Seite in ihr war zufrieden. *Wenn Athena weg ist, dann gehört hier sicher nichts Helles und Schönes hin.*

Die dunkle Energie, die entwichen war, ließ Rosemary schlaff und ausgezehrt zurück. Sie brach auf dem Wohnzimmerboden zusammen, unfähig, noch mehr von der aktuellen Realität zu ertragen.

ROSEMARY ÖFFNETE die Augen und sah sich um. Sie lag im Bett, in ihrem Zimmer. Ihr schönes neues Zimmer mit dem geschnitzten Holzbett und der pflaumenfarbenen Dekoration. Alles hätte normal sein sollen, aber das war es nicht. Sie fühlte sich, als wäre sie von einem Lastwagen überrollt worden und dann noch mehrmals überfahren worden.

Die bleierne Last der Emotionen von dem, was sicherlich ein Albtraum gewesen sein musste, lastete auf ihr.

Sie atmete erleichtert auf und wurde dann von einem Klopfen an ihrer Zimmertür aufgeschreckt.

»Athena?«, murmelte Rosemary.

»Kümmere dich nicht um mich«, sagte Marjie und kam mit einem Teetablett hereingestürmt. »Ich bin nur hier, um zu helfen.«

»Was?«, fragte Rosemary verwirrt.

»Ich bin so schnell gekommen, wie ich konnte und habe dich zusammengebrochen auf dem Boden gefunden, umgeben von toten Pflanzen. Ich habe diesem blöden Ferg gesagt, dass deine Magie nicht ausreicht, um bei den Pflanzen zu helfen.«

»Nein, nein, nein«, sagte Rosemary. »Sie ist wirklich weg.«

Marjie warf ihr einen mitfühlenden Blick zu.

»Es war kein böser Traum?«, fragte Rosemary.

»Ich fürchte nicht«, sagte Marjie.

Rosemary lag unbeweglich im Bett, eine tiefe Trauer überkam sie.

»Aber, aber«, sagte Marjie. »Setz dich auf. Hier. Trink deinen Tee.«

Rosemary erlaubte Marjie, sie mit einem Stapel Kissen im Bett aufzurichten, weil das einfacher schien, als sich zu weigern. Sie nahm einen Schluck von Marjies speziellem Tee und spürte sofort, wie sich eine Wärme in ihr ausbreitete, obwohl sie nicht annähernd ausreichte, um die Last der Trauer zu lindern.

»Danke«, sagte Rosemary. »Ich fühle mich ein bisschen besser. Ich nütze niemandem etwas, wenn ich mich nicht bewegen kann.«

»Ach, Liebes, du musst dich jetzt erst mal schonen. Was hast du denn mit den Pflanzen angestellt?«, stichelte Marjie sanft.

»Ich habe sie eigentlich... wachsen lassen«, sagte Rosemary. »Als ich dann herausfand, dass Athena verschwunden war, ist etwas passiert, und sie sind alle auf einmal gestorben. Aber wir haben Wichtigeres zu tun als über Pflanzen nachzudenken.«

»Das magst du sagen«, sagte Marjie. »Aber denk daran, dass wir die blühenden Frühlingszwiebeln für das Ritual zur Tagundnachtgleiche brauchen – um der Göttin zu huldigen. Wenn das nicht klappt, wer weiß, wie wir Athena oder das kleine Gretchen zurückbekommen wollen.«

»Glaubst du, dass es auch bei Athena klappt?«, fragte Rosemary hoffnungsvoll.

»Nichts ist gewiss«, sagte Marjie. »Niemand von uns weiß, was Galdie getan hat, um Sherry aus dem Reich der Fae zurückzuholen, oder ob es reines Glück war. Und ich nehme an, es hängt auch davon ab, ob dein Mädchen bereit ist, zurückzukehren.«

»Was meinst du?«, fragte Rosemary und kniff die Augen zusammen.

Marjie seufzte. »Glaubst du, sie ist mit diesem Jungen gegangen?«

»Entweder das oder sie wurde von jemand anderem entführt.«

»Die Situation mit Athena könnte eine ganz anders als die mit Gretchen sein«, sagte Marjie. »Wir wissen, dass kleine Kinder schon öfters im Reich der Fae verschwunden sind, aber ich habe noch nie erlebt, dass ein ausgewachsener Teenager aus eigenem Antrieb dorthin gewandert ist. Das sollte unmöglich sein, aber ich nehme an, dass sie aufgrund ihrer Herkunft ...«

»Sag mir nicht, dass du das auch gewusst hast!«, sagte Rosemary.

»Es tut mir leid, Liebes. Ich habe vergessen, dass du bis vor kurzem fast ausschließlich in der menschlichen Welt gelebt hast. Du gehörst so sehr hierher, dass man sich dich kaum woanders vorstellen kann.«

»Das hast du nett gesagt«, sagte Rosemary. »Aber woher wusstest du von Dain?«

»Galdie hat mir sofort, als sie ihn getroffen hatte, erzählt, dass ihre Enkelin etwas mit einem Fae-Jungen angefangen hätte. Ich dachte, sie meinte eine Dryade oder eine Nymphe, aber sie war sich ganz sicher, dass er ein richtiger Fae wäre.«

»Und du hast nicht daran gedacht, mir das zu sagen?«

»Ich dachte, du wüsstest es, Liebes. Für deine Großmutter war es ziemlich offensichtlich. Ich bin selbst noch nie einem echten hohen Fae begegnet, also weiß ich es nicht, aber ich vertraue Galdie. Man sagt, dass sie sich sehr gut tarnen können, aber ich war überzeugt davon, dass Athena dieses überirdische Aussehen hat.«

Rosemary schnitt eine Grimasse. »Hohe Fae? Ist das so eine Rangsache oder leben sie alle in den Wolken?«

»Ich vermute, es ist eher eine Spezies.«

»Ich hatte ja keine Ahnung, dass ich all die Jahre mit einem Fabelwesen zu tun hatte.«

Marjie schenkte ihr ein höfliches Lächeln. »Möchtest du noch etwas von meinem speziellen Elixier?«

»Mach einen Dreifachen daraus«, sagte Rosemary. »Ich weiß nicht, wie ich den Tag überstehen soll. Ich brauche jede Hilfe, die ich bekommen kann.«

»Ich werde dir die maximale Dosis geben«, sagte Marjie. »Wenn du mehr nimmst, wirst du dich ganz matschig fühlen.«

»Danke«, sagte Rosemary. »Und danke, dass du dich um mich gekümmert hast. Ich weiß nicht, was ich mit mir anfangen soll.«

»Das ist doch kein Problem«, sagte Marjie. »Ich bin hier, um zu helfen.«

»Was ist mit dem Laden?«

»Herb kümmert sich den ganzen Tag darum«, sagte Marjie. »Er hat einen Aufstand gemacht, aber ich habe ihm gesagt, wo er sich seine kleinen Züge hinschieben kann.«

Rosemary musste unwillkürlich lachen, obwohl sie nicht das Gefühl hatte, dass Spaß in der gleichen Welt wie ihre anderen Gefühle existieren durfte.

Sie konnte nicht im Bett bleiben. Sie musste Athena zurückholen.

»Ich muss da hin«, sagte Rosemary.

»Du solltest dich vielleicht erst umziehen«, sagte Marjie. »Es hat mich viel Mühe gekostet, dich auf magische Weise ins Bett zu bringen, aber ich habe mir nicht die Mühe gemacht, dich umzuziehen. Du siehst aus, als müsstest du auch noch duschen, bevor du in die Stadt gehst.«

»Nein, ich meine, dass ich ins Reich der Fae gehen muss. Ich muss Athena folgen und sie jetzt zurückbringen.«

»Das wird knifflig«, sagte Marjie. »Kinder sind dafür bekannt, dass sie hindurchschlüpfen können, wenn der Schleier dünn ist, oder dass sie entführt werden, aber bei Erwachsenen ist das etwas ganz anderes. Athena ist womöglich aufgrund ihrer Herkunft leicht hindurch gekommen. Ich nehme an, sie hat die DNA, um das Tor zu öffnen.«

»Es gibt ein Tor?«, fragte Rosemary. »Wo ist es?«

»Soweit ich weiß, kann es herbeigerufen werden, aber es gehört nicht an einen festen Ort in dieser Welt, obwohl es Orte gibt, an denen der Schleier dünn ist – all die Geschichten über die Feenringe zwischen den Pilzen, und offensichtlich sind in Fin's Creek schon viele Menschen verschwunden.«

»Es muss eine Art Zauber geben«, sagte Rosemary. »Irgendeine Art von Magie, die mich dorthin bringen kann.«

»Die Magie der Fae ist anders als unsere«, sagte Marjie. »Sie ist nichts, was Hexen ausführen oder auch nur begreifen können. Sie haben sich gut geschützt, besonders vor den Vampiren natürlich.«

»Wirst du mir helfen?«

»Natürlich, Liebes«, sagte Marjie. »Aber am besten ist es, wenn wir uns auf die Tagundnachtgleiche vorbereiten.«

»Aber das ist doch erst in zwei Wochen!«, sagte Rosemary. »So lange kann ich nicht warten. In dieser Zeit kann Athena alles Mögliche passieren.«

»Es ist möglich, dass Athena bis dahin wieder auftaucht«, sagte Marjie. »Ich wette, das Mädchen ist mächtiger, als ihr selbst bewusst ist.«

»Das können wir nur hoffen.« Rosemary nahm einen großen Schluck Tee und spürte, wie Marjies beruhigende, aufbauende Magie wirkte. Sie vertrieb damit zwar nicht ihre extreme Angst, aber beruhigte zumindest ihre Nerven ein wenig.

Marjie entschuldigte sich und ging nach unten in die Küche. Rosemary blieb noch einen Moment allein, bis das kleine schwarze Kätzchen auftauchte, mit einem Zirplaut auf ihr Bett sprang und auf sie zu hüpfte.

»Hallo, kleines Fellknäuel«, sagte Rosemary und hob ihre Hand, um das schnurrende Pelztier zu streicheln. »Oder soll ich dich Serpentine nennen? Athena würde das gefallen.«

Das Kätzchen knabberte an ihrer Handfläche.

»Du vermisst sie auch, nicht wahr?«, fuhr Rosemary fort. »Mach dir keine Sorgen. Wir werden sie zurückholen.«

Das pelzige Geschöpf sah ihr so wissend in die Augen, dass Rosemary eine Gänsehaut auf ihren Armen spürte.

Dies ist keine gewöhnliche Katze und die Thorns sind keine gewöhnliche Familie.

Sie nahm all ihre Kraft zusammen, fest entschlossen, ihre Tochter zurückzuholen. Koste es, was es wolle.

34

*R*osemary war sich vage bewusst, dass sie ungepflegt aussah, aber das war ihr egal. Ihr Haar war ein krauses Durcheinander und ihre Kleidung war noch unpassender als am Waschtag, als sie über den Stadtplatz schritt.

»Guten Morgen, Rosemary«, sagte Ferg. »Wie gedeihen die Tulpen?«

Sie war nicht in der Verfassung für Smalltalk, geschweige denn, um zu erklären, was mit den verdammten Blumen passiert war.

»Nicht jetzt. Ich habe es eilig«, sagte sie und drängte sich an ihm vorbei. Zumindest hatte sie vor, das zu sagen. Die Worte kamen dabei eher als ein Murmeln heraus.

Sie drängte sich durch die Türen von Burks Kanzlei und fühlte sich zu allem Überfluss auch noch peinlich berührt. Sie wollte den nervtötend attraktiven Vampir eigentlich nicht sehen, nachdem sie eifersüchtig geworden war, weil sie ihn mit einer anderen im Pub gesehen hatte. Sie unterdrückte das Gefühl. Sie hatte wichtigere Dinge im Kopf.

Als sie in der Nacht zuvor im Bett gelegen und versucht hatte, einzuschlafen, war Rosemary eingefallen, dass, wenn Vampire und Fae seit langem Krieg führten, die Vampire sicher etwas wissen mussten. Athena hatte es sogar vorgeschlagen, bevor sie verschwunden war. Aber Rosemary war zu stur oder zu stolz gewesen, um zuzuhören.

Rosemary musste herausfinden, was Burk wusste, selbst wenn es nur das war, was nicht funktionieren würde. Jede Information konnte ihr Zeit sparen. Die schlanke, silberhaarige Frau an der Rezeption beäugte sie misstrauisch.

»Ich muss mit Burk sprechen«, sagte Rosemary.

»Herr Burk ist im Moment nicht erreichbar.« Sie schenkte ihr ein falsches Lächeln. »Sie können einen Termin vereinbaren.«

»Ich muss ihn jetzt sehen«, sagte Rosemary und merkte, dass sie sich völlig durchgeknallt anhörte. »Ich werde ihn einfach anrufen.«

»Machen Sie sich keine Mühe«, sagte Burk und trat aus dem Gang. »Rosemary, kommen Sie in mein Büro.« Er hielt ihr die Tür auf.

Rosemary warf der Empfangsdame einen verwunderten Blick zu. »Sie sagte, Sie wären nicht hier.«

»Charlotte versucht lediglich, mich vor Unterbrechungen zu schützen«, erklärte Burk abwinkend, während sie ihm in sein Büro folgte. »Rosemary«, sagte er und drehte sich zu ihr um. »Was ist los? Ich habe Sie noch nie so beunruhigt gesehen.«

»Es ist Athena«, sagte Rosemary und konnte die Tränen nicht länger zurückhalten. Dabei fiel ihr auf, dass sie noch nicht geweint hatte. Nicht, als sie erfahren hatte, dass Athena verschwunden war, nicht am nächsten Tag und nicht in der Nacht, als sie versucht hatte, einzuschlafen, aber jetzt, wo ihr eine einfache, freundlich formulierte Frage gestellt wurde, war das alles zu viel.

Burk verschwand aus dem Zimmer und ließ Rosemary aufschrecken, aber einen Moment später kehrte er mit einer Schachtel Taschentücher zurück. Er hielt ihr eines vor die Nase.

»Danke«, sagte sie und nahm ein paar weitere aus der Schachtel. Sie tupfte sich die Augen ab und versuchte, den Wasserstrom einzudämmen, der ihr jetzt über das Gesicht lief.

»Lassen Sie sich Zeit«, sagte er.

»Athena ... sie ist verschwunden.«

»Wo ist sie hin?«, fragte Burk.

»Es sind die Fae. Sie haben sie mitgenommen.«

»Das ist unmöglich«, sagte Burk. »Sie ist zu alt, um von diesen abscheulichen Kreaturen entführt zu werden.«

Rosemary fühlte sich an Athenas Stelle leicht beleidigt, aber sie ließ es sich nicht anmerken. »Ich kenne nicht die ganze Geschichte«, sagte sie und verschwieg dem Vampir absichtlich Athenas Fae-Erbschaft, denn wenn er wüsste, was sie war, könnte er sich vielleicht kaum beherrschen. »Ich weiß nicht, wie es passiert ist. Ich weiß nur, dass sie verschwunden ist. Ich muss wissen, wie ich sie zurückbekomme.«

Burk verschränkte die Arme und blickte auf seinen Schreibtisch hinunter. »Wenn sie woanders hingegangen wäre, hätte ich Ihnen vielleicht helfen können.«

»Sie müssen etwas wissen«, sagte Rosemary verzweifelt. »Erst ist das kleine Mädchen verschwunden und jetzt Athena.« Sie brach wieder in Tränen aus.

Burk tröstete sie einen Moment lang, bevor ihr eine andere Idee kam.

»Denken Sie, das könnte etwas mit der Blutstein-Gesellschaft zu tun haben?«, fragte Rosemary. »Haben die Fae mit ihnen zu tun?«

Burk schüttelte den Kopf. »Die Fae bleiben unter sich.«

»Vielleicht ist das alles ein Trick – die Blutsteine könnten uns eine Falle stellen, indem sie uns glauben machen, dass es die Fae sind, obwohl sie in Wirklichkeit die Schuldigen sind.«

»Das ist möglich«, sagte Burk. »Aber soweit ich weiß, sind die Blutsteine immer noch verstreut, genau wie ihre Macht. Ich vermute, es würde ihnen schwerfallen, das alles zu organisieren. Außerdem ist das nicht ihr Stil.«

»Nun, wenn Sie sich sicher sind. Ich muss alles über sie wissen – die Fae – alles, was Sie mir sagen können.«

»Sie sind kalte Wesen.«

»Und das sagen Sie als Vampir?«

Burk runzelte die Stirn. »Ist es das, was Sie von mir denken?«

»Es tut mir leid«, sagte Rosemary.

»Sie sollten wissen, dass Vampire dazu neigen, die Werte, die sie als Sterbliche hatten, beizubehalten. Fae sind ... anders. Sie haben ihre eigene Art, Dinge zu tun, ihre eigene Art von Kodex mit sehr strengen Regeln. Für mich haben sie nie einen Sinn ergeben. Während des Krieges ...«

»Der Krieg, in dem sie von den Vampiren gejagt wurden?«

Burk warf ihr einen gequälten Blick zu.

»Was? Athena hat mir gesagt, dass Sie das Blut der Fae unwiderstehlich finden.«

»Das ist wahr«, sagte Burk. »Aber sie waren nicht gerade hilflos oder schuldlos. Es gab Angriffe von beiden Seiten, solange der Krieg dauerte.«

Rosemary betrachtete ihn skeptisch. Es hörte sich so an, als würde Burk seine Leute in Schutz nehmen, um sich selbst nicht so schlecht dastehen zu lassen. Aber das war nicht der richtige Zeitpunkt, um mit einem Vampir zu streiten. »Der Krieg ist also zu Ende. Was ist danach passiert?«

»Eine Art kalter Krieg, nehme ich an«, sagte Burk. »Die Fae bauen ihren Schutz weiter aus. In den letzten hundert Jahren oder so wurden die Grenzen geschlossen. Kleine Kinder können manchmal übertreten, aber Erwachsene nicht, und ich dachte, auch für einen Teenager wäre es unmöglich.«

»Nun, es hat sich herausgestellt, dass sie Teenager mitnehmen können, wenn sie es wollen«, sagte Rosemary. Sie war erleichtert, dass sie ihm nichts von Athenas Herkunft erzählt hatte, vor allem, nachdem er gerade zugegeben hatte, dass ihr Blut unwiderstehlich war!

»Sagen Sie mir einfach alles, was Sie für hilfreich halten, damit ich ins Reich der Fae gehen und sie zurückholen kann.«

»Ich kann Ihnen nicht sagen, wie Sie dorthin kommen«, sagte Burk. »Aber Ihre beste Hoffnung ist wahrscheinlich die Frühlings-Tagundnachtgleiche.«

»Das sagen mir alle«, sagte Rosemary. »Aber ich kann nicht so lange warten. Ich muss jetzt etwas tun.«

»Ich glaube, Sie unterschätzen, wie schwer es ist, ins Reich der Fae zu gelangen«, sagte Burk. »Soweit ich weiß, hat es seit über hundert Jahren kein erwachsener Mensch mehr geschafft, obwohl es viele erfahrene Hexen versucht haben.«

Rosemary fühlte sich von Hoffnungslosigkeit überflutet. »Aber Marjie hat gesagt, dass Oma geholfen hat, Sherry zurückzubekommen ... zur Tagundnachtgleiche?«

»Glauben Sie nicht alles, was Sie hören«, sagte Burk. »Wenn das Ritual richtig durchgeführt wird, wird sich der Schleier für einen Moment lüften und Sie haben vielleicht eine Chance. Das einzige

Problem ist, dass Sie sich an zwei Orten gleichzeitig aufhalten müssten, um tatsächlich durchzukommen.«

»Was meinen Sie?«, fragte Rosemary.

»Der Stadtplatz, auf dem die Rituale durchgeführt werden, ist ein heiliger Ort, der die Menschen vor dem Verschwinden schützen soll. Die regelmäßigen Rituale ehren die Götter und Göttinnen, damit sie ihren Schutz anbieten. Wenn die Göttin Eostre zur Tagundnachtgleiche zufrieden ist, bringt sie der Stadt Glück.«

»Wirklich?«, fragte Rosemary.

»Sie sind also bereit, an Vampire und Fae zu glauben, aber nicht an Göttinnen?«

Rosemary hatte nicht viel darüber nachgedacht, aber sie erinnerte sich an das Auftauchen von Wolkengebilden um die Zeit von Imbolc, die der Göttin Brigid geähnelt haben könnten.

»Na gut, okay, ich bin dabei«, sagte Rosemary und runzelte die Stirn. »Aber wenigstens Sie kann ich in Fleisch und Blut sehen.«

Burk warf ihr einen seltsamen Blick zu. »Der Punkt ist, dass das Ritual im Stadtkreis durchgeführt wird, aber Sie dort nicht übertreten können.«

»Nein, das kann nicht richtig sein«, sagte Rosemary. »Ferg meinte, sie brauchen mich, damit das Ritual funktioniert. Ich muss dort sein.«

»Das macht Sinn«, sagte Burk. »Je mächtiger das Ritual, desto wahrscheinlicher ist es, dass sich der Schleier so weit hebt, dass jemand von beiden Seiten hindurchtreten kann.«

»Aber Sie sagten, dass ich von dort aus nicht ins Reich der Fae gelangen kann?«

»Nein. Das Zentrum von Myrtlewood ist zu gut geschützt. Vom Kreis selbst aus wird es keinen Zugang zum Reich der Fae geben. Wenn Sie es schaffen, vom Stadtzentrum am Höhepunkt des Rituals zu einer Schwachstelle im Schleier zu gelangen, können Sie vielleicht übertreten.«

»Wie Fin's Creek?«, fragte Rosemary. »Das ist der Ort, an dem das Kind verschwunden ist.«

»Ja, das ist wahrscheinlich Ihre beste Chance«, sagte Burk.

»Aber wie? Ich kann mich nicht teleportieren. Wir sind hier nicht bei Space Trek oder so.«

»Das verstehe ich nicht«, sagte Burk. »Ich wünschte nur, ich könnte mich schnell genug bewegen, um Sie rechtzeitig dorthin zu bringen.«

»Ein edler Gedanke«, sagte Rosemary.

»Der Punkt ist«, sagte Burk, »ich werde helfen, wo ich kann. Ich werde sehen, was ich noch herausfinden kann. Ich habe einige Quellen, die sich sehr gut mit Magie auskennen.«

»Ich weiß das zu schätzen«, sagte Rosemary.

Als sie aufstand, um zu gehen, nahm Burk ihre Hand und drückte sie leicht. Sie bemerkte einen verletzbaren Blick in seinen Augen. Es war schwer zu glauben, dass diese Augen zu jemandem gehörten, der zu rücksichtsloser Gewalt fähig war, zu jemandem, der Fae-Blut unwiderstehlich fand. Sie machte sich eine Notiz, Athena von ihm fernzuhalten, wenn sie zurückkam, denn Athena würde zurückkommen. Da war Rosemary fest entschlossen.

»Wenn Sie etwas brauchen – ganz egal was – zögern Sie nicht, mich anzurufen«, sagte Burk.

~

IN DEN NÄCHSTEN Tagen war Rosemary damit beschäftigt, Omas Bücher zu durchforsten und nach Möglichkeiten zu suchen, ins Reich der Fae zu gelangen. Sie war überrascht, wie wenig Informationen über die Fae in Omas riesiger magischer Büchersammlung zu finden waren.

Sie fragte sich mehrmals, ob auch Dain von den Fae entführt worden war, und wünschte sich, er wäre noch da, damit sie ihn bitten könnte, alles zu erklären. *Was könnten seine eigenen Leute von ihm wollen? Vielleicht schuldet er ihnen Geld! Benutzen sie im Reich der Fae überhaupt Geld?*

Sie war fast völlig ahnungslos.

Viele der Informationen, die sie im Internet fand, schienen Spekulationen und Verschwörungstheorien zu sein, von denen keine besonders hilfreich war.

Rosemary hatte es geschafft, eine beachtliche Sammlung von Gegenständen anzuhäufen, die angeblich die Fae abwehren können. In ihrer Verzweiflung war sie stundenlang durch den Wald um das Haus gewandert und hatte gehofft, dass derjenige, der die Illusion vom brennenden Haus erzeugt hatte, zurückkehren würde.

Wie in einem Buch beschrieben, stellte sie im Wald um das Thorn Manor Fallen auf, um alle Feenwesen zu fangen, die dort auftauchen könnten. Sie benutzte Sahneschalen als Köder, um mehr Informationen zu bekommen. Bisher hatte sie eine betrunkene Dryade gefangen, die nur mit Blättern bekleidet war, und einen winzigen blauen Kobold.

Die einzige Information, die sie aus der Bedrohung der Dryade herausbekommen hatte, war, dass die Politik im Reich der Fae unglaublich kompliziert war. Er schwafelte von einem verschwundenen Prinzen und sich bekriegenden Fraktionen. Rosemarys Augen waren glasig geworden. Sicherlich war keine dieser Informationen von Nutzen, um Athena zurückzubekommen.

Der Kobold war noch weniger hilfreich und viel unhöflicher, so dass Rosemary eine Reihe von Schimpfwörtern ausstieß, bevor sie ihn freiließ.

Sie hatte Ostara als letzten Versuch, Athena zu retten, noch nicht aufgegeben. Mit der Hilfe von Ferg und Marjie hatte sie es geschafft, Hunderte von Töpfen mit Tulpenzwiebeln umzupflanzen und sie mit ihrer Magie zum Wachsen zu bringen, so dass sie wenigstens für das Ritual vorbereitet waren.

Mit jedem Tag rückte das Frühlingsäquinoktium näher.

Rosemary spürte, wie die Spannung in ihrem Bauch zunahm. Wenn alle in der Stadt Recht hatten, war dies die einzige Chance, die sie in absehbarer Zeit hatte, Athena zurückzubekommen. Die Risiken waren immens. Alles, was sie tun konnte, war, sich so gut wie möglich vorzubereiten, zu recherchieren und zu üben, Anweisungen zu befolgen, damit ihre Magie auch wirklich funktionierte, und das nach ihrem Willen. Das war keine leichte Aufgabe, aber jeden Tag wurde sie ein bisschen besser und machte weniger Fehler im Haus. Die Elemente Wasser und Erde waren immer noch eine Herausforderung, aber Rosemary beherrschte die Magie der Luft- und Feuerelemente inzwischen recht gut und konnte nach Belieben Feuerbälle erzeugen. Sie konnte sogar beides kombinieren, um einen violetten Blitzball zu erzeugen, der nicht nur beeindruckend aussah, sondern auch ordentlich Schaden anrichtete, als sie ihn gegen einen alten Baumstumpf im Garten schleuderte.

Athena wäre stolz, dachte Rosemary. *Wenn sie nur hier wäre, um es zu sehen.*

35

thena hielt sich an Finnigans Hand fest, als sie durch etwas schritt, das sich wie mehrere Lagen Seide anfühlte, nur dass es einfach nur … Energie war … fließend.

Als sie das Reich der Fae betrat, trat es auch in ihre Haut ein.

Es durchdrang ihr ganzes Wesen. Jede Schicht löste all die Zweifel und Ängste, die sie vor dem Verlassen ihrer Heimat gehabt hatte, und nahm sie zusammen mit der Erschöpfung fort, die sie seit Jahren mit sich herumgetragen hatte.

Tatsächlich schien es Athena, als ob sich einige Knoten in ihrem Körper gelöst hätten, als ob einige alte Wunden, Überbleibsel ihres früheren Ichs, entfernt und für immer verloren worden wären. Mit dieser Erkenntnis kam ein Gefühl der Ohnmacht. Schließlich hatte sie es sich nicht ausgesucht, eine bestimmte innere Veränderung zu durchlaufen.

Und dennoch fühlte es sich nicht schlecht an. Athena fühlte sich sogar wesentlich wohler, mehr wie ihr wahres Selbst. Als sie weiter durch viele Schichten subtil gefärbten Nebels gingen, konnte sie die Umrisse hoher, seltsam spindeldürrer lavendelfarbener Bäume erkennen, die sich vor einem tiefvioletten Himmel abzeichneten.

In der Luft über ihnen leuchteten winzige Lichter, von denen Athena schnell erkannte, dass es sich um viele tausend leuchtende Schmetterlinge handelte.

»Hier entlang«, sagte Finnigan und führte sie zu einem gepflasterten Weg, der silbern leuchtete, obwohl kein Mond am Himmel stand.

»Wohin gehen wir?«, fragte Athena.

»Ich bringe dich zu mir nach Hause«, sagte er. »Aber zuerst brauchen wir eine Erlaubnis, damit du dich hier aufhalten darfst.«

»Ich weiß nicht so recht«, sagte Athena und drückte nervös ihre Fingernägel in die Handfläche.

»Das ist nicht meine Regel«, sagte Finnigan. »Wenn du ohne Erlaubnis hier unterwegs bist, wirst du gejagt.«

Athena schluckte.

»Na gut«, sagte sie.

Nach der Vorstellung, die sie neulich bei ihr zu Hause veranstaltet hatten, klang von Feen gejagt zu werden, nicht gerade spaßig.

Sie kamen an riesigen Fliegenpilzen vorbei, die in Violett, Rot und Grün wuchsen. Athena wollte nach ihnen greifen, aber Finnigan zog sie fort.

»Fass nichts an, es sei denn, ich erlaube es dir «, sagte er. »Das Reich der Fae mag wie ein schönes Märchen aussehen, aber hier ist es sehr gefährlich. Es gibt viele Risiken, die du noch nicht kennst.«

Athena nickte und ging weiter.

Als sie den Weg entlanggingen, bemerkte Athena einen großen Teich, der mit pastellfarbenen Seerosenblättern übersät war. Sie blickte in Richtung Wasser und sah dort ein überirdisches Wesen, das sich bewegte, als sie es sah. »Das ... das kann nicht sein«, sagte Athena. »Mein Spiegelbild? Ist es verzaubert?«

»Nein«, sagte Finnigan. »Du siehst hier auch anders aus.« Da bemerkte sie, dass Finnigan sich auch irgendwie verwandelt hatte, seit er das Reich der Fae betreten hatte. Seine Haut leuchtete und seine Ohren waren spitzer geworden. Sein Haar hatte einen silbernen Schimmer angenommen, aber das war ihr in dem schwachen Licht, in dem alles etwas violetter als sonst aussah, gar nicht so richtig aufgefallen.

Seine Gliedmaßen wirkten länger und deutlich schlanker, obwohl seine Kleidung noch genauso gut zu passen schien.

»Bin ich gewachsen?«, fragte Athena und betrachtete ihre eigenen langen Gliedmaßen.

»Das ist alles eine Frage der Perspektive«, antwortete er.

Als sie weitergingen, hatte Athena das deutliche Gefühl, beobachtet zu werden. »Glaubst du, dass uns jemand folgt?«, fragte sie Finnigan.

»Zweifellos«, sagte er. »Alle Tore stehen unter Beobachtung.«

»Ist das, weil ihr euch vor den Vampiren schützen müsst?«, fragte Athena.

»Pssst«, sagte Finnigan. »Sprich dieses Wort hier nicht aus. Es wird nicht gut ankommen.«

»Okay, ich hab's verstanden. Ihr mögt sie nicht«, sagte Athena. »Aber sie sind nicht alle schlecht.«

Finnigan warf ihr einen durchdringenden Blick zu. »Ich glaube nicht, dass du das in Gegenwart von Wesen sagen solltest, die seit Jahrtausenden von ihnen verfolgt werden.«

»Tut mir leid«, sagte Athena. »Daran hätte ich wohl denken sollen.«

Finnigan ignorierte sie und fuhr fort. »Wenn wir zum Hohen Amt gehen, sag ihnen einfach, dass du Fae bist, und bitte sie, dir Zuflucht zu gewähren.«

»Zuflucht?«, sagte Athena. »Ich bin nicht in Gefahr.«

»Sag es einfach«, sagte Finnigan. »Sonst darfst du vielleicht nicht bleiben.«

Athenas Brust kribbelte in stiller Panik. »Ich soll einfach so tun, als wäre ich in großer Gefahr? Dass ich gejagt werde von ... ähm ... Dingen, über die ich nicht sprechen kann.«

»Genau«, sagte Finnigan.

»Gibt es noch etwas, das ich wissen sollte, bevor ich mich zum Narren mache und zur Zielscheibe des halben Fae-Reiches werde?«

»Sag einfach gar nichts«, sagte Finnigan. »Wenn du dir nicht sicher bist, kann ich dir helfen. Ich kann für dich sprechen.«

»Ernsthaft?«, fragte Athena und zog die Augenbrauen hoch.

»Komm schon«, sagte Finnigan und zog sie schneller über den Waldweg.

Athena war erstaunt über Finnigans Schroffheit, aber sie war zu sehr von der atemberaubenden Landschaft um sie herum fasziniert, um sich Sorgen zu machen. Die Bäume über ihr leuchteten in allen Schattierungen von Violett. Es war atemberaubend schön, wenn Athena nur Zeit gehabt hätte, es zu genießen, während sie sich beeilten.

»Es ist wirklich schön hier«, sagte Athena. »Ich dachte, es würde sich seltsam anfühlen, aber es fühlt sich ...«

»Wie zu Hause an?«, fragte Finnigan mit einem Lächeln.

»Ein bisschen«, sagte Athena. »Sogar mein Körper fühlt sich wohler, als wäre ich nicht so schwer.«

»Die Atmosphäre hier ist anders«, sagte Finnigan.

»Wie eine andere Gravitation«, sagte Athena. »Oder was auch immer die magische Entsprechung davon ist.«

»Graphit-Ion?«, sagte Finnigan.

»Egal.«

Athena wurde klar, wie unterschiedlich sie wirklich waren. Finnigan hatte zwar das Erdreich besucht, aber er schien nie dort gelebt zu haben. Er war dort nicht mehr zur Schule gegangen, seit er sehr jung gewesen war, und das war zu einer ganz anderen Zeit gewesen, und doch war er ihr irgendwie ähnlicher als fast jeder andere, den sie kennengelernt hatte.

Bei dem Gedanken fühlte sie sich in all den Welten noch einsamer.

Vor ihr konnte sie die Türme eines großen Bauwerks sehen. »Ist das unser Ziel?«, fragte Athena.

»Irgendwie schon«, sagte Finnigan.

»Was meinst du mit *irgendwie*?«, fragte Athena.

»Das wirst du bald sehen.« Sie näherten sich dem großen Bauwerk, von dem Athena nicht angenommen hatte, dass es ein Gebäude war. Es hatte die Form eines kunstvollen Zirkuszeltes in verschiedenen Naturtönen und Türme, die Eicheln ähnelten. Das ganze Gebäude schien komplett aus Blättern zu bestehen.

»Es ist so niedlich!« sagte Athena. »Bitte sag mir, dass wir dorthin gehen.«

»Hier drüben«, sagte Finnigan und führte Athena an der Seite entlang. Sie war enttäuscht, denn sie wollte das seltsame Gebäude betreten.

»Ist das nicht das Amt?«, fragte sie.

»Technisch gesehen ja«, sagte Finnigan. »Aber sie halten sich nicht gerne drinnen auf.«

»Wozu gibt es dann überhaupt Gebäude?«

Er zuckte mit den Schultern. »Vielleicht, um den Schein zu wahren. Oder vielleicht ist es ein Schutz. Ich weiß es nicht. Jedenfalls stehen sie immer hinten.«

Sie gingen an der Seite des Gebäudes entlang zu einer Lichtung im hinteren Teil. In der Mitte der Lichtung stand ein riesiger Tisch, der aus einem alten Baumstumpf gefertigt war. Um ihn herum standen große Pilzhocker, auf denen eine Reihe von bizarr aussehenden Kreaturen saßen.

Ihre Haut schien in dem violetten Licht zu leuchten und wirkte fast durchsichtig. Ihre Gliedmaßen waren lang und ihre Ohren spitz zulaufend. Ihre Augen leuchteten in einem übernatürlichen Licht und sie waren in skelettierte Blätter gekleidet, die mit Pflanzensaft und anderen Naturfasern zu kunstvollen Ballkleidern und Anzügen mit passenden Hüten zusammengeklebt zu sein schienen.

»Wer wagt es, uns zu dieser Stunde zu stören?«, fragte eine hochmütige Stimme. Sie kam von einer Gestalt auf der linken Seite des Tisches, die ein weißes Ballkleid aus Skelettblättern trug. Sie stand auf und schritt zu ihnen hinüber.

»Junger Finnigan. Hast du einen Preis gefangen?« Sie beäugte Athena misstrauisch.

»Nein, Mylady«, sagte Finnigan und verbeugte sich tief, was Athena etwas übertrieben vorkam, aber sie folgte seinem Beispiel und machte eine Art halben Knicks.

»Entschuldigt die Unterbrechung«, sagte Finnigan. »Bei meiner Erkundung des Erdreichs habe ich eine der Unseren entdeckt. Sie bittet um eine sichere Durchreise.«

»Lasst sie vortreten«, sagte eine tiefere Stimme, die vom Kopf des Tisches kam. Athena blickte zu der eleganten Gestalt, die dort saß und einen Zylinder aus grünen Blättern und einen passenden Anzug trug.

»Ismalia«, sagte Finnigan mit einer weiteren Verbeugung. »Darf ich vorstellen: meine Freundin Athena Thorn. Athena, das ist Ismalia, die hohe Verwalterin des Westtors.«

»Ein Mensch?«, fragte Ismalia mit großen Augen.

Alle Augen am Tisch richteten sich auf Athena. Sie spürte einen plötzlichen Anflug von Gefahr.

»Sag es ihnen«, sagte Finnigan und stieß Athena mit dem Ellbogen an.

»Ich glaube, ich muss ... ein Flüchtling sein ... ähm, sicher. Ich muss fliehen. Ich bin in Gefahr ...«, plapperte Athena und fühlte sich dabei ganz wie ihre Mutter.

Ismalia hob die Augenbrauen. »Tritt näher.«

Athena blieb still, bis Finnigan sie nach vorne schob.

»Lass mich dich mal ansehen«, sagte die Fae und nahm ihren Zylinder ab. Sie hob ihre Hand. Die Spitze ihres zarten langen Zeigefingers glühte. Sie ließ ihn über Athena kreisen und ihr Gesicht erhellte sich zu einem Lächeln. »Ich glaube, du hast tatsächlich königliches Fae-Blut.«

»Königlich?«, fragte Athena, bevor sie sich daran erinnerte, zu schweigen.

Ismalias grüne Augen leuchteten auf eine Weise, die Athena sehr unangenehm war. »Sehr gut«, sagte sie.

Sie ließ ihren Finger nach unten gleiten, bis er Athenas Nase mit einem kleinen Brennen berührte.

Athena fühlte sich seekrank.

»Keine Sorge, das geht vorbei«, sagte Ismalia, während die anderen Feen kicherten.

Finnigan nahm Athenas Hand und sprach zu der ungewöhnlichen Fae. »Ich segne Euch für Euer Wohlwollen.« Er verbeugte sich. »Wir werden jetzt gehen.«

»Bleibt doch auf einen Tee«, sagte Ismalia.

»Wir sind in Eile«, sagte Finnigan.

»Das ist doch Unsinn. Du weißt, dass ihr bleiben müsst, wenn wir euch zum Tee einladen. Hast du unsere Regeln vergessen?«

Finnigan drückte seinen Rücken durch, verbeugte sich und setzte sich auf einen der leeren Pilze, wobei er Athena ebenfalls zum Tisch zog.

»Tee?«, fragte Ismalia und schwenkte eine Teekanne, die aussah, als sei sie aus einem Pilz gemacht.

»Ich brauch keinen«, sagte Athena. »Ich habe meinen eigenen mitgebracht.« Sie griff in ihre Tasche, um ihre Thermoskanne zu holen.

»Was machst du denn da?«, flüsterte Finnigan.

»Ich habe gelesen, dass ich das Essen hier nicht essen darf.«

»Mach dir darüber keine Sorgen«, sagte er leise. »Du bist eine Fae.«

»Wie bezaubernd. Sie ist übervorsichtig«, sagte Ismalia. »Es ist in Ordnung, meine Liebe. Du kannst das Essen hier essen.«

»Äh ... Entschuldigung«, sagte Athena. »Wie kann ich darauf vertrauen, dass das, was Ihr sagt, wahr ist? Ich weiß nichts über diesen Ort.«

Ismalia lachte. »Als irdisches Wesen weißt du doch sicher, dass die Fae nicht lügen können?«

Athena blieb stumm.

»Du bist hier sicher«, fuhr Ismalia fort. »Für jemanden wie dich, mit deiner Herkunft. Wie auch immer ...« Sie lachte wieder.

Athena warf Finnigan erneut einen skeptischen Blick zu. Er nickte beruhigend und sie entspannte sich ein wenig. Schließlich brauchte sie dringend eine Tasse Tee.

»Wisst Ihr, als Kind wäre das der Höhepunkt meines Lebens gewesen«, sagte Athena. »Tee trinken mit Feen!« Am Tisch herrschte Stille. »Oh nein. Ich habe es schon wieder getan, nicht wahr? Ich habe etwas Beleidigendes gesagt.«

»Schon gut«, sagte Ismalia, obwohl in ihrer Stimme eine deutliche Anspannung lag.

»Wir benutzen dieses Wort nicht«, sagte Finnigan.

»Danke, dass du es mir jetzt erst sagst«, zischte Athena im Flüsterton. »Kannst du mich bitte auch in alle anderen Regeln einweihen, wenn du schon dabei bist?«

»Sag niemals danke zu den Fae«, flüsterte Finnigan zurück. »Das gilt als unglaublich unhöflich.«

»Wie seltsam«, murmelte Athena leise. »Ich meine, ich bin mir sicher, dass ich das im Internet gelesen habe, aber ich hätte nicht gedacht, dass es stimmt.«

»Wir haben eine Regel, die besagt, dass man immer höflich sein muss«, fuhr Finnigan fort, ohne seine Stimme zu erheben.

»Ernsthaft?« Athena verdrehte die Augen.

»Ja, ernsthaft«, sagte Finnigan. »Verdreh nicht die Augen, egal was du tust. Das ist auch unhöflich.«

Athena seufzte und hob ihre Hände zur Kapitulation. »Ich entschuldige mich«, sagte sie und schaute sich am Tisch um. »Das ist alles neu für mich.«

»Und es sei dir verziehen. Zumindest für ein paar Augenblicke«, sagte Ismalia und grinste von einem Ohr zum anderen, da sie offensichtlich ihre Unterhaltung mitgehört hatte. »Danach werden wir nicht mehr so großzügig sein.«

Athena spürte einen kalten Schauer. Ihr war klar, dass diese Kreaturen vielleicht zart und harmlos aussahen, aber sie wusste, dass sie in Wirklichkeit sehr tödlich waren, viel furchterregender als Vampire, zumindest die netten Vampire, die sie kennengelernt hatte.

Ismalia goss eine indigoblaue Flüssigkeit in eine Tasse, die aus einer tulpenähnlichen Blume gemacht zu sein schien.

»Ich meine, ich nehme Eure freundliche Gastfreundschaft an«, sagte Athena und griff nach der Tasse, die weich und geschmeidig in ihren Fingern lag, genau wie echte Blütenblätter. Die dazugehörige Untertasse war ein großes, rundes Lilienblatt.

»Auf jeden Fall können wir dir nicht *alle* Regeln erklären«, sagte Ismalia. »Auch das ist Teil der Regeln.«

»Das ist ... einfach wunderbar«, sagte Athena und nahm einen Schluck Tee. Er schmeckte wie reife Blaubeeren. Sie konnte sich ein Lächeln nicht verkneifen, als ihr ganzer Körper von dem köstlichen Geschmack erleuchtet wurde.

»Siehst du, das war doch gar nicht so schwer, oder?«, sagte Ismalia.

»Es ist köstlich!« sagte Athena und dann erinnerte sie sich an das, was Finnigan gesagt hatte, nämlich so wenig wie möglich zu sprechen. Sie nahm sich vor, für den Rest der Veranstaltung so leise wie möglich zu sein.

36

Rosemary stand am Küchentisch und übte einen Zauberspruch. Das Haus um sie herum war chaotisch und spiegelte ihren inneren Zustand wider. Sie hatte mit den Elementen und Zaubertränken experimentiert. Für Schokolade hatte sie keine Zeit, und die vielen Hasen und Eier, die überall auftauchten, erinnerten sie nur daran, dass Athena vermisst wurde.

Um ihre Tochter zurückzubekommen, musste Rosemary sich allein auf sie konzentrieren. Sie brauchte nur einen Anhaltspunkt dafür, wie. Sie hatte sich die Mühe gemacht, sich über Astrologie zu informieren, aber das Lesen der Sterne erschien ihr viel zu kompliziert. Sie hatte es mit Omas Tarotkarten versucht, aber sie bekam immer wieder unheimlich aussehende Ergebnisse, wie z. B. den Turm, so dass sie sich stattdessen mit Teeblättern beschäftigte, die aber keinen Sinn ergaben.

In einem Anfall von Verzweiflung war Rosemary sogar zu Crystal Cassandra gegangen, der geschwätzigen Frau, die sich selbst als Hellseherin der Stadt bezeichnete, nur um den Unsinn zu hören, dass ihre Aura zu neblig sei, um sie zu lesen. Rosemary hatte nur noch weggewollt. Diese Frau verursachte ihr schlechte Schwingungen.

Rosemary streute das Pulver vor sich in die kleine Kupferschale und murmelte die Beschwörungsformel aus dem Zauberbuch. Nichts schien zu passieren. Sie seufzte.

Sie war schon seit Tagen nicht mehr auf der Arbeit gewesen. Sie war erleichtert, dass sie das Geld nicht mehr brauchte. Zumindest auf kurze Sicht ging es ihr finanziell gut. Sie wollte Marjie nicht noch mehr zur Last fallen, als sie es ohnehin schon war, aber Marjie bestand darauf, dass es ihr im Laden gut ginge und brachte weiterhin bei jeder Gelegenheit Essenspakete vorbei, um sicherzustellen, dass Rosemary und das Kätzchen gefüttert wurden. Sie hielt nicht einmal inne, um zu plaudern, offensichtlich weil sie es satt hatte, dass Rosemary ihre köstlichen Geschenke ablehnte.

Es klopfte an der Tür.

Rosemary gab den Zauber auf und ging in der Annahme, dass das Klopfen von Marjie kam, zur Haustür. Marjies Auto verschwand in der Auffahrt.

Rosemary konnte nicht anders, als über ihre nette Freundin zu lächeln, welche ihr inzwischen wie Familie vorkam.

Sie holte das Paket von der Türschwelle. Sie hätte schwören können, dass etwas sie von den Bäumen um das Haus herum beobachtete.

Sie schaute auf und versuchte, verdächtige Bewegungen im Wald auszumachen.

In diesem Moment hörte sie ein Rauschen in der Luft. Eine Gestalt erschien. Rosemary schrie auf und hob die Arme. Ein Energiestrahl schoss heraus.

»Hey!«, sagte Burk und schirmte seine Augen ab.

Der gutaussehende Vampir stand auf ihrer Türschwelle und sah etwas zerzaust aus.

»Oh! Sie haben mich erschreckt«, sagte Rosemary.

»Es tut mir leid«, sagte er und trat zurück. »Rosemary, ich bin nur gekommen, um ...«

»Was?« Sie schaute ihn neugierig an.

»Um Ihnen dieses Buch zu geben«, sagte er, griff in seine Tasche und holte einen winzigen, grünen, stoffgebundenen Band hervor.

»Ein Buch für Miniaturmenschen?«, fragte Rosemary. »Tut mir leid, ich schaffe nicht mal mehr einen guten Witz zu machen. Ich sage einfach, was mir in den Sinn kommt, und die meisten davon sind nicht besonders angemessen.«

»Verständlich«, sagte Burk.

»Was ist das?«, fragte Rosemary und griff nach dem Buch.

»Es ist über hundert Jahre her, dass dieses Buch gemacht wurde. Es wurde vom Hohen Rat der Vampire in Auftrag gegeben.«

»Ihr habt einen Rat?«, fragte Rosemary. »Ich hatte keine Ahnung, dass Untote so bürokratisch sein können.«

»Fürchterlich bürokratisch«, sagte Burk. »Was glauben Sie, wie wir sonst die jungen Vampire bei der Stange halten?«

»Wozu haben sie ein kleines Buch in Auftrag gegeben?«, fragte Rosemary. Ein kleiner Hoffnungsschimmer begann in ihrem Kopf zu leuchten. *Könnte dies das fehlende Teil des Puzzles sein?*

Das kleine Buch füllte kaum ihre Handfläche aus. Weder auf dem Einband noch auf dem Buchrücken stand ein Titel.

»Es handelt von den Fae«, sagte Burk. »Dieses Buch wurde von den weisesten magischen Gelehrten der Welt geschrieben. So konnten wir genug Informationen sammeln, um sie und ihre Tricks zu bekämpfen.«

»Ich dachte, Vampire hätten die Fae gejagt und fast ausgerottet«, sagte Rosemary misstrauisch. »Wozu braucht ihr dann so ein Buch?«

Burk lachte. »Wenn es nur so einfach wäre.« Er machte einen kleinen Schritt auf Rosemary zu. »Seien Sie vorsichtig, Rosemary. Nehmen Sie sich vor den Fae in Acht. Sie können grausam sein. Sie haben einen ganz anderen Sinn für Moral als Menschen oder Vampire. Der Krieg fand hauptsächlich zwischen unseren Arten statt, aber glauben Sie mir, wenn ich Ihnen sage, dass viele magische Menschen auf unserer Seite waren.«

»Das ist merkwürdig«, sagte Rosemary. »Wenn man bedenkt, dass ihr Menschenblut trinkt – zumindest traditionell.«

Burk schaute halb beleidigt und halb amüsiert. »Wir sind nicht die abscheulichen Dämonen, als die wir in den Geschichten oft dargestellt werden.« In seiner Stimme lag eine gewisse Bitterkeit. »Fae haben die meisten Ausgaben dieses Buches aufgespürt und zerstört. Es enthält einige nützliche Informationen, aber vergessen Sie nicht, dass es vor langer Zeit geschrieben wurde, bevor es all diese Schutzmechanismen gab. Es wird Sie nicht durch den Schleier bringen.«

»Wozu ist es dann gut?«, fragte Rosemary und spürte, wie die flatterhaften Hoffnungen, die das Buch geweckt hatte, in ihrer Brust verkümmerten und starben.

»Es enthält mehr Informationen über die Fae, als Sie anderswo finden werden«, sagte Burk. »Und wenn es Ihnen gelingt, in das Reich der Fae vorzudringen, finden Sie hier einige Anleitungen, die Ihnen helfen werden, sich zu stärken, sowohl bei Ihrem Eintritt als auch bei Ihrer sicheren Rückkehr.«

»Sie klingen so förmlich, wenn Sie so reden«, sagte Rosemary.

»Die moderne Sprache ist, wie man so schön sagt, ‚eine Herausforderung‘ für mich«, sagte Burk. »Ich bin schon eine ganze Weile auf der Welt und die meiste Zeit davon war die Sprache förmlicher, zumindest in meinen Kreisen.« Er strich sich mit den Fingern durch sein perfekt gestyltes Haar.

»Wissen Sie, Sie klingen ein bisschen wie ein Snob, wenn Sie das sagen«, sagte Rosemary.

Burk gluckste.

»Aber ich danke Ihnen für das Buch«, fuhr sie fort. »Das ist sehr nett von Ihnen.«

»Ich hoffe nur, es hilft«, sagte Burk. »Ich werde weiter recherchieren, um zu sehen, was ich noch finden kann. Unser Rat behält alle Aktivitäten am Rande des Schleiers genau im Auge, auch das Verschwinden von Personen. Es passiert alles zu unregelmäßig, um es vorherzusagen.«

Rosemary nickte. »Nochmals danke«, sagte sie, nahm das kleine Buch und steckte es in ihre Tasche.

»Rosemary, ich ...« Burks Worte gerieten ins Stocken. »Sie sollen wissen, dass ich alles tun werde, um Ihnen zu helfen und dass Sie mir wichtig sind.«

Rosemary spürte ein seltsames Ziehen in ihrem Bauch, aber es schien nicht der richtige Zeitpunkt für Gefühle zu sein. Es war nett von Burk, ihr das Buch zu geben, aber das Letzte, was sie brauchte, war, sich mit einem Vampiranwalt einzulassen, der scheinbar Probleme hatte, Grenzen zu respektieren. Außerdem hatte sie nicht vergessen, dass sie ihn nur ein paar Abende zuvor mit einer attraktiven Frau beim Abendessen gesehen hatte. Wenn er sich wirklich für sie interessierte, würde er sich dann mit anderen Frauen treffen? Nicht, dass sie das etwas angehen würde.

»Wie ich schon sagte, sagen Sie mir Bescheid, wenn ich irgendetwas tun kann.« Er griff nach Rosemarys Hand, senkte den Kopf und hauchte ihr einen Kuss auf den Knöchel.

Rosemary warf ihm einen fragenden Blick zu.

»Es tut mir leid«, sagte Burk. »Ich merke gerade, wie seltsam diese Geste gewesen sein muss. Ich bin ein altmodischer Kerl.«

Rosemary zog ihre Hand weg. »Äh ... danke, denke ich. Ich wünsche Ihnen eine gute Nacht.«

Sie wandte sich ab, um das Paket mit den Lebensmitteln zu holen, das Marjie vorbeigebracht hatte, und hörte das Rauschen hinter sich, das ihr verriet, dass Burk gegangen war. Sie hatte keine Zeit, über den Vampir und seine seltsamen, antiquierten Manieren, seine schönen Gesichtszüge und seine herrlichen Augen nachzudenken. Sie hatte viel wichtigere Dinge zu tun.

Sie ging hinein und stellte den Kuchen und den Salat, den Marjie ihr hinterlassen hatte, auf einen Teller. Er war zum Glück noch warm. Sie brachte ihn zusammen mit dem kleinen Buch zum Tisch und begann, die Seiten zu studieren, wobei sie darauf achtete, kein Essen darauf zu verschütten, da es zweifellos unersetzlich war.

Wie Burk gesagt hatte, gab es tatsächlich nützlich klingende Rezepte für Dinge wie Miniaturkuchen und –kekse, die, richtig zubereitet, die menschliche Kraft stärken und vor den Gefahren zwischen den Welten schützen sollten, und auch für die Anpassung bei der Rückkehr in die menschliche Welt.

Keines der Rezepte schien besonders nützlich für Vampire zu sein, obwohl in dem Buch stand, dass Vampire, unabhängig von ihrer Stärke oder Verzauberung, nicht ohne Weiteres in das Reich der Fae übertreten und dort auch nicht lange überleben konnten, selbst wenn sie es schaffen würden.

Vielleicht haben sie menschliche Spione ausgebildet, um dort hineinzugehen und die Fae zu sabotieren. Rosemary fragte sich, ob sie Burk vertrauen konnte. Er wirkte immer so aufrichtig, wenn auch ein wenig arrogant. Er war nett zu ihr und Athena gewesen. Aber sie konnte auf keinen Fall riskieren, dass er herausfand, was Athena war.

Rosemary saß am Tisch und las das Buch, bis sie kaum noch die Augen offen halten konnte.

Sie konnte sich des Eindrucks nicht erwehren, dass Burk sie täuschte, zumindest um den Anschein zu erwecken, dass seine Seite – die Vampire – gar nicht so schlecht waren.

Rosemary musste eingenickt sein, denn sie wachte mit dem Kopf auf dem Tisch, einem steifen Nacken und Abdrücken vom Buch im Gesicht auf.

Es war ein Geräusch, das sie geweckt hatte, das Geräusch von hektischem Klopfen.

Sherry war an der Tür.

»Meine Güte«, sagte Rosemary und fühlte sich ganz benommen. »Wie spät ist es?«

»Spät?«, fragte Sherry mit rauer Stimme und hohem Tonfall. »Wer kümmert sich schon um die Zeit?«

In diesem Moment bemerkte Rosemary, dass Sherry ganz und gar nicht mehr so blass und müde aussah wie beim letzten Mal, als sie sich gesehen hatten. Ihre Augen schienen fast zu leuchten und ein wahnsinniges Lächeln umspielte ihre Lippen.

»Sherry, geht es dir gut?«, fragte Rosemary.

»Mir geht es großartig!«, sagte Sherry. Dann senkte sie ihren Blick. »Aber ich habe das mit Athena gehört und es tut mir sehr leid, von deinem Verlust zu hören.«

»Kann ich dir irgendwie behilflich sein?«, fragte Rosemary ernsthaft besorgt.

»Mir behilflich sein? Oh, nein, ich bin auf dem Höhepunkt oder … zumindest werde ich das sehr bald sein.« Sie schenkte Rosemary ein weiteres listiges Lächeln.

»Ich dachte, die Tagundnachtgleiche hätte dich ausgelaugt.«

»Normalerweise ist das so, aber ich habe etwas gefunden, mit dem ich mich viel besser fühle. Ich glaube sogar, dass ich dir helfen kann.«

Rosemarys Herz pochte in ihrer Brust, als ihr klar wurde, dass Sherry auf einer Art magischer Droge sein könnte. Trotzdem konnte sie die Möglichkeit nicht ignorieren, dass sie helfen könnte, Athena zurückzubekommen.

»Wie könntest du mir denn helfen?«, fragte Rosemary.

»Du musst nur die folgenden Zutaten zum Äquinoktium mitbringen.« Sie schwenkte eine zerknitterte Einkaufsliste, auf der ein Haufen

Kräuter und Kristalle stand. »Wir müssen ein Tor schaffen, um ins Reich der Fae zu gelangen.«

»Du willst dorthin zurückkehren?«, fragte Rosemary erstaunt.

»Ich habe noch eine Rechnung mit den Fae offen.« Ein beunruhigender Blick ging über Sherrys Gesicht. »Sie haben mir etwas Wertvolles genommen und jetzt kann ich sie endlich zurückholen.«

»Wovon redest du da?«, fragte Rosemary, aber es war zu spät. Sherry hatte sich dem Wald zugewandt. Rosemary sah einen vertrauten Goldschimmer um den Hals der Frau, als sie zwischen den Bäumen davonlief. Rosemary überlegte einen Moment, ob sie ihr nachgehen sollte, entschied sich aber dagegen, denn der Wald war ihr schon seit Wochen unheimlich. Stattdessen rief sie Detective Neve an und hinterließ eine Nachricht.

SPÄTER IN DER NACHT, als Rosemary im Bett lag, ging ihr die Begegnung mit Sherry noch einmal durch den Kopf. Der Hauch von Gold um ihren Hals stammte von einer Kette, erkannte Rosemary, und sie war so vertraut, weil sie Teil ihrer vermissten Halskette war.

Rosemary hatte nur einen kurzen Blick darauf erhascht, aber sie war sich sicher.

Sherry musste sie mitgenommen haben, als sie das Haus besucht hatte.

Rosemary stand auf. Sie musste mit Oma sprechen, aber es war keine Geheimtür im oberen Stockwerk zu sehen. Sie ging zu dem Teil der Wand, an dem früher die Tür gewesen war, und klopfte. Es kam keine Antwort.

Rosemary klopfte erneut und begann dann, gegen die Tür zu hämmern.

Sie holte tief Luft, als Schluchzer ihre Brust erschütterten. Sie wischte sich die Tränen mit dem Handrücken weg.

»Oma! Ich muss mit dir reden. Jetzt sofort! Es ist mir egal, dass dies kein guter Zeitpunkt für dich ist. Du bist ein verdammter Geist. Ich bin sicher, du hast alle Zeit der Welt.«

Es kam keine Antwort, also hob Rosemary ihre Handflächen an die

Tür und rief ihre Magie herbei. Licht strahlte unter ihren Händen. Einen Moment lang geschah nichts, dann erschien langsam ein goldener Rand, der den Umriss der Tür nachzeichnete.

»Danke«, sagte Rosemary zum Haus. Sie öffnete die neu geformte Tür und stieg im Schritttempo die Treppe hinauf.

»Hör mal zu, alte Frau«, sagte Rosemary und stürmte in das Turmzimmer.

»Siehst du nicht, dass ich beschäftigt bin?«, sagte Oma und materialisierte sich im Spiegel.

»Es ist mir egal, ob du beschäftigt bist«, rief Rosemary. »Deine Urenkelin ist verschwunden!«

»Das ist mir durchaus bewusst«, sagte Oma. »Damit bin ich ja auch beschäftigt.«

Rosemary wich erstaunt zurück. »Ich wusste nicht, dass du uns so genau im Auge behältst.«

»Natürlich tue ich das«, sagte Oma. »Ihr beide seid manchmal so doof. Irgendjemand muss ja auf euch aufpassen. Aber sei versichert, dass es Athena gut geht.«

»Ihr geht es nicht gut!«, stürmte Rosemary. »Sie ist entführt worden!«

»Blödsinn«, sagte Oma. »Es ist nur ein kleiner Spaß, das ist alles.«

»Ein Spaß!« Rosemary war entsetzt. »Wir bekommen sie vielleicht nie wieder zurück. Du solltest wissen, wie schwer es ist, durch den Schleier zu kommen.«

»Nun, die Tagundnachtgleiche …«

»Ich weiß!«, sagte Rosemary, immer noch wütend über die flapsige Haltung ihrer Großmutter. »Das sagen mir auch alle. Aber wie? Marjie dachte, du wüsstest es.«

»Was die Magie angeht, folge ich einfach meiner Intuition«, sagte Oma mit einer kleinen Handbewegung. »Es gibt für all das keine Anleitung mehr, seit sie die Grenzen geschlossen haben, als ich noch ein kleines Mädchen war. Aber keine Sorge, das Mädchen wird sich bestimmt prächtig amüsieren.«

Rosemary war außer sich vor Wut. Es dauerte eine Weile, bis sie sich soweit beruhigt hatte, dass sie wieder sprechen konnte. Offensichtlich war Oma zu sehr von der Erde abgehoben, um den Ernst der Lage zu begreifen. Es hatte keinen Sinn, sich auf einen sinnlosen Streit einzulassen, wenn Oma vielleicht helfen konnte, ob sie es nun begriff oder nicht. Anstatt sich darüber zu streiten, ob Athena in Gefahr war oder nur herumtollte, biss Rosemary die Zähne zusammen und wechselte das Thema.

»Das ist nicht das Einzige, was ich dir erzählen muss«, sagte Rosemary schließlich. »Mir ist gerade klar geworden, dass es Sherry war, die die Kette gestohlen hat.«

»Dieses Mädchen.« Oma schüttelte den Kopf. »Ich frage mich, warum sie das getan haben sollte.«

»Ich nehme an, sie war die offensichtliche Täterin«, sagte Rosemary. »Immerhin hatte sie das Haus zu der Zeit besucht, als sie verschwand. Ich habe es nur nicht für möglich gehalten, dass sie es getan haben könnte.« Sie schwieg einen Moment nachdenklich und fragte dann: »Glaubst du, dass die Halskette eine seltsame Wirkung auf sie hat?«

»Daran habe ich keinen Zweifel«, sagte Oma. »Es ist ein mächtiges Relikt. Die Familie Thorn bewahrt sie seit Generationen auf, auch weil unsere Magie uns stark genug macht, sie zu tragen. Ich bezweifle, dass es in der Stadt noch jemanden gibt, der das schaffen könnte.«

»Danke, dass du mich gewarnt hast«, sagte Rosemary. »Was wäre, wenn ich es einer Freundin geliehen hätte?«

»Wie kannst du es wagen, unbezahlbare Familienerbstücke zu verleihen?«, wetterte Oma. »Ich dachte, selbst du hättest mehr Verstand.«

»Ich hätte es nicht getan«, sagte Rosemary. »Ich habe es nicht einmal Athena tragen lassen. Sherry war in einem sehr merkwürdigen Zustand. Ich dachte, sie wäre high.«

»Das ist sie wahrscheinlich auch. Die Magie ist sehr mächtig.«

»Aber sie hat die Kette schon seit mindestens einer Woche«, sagte Rosemary, »und als ich sie das letzte Mal gesehen habe, war sie nicht so.«

»Vielleicht hat sie erst jetzt anprobiert?«, schlug Oma vor.

»Sie sagte, sie wolle mir helfen, Athena zurückzuholen.«

»Ich würde ihr nur so weit trauen, wie du sie werfen kannst, Liebes«, sagte Oma. »Vor allem, wenn sie unter dem Einfluss der Kette steht.«

»Sie schien es aber wirklich ernst zu meinen«, sagte Rosemary. »Viele Leute haben mir ihre Hilfe angeboten, aber bei Sherry habe ich gespürt, dass sie es ernst meint, trotz ihres Zustands. Sie hat auch noch etwas anderes gesagt. Sie will etwas aus dem Reich der Fae zurückholen – etwas, das sie dort verloren hat.«

»Jetzt wo du's sagst«, meinte Oma. »Das weckt eine Erinnerung. Hat sie etwas oder jemanden gesagt?«

»Warum fragst du?«

Oma schwenkte den Arm und eine große Schublade des großen Holztisches an der Seite des Zimmers wurde aufgezogen. Sie war mit altmodischen Akten gefüllt. »Mal sehen, wo ist es?«

Papiere rutschten hin und her und dann flog ein Aktenordner auf und landete auf dem Schreibtisch. »Hier«, sagte Oma.

»Was ist das?«, fragte Rosemary und ging hinüber zum Schreibtisch.

Der Ordner öffnete sich und Papiere flatterten umher, bis eines ganz oben lag. Es war ein alter Zeitungsausschnitt mit Bildern von zwei Mädchen auf der Vorderseite. Die eine war eindeutig eine junge Sherry. Die andere hatte dunkleres Haar und einen ernsten Gesichtsausdruck.

»Mei Lee«, sagte Rosemary und las den Namen unter dem Bild. »Sie ist zur gleichen Zeit verschwunden. Warum hat niemand etwas gesagt?«

»Das ist eines der Probleme, wenn man dort lebt, wo der Schleier dünn ist«, sagte Oma. »Die Magie der Fae beeinflusst das Gedächtnis aller Menschen, vor allem, wenn sie selbst betroffen sind. Als Sherry zurückkam, wusste niemand, wer sie war.«

»Wie schrecklich«, sagte Rosemary. »Nicht einmal ihre eigenen Eltern?«

»Sie haben sie schließlich wiedererkannt, aber ich weiß, dass es anfangs ziemlich traumatisch für sie war, zurückzukommen und sich in ihrem eigenen Haus wie eine Fremde zu fühlen.«

»Mit Sicherheit«, sagte Rosemary. »Niemand wird mich dazu bringen, Athena zu vergessen. Bitte versuche einfach, ihr zu helfen, sie zurückzuholen.«

»Gut, gut«, sagte Oma. »Aber du bist der Schlüssel dazu. Deine Magie sollte dich jetzt, wo du sie richtig einsetzt, ein wenig vor dem Gedächtnisverlust schützen, aber die Fae sind stark. Deshalb führe ich Buch über alles, was hier vor sich geht. Man kann nie vorsichtig genug sein.«

»Ich glaube, es gibt ein Rezept, das dabei hilft«, sagte Rosemary. »Burk hat mir ein kleines Buch mit nützlichen Informationen über die

Fae gegeben. Darin gibt es einen Zitronenkuchen, der vor ihrem Zauber schützt.«

»Das klingt in der Tat nützlich«, sagte Oma und warf ihr einen wissenden Blick zu. »Dieser hübsche Vampir bemüht sich wirklich sehr um dich, nicht wahr? Ach, wenn ich doch nur wieder jung wäre!«

»So ist es nicht«, sagte Rosemary.

»Wie du meinst«, sagte Oma und grinste.

Rosemary ignorierte sie und schaute wieder auf den Zeitungsausschnitt.

»Meinst du, alle haben das andere Mädchen vergessen?«, fragte sie.

»Wahrscheinlich alle, außer Sherry«, antwortete Oma.

37

———

Als Athena ihre Teetasse ausgetrunken hatte, bemerkte sie, dass der Himmel über ihnen immer heller wurde.

»Wie lange sind wir schon hier?«, fragte sie Finnigan. Sie fühlte sich etwas seltsam und wusste nicht, ob es an dem Getränk lag, das sie gerade getrunken hatte, oder einfach nur daran, dass sie in einer anderen Welt war. Es fühlte sich an, als wäre sie erst zwanzig Minuten weg gewesen, aber sie wusste, dass die Zeit hier nicht den gleichen Regeln folgte wie in der irdischen Welt.

Die Kreaturen um sie herum lachten über ihre Frage.

»Nicht lange«, sagte Finnigan. Sie bemerkte den besorgten Blick in seinen Augen. »Aber wir sollten uns besser auf den Weg machen. Wir wissen eure Großzügigkeit zu schätzen«, sagte er, stand auf und verbeugte sich vor den Fae.

Athena folgte seinem Beispiel.

»Ihr wollt schon wieder gehen?«, fragte Ismalia.

»Ich fürchte, ja«, sagte Finnigan.

»Haltet uns über eure Aktivitäten auf dem Laufenden«, sagte die Fae-Verwalterin und lüftete ihren grünen Zylinder. Athena war sich sicher, dass in ihrer Stimme ein Hauch von Drohung lag.

Ein leises Schnarchen unterbrach sie. Athena blickte hinüber, um zu sehen, dass eine der kunstvoll gekleideten Fae auf der anderen Seite des Tisches eingeschlafen war.

Ismalia gab der schlafenden Fae einen kräftigen Tritt und klatschte dann in die Hände. »Die Nachtschicht ist vorbei! Es wird Zeit, dass der Tag beginnt.«

Ihre Stimme schallte wie von einem Mikrofon vergrößert über die Wiese mit den Wildblumen in Richtung des grünen Gebäudes. Eine Trompete ertönte.

Finnigan zog Athena weg und sie machten sich auf den Weg zu einem Pfad im Wald. Sie konnte nicht anders, als sich umzudrehen und zu sehen, wie ein halbes Dutzend schick gekleideter Fae in roten Mänteln das Haus verließ und sich auf den Weg zum Tisch machte, offensichtlich, um die Nachtschicht zu ersetzen.

»Ich werde nicht einmal so tun, als ob ich wüsste, was das soll«, sagte Athena.

»Was? Du erwartest, dass sie die ganze Nacht und den ganzen Tag arbeiten?«, fragte Finnigan. »Auch Fae brauchen Ruhe.«

»Nein, das nicht«, sagte Athena. »Die Nacht- und Tagschicht ist absolut sinnvoll. Nur die Sache mit den Manieren verstehe ich nicht, und der seltsame Tee. Ich bin sicher, dass er mir ein komisches Gefühl gegeben hat. Sieh mal, du hast mir gesagt, dass du mich hierher bringst, um mir Dinge zu erklären, und du hast mir bisher so gut wie nichts erklärt, was mir nützt. Ich habe viel mehr Fragen als Antworten.«

Finnigan fuhr sich mit der Hand durch sein Haar. »Was willst du denn wissen?«, fragte er, während er sie weiter den Kopfsteinpflasterweg entlangführte, der im fliederfarbenen Licht des frühen Morgens perlmuttartig schimmerte.

»Ich möchte wissen, was in meinem Gehirn vor sich geht, wenn ich die Gedanken anderer Menschen höre. Warte einen Moment. Ich habe sie nicht gehört. Seit ich hier bin, habe ich weder Stimmen noch Geräusche gehört.«

»Ich denke, du wirst feststellen, dass diese besondere Fähigkeit bei Menschen funktioniert, nicht bei Fae, außer sie sind sehr eng miteinander verbunden«, sagte er.

»Aber bei dir funktioniert es«, sagte Athena und fragte sich, wie sie sich jemandem so nahe fühlen konnte, obwohl sie sich gerade erst kennengelernt hatten.

»Das tut es«, sagte Finnigan. »Ich nehme an, dass es nur daran liegt, dass ich sowohl Mensch als auch Fae bin. So wie du, schon vergessen?«

»Das nimmst du einfach so an?«, fragte Athena. »Solltest du das nicht wissen? Hast du denn niemals Menschen in der Fae-Welt oder Fae in der Menschenwelt gesehen?«

»Das ist nicht so häufig, wie du vielleicht denkst«, sagte Finnigan und warf ihr einen etwas seltsamen Blick zu.

»Und warum konntest du mir das nicht schon früher sagen?«

»Ich habe dir gesagt, dass ich nur wenig erzählen kann«, sagte Finnigan.

»Das schon wieder«, sagte Athena frustriert.

»Was willst du noch wissen?«

»Du hast mir gesagt, du würdest mir helfen, meine Kräfte zu verbessern, aber hier kann ich sie nicht einmal benutzen.«

»Hier zu sein wird dir helfen«, versicherte er ihr. »Spürst du es nicht? Dieser Ort ist dein natürliches Zuhause, für dich und deinen Körper.«

Athena schloss für einen Moment die Augen und blieb auf dem Weg stehen. Sie fühlte sich tatsächlich ruhiger als je zuvor. Es half, dass es still in ihrem Kopf war. Es war eine schöne Abwechslung, sich mal nicht mit Stimmen beschäftigen zu müssen, aber selbst vor dem Einsetzen ihrer telepathischen Kräften hatte sie noch nie dieses tiefe Gefühl der Ruhe verspürt.

»Siehst du, du bist hier mehr du selbst«, sagte Finnigan. »Außerdem gibt es noch jemanden, der dir helfen kann.«

»Wer ist es?«

»Die Gräfin von West-Eloria.«

»West-Eloria?«, fragte Athena. »Wo ist das?«

»Überall um dich herum«, sagte Finnigan. »Dieser Teil des Reiches der Fae ist West-Eloria. Er wird von der Gräfin regiert.«

»Sind die anderen Regionen sehr unterschiedlich?«, fragte Athena.

»Das kann ich dir nicht sagen«, sagte Finnigan. »Ich war noch nie in einer der anderen Regionen. Ich ... ich arbeite hier.«

»Oh, okay«, sagte Athena und bemerkte einen leicht angestrengten Ton in Finnigans Stimme. »Wie ist sie denn so, die Gräfin?«

»Sie ist stark und schön«, sagte Finnigan.

Athena spürte einen Anflug von Eifersucht und fragte sich, wie alt diese Gräfin war.

Sie gingen eine Weile schweigend weiter, bis Athena etwas auffiel.

Vor ihnen, unter den Bäumen, näherten sich einige interessante Gestalten. Sie sahen aus, als trügen sie leuchtend rote Tutus.

»Bleib dicht bei mir«, sagte Finnigan plötzlich und packte Athena an der Hand, was ihr einen leichten Schauer durch Gliedmaßen und Oberkörper jagte. Sie war sich nicht sicher, ob es nur die Chemikalien der Verliebtheit waren oder etwas Magischeres, aber die Ernsthaftigkeit in seinem Ton lenkte sie davon ab, darüber nachzudenken.

»Was ist los?«, fragte sie leise.

»Tributsucher«, sagte er. »Hast du irgendetwas in deiner Tasche, das sich für einen Tribut eignen würde?«

»Was denn für Zeug?«

»Etwas Glänzendes«, sagte Finnigan.

Athena sah sich den Inhalt ihres Rucksacks an und fühlte sich unwohl, als sie an all die Zaubersprüche und Tränke dachte, die sie zum Schutz oder zur Selbstverteidigung gegen die Fae gebraut hatte. Sie dachte auch an einige der anderen Dinge, die sie eingepackt hatte.

»Meinst du, sie mögen Edelsteine?«, fragte sie und erinnerte sich daran, wie sie Oma Thorns ziemlich umfangreiche Kristallsammlung geplündert hatte, bevor sie abgereist war.

»Solange es kein Magnetit oder Hämatit ist«, sagte Finnigan.

»Glaubst du nicht, dass ich es besser weiß, als Eisen ins Reich der Fae mitzunehmen«, erwiderte sie. »Ich bin zwar größtenteils ahnungslos, aber ich kenne mich wenigstens ein bisschen mit Volkskunde aus.«

»Gut, dann finde einfach schnell etwas, ja?«, sagte Finnigan, der von Athenas Wissen über Fae-abweisende Mineralien nicht besonders beeindruckt war.

»Mache ich.« Athena zuckte mit den Schultern, nahm ihren Rucksack ab und durchwühlte eine der Seitentaschen, während die rot gekleideten Kreaturen auf sie zukamen. Im Gegensatz zu den anderen Fae-Wesen, denen sie begegnet waren, waren diese hier gedrungen und fast glockenförmig. Sie wollte sie fragen, ob sie einer anderen Spezies angehörten, aber eine solche Frage wäre höchstwahrscheinlich unhöflich, wenn man bedachte, wie sehr die Fae auf Höflichkeit bedacht waren. Sie zog ein kleines Stück Rosenquarz heraus. Es klirrte gegen eine winzige Flasche mit Sahne, als sie es aus der Tasche nahm.

»Tribut! Tribut, bitte! Tribute für unsere schöne Königin!«, riefen die seltsamen Wesen und hielten einen großen gelben Eimer hoch, mit dem sie herumklirrten.

»Das kannst du später auch erklären«, sagte Athena zu Finnigan.

»Wirst du unserer schönen Königin Tribut zollen?«

Athena schaute auf das kleine Stück Rosenquarz hinunter, und plötzlich kam es ihr nicht mehr gut genug vor. Sie steckte es zurück in ihre Tasche und kramte in der Hoffnung, um etwas Auffälligeres zu finden.

Einer der größeren Tributsucher machte ein übertriebenes Schnüffelgeräusch. »Was ist das?«, fragte er. »Könnte es ...? Könnte es Schmuggelware sein?«

Finnigan warf Athena einen warnenden Blick zu. Sie holte einen großen Achatbrocken hervor und hielt ihn der Kreatur vor die Nase, deren grüne Augen bei dem Anblick funkelten.

»Wie großzügig«, sagte der kleinere Tributsucher und griff nach dem Kristall. Er hielt den Achat hoch und schnupperte erneut. »Kann das sein?« Die Augen des Wesens schienen größer und größer zu werden. »Sahne!«

Die andere Kreatur stimmte mit einem hohen Quietschen ein.

»Bleib ganz ruhig«, sagte Finnigan.

»Mach deine Taschen auf!«, sagte das größere Wesen.

»Das ist nicht gut«, sagte Finnigan. *Sag mir, dass du das nicht getan hast ...*, erklang seine Stimme in ihrem Kopf.

Anscheinend funktioniert die Telepathie hier also doch, dachte Athena.

Athena!, ertönte Finnigans Stimme in ihrem Kopf.

Athena dachte an die Zaubersprüche in ihrer Tasche und wünschte sich, sie wüsste, ob ihre Kräfte auch im Reich der Fae funktionieren würden. Sie hoffte, dass die Kreaturen nicht auch ihre Gedanken lesen konnten, aber sie hatte das Gefühl, dass sie das schon bald herausfinden würde.

Was ist schon dabei, dass ich Sahne gekauft habe?, entgegnete sie Finnigan. *Was ist daran so gefährlich?*

Sahne ist für die Fae wie Heroin, sagte er. *Sie ist ausdrücklich verboten.*

Unsere beste Hoffnung ist, dass sie die Sahne nehmen und damit abhauen, um sie selbst zu verbrauchen.

Und was ist unsere schlimmste Befürchtung?, fragte Athena.

Wenn du hier mit Sahne entdeckt wirst, sieht es nicht gut für dich aus. Wir werden in einen Kerker gesperrt und wegen Hochverrats angeklagt.

Danke, dass du mich vorher davor gewarnt hast!

Ich werde sehen, ob ich sie ablenken kann, sagte er und wandte sich wieder den Fae zu. »Das ist eine sehr schöne Kutte, die du da trägst.«

Das ist dein Ablenkungsversuch?, fragte Athena in Gedanken und war dankbar, dass die anderen Kreaturen die Telepathie nicht bemerkt hatten.

Was? Sie sind anfällig für Schmeicheleien. Das ist eine große Schwäche.

Athena starrte ihn an.

»Das ist sehr nett von dir«, sagte die glockenförmige Kreatur. »Aber es gibt andere, dringendere Angelegenheiten, die wir erledigen müssen. Macht eure Taschen auf und gebt mir alles, was nach Sahne riecht.« Ein Dutzend spinnenartige Gliedmaßen tauchten auf, die wie Flügel aus den Rücken der beiden Kreaturen ragten und sich bedrohlich auf Athena zubewegten.

Zum Glück habe ich eine bessere Ablenkung, dachte Athena. Sie griff ins Hauptfach ihrer Tasche. *Mach dich bereit zu rennen!*

Warte, Athena, was tust du da?, fragte Finnigan.

Athena holte ein kleines Bündel heraus, das einer Badebombe verblüffend ähnlich sah. Sie hielt es in die Luft und die Augen der Kreatur folgten ihr.

Die Kreatur trat auf das Bündel zu und Athena warf es mit voller Wucht auf den Boden, nahm Finnigans Hand und rannte mit ihm, als eine riesige Explosion die Luft zerfetzte.

Es war, als ob ein ganzer Karton mit Feuerwerkskörpern in Flammen aufgegangen wäre, mitsamt der bunten Funken.

Finnigan und Athena wurden mehrere Meter durch die Luft geschleudert, und Athena war dankbar, dass die dichte Atmosphäre des Fae-Reiches ihren Fall abfederte.

~

»Den Göttern sei Dank hat der Zauber funktioniert«, sagte Athena, als sie durch den Wald davonrannten.

»Was war *das*?«, fragte Finnigan.

»Ich weiß es nicht«, sagte Athena. »Ich meine, es war ein Verteidigungszauber, den ich gemacht habe, aber ich wusste nicht einmal, welchen ich genommen hatte und ob er funktionieren würde. Ich wusste nicht, dass Erdmagie hier funktioniert.«

»Normale menschliche Magie funktioniert hier eigentlich nicht«, sagte Finnigan. »Das ist zumindest das Gerücht.«

»Vielleicht funktioniert sie einfach nicht wie erwartet«, sagte Athena.

»Und du hast ein ganzes Arsenal mitgebracht?!«

»Es ist etwas, das ich benutzt habe, als wir vor ein paar Wochen von der Blutstein-Gesellschaft angegriffen wurden. Aber die Zaubersprüche hatten im irdischen Reich nicht annähernd die gleiche Wirkung.«

»Ich nehme an, deine Magie muss hier anders funktionieren«, sagte Finnigan,

»Es ist nicht wirklich meine Magie«, sagte Athena. »Ich habe nur die Anweisungen befolgt.«

»Sei nicht albern«, sagte Finnigan. »Anweisungen zu befolgen, führt nicht automatisch zu Magie.«

Sie beschlossen, sich auf einer Lichtung an einem Bach auszuruhen, da sie der Meinung waren, dass die Tributsucher jetzt weit genug entfernt waren, um keine Gefahr mehr darzustellen.

»Meine Mutter besitzt Magie. Sie braucht keine Zaubertränke oder Talismane, um sie zu nutzen. Sie hat sich nur noch nicht die Mühe gemacht, zu lernen, wie man sie einsetzt. Typisch.«

»Ich glaube, du wirst feststellen, dass du noch mehr Macht hast als sie«, sagte Finnigan. »Nicht nur von deiner menschlichen Seite, sondern auch von deiner Fae-Seite. Kein Wunder, dass sie versucht hat, dich im Erdenreich einzusperren, anstatt dich nach Hause kommen zu lassen.«

»So war das nun auch wieder nicht. Da liegst du völlig falsch, aber falls ich wirklich Macht habe, wäre es schön, wenn ich sie mal richtig einsetzen könnte.« Athena seufzte. »Ich nehme an, es gibt keine Abkürzungen. Ich muss herausfinden, wie ich üben kann, wie ich sie mir selbst zunutze machen kann, so wie ich es mit dieser blöden Telepathie tue.«

»Du machst das eigentlich ganz gut«, sagte Finnigan.

»Wie meinst du das?«

»Nun, vorhin hast du deine Gedanken direkt zu mir gelenkt. Wenn du sie nicht vor den Tributsuchern beschützt hättest, hätten sie alles mitbekommen, was wir gesagt haben.«

»Wirklich?«, fragte Athena.

»Ich habe lange gebraucht, um zu lernen, wie ich meine eigenen Gedanken vor den Fae schützen kann«, sagte Finnigan düster. »Das ist die Kehrseite des Menschseins. Sie können eine Menge von dem aufschnappen, was du denkst. Ich habe Jahre gebraucht, um herauszufinden, wie ich meine Gedanken verbergen kann, damit ich nicht bestraft werde, wenn ich unhöflich bin oder mich Befehlen in meinem Kopf widersetze.«

»Du meinst, ich benutze sie also richtig?«, sagte Athena. »Aber wie?«

»Du hast deine Gedanken fokussiert«, sagte Finnigan. »Du wolltest nicht, dass sie dich belauschen. Und du hast auch nicht zu viel Energie darauf verwendet, dir darüber Gedanken zu machen. Wenn du das getan hättest, wäre es nur noch schlimmer geworden. Bei der Magie geht es immer um den Willen.«

»Glaubst du, ich kann so zaubern wie Mama? Ich meine, dass ich auch ohne Hilfsmittel zaubern kann oder so was?«

»Warum versuchst du es nicht und wir werden's sehen.« Er hob seine Hand, als wolle er nach ihr greifen, ließ sie aber in der Luft verharren. Athena streckte ihre Finger nach seinen aus, bis sie sich fast berührten, dann konzentrierte sie sich auf ihre Fingerspitzen. Zuerst geschah nichts, doch dann begann ihr Zeigefinger zu leuchten. Schnell folgten auch ihre anderen Finger.

»Ich erzeuge Licht«, sagte sie und lächelte.

»Ist es das, was du versucht hast zu tun?«, fragte Finnigan. »Ich dachte, du würdest etwas Beeindruckenderes machen.«

»Hey!« Sie lachte und schlug ihm mit der Hand auf den Kopf, so dass das Licht erlosch. »Kleine Schritte. Ich will dir nicht aus Versehen das Hirn wegpusten.«

»Das ist auch gut so.« Er lachte und stieß sie zurück, sodass sich ihre Fingerspitzen ineinander verschränkten. Ein Lächeln breitete sich auf ihren Gesichtern aus.

»Athena, ich ...«

»Sei still«, sagte sie. »Ich will das einfach nur genießen.«

»Was genießen?«, fragte er.

»Ich habe dir gesagt, du sollst die Klappe halten«, sagte Athena neckisch. »Genieße den Moment, Dummerchen.«

»Es fühlt sich einfach so schön an.«

Athena grinste. »Ja, genau so.« Sie atmete tief ein und schloss die Augen. Sie wünschte sich, das Leben könnte immer so süß und einfach sein wie in diesem Moment.

Aber der Moment war nur von kurzer Dauer. Fragen und Sorgen aus einem Leben, das ihr wie ein früheres vorkam, tauchten auf.

»Was passiert mit den Kindern, die aus dem Erdreich verschwinden?«, fragte Athena.

»Ich bin doch hier, oder?«, fragte Finnigan. »Ich habe überlebt.«

»Du bist sowohl Fae als auch Mensch«, sagte Athena. »Was passiert mit den anderen?«

»Ich wurde ganz bewusst eingesammelt, obwohl mein Vater versucht hat, sie abzuwehren.« In Finnigans Tonfall lag eine gewisse Bitterkeit. Er war sichtlich verärgert darüber, von den Fae entführt worden zu sein, und Athena konnte verstehen, warum.

»Neulich ist ein kleines Mädchen verschwunden, weißt du etwas über sie?«

»Das ist nicht wirklich mein Fachgebiet.«

»Aber du weißt etwas. Du musst«, sagte Athena. »Was wollen die Fae überhaupt mit Menschenkindern?«

»Da bin ich nicht eingeweiht«, antwortete er. »Ich vermute, es hat etwas mit dem Aufbau einer stärkeren Spezies zu tun.«

»Wie bitte?«

»Die hohen Fae sind alle furchtbar inzüchtig, so wie ausgefallene Hunderassen oder Königshäuser in der Menschenwelt. Ich weiß nicht genau, wie, aber ich vermute, dass die jungen Menschen studiert werden.«

»Wie grauenvoll«, sagte Athena. »Meinst du in einem Labor?«

»Nicht ganz«, antwortete er. »Nur ... beobachtet, nehme ich an.«

»Trotzdem kommt mir das falsch vor«, sagte Athena.

»Sie scheinen aber völlig gesund zu sein«, sagte Finnigan. »Ich stolpere ab und zu über sie. Sie sind alle noch so jung und blauäugig.«

»Sie werden nicht erwachsen?«

»Nein, nicht hier. Sie sehen aber sehr glücklich aus.«

»Das ist wohl ein Trost«, sagte Athena. »Aber es ist trotzdem schrecklich.«

»Hier unten herrscht eine andere Art von Moral.«

»Das Gefühl habe ich auch«, sagte Athena. »Ich dachte schon, ich würde hingerichtet, weil ich vorhin keine guten Manieren gezeigt habe.«

Finnigan zuckte mit den Schultern. »Das wäre nicht auszuschließen gewesen.«

»Ernsthaft?! Dann musst du mir wohl eine Lektion in Sachen Benehmen erteilen, bevor wir weitermachen«, sagte Athena und richtete sich auf.

»Nenne den Fae nie deinen vollen Namen«, sagte Finnigan. »Und versuche, keine Geschenke anzunehmen, denn das könnte dich in die Knechtschaft treiben.«

»Das weiß ich alles«, sagte Athena mit einer Handbewegung. »Zumindest habe ich darüber in Büchern gelesen, damit ich nicht in eine dieser lächerlichen Fallen tappe. Ich bin keine Närrin.«

Finnigan schaute beleidigt wegen Athenas Bemerkung drein, obwohl sie sich nicht erklären konnte, warum.

Nach einer kleinen Erfrischung, bestehend aus Tee und Jaffa Cakes aus Athenas Tasche, verließen sie die Lichtung und gingen weiter.

»Wohin bringst du mich als Nächstes?«, fragte Athena.

»Hoffentlich zu jemandem, der dir mehr Fragen beantworten kann«, sagte Finnigan.

»Immer noch so kryptisch.«

Als sie den Waldweg entlanggingen, huschten gelegentlich Kreaturen durch die Bäume. Die meisten von ihnen waren klein und schmächtig.

»Was sind sie?«, fragte Athena.

»Verschiedene Arten von Fae-Kreaturen«, sagte Finnigan. »Ihr habt auch viele von ihnen in eurem Reich. Normalerweise kann man sie nicht so leicht entdecken, aber jetzt, wo du hier warst, wirst du sie vielleicht bemerken. Es war gut, dass du Essen mitgebracht hast. Menschliche Nahrung wird dir helfen, geerdet zu bleiben. Jedenfalls scheinst du dadurch weniger blass zu sein.«

Athena errötete und fühlte sich deutlich weniger blass. »Ich habe noch nie gehört, dass Jaffa Cakes gut für die Gesundheit sind«, sagte sie.

Finnigan lachte.

»Ich fühle mich tatsächlich geerdeter«, meinte sie. »Und meine Arme und Beine sehen ein bisschen normaler aus. Hey, glaubst du, dass diejenige, zu der du mich bringst, weiß, was mit den verschwundenen Kindern passiert ist?«

»Mehr als ich«, sagte Finnigan.

»Ich frage mich, wie lange es her ist, dass ich von zu Hause weggegangen bin«, sagte Athena und streckte ihre Arme in die Luft. »Ich frage mich, ob Mama schon gemerkt hat, dass ich vermisst werde.«

»Das ist schwer zu sagen. Vielleicht ein oder zwei Wochen«, sagte Finnigan.

»Was?!«, rief Athena. »Du machst Witze.«

»Ich könnte mich irren«, sagte er, obwohl sie das Gefühl nicht loswurde, dass er versuchte, ihre offensichtliche Verzweiflung zu beschwichtigen.

»Ich werde *so* viel Ärger bekommen!«, sagte Athena. »Wenn ich die Kinder finde, wird Mama mir vielleicht verzeihen. Was meinst du, wo sie sie aufbewahren?«

»Wahrscheinlich in der Nähe des Schlosses«, sagte Finnigan. »Gut, dass wir dorthin unterwegs sind.«

»Das verstehe ich nicht«, sagte Athena. »Wenn sie die Menschen so dringend brauchen, dass sie bereit sind, Kinder zu stehlen, warum haben sie dann auf mich herabgesehen, weil ich ein Mensch bin?«

Finnigan lachte. »Hast du die Fae kennengelernt? Hast du gesehen, wie arrogant sie sind?«

Athena seufzte. »Ich fürchte ja.«

»Die Sache ist die, dass Beziehungen zwischen Menschen und Fae ... nun ja, sie gelten heute nicht mehr als angemessen«, sagte Finnigan. »Aber ich habe gehört, dass die Fae vor langer Zeit so oft wie möglich in die Menschenwelt eindrangen, um potenzielle Partner zu stehlen, sie zu entführen und hierher zurückzubringen.«

»Das ist ja furchtbar«, sagte Athena. »Willst du damit sagen, sie zwangen ...«

»Nicht ganz. Weißt du, sie sind so höflich und können ziemlich charmant sein. Aber ich glaube nicht, dass die Menschenwelt das so sehr zu schätzen wusste. Wahrscheinlich haben sie sich deshalb mit den Vampiren zusammengetan, um die Fae aufzuhalten.«

»Ist das etwa *so* gewesen?«, fragte Athena. »Nach dem, was du vorher gesagt hast, dachte ich, die Vampire wären im Unrecht gewesen.«

»Nun, das hast du nicht von mir gehört«, sagte Finnigan. »Hier in der Gegend sind die Blutsauger immer im Unrecht, aber nachdem ich einige Zeit in der Menschenwelt verbracht habe, würde ich sagen, dass beide Spezies in irgendeiner Weise Schuld haben. Vampire sind unsere natürlichen Feinde, aber die Fae brauchen nicht so scheinheilig zu tun. Aber sag niemandem, dass ich das gesagt habe.«

»Du bist wütend, weil sie dich entführt haben«, sagte sie.

Finnigan wurde blass. »Ich habe meinen Vater nie wieder gesehen. Als meine Mutter von mir gelangweilt war und mich zurückschickte, war er schon längst gestorben. Jahrzehnte waren vergangen. Von meinem alten Zuhause war nichts mehr übrig.«

»Wie schrecklich«, sagte Athena. »Das tut mir so leid.« Sie streckte die Hand aus und nahm seine Hand.

»Es ist nicht alles schlecht«, sagte er. »Wenigstens konnte ich so in dieser Zeit leben und dich kennenlernen.«

38

Rosemary stand an der Küchenbank und war mitten in einen Zauberspruch vertieft. Entgegen ihrer Natur bemühte sie sich, den Anweisungen zu folgen. Sie tat ihr Bestes, um den Zustand des Hauses um sie herum zu ignorieren. In ihrer zielstrebigen Entschlossenheit hatte sie einen Großteil des verfügbaren Raums in eine Art Labor verwandelt, in dem sie mit Zaubertränken und Elementen experimentierte. Sie hatte Geräte aus Omas Turmzimmer und andere Dinge, die sie in den verstaubten Flügeln des alten Hauses gefunden hatte, in den Wohnbereich geschleppt.

Während sie den Zauber wirkte, schoss Licht wie winzige Laser aus ihren Fingerspitzen, die sich vor ihr zu einem losen Geflecht über den Gegenständen verwoben, die sie bereitgelegt hatte – Amethyst, Salbei, Salz und schwarzer Pfeffer. Das war eines der Rezepte aus dem Buch, das Burk ihr gegeben hatte, obwohl Rosemary sich nicht sicher war, ob es jemals besonders gut funktioniert hatte, geschweige denn, ob es jetzt noch funktionieren würde, da die Informationen veraltet waren.

Sie wurde von einem Klopfen an der Tür unterbrochen. Das Licht verschwand aus ihren Händen. Sie seufzte und dachte, dass es wahrscheinlich nur Marjie war, die ihr etwas zu essen brachte. Sie hob ihre Hände, um es erneut zu versuchen. Doch dann hörte sie ein weiteres

Klopfen. Also doch nicht Marjie. Es sei denn, sie wollte etwas Bestimmtes mit Rosemary besprechen.

Marjie war sehr gut darin, Rosemarys Wunsch, in Ruhe gelassen zu werden, zu respektieren. Sie wurde nur selten unterbrochen, obwohl sie weiterhin gut gefüttert wurde. Sie fragte sich allerdings, ob sie ihrer Familienfreundin und Arbeitgeberin nicht bereits so viel Dankbarkeit schuldete, dass sie es ihr in tausend Jahren nicht zurückzahlen könnte.

Ein dringenderes Klopfen ertönte an der Tür.

»Ist ja schon gut«, sagte Rosemary. »Ich komme ja schon.«

Sie öffnete die Tür und sah in vier junge Gesichter. Sie lächelten nicht gerade, aber in ihren Augen lag so etwas wie Aufregung. War es Angst?

»Ich bin Elise«, sagte das Mädchen mit den blauen Haaren. »Und das sind Sam, Felix und Deron.«

Rosemary nickte. »Athenas Schulfreunde.«

»Ja«, fuhr das Mädchen fort. »Es tut uns leid, das mit Athena zu hören.«

»Wie habt ihr das herausgefunden?«, fragte Rosemary mit vorsichtiger Stimme.

»Neuigkeiten verbreiten sich hier schnell«, sagte der Junge mit den roten Haaren und dem eingebildeten Gesichtsausdruck, der ihr als Felix vorgestellt worden war.

»Das stimmt«, sagte Rosemary. »Wie kann ich euch helfen?«

»Wir machen uns auch Sorgen um Athena«, sagte Elise. »Wir wollen wissen, ob wir Ihnen irgendwie helfen können.«

»Danke für das Angebot«, sagte Rosemary. »Aber da mir nicht mal die erfahrensten magischen Wesen in dieser Stadt helfen können, weiß ich nicht, ob es etwas nützt. Es tut mir leid.«

»Wir wollen mit Ihnen gehen«, sagte Sam, dey auf die Beschreibung passte, die Athena von ihrem nicht-binären Schulfreund gegeben hatte.

»Mit mir wohin gehen?«, fragte Rosemary.

»Sie werden ihr nachgehen. Stimmt's?«, sagte Felix.

»Es ist schon schwer genug für mich, herauszufinden, wie ich ins Reich der Fae komme«, sagte Rosemary streng. »Und ich möchte nicht das Risiko eingehen, die Kinder anderer Leute dorthin zu bringen. Es ist zu gefährlich, also haltet euch bitte so weit wie möglich davon fern.«

»Elise hat Elfenblut«, sagte der andere Junge mit den dunklen Haaren.

»Halt die Klappe, Deron«, sagte Elise. »Ich bin keine Elfe. Du weißt, dass meine Mutter eine Najade ist.«

»Ich fürchte, ich weiß nicht, was das ist«, sagte Rosemary. »Ich nehme an, du bist eine Art überirdisches Wesen.«

»So etwas in der Art. Ich war noch nie im Reich der Fae«, sagte Elise. »Aber meine Großmutter ist dort aufgewachsen.«

Rosemary beugte sich verschwörerisch vor und sagte: »Hört zu, ich meine es ernst. Ich will niemanden von euch da mit reinziehen. Aber wenn eure Leute etwas wissen, das mir helfen könnte, lasst es mich bitte wissen.«

»Die Fae sind gut darin, Geheimnisse zu bewahren, nicht wahr?«, sagte Elise mit einem verlegenen Lächeln. »Ihre beste Chance ist das Äquinoktium, aber das wissen Sie sicher schon.«

»Ja, das sagen mir alle«, sagte Rosemary, zog sich zurück und redete wieder in ihrer normalen Lautstärke. »Das Problem ist nur, dass das Ritual auf dem Stadtplatz stattfinden muss und ich dort sein muss. Anscheinend sind meine Kräfte wichtig, damit es funktioniert und eine Chance besteht, Gretchen oder Athena zurückzubringen ...« Ihre Stimme verstummte, als die Trauer sie überwältigte und die Worte ihr in der Kehle stecken blieben.

»Vielleicht kann ich Ihnen helfen«, sagte eine hohe Stimme, die von der Seite der Einfahrt kam. Alle drehten sich um und sahen ein Mädchen, das ihr Haar zu einem festen Dutt gebunden hatte.

»Was machst du denn hier, Beryl?«, fragte Elise.

»Ich habe euch in der Stadt reden hören. Ich wusste, dass ihr hierher wollt, und bin euch gefolgt.«

»Warum?«, fragte Felix.

»Ich hege keine besondere Zuneigung für einen von euch, aber wie ihr wisst, bin ich eine erfahrene Hexe und meine Familie ... Nun, meine Familie kennt sich mit Magie aus, könnte man sagen.«

Rosemary bekam den Eindruck, dass Beryl ihrer eigenen bösen, hochnäsigen Cousine Elamina nicht ganz unähnlich war. Beryls Art hatte etwas ziemlich Snobistisches und Abfälliges an sich.

»Was machst du denn dann hier?«, fragte Rosemary. Sie beäugte das Mädchen misstrauisch.

»Es ist nicht gut für die Stadt, wenn Leute verschwinden«, sagte Beryl. Jedes Wort schien ihr schwer zu fallen. »Es ist ein Ärgernis, und die Fae müssen in ihre Schranken gewiesen werden. Meine Familie – die Flarguans – hat vor hundert Jahren dabei geholfen, sie zurückzudrängen.«

»Und wo sind deine Eltern? Meinst du, sie können mir helfen?«, fragte Rosemary.

»Sie sind geschäftlich unterwegs und nein, ich weiß nicht, ob sie helfen würden. Sie sind eher mit ihren eigenen Interessen beschäftigt.« Beryls Tonfall war eisig, so als würde sie ihren Schmerz verbergen.

Rosemarys Stimme wurde weicher. »Bist du hierher gekommen, um zu helfen?«, fragte sie Beryl.

Das Mädchen nickte knapp, als wäre sie am liebsten gar nicht hier gewesen. »Es gibt einen Zauberspruch. Er kann Ihnen dabei helfen, Zeit und Raum zu verschieben, so dass Sie zwei Punkte zusammenbringen können. Ich habe die ganze Woche darüber nachgedacht. Es hat keinen Sinn, zu versuchen, das Äquinoktialritual von dem Ort zu verlegen, an dem es seit Hunderten von Jahren durchgeführt wird. Das wird seine Kraft nur schwächen. Und die schwächste Stelle im Schleier ist, wie Sie wahrscheinlich wissen, in Fin's Creek, wo das kleine Mädchen verschwunden ist. Es ist ein komplizierter Zauber, viel komplizierter als jeder von euch es könnte, komplizierter als alles, was ich je gemacht habe«, gab sie mürrisch zu. »Aber es ist einen Versuch wert.«

»Wie funktioniert er? Kannst du ihn mir geben?«, fragte Rosemary.

»Ich kann Ihnen die Anleitung geben«, sagte Beryl. »Aber es erfordert einige unorthodoxe Zutaten.« Sie sah Rosemary an und fühlte sich sichtlich unwohl. »Wir haben einige davon im Haus. Aber die wichtigsten magischen Vorräte sind für mich und meine Schwestern nicht zugänglich. Ich weiß noch nicht einmal, ob und wo meine Eltern solche Dinge aufbewahren. Wenn Sie zufällig Kontakte in hohen Positionen mit viel Geld haben, dann wäre jetzt der richtige Zeitpunkt, um sie zu kontaktieren.«

Kontakte in hohen Positionen mit viel Geld ... Rosemarys Schultern sackten noch weiter nach unten, als ihr ihre Cousins in den Sinn kamen. »Ich könnte Elamina und Derse fragen.«

»Oh, Sie kennen die Familie Bracewell?«, fragte Beryl und zog eine Augenbraue hoch.

»Ich habe das Pech, mit ihnen verwandt zu sein«, sagte Rosemary.

Beryl warf ihr einen neugierigen Blick zu, als ob sie sie irgendwie falsch eingeschätzt hätte. »Nun, jetzt wäre ein guter Zeitpunkt, um einen Gefallen einzufordern.«

Rosemary lachte. »Ich glaube nicht, dass sie der Meinung sind, dass sie mir einen Gefallen schulden, obwohl ich die Familienmagie wiederhergestellt habe, aber sie scheinen Athena zu mögen. Vielleicht werden sie helfen«, sagte sie, obwohl sie sich im Hinterkopf fragte, zu welchem Preis wohl?

Sie schob diese Sorge beiseite, denn sie wusste, dass jeder Preis es wert sein würde, wenn es ihre Tochter sicher zurückbrachte.

»In Ordnung«, sagte Beryl. »Ich bringe Ihnen den Zauberspruch und ein paar der Zutaten. Ich werde Ihnen aber nicht dabei helfen, ihn zu sprechen.«

»Ich will auch gar nicht, dass du es tust«, sagte Rosemary. »Kinder sollten sich von so etwas fernhalten, Beryl.« Die anderen Jugendlichen an ihrer Türschwelle sahen beleidigt drein. »Hört mal, ich will euch nicht zu nahe treten. Es ist einfach zu gefährlich.«

»Ach ja?«, sagte Felix. »Und was genau haben Sie vor, um Athena zu finden, wenn Sie im Reich der Fae sind?«

»Wie bitte?«, sagte Rosemary.

»Wie sieht Ihr Plan aus?«, fragte er und lehnte sich gegen den Türrahmen. »Wollen Sie einfach dorthin gehen und nach ihr rufen?«

»Ich habe alles getan, um mich vorzubereiten«, sagte Rosemary.

»Na schön, dann machen Sie mal weiter«, sagte Felix. »Aber denken Sie daran, dass Sie uns vielleicht doch brauchen könnten.«

39

Als Beryl am nächsten Tag mit den Anweisungen für den Raumverschiebungszauber ankam, schickte Rosemary schnell eine E-Mail an ihre Cousine Elamina und bat um Hilfe. Sie hatte die E-Mail-Adresse unter Omas Kontakten gefunden und hoffte, dass sie noch aktuell war. Außerdem hoffte sie, dass ihre nervigen Cousins sich zur Abwechslung mal als nützlich erweisen würden.

Ohne Zeit zu verlieren, machte sich Rosemary an die Arbeit und sammelte die Zutaten für den Zauberspruch, von denen sie wusste, dass sie einfach zu finden waren. Zu ihrer Überraschung fuhr später am Tag ein silberner Rolls Royce die Einfahrt hinauf.

Rosemary ging ihm entgegen und stellte fest, dass es keine Passagiere gab, sondern nur einen Fahrer. Rosemary erkannte ihn vom letzten Besuch ihrer Cousins.

»Die Herrin wollte, dass ich Ihnen dieses Paket bringe«, sagte er in einem leicht missbilligenden Ton. Er hielt ihr ein quadratisches Paket hin, das in unauffälliges braunes Papier eingewickelt und mit Bindfaden verschnürt war.

»Das ist gar nicht Elaminas üblicher Stil«, sagte Rosemary.

»Hier ist eine Nachricht«, sagte er, als Rosemary das Paket entgegennahm.

Er überreichte ihr einen ziemlich aufwendigen Umschlag in Gold und Lila.

»Das ist schon besser«, murmelte sie und fragte sich, ob das braune Papier des Pakets eine geschickte Verkleidung sein sollte, damit es weniger auffällig aussah.

»Danke«, sagte Rosemary zu dem Fahrer. Er nickte und fuhr davon.

Rosemary ging zurück ins Haus. Sie schloss die Tür hinter sich, lehnte sich dagegen und spürte, wie ihr Herz in ihrer Brust klopfte. Sie war hoffentlich einen Schritt näher dran, ihre Tochter zu finden.

»Was soll denn die ganze Aufregung?«, sagte Oma, die im Spiegel an der Wand gegenüber von Rosemary auftauchte.

»Deine andere Enkelin hilft mir, Athena zurückzubekommen«, sagte Rosemary.

»Du musst verzweifelt gewesen sein, um sie um einen Gefallen zu bitten«, sagte Oma.

»Natürlich bin ich verzweifelt«, sagte Rosemary. »Hast du nicht gesagt, du wolltest uns helfen?«

»Das wollte ich zuerst, aber dann habe ich darüber nachgedacht.«

Rosemary starrte den Geist ihrer Großmutter mit großen Augen an. »Über was hast du genau nachgedacht?«

»Dass es eigentlich nicht meine Angelegenheit ist, da sie freiwillig gegangen ist.«

»Wie kannst du so etwas sagen?«, fragte Rosemary. »Sie ist seit einer Woche weg!«

»Glaubst du nicht, dass sie jeden Moment zurückkommen wird?«, fragte Oma. »Wie ich schon sagte, sie ist nur mit einem Jungen herumtollen gegangen.«

»Hör auf, es Herumtollen zu nennen! Sie ist viel zu jung dafür!«, sagte Rosemary.

»Ich wollte damit keine expliziten Details andeuten«, sagte Oma. »Aber wenn sie aufgrund ihres Erbes in das Reich der Fae gelangen kann, sollte sie auch in der Lage sein, es wieder zu verlassen.«

»Wir wissen nicht, ob Athena alleine zurückkehren kann«, sagte Rosemary. »Sag mir, wie hast du vor all den Jahren geholfen, Sherry zurückzuholen?«

»Hast du davon etwa gehört?«, sagte Oma. »Das Lustige ist, dass ich nur das richtige Ritual zur Tagundnachtgleiche durchgeführt habe. Sherry tauchte in Fin's Creek auf. Sie muss zur gleichen Zeit selbst etwas getan haben, um herauszukommen, aber sie hat mir nie gesagt, was. Ich glaube nicht, dass sie das könnte.«

Rosemary war entsetzt. Sie hatte gehofft, dass Oma mehr darüber sagen könnte, was in der Vergangenheit funktioniert hatte. »Du bist wirklich nicht sehr hilfreich!«, sagte sie.

»Ich finde immer noch, dass du überreagierst«, sagte Oma. »Als ich so alt war wie sie, bin ich mit einem ziemlich gutaussehenden Wandler durchgebrannt und einen Monat lang nicht zurückgekommen!«

»Erspar mir die Details!«

»Ich will damit nur sagen, dass sich diese Dinge manchmal von selbst regeln.«

»Ich bewundere deinen Optimismus«, sagte Rosemary, »aber ich werde kein Risiko eingehen.« Sie öffnete den Umschlag von Elamina.

Meine liebe tragische Cousine, war in einer exquisiten, verschlungenen Handschrift zu lesen. *Ich habe mir ziemlich viel Mühe gegeben, die Zutaten zu beschaffen, die du suchst. Leider gab es einen Gegenstand, der äußerst selten und in der magischen Welt wegen seiner Gefährlichkeit höchst illegal ist, aber alles andere solltest du in dieser Kiste finden. Viel Glück dabei, herauszufinden, was du mit all diesen Gegenständen anstellen kannst. Ich nehme an, der Zauber ist ziemlich komplex und übersteigt deine Fähigkeiten bei weitem. Ich fürchte, er wird nur dann funktionieren, wenn du den fehlenden Gegenstand beschaffen kannst. Aber da ich mir die Mühe gemacht habe, wirst du mir sicher zustimmen, dass du nun in unserer Schuld stehst, und bitte glaube mir, wenn ich dir sage, dass wir uns gerne an diesen Gefallen erinnern werden.*

Rosemary schluckte. »Was für eine schicke Art zu sagen, dass ihr mir etwas schuldet«, murmelte sie vor sich hin.

»Ich bin froh, dass du endlich zaubern lernst«, sagte Oma. »Ich vergaß zu erwähnen, dass ich von dem Trick mit den Pflanzen ziemlich beeindruckt war.«

»Und du warst mir überhaupt keine Hilfe«, sagte Rosemary.

»Was hast du denn erwartet? Ich bin tot!«, sagte Oma und hob ihre Arme. »Und habe viel Besseres zu tun, aber ich bin froh, dass du hier alles unter Kontrolle hast.« Und mit einem kleinen Knall war sie verschwunden.

Rosemary seufzte. Oma schien sich durch ihren Tod deutlich weniger Gedanken über die Gefahren in der sterblichen Welt zu machen.

Sie nahm das Paket mit zum Esszimmertisch, öffnete es und stellte fest, dass es tatsächlich die Zutaten enthielt, um die sie ihre Cousine gebeten hatte. Sie waren elegant in Glasfläschchen und kleinen Holzkisten verpackt. Sie glich sie mit der Liste ab. Bis auf das Werwolfsblut waren alle Zutaten vorhanden.

»Und zufällig weiß ich, wo man das bekommen kann«, sagte sie zu sich selbst.

Rosemary hatte Liam nicht mehr gesehen, seit sie in seinen Laden gestürmt und angegriffen worden war, und auch die beiden Anrufe von ihm hatte sie nicht beantwortet, da sie andere Dinge im Kopf hatte. Der Zeitpunkt, ihm einen Besuch abzustatten, schien so gut wie jeder andere zu sein. Der Vollmond war vorbei, also war sie sicher, dass er in menschlicher Gestalt sein würde.

Sie fuhr mit dem Auto vor seinem Laden vor. Die Lichter waren an, und es schienen keine Kunden anwesend zu sein.

Perfekt.

Sie stieg aus und machte sich auf den Weg nach drinnen.

Es klingelte an der Tür und Liam kam aus dem Hinterzimmer, um sich hinter den Tresen zu stellen. »Rosemary!«, sagte er. »Was für eine Überraschung. Ich ... danke, dass du gekommen bist. Hattest du schon die Gelegenheit, über mein Angebot nachzudenken?«

»Dein Angebot, dass ich dir in deiner ...Situation helfe?«, fragte Rosemary. »Zufälligerweise habe ich einen Vorschlag für dich.«

»Okay, gut!« Liam verschränkte nervös seine Finger. »Was ist es?«

»Ich brauche dein Blut«, sagte sie.

»Mein ... mein Blut?«, fragte Liam. »Rosemary, es ist keine gute Idee, zu versuchen, sich selbst oder jemand anderen in einen Werwolf zu verwandeln.«

»Nein, das habe ich nicht gemeint«, sagte Rosemary. »Du hast vielleicht gehört, dass Athena verschwunden ist.«

»Ich habe ein Gerücht gehört«, sagte Liam. »Ich wusste nicht, dass es wahr ist.«

»Sie ist ins Reich der Fae gegangen und der einzige Weg, den ich kenne, um dorthin zu gelangen und sie zurückzuholen, erfordert ein ganz bestimmtes Timing und einen ganz bestimmten Zauberspruch mit ganz bestimmten Zutaten.«

»Du kennst einen Zauber, der mein Blut benötigt?«, fragte Liam.

»Werwolfsblut«, sagte Rosemary. »Er ist nicht auf einen bestimmten Werwolf oder auf dich bezogen. Der Zauber ist alt und erfordert eine Menge seltsamer Zutaten wie gemahlenes Narwalhorn und geröstete Molche, Haare einer Dryade ... seltsame Dinge von einem Haufen magischer Kreaturen.«

»Du nennst mich jetzt also eine Kreatur?«

»Nun, ich weiß nicht, wie ich dich nennen soll. Aber anscheinend ist alles, was wir sagen, falsch und beleidigend, also werde ich wahrscheinlich einfach den ganzen Tag weiterreden und alle anderen in der Stadt verärgern, wenn ich schon dabei bin«, sagte Rosemary.

»Ich fürchte, das ist unmöglich«, sagte Liam.

»Oh nein, ich könnte wirklich den ganzen Tag weiterreden, pass auf«, sagte Rosemary.

»Das nicht. Es ist unmöglich, mein Blut zu bekommen«, erklärte Liam. »Es ist in der magischen Welt nicht nur ausdrücklich verboten, sondern auch extrem gefährlich. Ich musste mir eine Reihe von Schutzmaßnahmen auferlegen, damit ich nicht aus Versehen jemanden anstecke, wenn ich mich am Papier schneide.«

»Also ist es dein Blut, das die magische Krankheit verbreitet?«

Liam zuckte mit den Schultern. »Es ist ein Virus, der auf verschiedene Arten übertragen werden kann. Am häufigsten ist ein Biss.«

Rosemary warf ihm einen merkwürdigen Blick zu. »Schützt du dann auch deine Zähne?«

»Natürlich«, sagte Liam. »Ich habe jeden magischen Schutz eingesetzt, den ich mir selbst auferlegen konnte. Ich habe es sonst niemandem erzählt. Nicht einmal Sherry, obwohl sie mich immer neugierig anschaut, wenn ich so oft krank bin.«

»Es gibt offensichtlich eine Menge Vorurteile in der Gemeinde«, sagte Rosemary. »Ich möchte, dass du weißt, dass ich selbst keine habe, weil ich ehrlich gesagt zu naiv bin, um den Unterschied zwischen einem Werwolf, einem Wandler, einer Dryade oder etwas anderem zu erkennen.«

»Das ist tatsächlich schön zu wissen, ob du es glaubst oder nicht«, sagte Liam.

»Lass mich fortfahren«, sagte Rosemary. »Ich muss alles tun, um ins Reich der Fae zu gelangen, damit ich meine Tochter zurückholen kann. Es gibt viele Risiken und ich könnte damit vollkommen scheitern, aber ich muss es versuchen. Ich muss jede mögliche Option ausschöpfen.«

»Hör zu, ich verstehe das«, sagte Liam.

Sie standen einen Moment lang schweigend da. Rosemary schaute auf ihre Füße und fragte sich, was sie tun oder sagen könnte, um ihn zu überzeugen.

Schließlich ergriff Liam das Wort. »Ich kann ... Ich kann dir helfen.«

»Ich danke dir sehr«, sagte Rosemary.

»Unter einer Bedingung.«

»Nenne sie.«

»Du musst mir helfen, herauszufinden, wie ich diesen ... Zustand ... unter Kontrolle bekomme.«

Rosemary begann zu protestieren. Sie hatte keine Zeit für so etwas.

»Nicht jetzt«, sagte er. »Ich meine, du konzentrierst dich jetzt auf deine Tochter. Das verstehe ich, aber bitte, irgendwann, und zwar bald, möchte ich wirklich, dass du herausfindest, ob du deine Kräfte nutzen kannst, um diesen Albtraum zu beenden oder ihn zumindest unter Kontrolle zu halten.«

»Liam, ich werde tun, was ich kann.«

»Neulich klang es nicht so.«

»Ich stand unter Schock«, sagte Rosemary abwehrend. »Was hast du denn erwartet? Du hattest mich gerade erst als großes, wölfisches Biest angegriffen.«

»Okay, ich hab's verstanden«, sagte Liam. »Aber ich habe dein Wort?«

»Na klar, alles«, sagte Rosemary. »Wenn ich das überlebe, werde ich dir helfen.«

Liam beäugte sie misstrauisch.

»Okay«, sagte er. Er schloss die Augen, als ob er sich mental darauf vorbereiten würde, und wedelte dann mit der rechten Handfläche über die linke. Rosemary beobachtete, wie sich ein Muster aus Schatten über den Bereich ausbreitete. Er nahm einen Brieföffner, der wie ein Miniaturschwert aussah, aus der Schublade vor ihm und hob ihn hoch.

»Warte einen Moment«, sagte Rosemary. »Du wirst noch alles vollbluten, wenn du dich so stichst. Lass mich etwas holen.«

Sie griff in ihre Handtasche, in der sie in weiser Voraussicht ein paar von Omas Glasfläschchen und die passenden Korken mitgenommen hatte.

»Hier.« Sie reichte ihm ein breitlippiges Gefäß.

»Danke«, sagte Liam und stellte es vor sich auf den Schreibtisch. Er beugte sich vor und durchbohrte die Haut an seiner Handfläche. Seltsam dickes, dunkelrotes Blut sickerte in das Glas.

»Sei sehr vorsichtig damit«, sagte er, beendete die Arbeit und reichte Rosemary das Fläschchen.

»Das werde ich«, versicherte sie ihm.

Sie wandte sich zum Gehen. Dann erinnerte sie sich an ihre Manieren und sah noch einmal über die Schulter. »Liam. Danke dir«, sagte sie.

»Nein, danke *dir*«, antwortete Liam. »Nicht nur für das, was du versprochen und ausgehandelt hast, sondern auch dafür, dass du mein Geheimnis bewahrt hast.«

»Es liegt nicht an mir, es zu verraten«, sagte sie.

Zum ersten Mal seit Athenas Verschwinden machte sie sich mit einem leichten Gefühl in der Brust auf den Weg zurück zum Auto. Sie hatte zwar noch nicht das ganze Rätsel gelöst, aber sie hatte alle Zutaten, um in die Welt zu gelangen, in die ihre Tochter entführt worden war. Es gab nichts, was ihr im Weg stand. Zumindest nichts, was sich nicht mit einem kräftigen metaphorischen Tritt bewegen ließe.

40

Endlich war es soweit. Die Luft schien sich in Vorfreude zu verdichten, obwohl das Wetter gut war. Der Morgen der Tagundnachtgleiche brach mit kristallklarem Himmel an.

Rosemary kam eine Stunde zu früh zum Ostara-Ritual und musste feststellen, dass Ferg bereits die Hunderten von Tulpen aufgestellt hatte, die sie mit großgezogen hatte. Er hatte sie mit einer Gruppe seiner exzentrischen Freiwilligen bei ihr zu Hause abgeholt, bevor Rosemary nach Fin's Creek gefahren war, um dort für den Zauberspruch besonders verzauberte Kristalle in einem Kreis aufzustellen.

Sie hatte sich für die Reise gekleidet, mit ihren robusten Lederstiefeln und ihrem warmen, mit Fleece gefütterten Mantel. Sie trug sogar das Bündel um den Hals, das Athena ihr ein paar Wochen zuvor zum Schutz vor Dains Einfluss hergestellt hatte. Es war weit hergeholt, aber sie hoffte, dass der Schutz nicht nur für die Fae-Magie ihres Ex, sondern auch für die Fae im Allgemeinen gelten würde. Sie trug auch eine Reihe anderer, hoffentlich nützlicher Gegenstände bei sich.

Sie hatte alles, was sie brauchte, in ihrer großen Handtasche, oder zumindest alles, was ihr eingefallen war. Ein Rucksack wäre praktischer gewesen, aber eine Handtasche schien weniger auffällig zu sein. Die Zutaten für Beryls Zauber, sobald sie vorbereitet waren, machten nur ein kleines Volumen aus und nahmen nicht viel Platz in Anspruch. Außerdem hatte sie noch ein paar andere Dinge dabei, die sie aus den Rezepten in dem Buch, das Burk ihr gegeben hatte, zubereitet hatte, um in das Reich der Fae hinein- und hinauszukommen.

»Für ein Ritual sind Sie furchtbar leger gekleidet«, sagte Ferg. Er trug einen hellblau-rosa gestreiften Umhang und darunter ein mitternachtsblaues Gewand.

»Und Sie sehen sehr förmlich aus«, sagte Rosemary und versuchte, höflichen Smalltalk zu halten, während ihre Gedanken ganz woanders waren.

»Das bin ich auch«, sagte Ferg stolz.

»Ich habe ein paar Nachforschungen angestellt.« Rosemary versuchte, lässig zu klingen. »In Omas Bibliothek habe ich ein paar nützliche Ergänzungen für das Ritual der Tagundnachtgleiche gefunden.« Es stimmte, dass sie Omas Bücher durchforstet hatte, aber sie hatte lediglich ein paar nützliche Tipps für den Umgang mit Fae gefunden.

»Oh ja«, sagte Ferg und hörte interessiert zu.

»Nun, Sie wollten, dass ich die Magie meiner Familie für das Tagundnachtgleiche-Ritual zur Verfügung stelle, und ich habe etwas nachgeforscht, also werde ich diese Kristalle hier in einem kleinen Kreis genau in der Mitte platzieren. Und diese kleinen Bündel kommen an die Außenseite.«

»Das ist sehr unorthodox«, sagte Ferg. »Ihre Großmutter hat so etwas nie gemacht.«

»Na ja, wissen Sie, ich will es nicht darauf ankommen lassen.«

»Und wie genau glauben Sie, dass wir damit der Göttin und den Wächtern der anderen Welten und vor allem dem Reich der Fae unseren Segen übermitteln können, in der Hoffnung, dass sie uns ihr Wohlwollen schenken?«

Das hörte sich für Rosemary ein bisschen fadenscheinig an. »Ich bin mir sicher, das wird es«, sagte sie.

Sie fuhr mit den Vorbereitungen gemäß dem Zauberspruch von Beryls Familie fort, für den Fall, dass Fergs großartige Vorstellungen von der Gunst der Göttin nicht ausreichen würden, um ihre Tochter zurückzubekommen.

Als sie mit den Vorbereitungen fertig war, trafen bereits eine Reihe von Menschen ein, viele von ihnen in Roben gekleidet. Sie scharten sich um den Kreis.

Rosemary erkannte einige bekannte Gesichter, darunter auch die Teenager, die ihr Haus besucht hatten. *Kommt bloß nicht auf dumme Gedanken,* dachte sie und warf ihnen einen misstrauischen Blick zu.

Der Beginn des Rituals zur Tagundnachtgleiche schien dem letzten Ritual, das Rosemary miterlebt hatte, sehr ähnlich zu sein, obwohl sie kaum darauf achtete. Die Viertel wurden aufgerufen und der Kreis wurde gebildet. Eine Frau mit langem, gewelltem blondem Haar stand in der Mitte und sprach einige wunderschöne Worte über die Göttin Eostre. Rosemary registrierte, dass es schön und poetisch war, aber ihre Hauptkonzentration galt dem, was sie als Nächstes tun musste.

Als Teil des Rituals ging eine Gruppe kleiner Kinder mit Körben voller gefärbter Eier umher und verteilte sie an die Teilnehmer des Kreises. Rosemary lächelte, als sie das rosa und blau gefärbte Stück entgegennahm und feststellte, dass es schwerer war, als sie erwartet hatte. Es war tatsächlich ein hartgekochtes Ei und keine hohle Schale. Sie steckte es in ihre Tasche, denn sie wusste, dass sie ihre Hände frei brauchen würde.

Für den nächsten Teil des Rituals nickte Ferg ihr zu. Sie war an der Reihe.

»Schließt jetzt bitte alle eure Augen«, sagte Rosemary, »und singt mit mir: *die Erde, die Luft, das Feuer, das Wasser.*«

Der Kreis um sie herum tat, wie ihr geheißen, mit Ausnahme der kleinen Kinder unter ihnen, die neugierig zusahen, wie Rosemary in die Mitte zwischen ihre sorgfältig ausgelegten Kristalle trat. Sie streckte ihre Hände aus, konzentrierte ihre Energie und murmelte den auswendig gelernten Spruch aus dem Zauberspruch, der von den Gesängen um sie herum übertönt wurde.

Das war Teil ihres Plans gewesen, um alle von der hinterhältigen Magie abzulenken, die sie ausführen musste. Aber gleichzeitig spürte sie, wie die Energie des Gesangs zu ihrer eigenen Kraft beitrug, die in die Mitte des Kreises ausstrahlte und das Licht umgab, das aus ihren Fingerspitzen zu leuchten begann. Es erhellte ein verschlungenes Netz zwischen den Kristallen auf dem Boden. Rosemary trat in die Mitte und hob ihre Arme.

Sie sagte die letzten Worte des Zaubers und befahl der Magie, lebendig zu werden.

Um sie herum herrschte Stille, aber sie konnte feststellen, dass der Personenkreis immer noch sang.

Rosemary wartete mit angehaltenem Atem, als das Licht zwischen den Kristallen heller leuchtete.

Ein dunkelblauer Ring bildete sich vor ihr in der Luft. Er öffnete ein Portal mit gasförmigen, flammenartigen Mustern an seiner Außenseite. Wellen schwammen über seine tiefschwarze Oberfläche.

Sie konnte die Weidenbäume, die das Portal umgaben, dahinter durchschimmern sehen, genauso wie den Kreis der Stadtbewohner, die immer noch sangen.

»Das ist es«, sagte sie zu sich selbst.

Sie hatte es geschafft. Sie hatte die nötige räumliche Verwerfung geschaffen, die Fin's Creek und das Zentrum der Stadt miteinander verband. Beide befanden sich nun vorübergehend am selben Ort.

Sie atmete tief durch und schritt hindurch. Als sie sich umdrehte, sah sie, dass ihr andere folgten.

»Nein!«, schrie Rosemary.

Doch zu spät. Sherry stolperte hindurch und gab Rosemary einen Schubs, gefolgt von Athenas Schulfreunden.

»Nein ...« Rosemary versuchte, sie zurück ins irdische Reich zu stoßen.

Aber es war zu spät.

Das Portal schloss sich, aber sie waren weder in Fin's Creek noch im Stadtzentrum. Sie sahen sich alle um und fanden sich in einem unheimlichen violetten Licht wieder.

»Das ist also das Reich der Fae«, sagte Felix und schaute sich um.

»Warum seid ihr mir gefolgt?«, fragte Rosemary. »Ich habe euch doch gesagt, ihr sollt wegbleiben. Es ist zu gefährlich.«

»Wir mussten Athena helfen«, sagte Elise.

»Und wir sind nicht davon überzeugt, dass Sie wissen, was Sie tun«, fügte Felix hinzu.

»Vielen Dank für das Vertrauen.« Rosemary wandte sich verärgert von den Teenagern ab. Ein Teenager war mehr als genug, und jetzt hatte sie vier am Hals. Aber es gab im Moment größere Probleme.

»Sherry«, sagte Rosemary und legte die Hände auf die Schultern der Frau.

Sherry hatte immer noch das jenseitige Funkeln in ihren Augen.

»Sherry, hast du meine Halskette genommen?«

»Es war die einzige Möglichkeit«, sagte sie. »Es tut mir leid, Rosemary, ich musste es tun. Ich bin keine so mächtige Hexe wie du und auch nicht so jung wie diese Teenager. Ohne sie hätte ich es nicht geschafft, dir zu folgen.«

»Aber warum?«, fragte Rosemary. »Ich dachte, du hasst diesen Ort.«

»Ich musste wegen ihr zurückkommen. Ich habe es versprochen.«

»Deiner Freundin?«, sagte Rosemary.

»Du weißt von Mei?«, sagte Sherry schockiert. »Alle haben sie vergessen. Sogar ihre Familie. Es war, als ob sich niemand an mich erinnerte, als ich zurückkam. Als hätte ich nie existiert. Aber ich habe mich an alles erinnert. Ich konnte meine Freundin nie vergessen.«

»Meine Oma hat mir vor kurzem einen Zeitungsausschnitt gezeigt«, sagte Rosemary. »Das kleine Mädchen ist zur gleichen Zeit verschwunden wie du.«

»Ich habe ihr versprochen, dass ich zurückkomme«, sagte Sherry. »Und jetzt, wo ich es getan habe, werde ich nicht ohne sie gehen.«

41

Alles war anders – die Geräusche, die Gerüche, die Kreaturen. Als sie ihre Reise durch das Reich der Fae fortsetzten, staunte Athena über die Landschaft, die sich um sie herum entfaltete. Die schimmernden Pflanzen und Pilze schienen überlebensgroß und hatten die unterschiedlichsten Farben. Verzaubernde Nebelschwaden wirbelten in spiralförmigen Mustern um sie herum.

»Kannst du es spüren?«, sagte Finnigan.

»Was spüren?«, fragte Athena.

»Du gehörst hierher.«

Athena zuckte zusammen, weil sie die Wahrheit in seinen Worten spürte, aber auch, weil sie sich an ihre Mutter und alle, die ihr etwas bedeuteten, im Erdreich erinnerte. Ihr altes Leben schien wie eine ferne Erinnerung.

»Wie lange sind wir schon weg?«, fragte sie erneut.

Finnigan zuckte mit den Schultern. »Nicht lange.«

»Ich glaube, ich sollte langsam zurückgehen«, sagte Athena. »Es fühlt sich an, als würde mir alles entgleiten. Alles Menschliche, alles, was ich kannte.«

»Wenn du etwas Erdung brauchst, iss einfach noch etwas von dem menschlichen Essen, das du mitgebracht hast.«

Athena griff in ihre Tasche, um ihre Jaffa Cakes zu holen, doch sie zerbröselten in ihrer Hand zu Staub. »Was ist passiert?«, fragte sie. »Ich kann mir nicht vorstellen, dass sie so abgestanden sind. Ich habe die Packung doch erst vor ein paar Stunden geöffnet. Es sollte sich nicht so sehr verändert haben.«

»Die Dinge funktionieren hier anders«, sagte Finnigan. »Vielleicht hat es auf die Luft reagiert.«

Athena öffnete eine Tüte Chips und fand sie im üblichen Zustand vor. Sie aß vorsichtshalber die ganze Tüte auf und bot Finnigan etwas davon an, aber er lehnte ab.

»Du musst keine menschliche Nahrung zu dir nehmen?«

»Ich verbringe die meiste Zeit hier«, sagte Finnigan. »Ich gehöre nicht in die Menschenwelt. Nicht mehr.« Ein trauriger Ausdruck huschte über sein Gesicht und Athena hatte Mitleid mit ihm, aber er schien nicht darüber reden zu wollen, also gingen sie schweigend weiter.

»Okay. Ich glaube wirklich, ich sollte umkehren«, sagte sie erneut, als der Nebel um sie herum dichter wurde. »Ich muss nach Hause gehen.«

»Es gibt etwas, das du dir zuerst ansehen solltest«, sagte Finnigan und seine Stimme klang ein wenig besorgt.

»In Ordnung«, sagte Athena. »Aber dann werden wir nach Hause gehen. Versprichst du mir das?«

Er nickte. »Ich habe vor, so schnell wie möglich ins Erdreich zurückzukehren. Ich muss dir nur vorher noch etwas zeigen.«

Athena hatte ein ungutes Gefühl, aber sie beschloss, ihm zu folgen, da sie nicht wusste, wie sie allein durch den dichten Nebel navigieren sollte. Vor ihnen kam ein Gebäude in Sicht, das aussah, als bestünde es aus Dutzenden von riesigen Pilzen.

»Was ist das?«, fragte Athena.

»Die Burg von West-Eloria«, sagte Finnigan.

»Ist es das, was du mir zeigen wolltest?«

»Ja, ich muss dich nur jemandem vorstellen. Dann wird alles klarer.«

Athena zögerte.

»Das wird dir gefallen. Und außerdem«, überredete Finnigan sie »ist das vermisste Mädchen wahrscheinlich hier.«

Athenas Bauchgefühl schlug Alarm. Irgendetwas stimmte nicht, aber welche Wahl hatte sie schon? Sie wusste nicht, wie sie sich allein im

Reich der Fae zurechtfinden sollte, und außerdem würde die Suche nach Gretchen und ihre Rückkehr nach Myrtlewood viel dazu beitragen, ihre Mutter zu besänftigen, die furchtbar wütend sein würde.

Athena folgte Finnigan mit Unbehagen in Richtung des seltsamen Gebäudes.

Die große Tür vor ihr sah aus, als wäre sie aus silbriger Baumrinde gefertigt.

»Du wolltest sehen, wie es in einem Fae-Gebäude aussieht«, sagte Finnigan schelmisch.

»Ja, das wollte ich, nicht wahr?«, sagte Athena und bewunderte die seltsame organische Architektur. »Ich wusste gar nicht, dass wir in ein richtiges Schloss gehen würden.«

»Hier.« Er nahm ihre Hand und drückte mit der anderen Hand auf die Tür. Sie öffnete sich und führte in eine große Halle. Athena ging hinein und hielt Finnigans Hand.

Die Tür schloss sich hinter ihnen und ließ Athena aufschrecken.

Am anderen Ende des Gebäudes stand ein riesiger, schimmernder Thron in luftiger Höhe. Er war von zahlreichen anderen Stühlen und kunstvollen Ornamenten von Fae-Wesen umgeben. Als sie näher kamen, konnte Athena auf dem Thron eine Gestalt mit wallendem silbernem Haar und einer Krone aus Blumen und Blättern ausmachen. Auch ihr Kleid sah aus, als sei es ganz aus Rosenknospen und Frühlingsblüten gemacht.

»Sie ist wunderschön«, flüsterte Athena, als sie näher herankamen.

Als sie nur noch ein paar Meter entfernt waren, verbeugte sich Finnigan und Athena machte es ihm nach.

»Finnigan«, sagte die Frau, bei der es sich, wie Athena vermutete, um die Gräfin von West-Eloria handelte, die Finnigan zuvor erwähnt hatte.

»*Was* hast du mir mitgebracht?«

»Einen Halbling«, sagte Finnigan.

Halbling? Athena schauderte, denn sie fühlte sich unwohl bei der Art, wie er sie bezeichnet hatte, und bemerkte, dass viele der anderen Stühle auf beiden Seiten des Throns mit mächtig aussehenden Fae besetzt und von Wachen flankiert waren.

»Ein Halbling, ja«, sagte die Gräfin mit Hohn in ihrer Stimme. Athena mochte sie auf der Stelle nicht.

»Nicht nur irgendein Halbling«, sagte Finnigan. »Ich glaube, ihr Vater ist kein anderer als der Sohn der Königin, Prinz Dain.«

Prinz! Dain! Athena war fassungslos. *Mein Vater ist nicht nur ein Fae, sondern auch ein Prinz?!*

Der Gräfin entwich ein leises Schnauben und sie klatschte aufgeregt, sodass ein Schwarm Schmetterlinge aus ihren Händen flog. Ihre Augen leuchteten mit einem übernatürlichen Glanz, als sie Athena ansah.

»Du willst mir sagen«, sagte die Gräfin, »dass der Prinz bei seinem kleinen Ausflug ins Erdreich Unfug getrieben hat? Oh je! Das hast du gut gemacht, Finnigan. Sie ist ein hübsches Geschöpf, auch wenn sie nur eine Halbfae ist.«

Athena zog eine Grimasse. Finnigan hatte ihr gesagt, es sei unhöflich, Menschen als Halbfae zu bezeichnen, aber das traf offensichtlich nicht auf die Gräfin zu. Die Art und Weise, wie sie redeten, machte sie immer nervöser. Alles, was sie über die Politik der Fae wusste, war, dass sie sehr kompliziert war, und die Tatsache, dass ihr Vater vermisst wurde, verhieß nichts Gutes, nun da sie wusste, dass er eine Art Adeliger war.

»Finnigan, was hat das alles zu bedeuten?«, fragte Athena.

»Athena ist etwas Besonderes«, sagte Finnigan. »Sie ist nicht nur eine Halbfae. Ihre Mutter stammt aus einer mächtigen Hexenfamilie.«

»Oh, in der Tat, das ist ein würdiger Preis!«, kreischte die Gräfin und erhob sich von ihrem Thron.

Athena drehte sich zu dem Jungen um, den sie zu kennen geglaubt hatte.

In ihrem Kopf gab es ein Dröhnen, das alles andere in den Schatten stellte, als sie es begriff.

»Du!« Sie sah Finnigan an. »Du hast mich reingelegt. Die ganze Zeit über warst du nur ein dreckiger Spion. Du hast mich entführt und mich zum Narren gehalten. Ich bin also nur eine Art Preis für dich? Damit du von den Fae belohnt wirst? Ist es das?«

Finnigan hob die Arme, als wolle er protestieren. »Athena ...«

»Wie konntest du mir das antun?!«, schrie Athena.

Finnigans Gesicht war von unleserlichen Emotionen umwölkt. »Ich musste es tun. Ich wurde von der Gräfin verpflichtet. Ich wurde verpflichtet, ihren Willen auszuführen.«

Athena spürte, wie alle Gefühle, die sie bisher für den Jungen empfunden hatte, zu Bitterkeit und Abscheu verwelkten. »Und ich soll glauben, dass du keinen eigenen Willen hattest? Moment mal, du hast das die ganze Zeit geplant, nicht wahr? Alles. Du hast diese Illusion über unser Haus gelegt. Damit Mama weiß, dass die Fae hinter mir her sind. Das ist alles Teil eines größeren Plans.«

Ein Lächeln schlich sich auf sein Gesicht. »Ich war ziemlich clever, nicht wahr?«

Athena schnappte nach Luft. »Du warst das!« Sie starrte Finnigan finster an. »Du hast meinen Vater entführt!«

»Ich würde es eher als ‚ihn nach Hause geleiten' bezeichnen«, sagte Finnigan. »Er war schon lange verschwunden …«

»Sag mir nicht, dass du auch unser altes Auto gestohlen hast?«

Finnigan zuckte mit den Schultern. »Das könnte sein.«

»Du hast uns getäuscht. Aber Fae können doch nicht lügen!«

Die Gräfin warf den Kopf zurück und krähte vor Lachen. »Oh, das ist ein guter Scherz«, sagte sie. »Ich finde es toll, dass die Menschen diesen Unsinn immer noch glauben. Natürlich können wir lügen!«

Das Grauen machte sich breit, zusammen mit einem trüben Gefühl. Athena rieb sich die Augen, als wolle sie aus einem schlechten Traum erwachen. »Ich verstehe das nicht«, sagte sie. »Ich brauche die Wahrheit. Sag mir, was hier wirklich los ist. Sag mir, was du vorhast.«

»Warum sollte er denn so etwas Dummes tun?«, fragte die Gräfin. »Du weißt bereits viel zu viel. Du kannst nie wieder in die Menschenwelt zurückkehren. Wir werden dich genau hier behalten.«

»Nein!«, schrie Athena, als die Wachen auf sie einstürmten und sie umzingelten. »Ihr werdet mich nicht mitnehmen. Ihr werdet mich *nicht* gefangen nehmen!«

Die Fae-Wachen waren stämmig und trugen die roten Uniformen, die Athena von der Tagesschicht in der Schreibstube kannte. Sie waren mit Speeren und Bögen bewaffnet. Athena schloss die Augen, fest entschlossen, alles, was sie hatte, in diesen Kampf zu stecken.

Sie spürte, wie sie näher kamen und ihre Hoffnung auf Flucht schwand, aber ihre Entschlossenheit war ungebrochen. Das Gefühl von Verrat, Angst, Furcht und Wut stauten sich in ihr auf. In ihren Ohren dröhnte es, als der Druck zu groß wurde.

Gerade als eine Hand nach ihr griff, löste sich die Spannung, die sie festgehalten hatte.

Ein überraschender Schwall hellen Lichts schoss aus Athenas Fingerspitzen und erfüllte den Raum.

Alle Kreaturen erstarrten wie Statuen, bis auf Finnigan und die Gräfin selbst.

»Nein! Ergreif sie!«, rief die Gräfin.

»Auf keinen Fall«, sagte Athena und rannte auf die nächste Tür an der Seite des Thronsaals zu.

Sie brach hindurch und fand lange, gewundene Gänge vor. Sie wünschte sich, sie wäre in weiser Voraussicht wieder nach draußen gelaufen, aber jetzt war sie im Schloss der Gräfin gefangen und es war nur eine Frage der Zeit, bis mehr Wachen oder Soldaten oder Schlimmeres kommen würden, um sie anzugreifen.

Schritte erklangen hinter Athena, als sie den Gang hinunterlief. Sie hatte keine Ahnung, was sie vorher getan hatte, um die Wachen einzufrieren. Es war eine Art automatische Selbstverteidigung gewesen, aber zumindest war es Magie. *Echte Magie.*

Trotzdem schien ihre Energie zu schwinden. Sie machte sich Sorgen, dass sie nichts mehr übrig haben würde, um einen weiteren Angriff abzuwehren.

Sie öffnete die Tür zu einem Raum, der wie ein Lagerraum voller Kisten aussah. Ihr Herz pochte in ihrer Brust, als sie die Tür leise hinter sich schloss, dann schlich sie hinein und versteckte sich hinter einem großen Stapel. Es würde nur eine Frage der Zeit sein, bis man sie finden würde.

Sie schloss die Augen und fragte sich, ob es jemanden gab, der ihr jetzt helfen konnte. Sie erinnerte sich an das, was Finnigan gesagt hatte, dass sie telepathisch kontrolliert reden konnte, so dass sie nur von Leuten gehört wurde, mit denen sie kommunizieren wollte.

Es war ein Schuss ins Blaue, aber sie hatte keine anderen Möglichkeiten mehr. Ihr fiel nichts besseres ein. Sie musste es versuchen, auch wenn sie keine Ahnung hatte, ob es im ganzen Reich freundliche Kräfte gab oder ob es möglich war, mit jemandem in der menschlichen Welt zu sprechen ... ihrer *eigenen* Welt.

Mein wahres Zuhause.

Athena konzentrierte ihre Gedanken nach außen und rief nach jedem, der wirklich ihr Bestes wollte, einem Verbündeten, jeden, den sie als freundlich betrachten konnte.

Zu ihrem Erstaunen antwortete ihr eine Stimme.

ICH HELFE DIR, wenn du mir helfen kannst.

Wer bist du?, fragte Athena und fragte sich, ob es möglich war, dass ihr Gespräch von einem Fae-Diener der Gräfin abgefangen worden war, der versuchte, sie herauszulocken.

Ich bin im Nordturm eingesperrt.

Woher weiß ich, dass ich dir vertrauen kann?, fragte Athena.

Athena, ich bin's, Papa.

Papa?, antwortete Athena erstaunt. *Was machst du denn hier?*

In ihrem Kopf begannen sich die Rädchen zu drehen. Natürlich war er hier. Finnigan hatte ihn gefangen genommen und hierher gebracht. Die Gräfin hatte ihren Vater auf die gleiche Weise eingesperrt, wie sie auch Athena einsperren wollte.

Ich sitze hier schon seit Wochen, vielleicht sogar Monaten, fest, antwortete Dain. *Die Gräfin hält mich als Geisel fest.*

Wahrscheinlich hast du es verdient, sagte Athena trocken. Ihr Vater hatte immer nur Ärger gemacht.

Vielleicht. Ich kenne den Unterschied nicht mehr. Ich will dir einfach helfen, auch wenn ich dafür mein Leben riskieren muss. Das bin ich dir schuldig.

Du hast recht. Das bist du mir schuldig, sagte Athena. *Mama vergisst vielleicht, wie schrecklich du bist und verzeiht dir immer, aber ich nicht.*

Das stimmt schon, sagte ihr Vater. *Komm und finde mich. Ich werde dir ein Signal senden.*

Athena spürte einen schwachen Puls wie ein Sonar in ihrer Brust, der sie in eine bestimmte Richtung zog.

Ihr Vater war die letzte Person, von der sie Hilfe erbitten wollte. In dieser Situation war er aber vielleicht die einzige Person, die ihr helfen konnte. Sicher, er hatte sie jahrelang im Stich gelassen, aber das war nichts im Vergleich zu dem erneuten, vorsätzlichen Verrat durch den Jungen, dem sie glaubte vertrauen zu können.

Mama hatte Recht, dachte Athena bei sich. *Wir haben in dieser Familie einen schlechten Männergeschmack.*

Hey, das habe ich gehört, sagte ihr Vater in ihren Gedanken.

Athenas Lippen verzogen sich zu einem Lächeln. Die Situation hatte etwas völlig Absurdes an sich, obwohl sie gar nicht lustig sein sollte.

Sie folgte dem Impuls und schlich sich vorsichtig durch die Gänge, um den umherhuschenden Fae auszuweichen, die zweifellos nach ihr suchten. Wahrscheinlich nahmen sie an, sie wolle fliehen und nicht zu einem der höchsten Türme rennen, also hatte sie wenigstens diesen Vorteil.

Nachdem sie eine Weile im Schloss herumgewuselt war, fand Athena die Tür zum Pilzturm und musste feststellen, dass sie mit einem schweren Vorhängeschloss verriegelt war.

Athena klopfte leise an die Tür. »Papa, ich bin hier. Sie ist verschlossen.«

»Du kannst das Schloss aufbrechen, Athena. Du bist mächtig. Nutze deine Fae-Magie«, sagte Dain.

»Ich weiß nicht, wie«, sagte Athena.

»Schließ einfach die Augen und stell dir vor, wie sich das Schloss dreht und ... ähhh ... dreh deine Finger im Kreis.«

»Muss ich das wirklich tun?«, fragte Athena.

»Nein, aber es wird dir helfen, dich zu konzentrieren.«

Athena tat, wie ihr geheißen, und zu ihrer Überraschung hörte sie ein leises Klicken. Die Tür sprang auf, und zum ersten Mal seit vielen Monaten sah Athena ihren Vater.

Er sah viel blasser und magerer aus als sonst. Sie war sich nicht sicher, ob das nur daran lag, dass er seit einiger Zeit im Reich der Fae war, oder ob seine Entführer ihn zusätzlich ausgehungert hatten.

»Warum bist du eingesperrt?«, fragte Athena und betrachtete die Fesseln um Dains Hand- und Fußgelenke. »Was hast du getan?«

»Ich habe gar nichts getan«, antwortete er abwehrend. »Sie haben mich entführt. Schau, Athena, ich weiß, dass ich kein guter Vater gewesen bin. Das ist dir wahrscheinlich schon klar ... aber ich bin nun mal ein Fae.«

»Was du nicht sagst«, sagte Athena, als sie ihren Vater zum ersten Mal in seinem Leben in seiner vollständigen Fae-Form sah. »Das hätte ich nie vermutet, trotz deiner schlanken Gliedmaßen und spitzen Ohren.«

»Ich weiß, ich habe nichts getan, um dein Vertrauen zu verdienen. Aber im Moment will ich nichts mehr, als dir zu helfen.«

»Und was ist mit Mama?«

»Ist sie auch hier?«, fragte er überrascht.

»Nein, vergiss es«, sagte Athena. »Wir können später über Mama reden. Kannst du mir helfen, hier rauszukommen?«

»Das kann ich«, sagte Dain. »Zumindest kann ich ein bisschen helfen. Ich weiß nicht, wie ich allein ins Erdreich zurückkehren kann.«

»Ernsthaft?!«

»Es gibt eine Menge Schutzmaßnahmen gegen die Fae«, verteidigte Dain sich.

»Gegen die Fae?", fragte Athena. »Ich dachte, die Fae schützen sich vor den Vampiren.«

»Es ist komplizierter als das«, sagte Dain. »Ich konnte diesem Reich vor vielen Jahren nur entkommen, weil ich einem kleinen Mädchen zur Tagundnachtgleiche gefolgt bin.«

»Aber Finnigan konnte leicht übertreten.«

Dain runzelte die Stirn. »Ja, aber Finnigan ist zum Teil ein Mensch wie du. Das kleine Mädchen, dem ich gefolgt bin, war ein Mensch. Ich habe ihr geholfen, ein Loch in die Fae-Seite des Schleiers zu reißen, und es hat funktioniert ... mit Hilfe ihrer menschlichen Magie. Wir brauchten beides, um durchzukommen. Sie half mir zu entkommen, obwohl sie mich noch nie gesehen hat. Ich denke, dass wir mit deiner menschlichen Seite dasselbe tun könnten.«

»Wie befreie ich dich aus den Fesseln?«, fragte Athena.

»Das ist komplizierte Magie«, sagte Dain. »Ich weiß es nicht. Tu dein Bestes oder dein Schlimmstes.«

Sie hob ihre Hände und stellte sich vor, wie die die Fesseln aufsprangen. Funken flogen vor ihr auf und sie schnappten sofort auf.

Dain schaute erstaunt. »Wie hast du das gemacht?«

»Ich weiß es nicht!«

»Das ist die Magie deiner Großmutter!«, sagte Dain. »Das ist die Magie der Familie Thorn. Ich dachte, sie wäre versteckt und gebunden.«

»Woher weißt du das alles?«, fragte Athena misstrauisch. »Ach, ist auch egal. Lass uns einfach von hier verschwinden.«

Es gelang ihr, ihren Vater ohne große magische Anstrengung aus den restlichen Fesseln zu befreien.

»Danke«, sagte Dain. »Hör zu, ich bin im Moment nicht sehr kräftig. Ich habe nicht vernünftig zu essen bekommen.«

»Kannst du menschliche Nahrung essen?«, fragte Athena.

»Im Moment nicht. Das würde mich krank machen. Ich muss mich langsam wieder daran gewöhnen.«

»Dann kann ich dir nicht wirklich helfen«, sagte Athena.

»Das ist schon in Ordnung«, sagte Dain. »Ich habe genug Energie, um das zu schaffen, und ich kann unterwegs ein paar Beeren sammeln.«

»Was zu schaffen?«, fragte Athena.

»Es ist wie Teleportation.«

»Du kannst teleportieren!«

»Nur in diesem Reich. Schnell. Wir haben keine Zeit mehr zum Plaudern. Nimm meine Hände.«

Draußen im Korridor ertönten Schritte.

»Jetzt!«, befahl er.

Athena griff nach den Händen ihres Vaters.

»Schließ deine Augen«, sagte er.

Das tat sie. Es fühlte sich an, als ob ein Wind um sie herum peitschte, und als sie die Augen wieder öffnete, befanden sie sich im Wald, umgeben von Bäumen, die in einem violetten Licht leuchteten.

42

»Geht es dir gut?«, fragte Rosemary Sherry. Sie sah blass aus.

»Mir geht's gut«, antwortete Sherry. »Lass uns einfach gehen. Wir müssen sie finden.«

»Kannst du mir erst meine Halskette zurückgeben?« Die Brüchigkeit in Rosemarys Stimme ließ Sherry erstarren.

»Das würde ich«, sagte Sherry, »aber ich glaube nicht, dass ich hier lange überlebe, ohne dass sie mir ihren magischen Schub gibt.«

»Was ist mit diesen Kindern?«, fragte Rosemary. »Werden sie überleben?«

»Jeder sollte einen von diesen hier essen«, sagte Sam und hielt ein paar kleine rosa Muffins hoch.

»Was ist das?«, fragte Felix.

»Maam hat diese Törtchen gemacht. Sie sagte, dass sie den Leuten helfen, im ...«

»Moment mal«, sagte Rosemary, kramte in ihrer Handtasche und holte eine kleine Tüte mit Backwaren hervor. »Die sehen genauso aus wie die, die ich gemacht habe. Wie ist deine Mama an die Bücher gekommen, die die Vampire über die Fae geschrieben haben?«

Sam lachte. »Was glauben Sie, woher die Vampire die Informationen haben? Die Menschen unterschätzen immer die Volksmagie. Manchmal sind es die einfachen Dinge, die am besten funktionieren.«

Rosemary öffnete ihre eigene Tasche und fühlte sich selbst etwas benommen. Sie nahm sich ein Stück Kuchen und bot den Rest an.

»Nichts für ungut, gnädige Dame«, sagte Felix, »aber ich finde, die von Sam sehen besser aus. Sie sind nicht ganz so verbrannt.«

Rosemary starrte ihn finster an.

»Wir haben keine Zeit, um über Backwaren zu streiten«, sagte Sherry. »Wie sollen wir sie finden?«

»Ich habe einen Ortungszauber«, antwortete Rosemary. »Er soll Menschen aufspüren. Ich hoffe, er funktioniert bei Athena.«

»Warum sollte er das nicht?«, fragte Sherry.

»Ist doch egal«, sagte Elise, und Rosemary hatte den Eindruck, dass sie mehr über Athenas Herkunft wusste als Rosemary selbst. »Wir müssen hoffen, dass es in der Welt der Fae überhaupt funktioniert«, fuhr Elise fort.

Rosemary wischte ihre Verärgerung darüber, im Dunkeln gelassen worden zu sein, beiseite. Sie versuchte, den Zauber zu sprechen, indem sie die Beschwörungsformel murmelte und mit den Fingern wackelte. Es gab ein kleines Puff, aber sonst passierte nichts.

»Oh Mist!«

Sie versuchte es noch mehrere Male, aber ohne Erfolg.

»Darf ich es mal versuchen?«, schlug Elise vor. Rosemary reichte ihr widerwillig den zerknitterten Zettel mit der Anleitung. Elise und Sam sahen es sich an und murmelten etwas vor sich hin. Felix versuchte, sich einzubringen, aber seine Vorschläge, mehr »Pepp« hinzuzufügen, wurden abgelehnt.

Rosemary fühlte sich ein bisschen, als wäre es eine dieser neuen technischen Geräte, mit der die jungen Leute immer so geschickt umzugehen schienen.

»Okay, es geht los«, sagte Elise. Sie streckte ihre Hand aus und fuchtelte mit ihren Fingern in einem komplexen Muster herum, ganz anders als Rosemarys Versuche, und sagte den Spruch für den Zauber in einer tieferen Stimme auf. Vor ihr erschien ein kleines blaues Licht, das wie ein kleiner Diamant geformt war.

»Ich glaube, es wird helfen, wenn wir uns alle darauf konzentrieren und ihm mehr Energie geben.«

Sie standen schweigend da und konzentrierten sich.

Der Diamant begann heller zu leuchten. Er hüpfte in der Luft und bewegte sich dann durch die Bäume.

»Ich glaube, wir sollen ihm folgen«, sagte Sam und rannte los.

Felix verwandelte sich blitzschnell in einen Fuchs und rannte voraus. *Das stimmt*, erinnerte sich Rosemary. *Athena hat erzählt, er wäre ein Wandler.*

Sie und die anderen folgten ihm durch den Wald.

Das Licht bewegte sich ziemlich schnell.

Je weiter sie gingen, desto zerklüfteter wurde das Gelände. Riesige moosbewachsene Felsen säumten ihren Weg, die in verschiedenen Pastelltönen zu leuchten schienen.

»Dieser hier riecht wie Zitronenlimonade«, sagte Sam. »Ich möchte ihn fast ablecken.«

»Tu das nicht!«, rief Elise.

»So blöd bin ich auch wieder nicht.«

Ein Aufschrei ertönte von Felix. In seiner Fuchsgestalt hatte er dem appetitlichen Duft offensichtlich nicht widerstehen können. Sie scharten sich um ihn, als er sich auf dem Boden krümmte und pfirsichfarbene Beulen auf seinem pelzigen Körper auftauchten.

»Bringt ihn zum Wasser!«, sagte Sam entschlossen.

»Warum?«, fragte Rosemary.

»Nur Volkswissen«, sagte Sam. »Maam hat immer gesagt, dass Wasser bei überirdischer Magie den Dingen hilft, ins Fließen zu kommen. Ich weiß nicht, ob es funktionieren wird ...«

»Einen Versuch ist es wert. Ich habe hier Wasser in meiner Tasche«, sagte Rosemary und hielt ihre Trinkflasche hin.

»Nein, es muss fließendes Wasser sein«, sagte Sam.

»Ich weiß nicht, ob es so etwas hier gibt«, sagte Sherry und klang etwas verwirrt. »Oder ob es so etwas überhaupt gibt. Was gibt es? Was bedeutet dieses Wort eigentlich?«

Rosemary ignorierte Sherrys wirres Geschwätz. Die Lage war ernst. Sie mussten schnell handeln.

»Wenn er nur reden könnte«, sagte Elise. »Er hat sein Fuchsgehör, aber selbst wenn er uns verstehen kann, glaube ich nicht, dass er in der Lage ist, sich zu bewegen.« Sie drehte sich zu Deron um und warf ihm einen vielsagenden Blick zu. »Was denkst du?«

»Es ist einen Versuch wert«, antwortete Deron.

»Was ist ...?«, fragte Rosemary, aber bevor sie den Monolog fortsetzen konnte, der sich in ihrem Kopf zu einem wütenden Fragenkatalog entwickelt hatte, zuckte sie zusammen.

Deron wuchs am ganzen Körper ein Fell.

»Nicht du auch noch!«, sagte Rosemary und wandte sich an Elise. »Woran hat er nun wieder geleckt?«

»Warten Sie ab«, sagte Elise und legte eine beruhigende Hand auf Rosemarys Unterarm.

Rosemary sah erstaunt zu, wie Deron, der schon ziemlich groß war, sich aufblähte und zwei Meter wuchs.

»Oh, ich sehe, noch ein Wandler«, murmelte Rosemary.

Vor ihnen stand ein schwarzer Bär. Er knurrte und ließ Rosemary die Haare auf den Armen zu Berge stehen. Dann beobachtete sie, wie er den sich windenden Fuchs voller Flecken in seine Arme nahm und loslief.

»Was ist mit dem Diamanten?«, rief Sherry, als sie ihm alle folgten. »Glänzender, glänzender Diamant!«

»Eins nach dem anderen«, sagte Rosemary.

Das Laufen im Reich der Fae fühlte sich an, als würde man sich durch Wasser bewegen, nur schneller. Dadurch wurde ihr übel.

Tatsächlich tauchte vor ihr ein Bach auf. Deron war schon da, als sie ankamen, und ließ Felix in das fließende Wasser hinab.

Sie sahen gespannt zu, denn sie wagten es nicht, die Möglichkeit auszusprechen, dass das Wasser aus dem Reich der Fae mit seinem überirdischen violetten Schimmer nicht die gewünschte Wirkung haben könnte, sondern sogar etwas noch Schlimmeres bewirken könnte.

Nach einer Weile hörte Felix auf, sich zu winden und wurde unnatürlich still.

»Wird der arme kleine Tölpel wieder gesund?«, fragte Sherry.

»Pst«, sagte Rosemary, unsicher, ob sie Ruhe suchte oder Sherry und sich selbst beruhigen wollte.

Die Flecken auf Felix' Körper verblassten und er hatte sich wieder in einen Menschen verwandelt, aber ansonsten blieb er regungslos und wurde von dem freundlichen Bären vorsichtig gehalten.

»Felix«, sagte Elise sanft. »Kannst du mich hören?«

Rosemarys Gedanken rasten vor Angst. Was um alles in der Welt sollte sie den Eltern dieser Kinder sagen, deren Leben sie versehentlich in Gefahr gebracht hatte?

»Felix!«, sagte Sam mit dröhnender Stimme. »Es ist Zeit, aufzuwachen!«

Felix hustete und prustete und grinste dann. »Das war vielleicht ein Abenteuer!«, sagte er.

Elise schaute ihn böse an.

»Du darfst nichts anlecken!«, sagte sie, als sie sich darauf vorbereiteten, weiterzugehen. »Du darfst nichts anfassen, es sei denn, ich sage es dir.«

»Ja, Mama«, sagte er frech.

»Das ist nicht lustig«, sagte Sam. »Wir haben uns Sorgen gemacht. Du hättest ...«

»Schon gut, ich hab's verstanden. Es tut mir leid, dass ich das Pfirsichmoos abgeleckt habe. Ich werde vorsichtiger sein.«

»Glaubt ihr, dass er zurückkehren kann?«, fragte Rosemary. »Ich habe gelesen, dass man das Reich nicht verlassen kann, wenn man hier etwas isst.«

»Wer weiß«, sagte Sam. »Hoffen wir, dass das nur für Essen gilt, das von den Fae angeboten wird, nicht für zufälliges Moos. Oder es ist einfach nur Unsinn.«

Rosemary drückte die Daumen und murmelte ihren eigenen Zauberspruch, in der Absicht, dass sie alle wieder sicher aus dem Reich herauskommen würden.

Zum Glück war ihnen der leuchtende Diamant, den sie vorhin beschworen hatten, gefolgt. Er schwebte geduldig in der Luft und wartete darauf, sie weiter zu führen.

Rosemary fühlte sich plötzlich hungrig, aber sie hatte keine Lust auf das spezielle Gebäck, das Sam an die anderen verteilte, und auch nicht auf das, was sie gebacken hatte. Sie brauchte etwas Nahrhafteres. Sie griff in ihre Tasche und fand das Ei von dem Ritual. *Wie praktisch*, dachte sie, und aß es, froh über den Proteinschub.

Sie setzten ihren Weg durch den Wald fort, wobei sie darauf achteten, allen Kreaturen auszuweichen, die ihnen über den Weg liefen, und auf keinen Fall irgendetwas anzulecken.

Nach gefühlten Stunden stießen sie auf einen riesigen Pilz, der mit violetten und lindgrünen Punkten übersät war. Er war so breit wie ein Haus und schien mit Fenstern und Türen ausgestattet zu sein.

Der Diamant schwebte in der Luft über der gewölbten Eingangstür.

Vorsichtig näherten sie sich.

»Sie ist verschlossen«, sagte Sam.

»Wie kommen wir rein?«, fragte Rosemary.

»Ich denke, Felix wird wissen, wie man das macht«, sagte Elise und blickte zu dem schelmischen Jungen, der sich von seinem früheren Missgeschick erholt zu haben schien. »Er scheint immer zu wissen, wie er an Orten einbrechen kann, an denen er nicht sein sollte.«

»Bleibt zurück, meine Damen«, sagte Felix.

»Gut, solange du aufhörst, uns so zu nennen«, sagte Rosemary. Sam warf ihr einen dankbaren Blick zu, genau wie Deron.

Felix streckte seine Hände aus. Das Schloss knackte auf und Funken flogen.

Rosemary zuckte zusammen, als die Funken sie trafen.

»Ich habe Ihnen ja gesagt, Sie sollen zurücktreten«, sagte Felix.

Die Tür schwang auf und drinnen leuchteten im schwachen Licht der Kristallkronleuchter vor ihnen die Gesichter von einem halben Dutzend kleiner Kinder.

43

Der Himmel über ihnen hatte sich zu einem tiefen Violett verdunkelt, aber die Bäume schienen in einem silbrigen Licht zu leuchten. Athena hätte die strahlende Schönheit zu schätzen gewusst, wäre da nicht das drohende Unheil gewesen. »Wie kommen wir durch den Schleier?«, fragte sie ihren Vater.

»Das müsstest du besser wissen als ich«, sagte Dain.

»Was meinst du? Du hast doch gesagt, du würdest mir helfen. Außerdem bist du ein mächtiger Fae.«

»Sicher«, sagte Dain. »Aber wie ich schon sagte, konnte ich nur übertreten, indem ich einem Menschenmädchen gefolgt bin, als sie zur Tagundnachtgleiche den Weg zurückgefunden hat, erinnerst du dich?«

»Wie hat sie das gemacht?«, fragte Athena. »Ich kann mir immer noch nicht vorstellen, dass die Schutzmaßnahmen auf dem Schleier von der anderen Seite kommen.«

»Natürlich tun sie das«, sagte Dain. »Die Menschen haben viel Angst vor den Fae.«

»Und ich dachte die ganze Zeit, sie würden sich vor Vampiren schützen«, sagte Athena.

»Vampire sind wertlose Untermenschen«, sagte Dain. »Ich kann die

Blutsauger nicht ausstehen. Aber sie sind keine große Bedrohung, besonders jetzt, wo sie uns nicht mehr aufspüren können.«

Es gab ein zischendes Geräusch, und helles Licht strahlte durch die Bäume.

»Sie sind hinter uns her«, sagte Dain. »Schnell. Wir müssen einen Weg finden, uns zu verstecken. Wenn wir so im Freien stehen, finden sie uns im Handumdrehen.«

»Ich weiß!«, sagte Athena und erinnerte sich an das begrünte Gebäude, das sie kurz nach ihrem ersten Besuch im Reich der Fae gesehen hatte. »Warum brechen wir nicht in das Büro der Verwalterin ein?«

»Du bist definitiv meine Tochter«, sagte Dain grinsend, während er ein paar Beeren von einem nahegelegenen Busch pflückte.

Sie durchbohrte ihn mit einem finsteren Blick. »Sag so etwas nicht.«

»Tut mir leid«, sagte er, während sie schnell in Richtung des vertrauten gepflasterten Weges liefen, der sie direkt zum Büro der Verwalterin führen würde.

»Kannst du nicht schneller gehen?«, fragte Athena. »Oder kannst du uns einfach wieder teleportieren oder so?«

»Oh ja«, sagte Dain. »Ich war schon so lange nicht mehr im Reich der Fae, dass ich vergessen habe, dass ich das kann. Komm mit. Nimm meine Hand.«

Athena ergriff die Hand ihres Vaters und fand sich schnell in einem seltsamen Raum wieder. Die Wände waren aus Blättern gemacht.

»Das war ja ein einfacher Einbruch«, sagte Athena. »Erinnere mich daran, dass ich dich das nächste Mal mitnehme, wenn ich einen kleinen Diebstahl begehen muss.«

»Es ist wirklich schade, dass es nur im Reich der Fae funktioniert«, sagte Dain. »Aber was habe ich dir gerade gesagt?« Dain zwinkerte ihr zu.

»Sag's nicht«, sagte Athena. »Du weißt, dass ich dir nicht verzeihen werde, wie du uns behandelt hast.«

Der Schalk und das Funkeln verschwanden aus Dains Auftreten. »Es tut mir leid. Wirklich, ich verdiene deine Vergebung nicht. Ich war schrecklich darin, einen Menschen zu spielen, genauso wie ich schrecklich darin war, ein Fae-Prinz zu sein.«

»Ich kann« immer noch nicht glauben, dass ausgerechnet du ein Prinz bist, was auch immer das hier bedeutet«, sagte Athena.

»Bitte verstehe, dass ich nicht wusste, was ich tat.«

Draußen war ein dröhnendes Geräusch zu hören. »Äh, das ist toll, Papa, aber wir haben im Moment größere Probleme.«

»Nein, lass mich bitte ausreden. Warte, du nennst mich schon wieder Papa?«

»Dafür haben wir jetzt keine Zeit«, sagte Athena.

»Aber ich bin dir eine Erklärung schuldig.«

»Gut«, sagte Athena und verschränkte ihre Arme. »Sag mir, warum warst du damals so schrecklich? Was ist deine Ausrede?«

Dain seufzte und seine Schultern sackten nach unten. »Du musst verstehen, wie das alles passiert ist. Als ich hier lebte, habe ich mich nie für den Pomp und die Zeremonien interessiert. Vor allem die Politik konnte ich nicht ausstehen. Es war furchtbar.«

»Aha«, sagte Athena und tappte ungeduldig mit dem Fuß.

»Im Vergleich dazu fand ich das Erdreich relativ erfrischend«, fuhr Dain fort. »Obwohl ich noch so jung war, als ich durch den Schleier ging, und nichts von den menschlichen Sitten wusste. Deshalb war ich wohl auch ein Ziel für die Behörden. Sie haben mich aufgegriffen und ich bin von Pflegefamilie zu Pflegefamilie gewandert.«

»Oh?«, fragte Athena. Sie hatte noch nie etwas über die Kindheit ihres Vaters gehört.

»Natürlich hatte ich nicht gerade die ideale Erziehung. Einige der Familien, in denen ich untergebracht war, waren zwar nett, aber ich konnte nicht anders. Ich geriet immer in Schwierigkeiten, lief weg oder machte Unfug. Und dann wurde ich versetzt. Meistens gab es ... Gewalt. Ich werde nicht ins Detail gehen. Ich wollte nur, dass du es weißt.«

»Warum hast du uns das nie erzählt?«, fragte Athena.

»Ich war immer der Spaßvogel«, antwortete Dain mit einem traurigen Lächeln. »Ich dachte nicht, dass jemand meine rührselige Geschichte hören will.«

»Nun, wir haben nur einen verantwortungslosen Versager gesehen, der unser Leben durcheinanderbringt, ganz zu schweigen von Mamas Gedächtnis!«

Dain schaute beschämt. »Das tut mir leid. Ich wollte ihr nie etwas antun, keinem von euch. Die Auswirkungen der Magie der Fae auf Menschen sind schwer vorherzusagen. Außerdem bin ich nicht hier, um über meine Vergangenheit zu jammern. Ich war ein schrecklicher Vater. Es hat nicht geholfen, dass ich süchtig nach Sahne war, was unter anderem zu einem Glücksspielproblem führte.«

»Davon haben wir auch nichts gewusst. Was ist mit der Sahne?«

Dain zuckte mit den Schultern. »Hattest du nicht schon immer eine Vorliebe für Sahne?«

»Sicher«, sagte Athena. »Auf eine ganz normale Art und Weise.«

»Deine menschliche Seite muss dich beschützen«, sagte er.

»Welche Wirkung hat Sahne eigentlich auf die Fae?«, fragte Athena.

»Warum? Hast du welche?«, fragte Dain und schaute sie mit einem übernatürlichen Glanz in seinen Augen an.

»Erkläre es mir einfach, Papa«, sagte Athena und merkte, dass die erneute Stille draußen noch beunruhigender war als das vorherige dröhnende Geräusch.

»Es gibt uns einen ziemlichen Rausch«, sagte Dain. »Es lässt uns jeden Sinn für Vernunft verlieren. Das ist der Grund, warum ich aus vielen Pflegefamilien rausgeschmissen wurde. Ich meine, am Anfang ist man in einer wunderbaren Stimmung. Ich würde alles Geld, das ich habe, großzügig verschenken, sogar mein letztes Hemd. Aber dann lässt es nach und ich fühle mich schrecklich.«

»Interessant«, sagte Athena. Sie spürte, wie ihre Gedanken arbeiteten und zu einem Schluss kamen.

»Was hast du in deiner Tasche?«, fragte Dain.

»Hauptsächlich Sprengstoff«, sagte Athena. »Komm bloß nicht auf dumme Gedanken.«

Dain lachte, als ein lauter Knall durch die Luft schallte.

»Sie sind hinter uns her«, sagte Dain und spähte aus den Fenstern. »Schnell. Lass uns einen Weg finden, der uns einen besseren Überblick verschafft.«

»Wissen sie, dass wir hier sind?«, fragte Athena und rannte durch die belaubten Räume. Das Gebäude war ein wahres Wunderwerk. Wenn sie nur Zeit gehabt hätte, die Architektur zu bewundern.

»Es sieht so aus«, sagte Dain und spähte aus einem anderen Fenster. »Sie kommen genau hierher.«

Plötzlich begann die Luft um sie herum zu wirbeln. Eine Lichtexplosion durchflutete das Gebäude und verwandelte es in einen großen Laubhaufen, der die beiden zu Boden stürzen ließ, inmitten eines sich windenden Laubhaufens und der Angestellten des Verwaltungsbüros.

»Da seid ihr ja«, sagte die Gräfin. »Wie unvorsichtig von euch, vor mir wegzulaufen. Wisst ihr nicht, dass ihr euch in dieser Ecke des Reiches nirgendwo verstecken könnt?«

Athena griff in ihre Tasche.

»Komm nicht auf dumme Gedanken«, sagte die Gräfin.

»Was habe ich denn zu verlieren?«, fragte Athena.

»Ein Rätsel?« Die Gräfin schaute verwirrt, dann grinste sie. »Oh, ich liebe Rätsel.«

Die Soldaten kamen weiter auf sie zu. Athena griff nach einem runden Zauber, den sie zuvor vorbereitet hatte, und warf ihn vor sich in Richtung der Soldaten.

Die Explosion warf einige der Fae-Wachen zurück, aber das war nicht genug.

Eine weitere Wache stürzte sich auf Athena. Ihr Überlebensinstinkt setzte zusammen mit ihren magischen Kräften ein, und sie griff mit beiden Händen nach dem kräftigen Wächter und schleuderte ihn hoch in die Luft.

»Ich habe auch die Buffy-Kräfte!«, rief Athena aus.

»Was?«, fragte Dain.

»Egal«, sagte sie und schlug, trat und fegte weitere Fae-Wachen weg.

Sie kehrten immer wieder zurück.

Athena setzte einen Zauber nach dem anderen ein und schleuderte eine Wache nach der anderen weg, aber schließlich erlag sie der Masse der uniformierten Fae, die sowohl ihr als auch ihrem Vater die Hände auf den Rücken drückten.

»Athena!«, rief eine vertraute Stimme.

»Mama?!« Athena drehte sich um und sah zu ihrem Erstaunen nicht nur ihre Mutter, sondern auch ihre Schulfreunde und Sherry aus dem Pub, mit einer Gruppe von kleinen Kindern im Schlepptau.

Sie näherten sich dem riesigen Laubhaufen, der früher das Büro der Verwalterin beherbergt hatte.

»Lasst meine Tochter in Ruhe«, sagte Rosemary, wobei ihre Hände hell leuchteten.

»Ich würde dir raten, keine Dummheiten zu machen«, sagte die Gräfin. »Sonst wird deine Tochter nicht mehr lange am Leben bleiben.«

»Sie blufft nur«, sagte Dain.

»Dain!«, sagte Rosemary schockiert und bemerkte erst jetzt, dass er anwesend war. »Was machst du denn hier? Wie kommst du hierher?«

»Lange Geschichte«, sagte Dain.

Ein Fuchs umkreiste knurrend die Lichtung und Athena erkannte ihn als Felix. Als sie ihn sah, überkam sie ein warmes, schelmisches Gefühl. Felix war immer für Ärger zu haben und er war voller Ideen, die für die perfekte Störung sorgen würden. Ihn umherstreifen zu sehen, löste in Athenas Kopf einen Funken aus, der die Punkte in ihrem Wissen über die Fae verband und sie zu einem perfekten Plan verknüpfte. Es war eine verrückte Idee, aber es könnte funktionieren, um sie hier rauszuholen.

»Möchtest du noch etwas sagen?«, fragte die Fae-Gräfin.

»Ja, eigentlich schon«, sagte Athena. »Ich würde Euch gerne zum Tee einladen.«

»Tee?«, fragte die Gräfin. Um sie herum herrschte betretenes Schweigen.

Rosemary sah ihre Tochter verblüfft an.

»Ja, Tee. Ich würde Euch jetzt gerne zum Tee einladen«, sagte Athena.

»Oh«, sagte die Gräfin schockiert. Es schien, als ob sie innerlich mit der Bitte kämpfte.

Athena lächelte, denn sie wusste, dass die Fae sich streng an die Regeln der Etikette hielten.

Es war mehr als nur ein Brauch. Es war das Gesetz, oder vielleicht die Regeln. Es war tief in ihnen verwurzelt und zwang sie zum Gehorsam.

»Das ist wohl kaum der richtige Zeitpunkt«, sagte die Gräfin.

»Oh, aber es ist der perfekte Zeitpunkt«, sagte Athena. »Ich habe sogar den Tee mitgebracht, den ganzen Weg von der Erde, um meine Gastfreundschaft zu zeigen.«

Die Gräfin wurde blass. »Aber natürlich. Wie nett von dir, das anzubieten. Und ... wo soll diese Teeparty stattfinden?« Sie kämpfte gegen ihre eigenen Worte an.

»Natürlich genau hier«, sagte Athena, wedelte mit den Armen und deutete auf den Holztisch mit den Sitzpilzen, an dem die Verwalterin sie bei ihrer Ankunft bewirtet hatte.

Die Gräfin lächelte, obwohl es eher wie eine Grimasse aussah. »Wie nett«, sagte sie kalt. »Obwohl ich dich so kurzfristig nicht belästigen möchte.«

»Das ist überhaupt kein Problem«, sagte Athena. »Aber wenn Ihr so freundlich wärt, Euren Wachen zu sagen, dass sie sich zurückhalten sollen ...«

»Natürlich«, sagte die Gräfin. »Wachen. Haltet euch zurück. Ihr könnt euch nach draußen auf die Lichtung zurückziehen.«

Athena lächelte. Das würde ihnen zumindest etwas Zeit verschaffen, und sie hatte noch etwas anderes im Sinn. Sie wusste, dass in ihrer Thermoskanne noch genug Tee für ein paar kleine Tassen war. Sobald sie sich auf die Pilzhocker gesetzt hatten, nahm sie ein leeres Gefäß vom Tisch, das wie eine Magnolienblüte aussah, und schenkte der Gräfin etwas lauwarmen Tee ein. Athena achtete darauf geheimzuhalten, was sie tat, während sie einen guten Klecks Sahne aus der kleinen Flasche in ihrer Tasche hinzufügte.

»Sag mal«, sagte die Gräfin plötzlich und ließ Athena zusammenzucken. »Was ist das für ein herrlicher Geruch?«

Athena erwiderte den Blick und sah, wie sich ein echtes Lächeln auf dem Gesicht der Gräfin ausbreitete und ihre Augen funkelten.

Dain schaute seine Tochter ungläubig an, denn er wusste genau, was sie vorhatte. Er schnitt eine Grimasse und hielt sich an dem Tisch vor ihm fest, damit er sich nicht selbst auf die Sahne stürzte.

»Bitte sehr, Eure ... ähm ... Hoheit«, sagte Athena und reichte ihr den Becher. Dann schüttete sie den Rest ihrer Thermoskanne in weitere Becher, obwohl nur noch eine kleine Menge übrig war. Sie fügte ihnen keine Sahne hinzu, sondern reichte sie an ihre Mutter, ihre Schulfreunde, Sherry und ihren Vater weiter, die sich alle zum Tee mit der Gräfin zusammengesetzt hatten.

»Was für eine liebenswürdige Gastfreundschaft«, sagte die Gräfin, wie wahnsinnig böse funkelnd und ebenso wahnsinnig lächelnd. »Es ist eigentlich ganz reizvoll, so viele Menschen hier zu finden. Überraschenderweise. Wie ich sehe, habt ihr die Kinder entdeckt, die wir entführt haben.«

»Oh, ähm ...«, sagte Rosemary und lächelte die Kinder an, die in der Nähe in einer Reihe standen und neugierig zusahen.

Athena sah zu ihnen hinüber. Es gab einen rothaarigen Jungen, der größer als die anderen war, ein dunkelhaariges Mädchen, das Athena an jemanden erinnerte, den sie kannte, zwei blonde Mädchen, die etwa vier oder fünf Jahre alt zu sein schienen, und erdbeerblonde Zwillinge, die jung genug waren, um Kleinkinder zu sein.

»Warum sind sie so jung geblieben?«, fragte Rosemary.

»Daran arbeiten wir noch«, sagte die Gräfin. »Wir möchten, dass sie etwas älter werden, damit sie sich fortpflanzen können.«

»Fortpflanzen?!«, sagte Rosemary, sichtlich erschrocken.

»Ihr hingegen.« Die Gräfin zeigte mit dem Finger auf den Tisch. »Ihr könntet alle im fortpflanzungsfähigen Alter sein.«

»Das sind wir ganz sicher nicht«, sagte Rosemary. »Schon gar nicht die Teenager!«

»Das ist schade. Unsere genetische Vielfalt ist nämlich sehr gering«, sagte die Gräfin. »Aber sag niemandem sonst, dass ich das gesagt habe. Erinnere mich daran, dass ich euch verzaubere, damit ihr das alle vergesst. Niemand darf wissen, dass wir die Möglichkeit einer Kreuzung mit Menschen in Betracht ziehen.« Sie nahm einen weiteren Schluck Tee und wurde von Minute zu Minute dümmer. »Ich muss sagen, das ist das köstlichste Getränk, das ich je getrunken ... betrunken ... trunken trink.«

Athena bemerkte, dass die Wangen der Gräfin rosig geworden waren und ihre Augen immer heller leuchteten.

»Was für eine entzückende Gesellschaft ihr doch seid«, sagte die Gräfin und winkte mit ihrer Hand. Funken flogen aus ihren Fingerspitzen und erhellten die Luft wie Glühwürmchen. »Oh, was für ein bezaubernder Abend!« Mit einer weiteren Handbewegung begannen die Funken zu sprühen. Die Kinder lachten vergnügt und fingen an, sie über die Lichtung zu jagen. Die Gräfin hatte eindeutig zu viel Milchfett zu sich genommen und stellte keine große Gefahr dar, aber die Wachen waren unbeeindruckt, und es gab sicher nicht genug Sahne, um sie alle zu versorgen. Athena überlegte, wie sie die Sahne überall mit Magie versprühen und ein Chaos anrichten könnte, aus dem sie entkommen könnten, aber dann sprach die Gräfin.

»Das war wirklich köstlich.« Die Gräfin leerte ihre Tasse. »Ich fühle mich so wunderbar. Wie kann ich mich je für deine freundliche Gastfreundschaft revanchieren?«

»Äh, wenn Ihr so freundlich wärt ...«, sagte Athena. Sie hatte eine Idee.

Es ist zwar weit hergeholt, aber einen Versuch ist es wert, zumal die Gräfin so gut gelaunt zu sein scheint. Wenn Papa den Verstand verloren hat und so großzügig war, dass er unser ganzes Geld verschenkt hat, nachdem er Sahne zu sich genommen hatte, dann gibt es sicher eine Chance ...

»Um unsere Gastfreundschaft zu erwidern«, fuhr Athena fort, »könntet Ihr einfach die Fae-Seite der Verzauberung auf dem Schleier aufheben, damit wir in die Menschenwelt zurückkehren können.«

Die Fae Gräfin warf ihren Kopf zurück und kicherte hysterisch.

Athena spannte sich an, um sich auf den Kampf vorzubereiten, aber dann richtete sich die Gräfin auf und lächelte immer noch strahlend. »Aber natürlich! Es wäre unhöflich, es nicht zu tun«, sagte sie und kicherte vergnügt. Dann schnitt sie mit einer Handbewegung eine Mondsichelform in die Luft über dem Tisch. Sie schälte sich zurück und bildete eine Tür.

»Was jetzt?«, flüsterte Rosemary.

»Wir müssen durch die menschliche Magie auf die andere Seite«, sagte Athena. »Okay, wir werden dabei alle zusammenarbeiten müssen.« Sie stand auf und nahm ihre Mutter bei der Hand.

»Was?«, fragte Rosemary.

»Du hast deine Magie geübt, stimmt's?«, sagte Athena. »Ich habe gesehen, wie deine Hände vorhin geleuchtet haben.«

Rosemary nickte. »Ja, aber ich weiß nicht, wie ich da durchkomme.«

»Die Magie der Familie Thorn ist unglaublich stark«, sagte Sherry. »Diese Mauer vor uns ist auch mächtig, aber vor allem gegen die Magie der Fae.«

»Sie hat Recht, Mama«, sagte Athena. »Wir können das schaffen. Das ist nichts im Vergleich zu dem, wozu wir fähig sind. Wir müssen uns nur vorstellen, dass sich der Schutz auflöst.«

Rosemary und Athena streckten beide ihre Hände zur Tür und stellten sich vor, wie sich die Schutzmauern auf der anderen Seite auflösen, so wie es die Fae kurz zuvor getan hatte.

»Es funktioniert!«, sagte Sherry.

Athena sah, dass durch das Loch im Schleier grüne Bäume zu sehen waren.

»Oh, was für schlaue kleine Kreaturen ihr seid«, sagte die Gräfin. »Ihr wollt zurück? Hier, los geht's!« Sie hob dramatisch beide Arme.

Bänder aus Magie flogen heraus und fegten alle Erdwesen mit sich fort.

Athena griff instinktiv nach Dains Handgelenk, als sie alle durch das Portal gewirbelt wurden.

Ein helles Licht leuchtete auf und verblasste wieder.

Rosemary, Athena, Sherry, Dain, die anderen Teenager und die Kinder, die sich verirrt hatten, standen nun mitten auf dem Marktplatz der Stadt.

Der ganze Platz war menschenleer, bis auf Ferg, der in der Nähe ein paar Blütenblätter zusammenfegte.

»Ach, ihr seid das«, sagte er barsch. »Macht keine Unordnung. Ich räume schon seit mindestens einer halben Stunde die Spuren der Tagundnachtgleiche auf.«

Rosemary und Athena sahen sich an und fielen dann beide erschöpft lachend und unglaublich erleichtert auf das weiche Gras des Erdreichs.

44

»*E*s tut mir so leid«, sagte Detective Neve, als sie alle auf dem Polizeirevier saßen. Rosemary hatte eines der sechs Kinder auf ihrem Schoß, den kleinen Jungen mit den leuchtend roten Haaren, der sagte, er würde Harry heißen.

»Ich habe das Gefühl, dass schlimme Dinge passieren, wenn Sie aus der Stadt gerufen werden«, sagte Rosemary zu Neve. »War es wieder ein Trick, um Sie aus dem Weg zu räumen?«

»Es war wirklich ein Notfall in der Familie, wie ich es Ihnen gesagt habe«, sagte Neve. »Diesmal war es nur ein Zufall.«

»Ist alles in Ordnung mit Ihrer Tante?«, fragte Rosemary.

»Wie wir befürchtet haben, ist etwas mit ihrem Gedächtnis passiert. Bis vor ein paar Wochen schien es ihr gut zu gehen, aber ich befürchte, dass sie plötzlich an Demenz erkrankt ist. Sie schimpft ständig über ihr kleines Mädchen, das verschwunden ist. Es ist schade, dass meine Tante so weit weg lebt. Meine Familie ist vor Jahren aus Myrtlewood weggezogen.«

»Oh, wie schrecklich, ein Kind zu verlieren«, sagte Rosemary. »Stellen Sie sich vor, was die Eltern dieser Kinder durchgemacht haben müssen.«

»Das ist es ja«, sagte die Polizistin. »Meine Tante hatte kein Kind. Es ist eine seltsame Geschichte.«

Rosemary zuckte mit den Schultern. »Hier sind schon seltsamere Dinge passiert.«

»Darauf können Sie wetten«, sagte Neve und schaute sich die Kinder an. »Das sind also alle, die in das Reich der Fae verschwunden sind.«

»Alle, die wir finden konnten«, sagte Rosemary. »Sie waren alle in einem riesigen Pilz versammelt.«

»Es ist kaum zu glauben«, sagte der Detektiv.

»Für mich macht das auch nicht viel mehr Sinn«, sagte Rosemary. »Auch wenn ich dabei war und es gesehen habe.«

In diesem Moment stürmte Prue durch die Türen des Polizeireviers. »Gretchen!«, rief sie. Das kleine blonde Kind rannte ihr in die Arme.

»Nur gut, dass die Mutter sich erinnert hat«, sagte Sherry. »Es hätte nicht lange gedauert, bis sie sie vergessen hätte, so wie ich vergessen wurde.« Sie wiegte ein kleines dunkelhaariges Mädchen auf ihrem Schoß, das etwa sieben Jahre alt zu sein schien. »Mei und ich sind zur gleichen Zeit verschwunden.«

Ein seltsamer Schauer lief Rosemary über den Rücken. Sie drehte sich wieder zu Detective Neve um und bemerkte dabei einige vertraute Gesichtszüge.

»Ihre Tante hat früher in Myrtlewood gewohnt, nicht wahr?«, fragte Rosemary Neve.

»Ja, vor langer Zeit, als ich noch klein war«, sagte die Polizistin.

»Sherry, wie lautet Meis Nachname?«

»Lee«, sagte Sherry.

»Das ist lustig«, sagte Neve. »Das ist der Mädchenname meiner Mutter.«

Rosemary wartete darauf, dass der Groschen fiel.

Die Polizistin schaute sie erschrocken an. »Das ist der Nachname meiner Tante ...« Sie hielt sich die Hand vor den Mund und sah das kleine Mädchen an. »Aber wie?«

»Sherry kann das genauer erklären«, sagte Rosemary. »Als sie vor all den Jahren aus dem Reich der Fae zurückkam, hatte ihre Familie sie völlig vergessen. Es hat lange gedauert, bis sie sich wieder an sie erinnerten, selbst nachdem sie zurückgekehrt war.«

»Das ... kann nicht sein!«, sagte Neve. »Ich werde sofort meine Tante anrufen.« Sie eilte aus dem Zimmer.

»Was sollte das denn?«, fragte Athena.

»Es scheint, dass dieses kleine Mädchen mit unserer Lieblingspolizistin verwandt sein könnte.«

»Auf keinen Fall!«, sagte Athena und lächelte ihre Mutter an. »Mei ist doch angeblich genauso alt wie Sherry, oder?«

»Ja, wir waren gute Freunde, als wir aufwuchsen«, sagte Sherry.

»Und du hast sie all die Jahre nach ihrem Verschwinden nie vergessen«, sagte Athena.

»Ich habe versprochen, sie zurückzubringen«, sagte Sherry. »Ich habe es die ganze Zeit über versucht.«

»Das ist fast zum Weinen«, sagte Rosemary. »So süß ... Auch wenn du meine Halskette gestohlen hast.«

»Hier, bitte«, sagte Sherry und griff um ihren Hals, um den Verschluss zu öffnen.

»Ähm ... Danke«, sagte Rosemary und nahm den kostbaren Anhänger in ihre Hände. »Das wird ja ein richtig guter Tag.«

Athena strahlte sie an.

»Aber glaube nicht, dass ich nicht vergessen habe, wie du mit diesem Jungen weggelaufen bist«, sagte Rosemary.

»Erinnere mich bloß nicht an *ihn*«, sagte Athena.

»Du bist noch nicht davor gefeit, von mir ausgequetscht zu werden«, sagte Rosemary. »Warte nur, bis wir zu Hause sind. Außerdem hast du auf unbestimmte Zeit Hausarrest.«

»Das habe ich wohl verdient«, sagte Athena und verschränkte die Arme. »Und ich werde mich sowieso eine Zeit lang bedeckt halten. Aber bitte lass mich meine Freunde sehen.« Sie legte ihren Arm um Elise, die lächelte.

»Das bin ich ihnen wohl schuldig«, sagte Rosemary. »Sie hätten zwar auch nicht durch den Riss im Schleier laufen sollen, aber ich nehme an, sie haben geholfen und so ihre Loyalität bewiesen. Sogar diese Beryl.«

»Beryl? Was hat sie getan?«, fragte Athena schockiert.

Rosemary klärte Athena über die Hilfe von Beryl auf.

»Das wollte sie wahrscheinlich nur tun, um zu beweisen, dass sie besser als ich ist. Sie wollte mir das nur unter die Nase reiben.«

»Das ist ein bisschen hart«, sagte Rosemary.

»Tja, so ist Beryl nun mal«, sagte Elise. »Aber sie hat wirklich geholfen.«

»Ich werde mich wohl bei ihr bedanken müssen«, murmelte Athena bitter.

Dain trat aus einem Verhörraum, gefolgt von Wachtmeiser Perkins.

Rosemary umklammerte das Anti-Dain-Schutzbündel um ihren Hals.

»Hey«, sagte Dain. Sein Lächeln war trotz allem immer noch entwaffnend.

Rosemary hatte kaum zwei Worte mit ihm gewechselt, als Wachtmeister Perkins sie in den Verhörraum führte, in dem sie nun an der Reihe war. Widerwillig folgte sie dem mürrischen alten Beamten und war dankbar, dass das Gespräch nicht allzu lange dauerte. Wie erwartet war es nur eine Aneinanderreihung von haltlosen Anschuldigungen und lächerlichen Fragen von Perkins, aber nach einer Weile gab der Wachtmeister auf und ließ sie gehen.

Als Rosemary in die Lobby zurückkehrte, waren alle Teenager von ihren jeweiligen Familien abgeholt worden. Doch da war noch die Sache mit den Findelkindern.

Gretchen war mit Prue nach Hause gegangen, und Mei unterhielt sich aufgeregt mit Neve. Rosemary betrachtete die vier anderen kleinen Kinder.

Harry, mit der leuchtend roten Mähne, sagte, er sei sechs, und die kleine Elowen hatte weiß-blondes Haar und schien etwa vier oder fünf zu sein. Sie saßen in der Ecke der Rezeption und spielten mit einem kleinen Korb voller Spielzeug, den Detective Neve gefunden hatte.

Die Zwillinge mit ihren erdbeerblonden Locken waren wahrscheinlich noch keine zwei Jahre alt und sprachen nicht. Athena hatte sich erlaubt, sie Thea und Clio zu nennen und saß mit beiden auf ihrem Schoß.

Das war niedlich, aber sie konnten nirgendwo hin und Neve hatte kein Bett für Mei, ihre neu entdeckte Cousine, bereitstehen.

»Was sollen wir nur tun?«, murmelte Rosemary.

»Wir müssen wohl das Jugendamt anrufen«, sagte Neve und ging auf Rosemary zu. »Bis wir die restlichen Familien ausfindig machen können.«

»Aber wer weiß, wie lange sie da drin waren? In der Welt der Fae sind sie nicht gealtert, schon vergessen?«, sagte Rosemary.

»Es wäre besser, wenn sie nicht in Pflegefamilien untergebracht würden«, sagte Dain, der offensichtlich gelauscht hatte. »Glaubt mir. Man weiß nie, was einen erwartet. Außerdem könnten sie sehr magisch sein, vor allem nach so langer Zeit in diesem Reich.«

»Sie können zu uns nach Hause kommen«, sagte Athena. »Wir haben Platz.«

»Warte mal.« Rosemary spürte eine aufsteigende Panik bei dem Gedanken, plötzlich für alle Findelkinder aus dem Reich der Fae verantwortlich zu sein. »Immer mit der Ruhe. Ich habe schon genug damit zu tun, mich um ein straffälliges Kind zu kümmern, ganz zu schweigen von einem ganzen Haufen Kinder.«

»Ich werde dir helfen«, beharrte Athena. »Vielleicht könnte das meine Strafe sein. So lerne ich, verantwortungsbewusst zu sein oder so.«

Sie lächelte die Zwillinge an, die gerade auf ihrem Schoß einschliefen.

»Es kann sicher nicht schaden, sie ein paar Tage bei uns zu haben«, sagte Rosemary.

»So ist es richtig«, sagte Marjie. Sie war kurz nachdem Rosemary sie angerufen hatte, um ihr mitzuteilen, dass sie alle wohlbehalten zurück waren, angekommen und war geblieben, um auf die Kleinen aufzupassen. »Ich werde aushelfen. Herb kann mich für ein paar Tage entbehren.«

»Und was ist mit dir?«, fragte Rosemary Dain. »Wo wirst du hingehen?«

Er zuckte mit den Schultern.

»Oh je«, sagte Athena.

Rosemary warf ihrer Tochter einen warnenden Blick zu und hoffte, dass sie ihren Vater nicht zu sehr beschimpfen würde, schon gar nicht in Gegenwart so vieler kleiner Kinder.

»Warum kommst du nicht auch zu uns nach Hause?«, sagte Athena.

Rosemary war so schockiert, dass sie fast vom Stuhl fiel.

»Nur für ein paar Tage«, fuhr Athena fort. »Vielleicht können wir sogar sehen, ob wir einen Zauber auftreiben können, der dich vor deinem kleinen Sahneproblem schützt.«

Rosemary verschluckte sich fast. »Das kann doch nicht wahr sein!«, sagte sie zu ihrer Tochter.

»Ich dachte, du wärst wütend auf deinen Vater nachdem, was er alles getan hat. Und was soll die ganze Aufregung um die Sahne?«

»Das mit der Sahne erkläre ich dir später, aber wir alle machen Fehler und treffen schlechte Entscheidungen, nicht wahr?«, sagte Athena und warf ihrer Mutter einen bedeutungsvollen Blick zu. »Ich habe ihm nicht verziehen, nicht ganz. Aber ich glaube, ich habe angefangen, ihn ein bisschen besser zu verstehen. Er hatte nicht das normalste Leben und auch nicht die stabilste Kindheit. Kann er nun mitkommen oder nicht?« Sie verschränkte ihre Arme.

Rosemary grinste. »Natürlich kann er zu uns kommen, solange er sich von unseren Geldbörsen fernhält und nichts stiehlt.«

Dain hob seine Hände in Unschuld. »Ich verspreche es. Ein paar Wochen gefesselt in einem Turm im Reich der Fae haben mir ein neues Verständnis für die Freiheiten des Lebens vermittelt, und das möchte ich nicht missbrauchen.«

»Dann wäre das ja geklärt«, sagte Athena. »Lasst uns alle nach Hause ins Thorn Manor gehen. Kommen Sie mit, Neve?«

»Ich?« sagte Detective Neve.

»Sie können die kleine Mei hinbringen«, sagte Athena. »Und all die anderen Kinder auch. Sie brauchen einen Platz zum Schlafen und wir haben genug Platz.«

Rosemary biss sich auf die Unterlippe, besorgt wegen der Unordnung, in der sie das Haus hinterlassen hatte. Aber unter den gegebenen Umständen hätte sicher niemand etwas gegen ein bisschen Chaos einzuwenden.

»Oh«, sagte Neve. »Daran habe ich noch gar nicht gedacht. Vielleicht kann ich ja mitkommen. Ich muss nur meine Freundin anrufen.«

»Nesta ist auch willkommen. Ich bin sicher, wir können euch alle unterbringen«, sagte Rosemary. Es stimmte, dass Thorn Manor groß genug war, um sie alle unterzubringen, und noch viele andere mehr. Allerdings überlegte Rosemary in Gedanken, wie sie sie bequem unterbringen könnte, denn sowohl der Ost- als auch der Westflügel waren bei ihrem letzten Besuch notorisch staubig und schäbig gewesen, ganz zu schweigen von dem riesigen experimentellen Durcheinander, das sie bei ihren vielen gescheiterten Versuchen, in das Reich der Fae zu gelangen, angerichtet hatte.

»Wir können ein paar Behelfsbetten im Wohnzimmer aufstellen, jetzt, wo die ganzen Pflanzen aus dem Haus geräumt sind«, sagte Rosemary. »Ich muss nur ein paar Tische mit Zaubertrankzubehör umstellen.«

Neve sah nicht sehr überzeugt aus.

GLÜCKLICHERWEISE SCHIEN das Haus den Ruf gehört zu haben, und als Rosemary, Athena und die anderen wieder im Herrenhaus ankamen, waren alle magischen Utensilien weggeräumt und die Tür zum Westflügel stand ausnahmsweise offen.

Rosemary warf einen Blick hinein und sah, dass er nicht mehr staubig war, sondern glänzte und funkelte, als wäre er gerade von einem Reinigungsdienst gesäubert worden und perfekt in Schuss. Außerdem war ein großes Kinderzimmer aufgetaucht, von dem Rosemary sicher war, dass es vorher noch nicht da war, mit fünf kleinen Betten. In ein paar angrenzenden Zimmern standen Doppelbetten.

»Woher *weiß* es das?«, fragte Athena.

»Ich weiß es nicht. Aber ich denke, es ist das Beste, wenn wir es mit Freundlichkeit behandeln«, antwortete Rosemary und klopfte an das Holz der Tür.

Das kleine schwarze Kätzchen krabbelte unter einem der kleinen Betten hervor, wo es offensichtlich auf Erkundungstour gegangen war. Athena nahm es auf den Arm.

»Ich habe dich vermisst«, sagte sie und kuschelte sich an den Kopf der Katze.

»Süße kleine Serpentine«, gurrte Rosemary und streckte die Hand aus, um sie zu streicheln.

»Du hast ihr einen Namen gegeben!«, sagte Athena und strahlte. »Und du hast meinen Lieblingsnamen gewählt.«

»Das ist richtig«, sagte Rosemary. »Darf ich dir Fräulein Serpentine Fellknäuel Thorn, ihre königliche Niedlichkeit, offiziell vorstellen.«

Athena kicherte.

»Das ist sehr organisiert von Ihnen«, sagte Nesta, als sie ankam, nachdem sie Neve ins Kinderzimmer gefolgt war. »Wie konnten Sie das wissen?«

»Wir waren das nicht«, sagte Athena. »Das Haus hat seine Wege.«

»Jetzt weiß ich, warum man sagt, dass die Magie der Familie Thorn so stark ist«, sagte Neve, sichtlich beeindruckt.

Marjie kam mit Körben voller Ostara-Brötchen und Schokoladeneiern zum Abendessen, worauf sich Athena fast genauso freute wie die kleinen Kinder, obwohl sie alle sehr müde waren.

Während sich ihre Gäste auf Thorn Manor einlebten, zogen sich Rosemary und Athena in die Küche zurück. Athena setzte den Wasserkocher für Tee auf – sowohl den elektrischen als auch den altmodischen – um genug für die zusätzlichen Besucher zu machen. Währenddessen kochte Rosemary einen Topf mit warmer Milch mit Zimt und Honig für die Kinder.

Als der Duft von süßen Gewürzen durch die Küche zog, lächelte Rosemary Athena an. »Ich bin so froh, dass du wieder da bist.«

»Das war ein ziemliches ... Abenteuer«, sagte Athena.

Rosemary sah ihre Tochter an. »Lauf bloß nicht zurück ins Reich der Fae«, sagte sie streng.

»Nein. Ich bin erleichtert, dass ich zurück bin. Weißt du, ich mag unser seltsames, kleines, magisches Leben hier sehr.«

Rosemarys Lächeln wurde noch breiter. »Weißt du was? Da stimme ich dir zu. Abgesehen von all den Risiken, Gefahren und gruseligen Dingen, die ich überhaupt nicht mag, ist alles andere in Myrtlewood einfach fabelhaft!«

EPILOG

Als Rosemary und Athena in dieser Nacht friedlich in ihren Betten schliefen, stand eine Frau auf einem Hügel im Licht des abnehmenden Mondes und überblickte Myrtlewood.

Ihre Augen leuchteten vor Freude über die Neuigkeit – so eine gute Neuigkeit. Ihre Kontakte waren endlich erfolgreich gewesen. Ein Mädchen hatte das Reich der Fae betreten, und zwar nicht irgendein Mädchen, sondern das, nach dem sie all die Jahre gesucht hatte.

»Genau hier vor meiner Nase«, sagte sie zu sich selbst und kicherte vor Vergnügen.

Endlich war ein Weg in Sicht, eine Möglichkeit, das Reich zu betreten, und damit war der Schlüssel zu ihren jahrelangen Intrigen in greifbarer Nähe.

»Die Macht wird unser sein«, sagte sie zu ihrem Begleiter, der im Schatten der Bäume zurückblieb.

Die Frau hob die Arme. Ihre dunkle Kapuze glitt leicht zurück und gab den Blick auf ihr helles Haar frei, das im Mondlicht perlmuttartig schimmerte, während sie die uralten Worte sang, die seit Jahrhunderten nicht mehr gehört wurden.

Unten auf den Feldern von Myrtlewood war alles still.

Dann, wie aus dem Nichts, fegte ein Windstoß über die Rückseite der alten Twigg-Farm.

Die Scheune, die dort hundert Jahre lang gestanden hatte, ging plötzlich in Flammen auf.

Agatha Twigg schaute entsetzt aus dem hinteren Fenster, als das orangefarbene Feuer das Gebäude verschlang, bevor es sich in ein unheimliches Rosa verwandelte.

»Oh je, Marla!«, rief Agatha ihrer Nichte zu. »Ruf die Behörden an. Etwas Großes ist im Anmarsch!«

~

Bestell Buch 3 der Geheimnisse von Myrtlewood jetzt!

EINE ANMERKUNG der Autorin

Vielen Dank, dass ihr dieses Buch gelesen habt. Es hat mir viel Spaß gemacht, über Ostara, die Frühlings-Tagundnachtgleiche und das Reich der Fae zu schreiben.

Wenn ihr einen Moment Zeit habt, hinterlasst bitte eine Rezension oder auch nur eine Sternebewertung. Das hilft neuen Lesern zu wissen, auf was für ein Buch sie sich einlassen, und schafft dabei hoffentlich etwas Vertrauen, dass es sich lohnt, es zu lesen!

Wenn du gerne mehr lesen möchtest, kannst du die Geheimnisse von Myrtlewood Buch 3 jetzt bestellen!

Du kannst dich auch in meinen Newsletter eintragen oder mir auf den sozialen Medien folgen. Die Links dafür findest du auf der nächsten Seite.

ÜBER DIE AUTORIN

Iris Beaglehole ist vieles: Schriftstellerin, Forscherin, Analytikerin, Druidin, Hexe, Mutter und Möchtegern-Astrologin. Sie liebt Tee, Katzen, Kräuter und das Schreiben schrulliger Charaktere.

www.ingramcontent.com/pod-product-compliance
Lightning Source LLC
Chambersburg PA
CBHW061118310726
48974CB00002B/580